士兵凶猛

刘跃清　著

江苏凤凰文艺出版社
JIANGSU PHOENIX LITERATURE AND ART PUBLISHING, LTD

一、锤子的婚事

天蒙蒙亮，哨声响起。排长李晓勇站在连队门口，左臂上的红色臂章很醒目，这星期他担任连值班。“快点！后面的熄灯。”现在，随手关灯成了每个兵的习惯，上个月通报通信连消耗水电全旅最少，旅保障部奖励了半口猪。这个成绩对于通信连来说实属不易，因为他们有一群“水”做的女兵。

兵们匆忙从排房里跑出，又钻进一旁的卫生间，落在最后的只好把这套程序免了。

执勤排的女兵已列队等在外面了。

“炊事班今天谁出操？”“我！”锤子边走边将腰带拉得啪啪作响。这时，悠扬的起床号响起。周边连队先后响起震耳的番号和阵阵脚步声，早操的队伍陆续带出。

李晓勇下达了几次调整口令，队列里还是夹杂几个零乱、拖拉的脚步声，让人很不爽。“前面的压一压步子！”

接连几个步兵连队超过通信连，超过的那一刻，他们昂首挺胸，脚步踢踏像一群马，裹挟一股温热的风，示威似的。通信连连长、指导员跑在前面，后面是女兵，再后面是男兵，男兵后面是几个中士、上士和连队副职。曾有段时间女兵被排在最后面，不到两圈，她们被前面的男兵拖得气喘吁吁，羊群一样，稀稀拉拉，尤其碰到步兵连队“拉风”一样超越，跑在前面的男兵就上火，不由自主加快了脚步。

路过点操台，要喊番号。旅值班首长双手垂立像泥菩萨站在高高的点操台上，两旁各站一个参谋、干事或助理员，让人想起菩萨旁的两个童子。他们手里的“法宝”是一支笔、一个小本子，清点各连队出操人数，记录比较队列排面整齐度、士气，还有番号是否响亮。

通信连的番号以前总是男兵在喊，女兵跟蚊子哼似的。好几次，早操结束时，女兵被单独留下原地踏步喊番号，这时气势尚可，但下次出操还是老样子。就像有的人练硬笔书法，练起来一套一套的，真正写起来还是没有任何改观。解散前，连长脸红脖子粗说，早晨吼一吼多好，提神，呼出憋了一夜的浊气，你们没看到那些老头老太清早都要爬到紫金山上去吼一吼，你们有这种机会，不用。记住！你们是军人，不要在这里装什么淑女，卖什么萌，是军人，就要有军人的样子……有一个针尖一样的声音冒出，现在到处是 PM2.5，锻炼都不合适，还喊番号呢！说什么？站出来，大声点。连长一吼，寂静了。女兵在带回的路上还是有人小声骂："法西斯！"更多的人在腹诽。

这种状况一直延续到执勤排代理排长朱虹到来，才有所变化。朱虹的声音亮且脆，在一群雄浑宽厚的男声中歇斯底里，突兀而出，如寂静中突然砸碎一个瓶子，乍一听心一紧，浑身起鸡皮疙瘩，担心她的嗓子破了。有的男兵称其"猛女"，当然是背地里，更多的男兵还是喜欢她的直爽大方，不做作。女兵是营盘里的"珍稀物种"，但"作女"不受待见。在朱虹的"鲶鱼效应"下，开始有女兵亮开喉咙，一片两片三四片，通信连的番号声渐渐呈男女声合唱，柔中带刚，尖厚并兼，声势恢弘。连长、指导员像两匹膘肥体壮的马骄傲地跑在前头，觉得自己可以和军事家孙武媲美一番，把一群娇滴滴的女人训练成了勇猛之士。

早操绕着大半个营区跑几圈，在路过一个公共厕所时，不时有兵打个报告，不待值班员答应，就哧溜下去了，看样子是憋不住了。

早操天天跑，大年初一都免不了，老兵退伍离队那天早上也要跑，戴着大红花排在最前头跑，很光荣很珍惜很留恋的样子。一年三百六十五日，都是横戈马上行。除非起床哨吹响时落刀子、落石头、落大雨，下雪、下冰雹湿不了衣服还是要跑，跑一圈回来训练改为扫雪。唯一可以豁免的就是病号。无故赖床，如果兵新一点有掀被子曝光"隐私"的可能。连长说，当兵尽义务，首先是出操。指导员说，一日之计在于晨，早晨精神了，振作了，早起了，一天训练、工作就有劲头。

冬天出操，天蒙蒙亮，跑完时身上微微冒汗；夏天，天已大亮，迎着朝阳，经常大汗淋漓。早春、初冬季节有雾的早上，雾团随着气流在身边翻滚，在阵阵番号和脚步声中，如同仙境。

每周一、三、五早晨跑完操，器械训练；周二早上，队列训练；女兵每天早上都是队列训练。以班为单位带开，班长喊口令，全班走队列；或每个兵轮流喊口令，大家配合做动作。兵们训练时，连队干部满脸严肃站在一旁，或背着手或提着腰带来回踱步，监工一样。周末，推迟半小时起床，跑完操回去整理内务。周四，早操后搞菜地。女兵有时候由值班员宣布带回，有时候也去菜地。她们去菜地主要是不方便男兵“方便”。男兵一到菜地，尤其是那些步兵连队的男兵，就冲着菜地旁的化粪池解开裤裆，现场积肥。早晨搞菜地没什么名堂，无非是拔拔草，捉捉虫。通信连地里的菜像女兵一样追求苗条，从来都是营养不良的样子，步兵连队的男兵说，这是天人感应，心有灵犀。

收操时间到，李晓勇面对在走队列或进行器械训练或在捉虫拔草的兵们，再次吹响哨子。番号声中，队伍带回到连队门口。随着一声“解散”口令，兵群哗啦散开。连队一天的训练生活就这样拉开大幕。

其实，从清晨第一声哨音就开始了。

饭前一支歌后，连长把当天的训练安排又啰嗦了一遍，其实昨晚点名时就说过了。

兵们鱼贯而入，哇，热气腾腾的饭堂里微微骚动。这么丰盛，除了“老面孔”稀饭、馒头、包子、油条、面包、鸡蛋、榨菜等，每张桌子中间摆有一大盘堆得尖尖的瘦肉，有丁有块有条，就连刀法也符合孔子对食物的要求，淌着油，发着光，散发出诱人香味，最主要是没有一点肥肉，符合“吃货”的标准。据说，现在衡量“吃货”又有了新标准，苗条又好看的才配叫“吃货”，又矮又胖的只配叫“饭桶”。

锤子那张“八戒”脸在炊事班门口闪了一下，躲开了。

锤子，大名朱新忠，职务炊事班班长，海拔一米八二，体重（保密），方头大耳，声若洪钟，性格如生姜、大蒜伴花椒爆炒红辣椒。锤子不是字，也不是号，是兵们送的江湖称号，得名于他嘴上老挂着一把锤子，出口什么锤子，闭口锤子什么。兵们就地取材、信手拈来把他命名为锤子。开始他不肯就范，扬起拳头做锤子状表示抗议。后来连队干部也叫过几次，他才半推半就默认。再后来发展到他的大名只有在点名、开会等一些严肃的场合才用，以致发生有新兵问锤子，朱新忠是谁？

饭堂里，左右两侧墙上的壁挂液晶电视里播的是中央台新闻频道“朝闻天下”，电视声、空调声、碗筷碰撞声和咀嚼声，只有靠门口连部桌子上偶尔传来说话声。

饭堂里，长条板凳围着餐桌连成一圈，看起来像孔乙己用指甲蘸酒写的那个“回”字。女兵位于一侧，秀丽半壁江山，显得宽松；男兵位于另一侧，雄踞一方天地，略挤。在饭堂就餐的不是编制数，也不是实力数，连队总有一些兵只是花名册上的符号，平常“潜水”在各级机关的角角落落，只有老兵退伍或上级清理兵员时，他们才冒头，回到“注册地”。风头一过，又回到机关。通信连男兵编制两个排，“主外”，负责平常及重大演习训练的通信保障；女兵编制一个排，“主内”，在通信大楼负责诸如总机、传真、载波、程控等固定台站的值班执勤，又且美其名曰：通信站，或执勤排。

男兵桌子上几乎每顿“客满”。女兵因为值班，常有人缺席，加上胃口小，饭菜稍不合口味在她们那就可能遇冷、滞销。锤子为了制造全面、持久“热销”场面，当然也为了配合低碳环保光盘行动，几次试图把一些“脸皮厚吃块肉”的男兵“移民”到女兵桌子上去，都因“水土不服”，没能成功。有一次他把平日里还算大方的列兵李胜中挪了过去，没两天就落荒而逃。大家问李胜中和女兵坐一桌，秀色可餐，应该很享受呀，怎么就回来了呢？他吐槽：“要去你们去，我好几顿没吃饱了……”

女兵少，加上她们挑肥拣瘦，战斗力弱，盘子里常所剩颇丰。连队几个上士有时候待她们背影婀娜而去，端着碗大大咧咧坐过去，充当“净坛使者”，稀里哗啦“扫荡”一番。

有兵已经吃好了，陆续走出饭堂。男兵径直回排房，稍作休息，准备训练器材，开始一天的操课。女兵一个个像帝企鹅列队站在饭堂门口，她们要等到“同类”全部吃完，整队带回。女兵的阵地、岗位和宿舍都集中在通信大楼里（步兵连队的男兵称之为“熊猫馆”），离连队以行进间速度约五分钟，平常除了吃饭、出操、开会、唱歌、晚点名、政治学习、看电影等，她们都“宅”在楼里，深入浅出，足不出户。她们往返连队（即连部和连主力所在地），两人成行，三人成列，原则上不准单独外出，得两人以上结伴出行，且必须同来同往。

早上的饭菜果然不出锤子所料，很受欢迎。男女兵离开时，盘子里干干净净的，好像用馒头屑仔细蘸过。

几个“小值日”还在洗刷刷。上等兵朱继彪正把洗好的碗筷放进消毒柜，饲养员莫少文瓮声瓮气问：“味道怎样？”。

“靠！杜鲁克。”朱继彪一看莫少文暧昧的样子就明白了。

杜鲁克是几年前（凭服役年限堪称老兵）通信连从市农科院引进的种猪，据说其故乡在遥远的德国，为了中国的食品（间接为国防为军队）事业，不辞万里而来。它高大得像头牛，身板像大象，毛发粗粝得像野猪，每当有兵走近，它前腿搭在猪圈的矮墙上，比人还高，垂涎三尺，哼哼唧唧，那架势足把整个猪圈房撼动，即使是表达友谊，也没人敢近前。有兵打赌，人骑在上面，它能像“神马”一样飞奔，但终究没有谁有那么大的胆子。

“二师兄”杜鲁克为连队积累丰厚家底立下汗马功劳，不但全旅养的小猪崽都是它的后代，甚至驻地十里八乡的母猪全是它的“爱妃”。拥有它血统和基因的猪崽，个大，长得快，不用喂“瘦肉精”也是瘦肉型。让杜鲁克配一次种收费一百至几百元不等（随行就市）。不论是“军猪”，还是地方猪，有需要的必须送过来，主要是因为杜鲁克“架子”大，一般国产母猪架不住，而且得莫少文帮忙，才有可能完成整个繁殖过程。此前，连队专门送莫少文去农科院培训了一星期（谁都不愿意去，只有他含含糊糊答应了，也有兵说他本来就口齿不清）。那次是他当兵以来第一次走出营门，学习结束时他竟然找不到回连队的路，从农科院到部队大门口坐公共汽车就几站（注：中间得转一次车）。半夜里，当闪烁的警车把他送回连队时，搞得响动很大。

杜鲁克劳模一样兢兢业业，任劳任怨，来者不拒地工作，终于老迈得走不动，站不住了。据“专家”说，它长期超负荷劳动，年纪已相当于人类的八十多岁。有男兵说耄耋之年，还干苟且之事。莫少文想按照“国际惯例（其深受农科院专家的影响，而且杜鲁克毕竟具有国际身份）”，让它颐养天年，寿归正寝，最后入土为安。但连长坚持让它为我们的食品事业贡献最后一份力量，杀了吃肉。连长咨询了军需科几个“土专家”还不放心，又打电话给农科院的“洋专家”，拐弯抹角，旁敲侧击地问了半天，对方透露，肉可以吃，但可能咬不动，嚼不烂，味道、口感不会太好。

杀杜鲁克请的是军需科服务中心的专业“屠夫”，锤子和朱继彪（那天恰好轮到他帮厨）打下手。莫少文躲远了，至于有没有哭不知道了。看到血腥的场面，朱继彪什么忙也没帮上，反而把早晨吃的稀饭、馒头吐了一地。连长在收拾停当后过来，命令在场的兵，要像保守军事机密一样，不能透露半点风声。他还不放心，拉过锤子耳语一番。锤子神情凝重频频点头。

杜鲁克被宰的消息还是传了出来，范围很小，仅几个男兵知道。知情的几个兵在那以后的一个多月里，只差挂念珠吃斋念佛，有时嘴寡淡得出鸟，就上服务社买包方便面加两根火腿肠，或偷偷叫份“外卖”，有时也吃几片肥肉。据说杜鲁克全是瘦肉。他们侧眼观察连部的桌子，连长似乎顿顿吃得香，还挑着瘦肉吃。

通信连的男女兵都见过杜鲁克的“尊容”，夏天往猪圈里丢菜叶子，整筐整筐倒西瓜皮；冬天倒剩菜剩饭、饲料等。有的男兵还见过它配种时的壮观……

经朱继彪一说，饭堂里炸开锅，兵们都知道早上吃的是杜鲁克的肉。几个女兵冲进炊事班：“锤子，你不得好死，害得我们全吃完……”“锤子，你找不到婆娘，活该！”锤子一脸坏笑，落荒而逃。

朱继彪感觉他已经很小心了，还是上当了。连长密令锤子把杜鲁克肉冷冻起来，一个月以后才开吃，参在正常的猪肉里，比方每天全连需从服务中心买五十斤肥瘦搭配的肉，现在只买三十五斤肥多瘦少的，缺额以杜鲁克肉补上。上千斤杜鲁克肉就这样零敲碎打、化整为零地吃完了。早上吃的是最后一点。

怎么就没吃出来呢？回味起来，像猪肉，但肉质又有点粗，像牛肉，像羊肉，但没有牛、羊肉的膻味，还有嚼劲，香甜中带点辣，吃了还想吃……这一切，只怪锤子的手艺具有欺骗性。

杜鲁克没了，连队又添了几头小猪，它们是杜鲁克二代三代。兵们说莫少文见到它们就感到亲切。每天三顿饭后，莫少文在号声、哨声中，推着一辆板车慢悠悠地从连队食堂向猪圈走去，板车上放一对棕色塑料桶，桶里晃荡着泔水。板车脏兮兮的，绿色挡板上满是污垢，但左侧用红漆歪斜写着“通信连”三个字仍清晰可见。板车是除了武器以外很重要的“装备（没有正式列装）”，施工，打扫卫生，炊事班去菜地、服务中心运菜，官兵搬家(如家属来队需把床铺搬去士官公寓)或临时搬运重物等都靠它,板车经常在各连队间借来借去,时有搞混,或干脆玩“躲猫猫”,失踪,所以得刷上漆,以示区别。板车唯一的缺点就是老坏,维修需一笔不菲的军费开支,让连队不堪重负。

早晨,莫少文见就半桶清水,上面浮几片菜叶子,“锤子,你就不能积点德,让猪有点吃的?”锤子说:“那你为什么不给自家兄弟省一口呢?”锤子和莫少文彼此欣赏。莫少文帮厨干活巴适(锤子语,意即实在),几次上级来检查训练情况,由于参考率或参训率够了,莫少文就被打发下炊事班。因为他在场实在有碍观瞻,拉低平均分,不说别的,就是听口令向左或向右转,他都常常搞错。后来,锤子提议让莫少文养猪,连队同意了。

前任饲养员是上等兵甘乃平,上头打的招呼,给找一个轻松、有时间有空间事,让他有条件复习考军校。小小连队一个萝卜一个坑,有什么好岗位呢?连长、指导员碰头一扒拉,就叫他养猪吧。甘乃平当“八戒司令”没有捡菜叶、打猪草的习惯,也不会放个柳条筐在菜地要道、服务中心门口收集西瓜皮,更不会一天几次冲洗猪圈,给猪们洗澡按摩。他每天两顿,从食堂拉上泔水,拌上饲料,倒在食槽里,爱吃不吃,不吃拉倒,他落得个“一日三省吾身”,省时省心省力。连队外出演习驻训,减餐至一顿,二师兄们苗条、彪悍、活泼得跟马匹一样从猪圈跃出,把花园一样美丽的菜地糟蹋得像工兵布过雷。兵们一片惊呼,通信连的猪基因突变?和野猪配的种,还是和马杂交了?营房科叫几个小工把通信连的猪圈墙砌得比马术赛场的栅栏还高,二师兄只能终日望墙转悠,号叫。甘乃平家境殷实(可能够不上“富二代”),独子,入伍即从校门到营门,在家时只吃过猪肉,没见过猪跑,即便如此,对他来说已经很难得了。

甘乃平在饲料间伴着阵阵猪叫“苦读”。几个月下来,猪们修炼养成“猪坚强”。锤子在连务会上说,养猪和搞好伙食分不开,我们养的都成“军猪”了,黑瘦得像训练强度很大似的。锤子人微言轻,说了等于白说,直到后来甘乃平被保卫科逮到用智能手机(士兵禁止用智能手机),还浏览过不健康的网页,通报批评后,才回到班排参加正常工作训练。

军营里的生活总是比外面慢半拍(这是很多兵不喜欢的原因之一),面对市面上高科技的产品的“抢滩登陆”有点节节败退的味道,互联网刚兴起时，坚决不准上，眼看伴随网络成长起来的一代蜂拥而来，堵不住了，折中处理，也方便管理，在文化活动中心开一个网吧；手机开始也不给用，只有一些特殊岗位，经参谋长批准、通信科备案才能用，后来发展到可以用某个公司、某些号段的手机，但智能手机不能用。

猪们也就结束了“饥饿疗法”，在莫少文的精心照料下，开始吃饱喝足睡觉的幸福生活（它们不知道这将以生命为代价）。

从那后，连队每隔一段时间杀头猪。去服务社杀猪时，锤子穿着高筒雨靴，挽着衣袖，系一条油亮得能晃出人影的围裙，昂首挺胸像大公鸡，只差引吭高歌。

关于锤子的轶事和段子很多，连队哪个兵都能说出一二。话说夏天午睡，大家被一阵惊乍的鸟叫声吵醒，一片大裤衩白背心涌出去，只见门口法国梧桐树上，一条锹把粗的花蛇正缓缓向一窝麻雀爬去。麻雀筑巢在梧桐树椏处一个树洞里，有枯草、羽毛隐约可见，它们进进出出与兵为邻，相安无事。这些日子，麻雀出入频繁，时有幼鸟叫声传出，估计是小麻雀孵出来了。眼看大花蛇爬近鸟窝，吐着信子的蛇头已探近窝边。一群麻雀在枝丫、屋顶上扑腾嘶叫，如面对穷凶极恶的歹徒，毫无办法。就在这时，锤子举一根长竹竿飞奔而来，竹竿撩起大花蛇，它好像不甘心，舍不得到嘴的美食，头仍向前伸去，就在它猛一窜时，锤子用力一抖，大花蛇顺着竹竿滑到他手臂上，锤子一把抓住它的“七寸”，蛇张着嘴，在他手臂上缠绕翻滚。

蛇被锤子煨成一大锅汤。开饭时，几个兵端着碗正咂嘴。连长看了一眼汤碗，叫锤子过去。锤子支吾：“不该用它做汤，应该放生，为了环保，为了生态，为了物种平衡，我们以前野外驻训、生存训练，吃它是为了保存自己，消灭敌人，为了胜利……”

“还有呢？”

“还有？”锤子满脸疑惑。

“你尝尝，这是第几水了？”

锤子脸由红变成酱紫。他们用砂锅（不能用铁锅）煨好一锅汤后，炊事班几个兵经不住诱惑，喝了，给大家喝的记不得参过几次水。锤子知道，蛇肉几次参凉水煮，肉段会卷起来，越来越紧，直到像牛筋一样咬不动。他总认为能瞒过那群“吃货”。

“这把戏我早用过啦。”连长端起碗，喝了一口：“至少是第三水。”锤子愣在那，“去吧，有空‘百度’一下‘酒泉’那个地名是怎么来的。”

网上说，西汉时年轻的骠骑将军霍去病带兵在西北地区大败匈奴，汉武帝派人送来几坛御酒，将军命令把酒倒入汩汩泉水里，官兵开怀畅饮，一个个喝得肚子圆溜溜的，酒不醉人人自醉，欢声震天，酒泉由此得名。周日晚上，锤子主持班务会就和大家一起学习了这个故事。

锤子老家四川蒲江，他从来介绍说是成都的。他这么说也没错，蒲江是成都下面一个县，少有人知道蒲江。他入伍前在一家卖“黄辣丁”的路边火锅店当过小工，直到现在，他最大的愿望就是开一家属于自己的饭店，路边店也行。当兵后，连队问谁愿意去学厨师，他们那批新兵一个个低眉垂眼，不吭声，不像学开车、学机械操作、学卫生员那样“应者如云”。厨师就是“伙头军”，老百姓都知道。锤子举手去了。在集团军后勤训练中心厨训队学了半年，有以前在饭店做小工的底子，加上喜欢这位最好的老师，毕业时捧回红彤彤的“全优学兵”证书，一回连队径直把背囊扔到炊事班宿舍的上铺。晚点名时，连长夸他不但学得好，而且立马能找准自己的位置。

锤子乃“川厨”出身，做菜偏辣，有时辣中带麻。尽管现在川行天下，但众口难调，通信连的兵江浙一带居多，他精心烹制的美味让很多兵难以消受。男兵们被又麻又辣得倒吸凉气，就骂“哈锤子”。女兵嘴更刁，稍不合口味，就猫舔食一样尝尝，表示用膳了。连长说，吃饭不积极思想有问题，吃饭也是任务，是集体活动。结果女兵例行公事一样去饭堂，而且准时，但经常放下碗筷就宅在宿舍啃零食。连队内务卫生检查公布，女兵内务（专指被子）整得还可以，就是班柜、抽屉里零食多。难怪她们宿舍闹鼠患，时有夜半尖叫。锤子像佛祖一样发“宏愿”，女兵宿舍老鼠不空，追求美食不止。他要让女兵戒掉零食，把她们宿舍的老鼠饿得迁徙。事实证明，一切都是徒劳，要让女兵戒零食比让“瘾君子”戒毒还难。当然，可能是他做菜还差火候，没到那份上。反正女兵宿舍的老鼠始终没有因为闹饥荒而移民。据说，老鼠最害怕女人的尖叫，能把它们小小的可怜的心脏吓破。女人和老鼠是天敌，又共生共荣，因为零食。

锤子为了练就精湛厨艺，连续几年休探亲假时去地方饭店学习。他学艺像俗家弟子上少林寺“偷招”，在县城找一家“高大上(高端大气上档次)”、最主要是客流量大的酒店，跟老板说当小工，管三顿饭就行了，工钱嘛看着给。那胖嘟嘟长得一副资本家嘴脸的老板当然高兴，以最低工资雇一个壮劳力，巴不得他多干些日子。厨房里的大师傅很快发现其中的“阴谋”。锤子干那些洗碗、择菜的活，看起来很专业，干完后，就往灶台边凑。选菜、配菜都摆在那儿，但调料搭配、火候把握等核心“商业机密”，锤子不时贼眉鼠眼地瞟，观察某些菜肴的下锅、起锅时间等。大厨添加佐料时，一把长长的不锈钢勺子在灶台上一字排开的各种调料盆里，蜻蜓点水一样翩飞，锅里波浪翻滚，热气腾腾。这时，锤子的眼珠子恨不得像螃蟹一样，盯出来还要拐个弯。头大脑厚脖子粗的大厨眼睛一瞄就知道碰上同行“偷招”的了，对方底子还不赖。当大厨的最怕，也最讨厌这档事，尤其是自己辛苦开发出来的菜品，被对方一哧溜学走，又不是带徒弟，名不正言不顺，酒店少了生意，自己砸了饭碗。好几次，大厨举起热腾腾的锅盖直往锤子脸上扬，指桑骂槐，说让你看，烫熟这张猪脸。锤子连连后退，赔笑脸又是递烟，又是端茶。大厨对锤子贴上来的热脸始终像鼻孔里插葱，哼哼唧唧，爱理不理。

“夹生饭”一直到有次锤子一个战友来找他，锤子条件反射地答道。那战友和锤子一个车皮拉去当兵的，两年就回家了，退伍前理想很丰满，无奈现实很骨感，让人发蔫。锤子每次回家，他们都要见面聊聊部队上的事。那天，他俩在洗碗池说话，锤子洗碗，他战友叼根烟站在旁边。战友走后，锤子感到大厨看他的眼神有点异样，悄声问当过兵？锤子说不止当过兵，还现役呢，炊事班长，想把菜烧好点，让弟兄们吃香点，这不想向您学两招吗？大厨听了，如“地下党”终于和组织接上了头，只差握住他的手使劲摇晃，眼含泪花地叫同志。大厨说他当过兵，他儿子也当兵了，去年刚去西藏部队。从那后，大厨和蔼多了，有时教他几招，有时还让他上灶台操做一番，大厨在一旁指点。锤子的手艺大有长进，由他掌勺的菜肴端出去，食客一片叫好。大厨说，锤子是块掌勺的料。锤子还想学，无奈假期快到了，只得鸣金收兵。

锤子在酒店打工还“搂草打兔子”，另有收获，认识一个传菜女服务员，开始一个羞答答的故事。他归队后，在连队二楼的密码电话机前，经常上演“月上柳梢头，电话黄昏后”一幕。

锤子菜烧得好，兵们一日三餐有盼头。男兵见到他，隔老远就问，中午（晚上）吃什么？听起来，通信连的兵都好吃。女兵对锤子恨得牙痒痒，一边是喜欢吃他烧的菜，有滋有味，解馋；一边是身体不争气，一吃就膨胀成大熊猫。两年度以上的女兵还好，上过当，知道管住嘴，迈开腿。呆萌呆萌的新兵，吃得把衣服扣子都绷起来，样子惨不忍睹。所以，通信连的女兵只有成为老兵后，才把军装穿出味道来。

旅里野战炊事车经常拉动，一般在下午做晚餐，有时也做中餐。有时出动野战炊事车，有时几个炊事员背上大铝锅、荤蔬菜、盐巴调料稀里哗啦往指定地点跑。出动野战炊事车时把米饭和汤都在外面做好，如果不出车就只做几样菜，然后抬回连队开饭。野战炊事车的好处就是方便、快捷，保障人多，但对场地、水源有要求，不像传统野战锅灶，最大的装备就两口铝锅（一口烧饭，一口炒菜），可在山坡、山顶等车辆到不了的地方展开。

每当传统野战炊事比武，锤子背一口大锅、扛一把铁锹直往前冲，边跑边喊：“黑锅来了，黑锅来了！”这时谁会在意呢？各连炊事员拥挤着往一个方向跑，很快，锤子冲在最前面，背上的大铝锅底被蹭得锃亮。很多时候他都占据有利地形，三下五去二挖好灶，支好锅，开好排烟口后，其他连队才喘着粗气爬上来。

野战炊事，锤子烧菜又快又好，分管后勤的副旅长和军需科的助理员挨个儿尝过去，到了通信连炊事班的摊位总忍不住多尝一口。但这些菜给兵们吃时却颇受非议，有兵甚至扬言要按照“食品卫生法”投诉，原因是菜里泥沙太多（检查人员吃的是面上的菜，吃不到沉底的泥沙），一不小心可能把牙崩掉。在一片“我们是来保卫国土的，不是来吃国土的”叫唤声中，锤子心知肚明，情急之下他可能随手操起大铁锹当菜勺用，那大铁锹在大锅里一搅和多省事呀。

每逢八一、过年，地方领导或企业团体来旅里走访慰问，锤子被抽调到机关食堂保障。有次，一个满面红光的老板品尝过几道菜后，对陪同的旅长说，你们太客气了，还请来大厨，说好了就吃连队的伙食嘛。旅长说，是连队伙食呀，菜是自己种的，掌勺的是连队炊事员，只不过没在连队吃。

不在连队饭堂吃，旅首长有考虑，怕在兵们面前吆三喝四，面红耳赤的，影响不好。如今的兵民主意识强，个性张扬，不好带呀。

老板不信，坚持要见烧菜的兵。锤子穿夏季丛林迷彩服系一条人造革围裙，出现在老板面前。老板敬锤子一杯酒，说部队真是大熔炉大学校大食堂，问他愿不愿意上他们那儿去干，拿年薪哟。锤子说可以，但要脱军装后。老板问什么时候，锤子说，他也不知道。酒桌上一片笑声。

机关食堂要调锤子，电话催了几次，锤子不愿去，说机关食堂不自在，伙食难搞。有兵说，是舍不得那些兵妹妹吧……接着说了一个名字。锤子脸顿时红得像烫熟的虾子，扬起菜勺作打人状。

管理科协理员（通信连前任指导员）生气了，说他不服从命令。旅参谋长知道了，发话，不来就不来吧，为什么我们总喜欢摘“桃子”呢？机关自己也可以培养嘛，连队也需要等级厨师。

锤子至今还在通信连炊事班干得欢。

早餐后，锤子带炊事班几个兵推一辆板车向菜地晃去。通信连地里的菜长势总比不上其他连队，像营养不良。那些步兵连队的兵说，性阴，女人在地里折腾，肥地变成瘦地。

板车在一畦生菜边停住，生菜昨天已收小半，还剩下大半。各连队该收割哪样菜，该翻哪块地，该撒什么种子，旅保障部军需科有个管种植的助理员，像布谷鸟催耕，不时提醒。

锤子提刀站在埂子上，一扫眼，又来过，看样子今天只勉强够一顿。地里的菜像猪啃过一样，大棵的全没了，地头到处是菜叶，有的还蛮好的。不要问，是家属区那群婆娘干的“好事”。

现在，正连以上干部家属就可以随军了，家属区挤得像蜂窝住满了人。兵们称之“九九三八六一部队（老人妇女儿童）”。家属区不准种菜（也无地可种），驻地离菜场又远，于是，家属和兵们打起游击战，兵们一转身，就有家属拎篮子、揣塑料袋到菜地里上演现实版的“偷菜”。其中大多是老人，有时老的牵小的。家属割菜没个规矩，看到哪棵好，壮实叶肥，或想吃哪种时鲜菜，就像杜鲁克跑到地里，这儿挖一块，那儿弄几棵，把兵们辛苦整出来的菜地毁容成“癞子头”。

旅首长在全旅干部大会上拍着桌子骂，请大家管好自家人，看好自家门，不要贪那点小便宜，没出息！效果不大，后来干脆派哨兵守。菜地哨兵不正规，午休时没哨兵，晚上熄灯号后也没哨兵，所以有等于没有，菜照样丢，菜地照样搞成“癞子头”。当然，哨兵即使逮到“偷菜”的家属也无可奈何，毫无办法，没有执法权不说，有时还是自己顶头上司的婆娘，得管她叫嫂子，还得帮她摘菜。所以，哨兵唯一能做的就是引导，哪块地可以摘，哪块地不可以，于是哨兵成了“偷菜引导员”。

如果上级将要来旅里检查工作，哨兵就开始严肃认真，二十四小时上岗，菜地变得和军需仓库、弹药库同一个戒备级别。坚决不允许家属靠近菜地，不但如此，各连队自己吃菜，无论荤素都由服务中心供应，地里的菜一棵都不准动。

锤子从菜地回来，中士朱虹和上等兵陈彤已经在炊事班门口等。朱虹是代理排长，可以不用帮厨，但她还是来了。通信连帮厨的规矩，轮到男兵时一个人，轮到女兵安排两个人。男兵对此很有意见，更令人气愤的是，男兵帮厨被锤子指挥得滴溜溜像陀螺转，什么活都得干；女兵帮厨，就搬张小凳子坐在厨房操作间优雅地择择菜、说说话，他自己忙得团团转。其实，这只是男兵心理不平衡，女兵帮厨，锤子干得起劲，愿意多干，这是他体内荷尔蒙发挥作用，是他自己的事。锤子喜欢女兵帮厨，女兵也喜欢帮厨，不但能解馋，先尝为快，还可以学几样拿手菜，为以后当贤妻良母做准备。

有一阵子女兵帮厨，锤子喜欢炫他“春天”（脸上洋溢春色，故得名）的玉照，请她们参谋，摆他的罗曼史，有时也诉说心灵的伤害。这些，锤子从不跟男兵罗嗦，男兵嘴损，会拿他的痛处开涮。通信连女兵对锤子的恋爱记录有集体记忆，有时甚至是她们的焦点话题、新闻1+1，锤子谈过几个，长得怎样，有哪些细节，她们比指导员掌握得还详细。她们结合锤子和他“春天”的星座、血型、属相，以及锤子进攻的方法、策略，双方的优劣、得失，如同红蓝对抗推演一番，结果五花八门，比电脑算命丰富多了。

锤子“芳龄”二八（二十八周岁），在他们老家，儿子（也有可能是女儿）都已经会说“我是打酱油的”了。可锤子别说孵蛋，就连下蛋的母鸡都没找到。没有目标就没有进攻方向，再强的火力，再大的决心，再强的武器配置也是白搭。

“相亲苦，相亲累，相了半天不般配；又搭烟，又搭糖，搭来搭去还是黄；父母跟，家人随，七嘴八舌直皱眉；有说坏，有说好，说到头大才拉倒……”这是锤子他们老家流传很广的“相亲歌”，过去他听了只是笑，现在五味俱全。

“每逢佳节被相亲”，锤子相过的“春天”足可以编一个执勤排（如果把只是见一面，或相互看过照片也算）。时间最长，让他一想起心就抽筋的一个是他们村长的女儿，谈了三年，他当兵前订的婚。他和他家人对这门婚事都满意，终于和村长攀上亲了，村长是他们那儿最大的官，是“土豪”、“首富”，跺跺脚能把地头震动。最难得的是，他真地喜欢那女孩，发自心底地喜欢，小脸小鼻子小嘴巴大眼睛，他梦中的“女神”就是这样子。他想，如果自己没当上兵，她肯定不会正眼瞧他。于是，他觉得穿军装真好（尽管当时还没缀肩章、领花），威武，带劲。他家送了女孩“三金”（金戒指、金耳环、金项链）。逢年过节，他妹妹去女孩家送吃的喝的，时兴的穿戴。农忙时，他爸爸去她家牛一样干活。这是他们那儿的规矩，订婚期间要把女孩好吃好喝地供着，要帮丈母娘家干活。他不在家，这些事只能让家人顶替。女孩偶尔也打打扮扮地到他家走动，他全家围着她，如服侍下凡的仙女。

后来，她跟锤子说，想跟小姐妹去广东一个叫东莞的地方打工。他不想让她去，担心她见了外面的花花世界心野了，走丢了。她犟着要去，说在家里闷得慌，挣到钱他们以后的日子会过得好。女孩到了东莞，很快像鱼儿游进大海，渐行渐远渐无声，海阔天空无处问。钱有没有挣到不知道，但很快很明了地提出“吹灯拔烛”。

那段日子锤子像霜打的菜秧，垂头丧气，切菜伤过一次手，糊一次锅，最严重的一次是把碱当生粉放了，害得一锅菜废了。连队干部没少操心，连长、指导员轮流上阵，你方唱罢我登场给女孩和女孩家里打电话、写信，说锤子在部队表现怎么好，如何优秀，女孩嫁给他会幸福得像公主。连队干部像锤子的先进事迹报告团成员，把锤子描绘成一朵花。费了很多口舌，还是没把死的说活，没能让女孩回心转意。

分手账是锤子回去算的，女孩没有回去。那时他已经是下士了，幻想过无数次“衣锦还乡”和她“锦衣夜行”的样子，没想到竟是这种情形。去村长家，他父亲除了叫上媒人、村里几个脸阔（有脸面）的，还有他们本家几个坐办公室的（有工作就意味着有身份）。主要怕村长耍横，镇不住。

他也去了，特意穿上军装。

他父亲摸出一个小本本，一项一项报，手指往舌头上一沾翻一页，哪一次到女方家提一只鸡，或鱼，或几斤肉，重量多少，买过几件衣服，四时八节送了哪些礼物，现金给了多少等；女孩到男方家几次，吃的什么菜，用了多少油，几两辣椒几根葱等，折价多少，旁边几个计算器同时滴滴地按。他佩服父亲有心计，料到会有这么一天，留了一手。他使脸色和眼神怪他父亲过分了，连女孩在他家吃了几条小鱼都算了出来，并且全部按最高价，比方鸡蛋当时的价格高就按当时的，鱼现在的价格高就按现在的算。

锤子嘀咕一句，他父亲把小本本往桌上一掼，指着他鼻子骂，你这个哈锤锤，快到手的婆娘都跑了，我们在家里给你当牛作马，容易吗？只怪你没本事，兵越当越哈。村长一旁红着脸，不吭声，几个亲戚赶紧打圆场。他们那儿的规矩是男女双方订婚，如果女方不同意，悔婚，就得退还全部彩礼，账由男方主持算；如果男方悔婚，那么男方送出的彩礼就等于打水漂。有的双方即使感到不合适，但谁也不愿意第一个提出，彼此耗着，因为开口就意味着好几年白辛苦。一般是女方耗不过男方。

那次算账，平常霸气又小气的村长从没那么豪爽过，算出多少给多少，没打折扣。后来锤子才知道，女孩在东莞和一个老板（也可能是多个老板）在一起，挣大钱了，具体怎么来的，谁也不知道。村里人没有读书看报的习惯。难怪她爹财大气粗。很长一段时间，锤子恨当老板的，对老板这个称呼反感得像闻到厕所里的味道一样。大街上那么多漂亮女孩，你一个老板和我一个当兵的抢什么女朋友嘛。当然，也许那老板根本就不知道女孩的前男友是当兵的。

有文件规定男兵年满二十八岁，女兵年满二十六岁就可以在驻地或部队内部开垦“根据地”，寻找另一半。锤子在兵们七手八脚地包装下，参加过驻地专门为军地大龄青年主办的联谊会。摇滚巨星、“超级男声”列兵李胜中为锤子量身打造了一首歌《姑娘，请听我说》，歌词唱道：姑娘呀姑娘，请听我说，我们苦练杀敌本领，是为了保护你；我们徒步行军，是为了陪你逛街；我们紧急集合，是为了你随叫随到；我们流汗搞体能，是为了能背得动你；我们拔军姿，是为了站着听你唠叨；我们练瞄靶，是为了对你耍孩子气睁一只眼闭一只眼；我们去炊事班帮厨，是为了让你有口福；我们整理内务卫生，是为了你生活的环境干净整洁；我们坚守岗位，是为了把你守望；我们遵守纪律，是为了恪守对你的诺言；我们服从命令，是为了乖乖听你的话……姑娘呀姑娘，咱当兵的人，永远是最可爱的人，永远是你值得托付终身的人，是值得你用心去爱的人！……

舞台造型为怀抱吉他，微闭眼睛，摇晃脑袋，声情并茂、歇斯底里弹唱。为了把这首歌唱好，在李胜中的精心编导下，锤子在连队电视房鬼哭狼嚎折磨大家的听觉神经好几天，大伙儿想到他后半生的福祉，忍了。据说锤子那次表现不俗，最初几个环节现场女嘉宾都为他留灯了，尤其是"才艺展示"唱的那首歌，抓住了佳丽们的芳心，但后来在"点对点"交往中，得知他只是个烧菜做饭的士官，就礼貌客气地离开了。锤子备受打击，他觉得自己像一个没肉且变馊的骨头，美女只是闻闻不感兴趣。

穿堂风习习，朱虹和陈彤的齐耳短发拂动，她俩坐在小凳子上择空心菜。锤子系一条黑乎乎的白围裙，持一把菜勺傲然立在热气腾腾的灶台边。陈彤问："班长，现在还是'空断期'？"以前，这是女兵打开锤子嘴上闸门的最好办法。那边传来阵阵铲子划过锅底的声音，刺耳。上次，锤子探亲认识一个饭店的服务员，很多女兵看过照片，长相端正，就是富态了点，穿一件水绿色连衣裙，腰上拴一根细细带子，像一个煮熟要绽出米粒的粽子。

"班长，和你的'春天'到哪一步了？"陈彤声音提高八度，"你退伍后和她开一家夫妻店，多好呀。"那边锅铲声更大，伴着咳嗽和自来水声。

几个荤菜出锅了，铲进不锈钢保温锅里。蔬菜得最后炒，听到操课结束的喇叭声才下锅，掐在兵们进食堂前端上桌，这时候的青菜看起来油汪汪、绿油油的，闻起来有股清香味，不会放久了，黄黄的，有股青草味。锤子炒菜就如军需科长"点赞"：不图自己省时省心省力，而是用心用情用爱当佐料。

空心菜还有一小半没择出来，锤子搬张小凳子凑了过去。锤子问陈彤喜欢吃什么？"三杯仔鸡、香质肉、浔阳鱼片、炸石鸡、米粉牛肉……"陈彤绕口令报菜名。

"你们上海本帮菜做起来滑炒生煸红烧清蒸，口味清淡多层次，看上去像工艺品。"锤子扭头对朱虹说。

二、女兵排男兵带

通信连是旅里唯一的男女兵混编连。全旅三十多个女兵集中在这里(包括旅医院几个女士官)。在雄性荷尔蒙分泌旺盛的营盘里,女兵是太阳(不是月亮),男兵黑脸配白牙齿是向日葵。指导员说,步兵连队有的男兵光眼神能让人怀孕,就是好蛋也会被盯出缝来。说这话时,他两旁瞟了瞟,没有女兵在场。

在我军以步兵为老大哥的传统军营里,通信历来是小兵种、保障专业。通信专业军官在旅一级单位干到正营就到了职业军人的"天花板",蹦跶一下最多能调个参谋带长,还是副的,那是祖坟冒青烟了。通信兵是千日养兵千日用,平时日常保障,演习抗洪救灾等大活动大任务重点保障。活干了,苦吃了,难出彩,首长拿起电话就通,呼叫信号就应,这时候感觉不到通信兵的存在,一旦感觉到他们存在了,就大事不好了,是通信保障出问题了。这有点像人体器官,当你感觉到它的存在时,它已经发生病变。

通信保障难,男女兵混编的连队管理更难。鸭子多的地方屎多,女兵多的地方事多。通信连从连队自卫哨、军需仓库哨(每季度站一个月)、收发室(涉及信件、邮件、报刊等,也属于通信保障范畴),到通信执勤的各个台站,全是小散单位。连长说,两眼一睁,忙到熄灯;两眼一闭,还要提高警惕。天不怕,地不怕,就怕三更半夜来电话。感觉像坐在活火山口上,随时有心惊肉跳的事会发生。

女兵新兵集训统一在集团军。每年军务科去军部接女兵,首长反复叮嘱,我们最后带,别的单位挑选过的"剩女"就归我们。旅首长试图从源头抓起,降低"风险系数"。有那么几年带回来的全是上下一般粗的"熊猫

（女兵宿舍由此得名，亦有珍贵、稀少，被高度关注保护的意思）”。这个办法的后遗症就是旅里举办七一、八一、十一和迎新晚会找个“清新”一点的主持人都难，有时候得来队家属客串。后来，可能别的单位也“英雄所见略同”，分来的女兵就差不多了。

通信连对女兵的管理一方面像封建老婆婆，规矩多，管得严，上级也盯得紧；另一方面就是首长打招呼、递条子多，小到休假，大到入党、立功、转士官、考军校等。女兵们平时看起来乖巧温驯得像熊猫，一到关键时候，几乎每个人都是《西游记》里跑出来的妖精，总能和菩萨攀上关系。男兵辛辛苦苦干几年什么都没有，她们轻轻松松就大获丰收。制定规矩和破坏规矩都是坐主席台上的领导。这两年风气好转，原因是招女兵放开了，在网上就可以报名，还有就是领导通过“自律”和“他律”不再任性，变乖了。

执勤排以前是一个女中尉管。女人特能理解女人，知道她们的软肋，能相互体谅，互相配合，也能相互制衡。女中尉知道什么时候该罚站，罚抄密码、电话号码，哪些话能说，哪些话不能说。那几年，在女排长尖细的吆喝下，执勤排虽然没有什么生气，倒也太平无事。后来女中尉谈朋友，结婚，生孩子，休完产假后就“黄鹤一去”地调走了，听说是调到家门口的部队去了。

在女中尉休产假期间，连队和营里决定，由李晓勇代理执勤排长。李晓勇开始以为只是临时的，所以接受任务爽快。他用拉猪食的板车垫上报纸，把铺盖拉到执勤排去之前，连队和营里干部分别郑重其事地找他谈了一次，面授机宜。让李晓勇带女兵，缺点是长得帅，没结婚；优点是做事实在，有时候甚至是“方脑壳（锤子语录，意思是转不过弯来）”。有次，对抗演习他担任通信值班，友军一份密码电报竟然以非机要渠道发过来，理由是保密网络被破坏了。因为李晓勇的拒收，以致战局扭转，失败。战后，导演组表扬了几句，但他在旅里并不受待见。由此得名“方脑壳”。那时他军校毕业下连队没多久。

李晓勇在执勤排每天的主要任务就是蹲守值班室，值班室扼守整个通信大楼，他像传达室的保安，一天二十四小时，一小时六十分，一分六十秒，总共八万六千四百秒，闲得慌时他摁计算器算过。晚上熄灯号一落音，就用一把粗大的链条把女兵宿舍的大铁门一锁，不开，不开，谁来也不开，除非急诊。

人民是历史的创造者，群众的智慧无穷，我们今天大多看不懂的《诗经》就是古代劳动人民创作的歌谣。不知是谁把通信连一个流传很久很广的段子“十八怪”进行了“阉制”，其中诸如，面条像腰带（吃面时，锤子喜欢做宽大的四川“嗒嗒面”）、爬树比猴快（通信兵的老本行）、公猪栓腰带（莫少文用腰带栓过杜鲁克）、三个老鼠一麻袋、三只蚊子一盘菜（女兵生活的独立小院里有几棵高大茂密的梧桐树，没招来凤凰，招来的是硕鼠和蚊子）等等，现在加了一条：女兵排男兵带。

李晓勇乍听到时笑笑，很快哭笑不得。在他主政执勤排的日子里，女兵出操的越来越少，有的早上就稀稀拉拉十来个，一问说“大姨妈”来了。他一愣，大姨妈是谁？女兵宿舍有人进来过？就是母的、雌的蚂蚁也不行！他很快明白怎么回事。但“大姨妈”不可能集体来队探亲呀，那么多人不出操，难道都是“大姨妈”来了？大清早，他一个未婚男军官（就是已婚也不行）真没办法进女兵宿舍，一探究竟。这一点远不如带男兵爽，男兵如果没有正当理由不出操，被子一掀，不出也得出！

李晓勇一番“百度”，才晓得长期生活在一起的女性，生理周期会趋向一致。也不对呀，有的女兵一个月“大姨妈”来几回，从他对异性有限的了解，女孩子的“大姨妈”每个月应该只来一回吧，来多了就是病。

于是，李晓勇有了一个巴掌大随身带的小本本，如果哪个女兵说“大姨妈”来了，不出操、不参加训练、不去菜地，他转过身去翻翻小本本，不动声色：“不对呀，找个高明一点的理由好不好？”

下午体能训练，李晓勇换体能训练服时，把小本本落在值班室的桌子上，恰巧值班室的电话老响，没人接，上等兵李晓玲路过，接了一下电话，一听就知道没什么正经事，是找老乡聊天的。当她转身想走时，看到桌上有个“灰太狼”图案的小本本，随手翻翻，感觉很“二”。和值班室相通的里间，是李晓勇和外线班几个男兵的宿舍，人来人往，没啥秘密可言。李晓玲发现小本本上有她们女兵的名字，后面有日期和一串串神秘得像远古先民留下的象形符号。李晓玲不明白什么意思，当她看到自己的名字时，脸一红。

李晓玲是大学生士兵，专业技术一般般，但性情好，做事沉稳，她当兵有远大宏伟人生目标，故像端着一碗人参汤走路一样，小心翼翼地珍惜这次机会。这件事她闷心里快发霉了，后来还是没憋住，悄悄和一个女兵说了。女人之间是守不住秘密的。小本本上的内容很快像运动会火炬一样在女兵中迅速传递。

那天下午，执勤排的女兵仿佛一群捅了马蜂窝的猴子，不时尖叫和大笑。女人就那点秘密，她们觉得就像穿着睡衣奔跑一样（裸奔倒不至于）。加上那段时间李晓勇对女兵管得紧，双方对立情绪严重。女兵正常请假外出，他不住的唠叨必须两人以上同行，同去同回（恨不得在她们身上安装"北斗"进行定位），到了归队时间，他几乎卡着秒表等在门口。时有上级首长亲自打电话来给某女兵请假，半天或一天。李晓勇不紧不慢、不亢不卑地让首长打电话给营里或连队，由营连通知他放人，有的实在碍不开面子，就留下详细电话记录，什么人打的电话，因为什么事，让什么人外出多长时间等。他这么做也是在保护自己，万一出了事，能少担些责任。

关于女兵生理周期的秘密被好事者捅到网上，指导员火速找到网管中心攻关，由于删贴及时，很多人只是道听途说，没有看到，没有造成大的负面新闻。一贴刚平，又冒一贴：女兵排让男军官走开，要么派一个女干部来，要么从她们中间选举产生一位代理排长，执行高度"民主自治"。

有人跟帖多大的事呀，还不是对大家要求严一点，心细一点，换一个角度看，还很体贴关心咱们呢。李排平时蛮"怜香惜玉"的，说话温婉含蓄，骂人不带脏字，如果换一个"婆婆"，说不定更难。

当几个男兵帮李晓勇提着行李离开执勤排时，有几个女兵站在窗户边，李晓勇一回头，她们闪身了。李晓勇有说有笑走过时，没忘记回头朝大楼挥挥手。他乐得回去和男兵滚打一片，只是对留下一个广为流传的笑话表示遗憾。

朱虹就在这个时候出任执勤排代理排长。她原来是旅医院的直招士官，花名册上写着：护士专业，中士军衔，大专文化，籍贯上海。芳龄按照出生年月推算应该二十有五了。给人的印象是"三大"，脸大，胸大，底盘大。有天早上，不知哪个连队一个兵见到朱虹，流里流气说，奶油葡萄再不摘，就要熟在树上了。通信连有几个兵装做没听见，锤子一听，跳起来，尼玛，嘴里能吐出象牙吗？要不是大家拉住，锤子就像李逵一样厮杀过去了。

朱虹话不多，从她走路说话慢条斯理沉稳的样子，像大姐又像大妈。此前，旅医院十来个合同制护士和执勤排住一起，她当班长，悄无声息像群猫。让朱虹当代理排长，可能是外来的和尚好念经，没有人跳出来反对。

朱虹把床铺挪了个宿舍，和执勤排女兵住一起。正整内务，李晓玲推门进来说，朱排，大家在等你。朱虹随李晓玲来到学习室，里面一侧书架上摆放有吉他、快板、羽毛球拍和一些书，卡通漫画居多，墙上贴满手绘图案：有女兵跑步、执勤、海训、拉练、擦桌子、抹窗户、浇水拔草等。在杂乱无章、眼花缭乱的手绘画中有一张小小的心形图案"入排誓词"，不仔细看不出来，上面用铅笔写道：保守女兵秘密，严守女兵纪律，团结战斗在一起，欢笑痛哭成一团，姐姐妹妹站起来！我骄傲，我自豪，我是阳光女兵！我前进，我拼搏，我是女兵阳光，耶！朱虹照其他人的样子，立正站好，举起右拳，跟着小声读。

入排仪式不知道起于何时，也不知道出自何处。只要有女兵"入伙"，门窗紧闭，高举"粉拳"，压低嗓音，搞得像帮派一样。连队干部也许知道，但装做不知道。

朱虹知道"宣誓"只是温柔的开始，后面如同走进一条黑咕隆咚的走廊，不知会碰上什么。

晚上，风刮得玻璃窗噼噼啪啪响。朱虹夜起，回来时门关上了，小声敲，没人应，叫了几个女兵的名字，都没答应，侧耳细听，好像还有呼噜、磨牙声。朱虹知道装睡的人，永远叫不醒。

突然，啪的一声，靠门锁旁的玻璃碎了，门开了。第二天早上，小值日把地上的碎玻璃小心扫干净，谁都像什么事也没发生过。那块玻璃直到来年秋天，连队统一安装时才装上。

后来，朱虹得知以前女中尉刚来时，也碰到过这种事，"风"把门关上了。女中尉的处理办法是去其他宿舍和别人挤了一个晚上。

营里将在周五进行内务卫生检查评比，已通知几天了，那天即使大太阳也不准晒被子，必须统一把内务整理好。过去有兵被子整不好，也懒得整,为了不拖班里后腿,起床一大早就把被子晾了出去,问怎么回事,他支支吾吾,昨晚“跑马”了。

周五,恰巧下雨。副营长一行来到女兵宿舍,看到走廊上、宿舍里乱七八糟挂满内衣,像是开“万国峰会”,当场发飙,说女兵内务最差,必须整改。副连长马上应承。朱虹在后面不紧不慢地说:“女兵情况特殊,我们总不能把衣服淋在雨里,或捂着不洗吧。”大家目光转向她,她脸色平静,“建议上级给我们女兵修一座全天候晾衣场。”营连检查女兵宿舍内务卫生必须叫上女兵排长、班长等人,有问题可以当面指出,当然还有其他原因,你懂的。

那次执勤排内务卫生检查虽然被差评,但全天候晾衣场很快盖了起来,不锈钢架,玻璃钢顶棚,可以晾鞋子,晒衣服,搭被子。鞋架呈阶梯状,每个晾衣架有固定位置,晒被子的像双杠,能最大面积接受阳光……以前,衣服晒在外面闹过一个笑话,有天突然下雨,女兵上训练场了,只有值班室外线班一个男兵在,冲进豆大的雨点中把女兵的外衣收了,剩下几摊花花绿绿的内衣,用几件雨衣搭在上面,看起来怪怪的。

营房科盖晒衣场时还在周围搭了一圈铁丝网,像网球场。过去女兵内衣经常丢,早上明明晒得好好的,还用夹子固定住,下午收时,只剩下空衣架,不知是被风吹走了,还是让狗叼去了。

女兵的内衣不丢了,隐约传出家属区、士官公寓时有女式内衣莫名其妙的不见了,后来又戛然而止再也没有发生。数年后,通信连指导员(已成教导员)有次谈起做兵的工作,说有一天早上集合号吹响,有个兵起床磨蹭,他一瞟眼,见其被窝里闪过一条肉色带子,他当时什么也没说。出操回来,若无其事踱到兵身边,小声而严厉的命令兵带上东西跟他走,来到一偏僻垃圾堆旁,他扭过头去,命令把东西丢了。后来,他带兵去看过几次心理医生。再后来,那个兵退伍了。这件事他从没和向任何人提过,那个兵叫什么,至今谁也不知道。

排长可以不上值班,半个月后,朱虹坚持跟班。各台站技术含量不高,但要有责任心。就拿总机说吧,能熟练操作,背熟上千个号码是一个方面,另外就是要会临机处置,碰上难缠的用户能巧妙应对。朱虹总结出女兵总机值班要嘴巴甜,急用户所急,话要说到点子上,说到用户心坎里。

朱虹从总机值班开始，先跟班，然后值班。

周二和周四下午菜地生产，女兵在菜地里磨洋工，大部分时间像大观园里的小姐姑娘们，只差拿一把团扇追蜂引蝴，周围步兵连队的男兵纷纷朝这边行“注目礼”。朱虹一声不吭蹲在地上拔草，和男兵一样把杂草黄叶抱去化粪池沤粪……

朱虹的“女汉子”做派让男兵引以为哥们，让麻雀一样热闹的女兵很快变得安静。

锤子变着法子做好吃的，男兵在训练场上很快把油水转化成汗水，只可怜那些整天坐在空调房值班的女兵，一个个吹了气一样膨胀。不吃吧，嘴馋，吃吧，发胖。女兵就像传说中的狐狸，为了吃到栅栏里的鸡，饿瘦钻进去，吃胖后为了重获自由，又饿瘦才钻出来。女兵打羽毛球、踢毽子、练瑜伽、平板撑、跳绳等变着法子自我折腾。

朱虹在网上和网下提了N次意见后，执勤排的小院里终于树起一个篮球架，勉强能打半场赛。球架刚立时，常有女兵寂寞地拍球投篮，朱虹嘴里含个口哨鼓着腮帮组织过赛事，场外围观的男兵伸长脖子，如一群长颈鹿，估计卖票都畅销，还会产生“黄牛”。后来女兵有所觉察，打球的少了。现在，篮球架终日痛饮孤独，看着女兵热热闹闹进出，害相思病一样，油漆斑驳，风烛残年。

旅里每年举行“攻坚杯”篮球赛，从四月中旬春暖花开时打起，陆陆续续打到十月中旬黄叶飘飞时才旗偃鼓息。这其中有天气原因，最主要是大多数连队到了季节就要像候鸟一样外出驻训、海训，离开营区，打不起来。

球赛由旅宣传科组织，每个建制连派一支代表队，机关部门和农场各派一支代表队，不得请“外援”，参赛队员必须是在编人员，借调、帮助工作的一律不能参加，以编制实力为准，由军务科和干部科审核把关。淘汰赛一般有一名旅值班领导坐镇，以示重视，半决赛、决赛在家常委倾巢出动。期间，偶尔穿插和军民共建单位开展友谊赛，旅长或政委穿体能训练服挺着大肚腩亲自上，场上士气大振，尽管他俩投篮机会多，屡屡不中，还是把对手打得落花流水，这事关荣誉问题。

球赛大都安排在夏日傍晚。每当赛事，灯光球场，彩旗招展，锣鼓喧天，喇叭里劲舞欢歌。待华灯初上，球场亮如白昼，场上阵阵旋风一样地追赶，场下双方啦啦队的锣鼓声、呼喊声一阵压过一阵。家属区的妇女儿童这时吃过晚饭，闻声而来，这时也是散步、纳凉的时候。如果场上没有熟悉的身影，他们不会看得那么认真，偶尔瞟上几眼。孩子们在空旷地上溜旱冰，滑滑板，滚铁环，抽陀螺，追逐嬉笑打闹；女人漫步，东家长西家短拉开了。“广场舞”被挤走了，大娘大爷们自觉挪了个地方。孩子哧溜的身影牵扯着母亲的目光，不时响起一阵尖脆的喊声……不知不觉，球赛结束，啦啦队吹哨被带回，那边只剩下宣传科几个兵在收拾记分、音响用具。曲终人散，晚风习习，半个月亮爬上来。

篮球赛季是营区夏夜的晚会、舞曲、霓虹灯。

通信连代表队出场，最引人注目的还是他们的拉拉队。其他连队场下是一群纯爷们扯着铜锣嗓子呐喊助威。通信连的“亲友团”有男有女，他们还经过排练，整齐端坐折叠椅上，何时敲锣打鼓，何时大声叫喊，看指挥员李胜中手势。列兵李胜中平常列队集会前指挥唱歌，球赛、拔河时指挥拉拉队，从理论到实践他已经深谙其道，鼓舞士气要在点子上、关键时刻，锣鼓配合加油声，紧随球队的进退得失，精神状态，否则不但难壮声势，反而打乱阵脚。通信连拉拉队敲锣打鼓、敲脸盆（黄色塑料盆，结实），女兵有时突然挥舞小旗、拉开横幅：通信连加油；某某帅哥我们爱你。李胜中甚至提出“篮球宝贝”的想法，被指导员一票否决。

通信连拉拉队极具特色，可是比赛屡战屡败，但凡和通信连比赛的球队，像服用了违禁药物一样，女兵每一次“独具魅力”的叫喊，他们跳得更高，跑得更快，投得更准，逞能一样，展示豪气虎气霸气，把通信连的爷们在自己姐妹们面前打得灰头土脸，垂头丧气，没有一点脾气。看样子打球就像打仗，拼的是实力，只是把战壕、碉堡布置得漂亮，赢不了对手。

在通信连的所有赛事中，被警侦连收拾得是最“惨”的，比国足还惨。警侦连的兵牛高马大，新兵下连时就从各连队挑来的，干的是侦察、保卫专业，他们自称站在门口是个“好桩”，抗洪抢险是块“好料”，冲锋陷阵是块“好钢”，新时期“三好士兵”。他们站在大门口，或在营区外巡逻，遇到女兵，即使她们军容严谨，也要敬个礼，检查一下她们的“三证（士兵证、外出证、请假条）”，嘱咐几句。所以他们能说出每个女兵的名字、籍贯、芳龄，那架势“熟”得就像邻居丫头，他姨家表妹。

警侦连的兵在场上很神气，奔跑、跳跃，如入无人之境；传球、投篮，一气呵成，相互间配合得风卷残云。有一个长相俊朗号称小易建联（华人，曾效力美国篮球MBA）的兵，动作行云流水，尤其灌篮潇洒，远投命中率高，几次得三分，场下那些保持中立的看客几乎一边倒为他喝彩。

通信连拉拉队一阵憋屈、尴尬的“无线电静默”后，场上队员并没有发起雷鸣电闪的绝地反击，仍旧疲于招架。小易建联又一次在前堵后追中投篮得分，在阵阵掌声欢呼中，通信连“万马齐喑”的拉拉队里竟然响起一声尖叫。好多男兵朝那边看，上等兵陈彤低着头，黑亮短发遮住两边脸颊。呸！尽管对方打得好，但现在是你死我活的敌对阵营呀，这种长他人志气灭自己威风的事，绝对不能做！通信连这边灵活利索一点的有线兵轮番上阵，上士陈华是主力队员，和警侦连的彪悍战将比起来，只能算中不溜，尽管如此，还是被盯得紧紧的，如被“捆仙绳”困住手脚，左冲右突，施展不开。上等兵朱继彪、姜迪平、中士刘胜、中尉李晓勇平时爬电线杆子身手算了得，但一上场就如绵羊落进奔跑的马群里，很快下来当起“板凳”队员。通信连长几次叫停，调整战术。指导员亲自端茶递水，递毛巾，还是于事无补，难挽颓势。

中场休息，锤子颤悠悠提两桶红豆红枣桂圆汤过来“劳军”，看锤子一米八几壮熊一样的块头，哎呀，怎么没有想到他呢？

锤子，上！连长猛一拍手。那情形如同战场上打红了眼，就连送饭上来的炊事员也投入战斗。

锤子连连摆手说，他不会，从小到大没摸过几次球。朱继彪说，锤子班长，您往篮下一站，凭您的身板您的个子，也够他们喝一壶的。姜迪平说，你伸手摸摸，是不是“阉”了？“说谁呢，谁没有呢，拔河比赛我不是每次都参加吗？”锤子急了。也是，每次拔河他总当龙尾，岿然不动，顶住几次惊涛骇浪的冲击后，一鼓作气将对方拉垮。欢声雷动，如果他体重轻一点，兵们肯定会给他来一个“阿鲁巴（抬起抛起来）”。

开赛哨吹响，锤子被七手八脚的完成包装，推搡上场。对方一片惊呼，认为通信连终于使出“秘密武器”、“杀手锏”。锤子很快像“黔之驴”一样被揭穿老底。他几乎抓不住球，队友传球，快了，接不住，慢了，被对手途中劫去，抢篮板球，捉不住，球到他手里像泥鳅一样滑溜，他就像一条笨熊站在湍急的河流里，面对周围欢蹦乱跳的球，眼花缭乱，不知所措。他在场上最大也是唯一的作用就是妨碍对方的手脚，同样也妨碍队友的。

通信连拉拉队“病急乱投医”的大喊：锤子，加油！锤子，加油！锤子更加慌乱，像是抓狂。场上，通信连代表队追着球跑得拖拖踏踏，好一会儿“颗粒无收”，而对手打了鸡血一样，兴奋得嗷嗷叫，掀起一个接一个高潮。

通信连长正准备叫暂停换人，只见小易建联斜杀过来，骄横地玩起“花样篮球”，后传球，侧传球，胯下过球，连过数人，最后在锤子面前虚招一晃，锤子猛一扑，跌倒在地，即使孤注一掷，也没能阻挡住球稳当进入篮筐。

锤子躺在地上直咧嘴，小易建联伸过手去拉了一把，锤子站起趔趄走了几步，又一屁股坐下去。锤子很快被几个兵又背又扶送去医院。

球赛继续进行，通信连没有“哀兵必胜”，毫无悬念的大败而归。球员们衣服搭在肩上，一个个耷拉着脑袋，不敢抬头看人。拉拉队带回的脚步凌乱，没有歌声、番号声，甚至没有说笑声。

很快有消息传来，锤子腿扭伤了，伤得不轻，由旅医院转送至军区总医院，需住院治疗。上等兵莫少文收拾背囊连夜赶去陪护，“猪司令员”暂时由炊事班集体代理。

整个赛季通信连灰头土脸，他们能险胜，或侥幸取胜的球队不多，诸如修理所、汽车连、医院、农场等后勤单位。好在这期间还有歌咏、演讲、读书、理论知识等竞赛，通信连在这些领域常有斩获，能挽回一些面子。

锤子住院一星期，能运用“仿生学（主要是模仿袋鼠）”单腿跳跃着去解决排泄问题了。莫少文没收到连队“诏书”就回去了。锤子把轰他走的。

上午，朱虹陪陈彤去军区总医院看病（具体什么病不详），在连部请假时，指导员让她俩如果时间来得及就去看看锤子，他这几天忙，没顾得上。

朱虹向指导员销假时说，去看锤子了，才几天工夫他就像发酵的面团又白又胖（你小子也有今天），精神可好了，她去时他正和同病房几个老百姓有说有笑。朱虹没有汇报，锤子好像在吹他是勇斗歹徒而负伤的，她一进去他脸红得差点钻进被子里；没有说当时陈彤在排队候诊，为节约时间她是单独行动，也没有说她给锤子买了一袋水果、几本杂志。

锤子没等连队干部上医院“慰问”就一瘸一拐回来了。指导员问锤子，你莫不是偷跑的吧。锤子笑笑。

锤子只是住了一次院，回来就换了一个人，衣服变得干净整洁，两道裤管如菜刀削出来一样，脚上黑乎乎几乎看不出本色的迷彩鞋变成一双时刻锃亮的制式皮鞋，头发如抹了猪油，油光可鉴，能让落在上面的苍蝇打滑。

上等兵陈彤也突然如妖怪附体，变化忒大，蜕变成铁杆“伪球迷”，每逢警侦连打比赛，只要不当班，肯定去看，不是拉上这个，就是拉上那个做伴，有时甚至调班。回来时，裹挟春风，脸上如刚敷过面膜发亮，眼睛也发亮。

锤子的变化像公鸡打鸣，有引吭高歌的味道，招眼。陈彤的变化如春天树荫渐渐浓密，连队很多人没在意。

旅里还有一项“民间”体育赛事，足球赛。天气晴好时，下午体能训练，或周五党团活动结束后，草坪上传来大呼小叫，总有几个人迎风奔跑，荒草没脚，球滚过处惊起蚱蜢飞腾，少有观众，球网早被风雨所蚀，只剩下两道铁锈斑斑的杆子孤零零守望在夕阳下。从一个足球场的寂寞、败落，就能读懂了为什么国足长期“阳痿”。一项没有广泛群众基础的体育活动，注定结不出什么好果子。军队打胜仗，人民是靠山；足球要踢赢，群众是基础。

通信连离足球场近，一“线拐”距离。通信兵常以线拐衡量远近，一线拐就五百米，一华里。通信科何参谋爱踢球，每次穿一套德国队球衣脚下带球从通信连门口招摇而过，朝连部喊：“晓勇踢球去！”如果李晓勇恰巧在，手上又没事准会应声跟过去。指导员如果看到何参谋跳跃摇晃的背影，会对站在门口的连值日说：“去，和炊事班说声，晚上连部加个菜。”

从足球场去机关食堂要穿过整个营区，跑一趟相当于一次小拉练。小踢一场下来正是开饭时间，简单洗洗，刚好去通信连吃饭。通信连指导员和机关那些参谋、干事、助理员处得能穿同一条内裤，够哥们吧。每到开饭时间有参谋干事助理员路过，指导员热情招呼，挽留吃饭，且美其名曰吃“碰饭”。这时被招呼者大都不客气，落座端起碗就吃。当兵的都这样，吃的穿的用的全身上下每一个毛孔都是国家的，反正走到哪(一般仅限于连队食堂)都是自己家。

“碰饭”是上级首长检查连队伙食的突然之举，碰到哪家是哪家，碰到什么吃什么。旅长、政委都喜欢吃“碰饭”，很多兵有过和旅首长共同进餐的“殊荣”。如果哪家伙食“一般化”，他不动声色地吃过一顿，说不准哪一天又回头“碰”上。吃“碰饭”，不但能尝出一个单位伙食的好坏，伙食费标准有没有吃够，还能“察言观色”出一个单位的士气、风气，连队一日生活制度、作风养成，乃至炊事员的厨艺等。伙食搞得好的单位不一定是好单位，但伙食搞不好的单位一定不是好单位。

旅首长吃碰饭是不加菜的，这已成了规矩。只有那些虾参谋烂干事踩着点去连队蹭饭才加菜。

连值日站在炊事班门口传达通知，有时还来一句“奉旨承曰，指导员诏曰”，锤子的回应是隔老远把手里的铝盆摔进洗碗池，声音刺耳得让人心惊肉跳。菜都烧好出锅了，器具都刷洗干净摆放到位了，灶台、地板等也用水冲过了，这时是炊事班一天里最轻松惬意的时候。

锤子走进储藏间，打开冰柜一阵砰砰砰翻找。现在虽然用天然气，整个小炒很方便，不像过去烧煤，封火后，再捅开火门几乎把人弄成“满面灰尘十指黑”。尽管不麻烦，但感觉还是不爽。

有客自机关来，连部桌子上相谈甚欢。平常只有“连首长机关”几个脑袋聚在一起，也和其他餐桌一样沉闷。同一锅菜，连部盘子里的就是要打眼好看一些。何参谋夹了片牛柳，很快吐了出来，一脸苦笑。指导员放下碗筷，朝文书勾勾下巴，“去把锤子叫来！”

炊事班几个兵默默围坐在小桌子旁，像是在餐前祈祷。炊事班要等到全连吃得差不多了才动碗筷，如果饭不够，马上下面条。

锤子脸色平静，眼望前方，好像在看整个饭堂，又好像在看饭堂外什么地方。指导员指着色泽诱人的杭椒牛柳说：“你尝尝，打死卖盐的啦？”

何参谋打圆场，“可能盐放多了点，算了，这么多菜，够吃了。”

“上次，炒个什么菜，麻辣得像给我们口腔动麻醉手术，这次又咸得进不了嘴。”

“我忘了放过一次盐了……”锤子盯着远处，突然没了声音，“政委来了，可能来我们这吃饭。”

操场那边塑胶跑道上，政委正朝这边走来，虽然隔得远，但从身材、走路的样子，还有肩上密密麻麻一片花白，全旅每一个官兵瞥一眼都能认出。

何参谋一闪从伙房后门溜了出去。锤子转身去给政委准备碗筷，连长用筷子点了点何参谋的饭碗和牛柳说：“把这个，还有这个收起来。”

政委去了隔壁一个营办伙食单位。那个食堂，前不久政委刚去过，吃完饭嘴一抹，伙房里转了一圈，把分管后勤的副营长和炊事班训了一通，说他们伙食很糟糕，还“光盘”行动呢，泔水桶里那么多剩菜剩饭，大家肚子里没油水，训练场上怎么流汗水？这次可能是杀“回马枪”，看他们整改得怎样。

政委来过通信连吃了几次饭，有一次恰巧何参谋在，还好他溜得快，但碗筷没来得及收，政委坐下端起何参谋的碗就吃。何那碗饭还没吃几口。政委吃完后什么也没说，没有表扬，没有批评，也没有说哪些需要改进。没说，后来也没有再来，就是对他们的伙食表示肯定放心，就是对锤子莫大的褒奖。

何参谋蹲在伙房后凑近地上一张泛黄的报纸看了一会，又折回来继续填肚子。“今天的小青菜炒得好，绿油油的，看上去清爽，吃起来爽口，像是用小锅颠出来的。”刚才的小插曲如一道开胃小菜，何参谋好像吃得更香。他不知道，锤子炒这顿青菜分好几次，每次炒那么一点。因为大锅菜炒多了就捂黄了。

执勤排的女兵在食堂门口整队，准备带回。路过朱虹身边时，指导员问何参谋，你们认识么？何参谋说，认得，阿拉上海人。朱虹浅浅笑了。

三、指导员的几把火

嘟——，看新闻！一个声音高叫着。排房里灯光依次熄灭，兵们鱼贯而入六楼电视室。现在每间排房都有电视机，平时蹲着坐着躺着都能看，能“参加”军区、集团军、旅里的电视电话会议，但看“新闻联播”还得集中起来。以前也分开过，有的班排待连队干部一转身，就调到体育或综艺频道，被机关督查组训斥并通报。政委在交班会上骂，当兵的不关心国事、不关心政治，谁关心？屁！政委浙江人，生气时训话喜欢用一个“屁”收尾，就如蒋介石喜欢“娘希匹”三个字。

月光朦胧。连队大楼只有六楼灯火通明，电视机声开得像吵架。这时，站在六楼阳台上放眼，有琼楼玉宇、天上人间的感觉，整个营区的灯光在同一水平线上，下面是皎皎月色，到处是“新闻联播”前的广告，形成共振。

月色里，一个瘦长黑影推开一间排房，探头探脑，缩了回去，又推开一间排房，如此几番。连值日像个木雕，对黑影熟视无睹。不用问，黑影是通信连指导员，在检查有没有兵躲在房间里没去看新闻。

指导员坐最后排，戴副眼镜（只有在打靶、看书报看电视时戴）一脸忧国忧民、苦大仇深的神情，当屏幕上出现男女两位主持人整理文稿简短交谈时，他示意文书把电视机关掉，他健步向前，开始就新闻内容指点江山、激扬文字。

这是他一当指导员就兴起的规矩，结合新闻谈观点，国际的，国内的，政治的，民生的，娱乐的，哪一条都行，敞开说，大胆说，可联系自己家乡，亲身经历，身边的人和事，可以是看到的听到的读到的，有话就讲，无话就短。

最初没人愿意说，指导员赶鸭子上架，点名。以鼓励为主，说得好的，点赞；没说到点子的，不给差评，他补充几句。由于氛围宽松，渐渐有兵挺身而出，一吐为快。

朱继彪就是通过说新闻进入指导员的“法眼”。比如有次“黄金周”，他说旅游，说国民护照，全世界只有十八个国家对持中国护照可以免签证或落地签，这十八个大都是亚洲、非洲落后且社会动荡不安的国家，与之相比较的是美国有一百二十几个国家可以免签或落地签。朱继彪说，持“美帝”护照转一圈回来是“旅游家”，持我国护照转一圈如果能够活着回来，就是“冒险家”。要改变这种状况，不外乎两点，一是我们国家要雄起，国强民富的背后是我们军队要雄起、强大，军队强大在我辈，在于我们每个当兵的；二是国民素质有待提高，再也不能像报纸上说的那样在飞机上打架，到处大声说话，乱写乱画。我们很多时候不仅代表自己，代表个体，还代表一个组织，一个群体乃至一个国家。朱继彪经常说得很正能量，很对指导员的胃口。

朱继彪是大学生士兵，列兵军衔上是一张长得有点着急的脸，走在大街上能让小朋友迟疑该叫爷爷呢，还是伯伯。他年龄比有的下士还大，但军事素质可能还没成年或者已经老龄化，跑三公里狗喘一样，朝天张大嘴巴恨不得接雨水降温解渴，老拖后腿，被大伙儿戏称“常委（尾）”。

朱继彪在训练场上的表现真是“辱没”了他的祖宗和母校，他祖宗没人知道，他母校是某“985”高校，倒赫赫有名。连队还有几个大学生士兵，他们不太愿意提自己的学校，那是别人从没听说过，朱继彪不愿意提是心里觉得对不住，没能为她增光添彩。有道说上帝是公平的，关上一道门就给你打开一扇窗。朱继彪手脚功夫赖，但嘴巴子厉害，兵们说他三斤半的鸭子两斤半的嘴。他点评新闻呱呱地从国内说到国际，从地方转向军队，从书本联系实际，言之有理，证据确凿，各种俗语、流行语、网络语在他嘴里像鱼虾欢蹦，讽刺、调侃、抨击，沉闷凝重如向遗体告别一样的氛围，被他搅成欢乐的婚礼现场。指导员称之为“毒舌”、“酷评”。

朱继彪还主动给全连官兵上过几堂课，上课前大家抱着看猴戏一样的心情，随着朱继彪一开讲，每个兵的目光被他拉得长长的，像是凝视蓝天白云间翱翔的雄鹰，有两堂课营里干部都赶过来听，听着“二郎腿”不由自主地放下，边听边点头。

他讲钓鱼岛，讲如何看清日本右翼嘴脸，从日本“神道教”、“武士道精神”等历史、文化讲起，到1592年朝鲜战争、1894年甲午战争、1937年侵华战争，把影像资料、历史图片，再配上或凝重悲愤，或慷慨激荡的音乐，把大家的坐姿固定，眼神拉直。有女兵给他画了一幅肖像漫画，嘴巴占据半张脸，说他讲课的样子帅呆了。

朱继彪在同年度兵中像放手的兔子窜出来，也并不是狗掀帘子全凭一张嘴。通信连的“新闻点评制度”莫名其妙、神不知鬼不觉上了军区报纸，就是朱继彪干的。

报纸上大意说，通信连人人有机会上台点评新闻，就像开班务会每个兵都要发言，愈是胆小，愈是说不清楚，愈有可能“被锻炼”，有关新农村建设的，农村入伍、刚探家回来的要做好准备，把老家的事给大家说说；有关就业的新闻，打过工、上过班的联系自身经历谈谈。上等兵莫少文当兵前在食品厂干过，但普通话说得比老外还磕巴，指导员几次让他说打工的故事，食品安全卫生，环境保护等，现在他的中文终于说得像中国人了。通过新闻点评，每个兵都受到教育，得到锻炼。

政治部把是否有文章(最好是新闻稿件)发表作为营连评选先进的参考条件。这件事指导员“授意”报道组长徐涛写过，不知为什么没动静。其实，指导员也想自己“操刀”，但被表扬总比自卖自夸好。

新闻点评制度很快在全旅推广，其他部队有没有仿效就不知道了。为防止有的兵心不在“马(焉)”，左耳朵进右耳朵出，他让司务处给每个兵发一本软面抄，看新闻时边看边记。有兵说看这架势，咱们连队可能在不久的将来会设立“新闻发言人”。

新闻联播天天在播，新闻点评天天进行。

值班员提前十分钟吹哨，大喊看新闻啰。很多兵吃过晚饭就溜进电视房，扎堆看自己喜欢的节目。

今天，兵们好像比平时积极，还没吹哨，排房里就没人了。六楼电视声音开得很小，像背景音乐，有一个模仿叫什么组合的声音在歇斯底里哭喊地唱：

如果有一天，我老无所依，请把我留在新闻联播里，如果有一天我悄然离去，请把我埋在新闻联播里，那里的交警不扣车，孩子都能上得起学，穷人都能看得起病，农民工都能讨到薪，留守儿童很幸福，孤寡老人很温暖，大学生就业率高呀，老百姓住每月七十七元的廉租房，那里的物价不涨工资涨，那里的天气没雾霾，环境基本改善，交通基本不堵，罪犯基本消失，领导日理万机，人民安居乐业！如果有一天，请把我埋在新闻联播里，每天北京时间七点整，那是我的微笑和歌唱……

指导员站在门口，李胜中还在摇头晃脑、自我陶醉。指导员干咳两声，他的“音箱”立马断电。

指导员是某大学的“国防生”。那个学校名字响当当，中国人都知道，从里走出的很多人一辈子以它为荣。他来通信连之前，在步兵五连（又称“夜老虎连”）当排长。“夜老虎连”是旅里优秀连队之一，总部授予的荣誉称号。前几年，部队编制体制调整，由师改为旅，保留下来的全是荣誉连队，资格一个比一个老，基因一个比一个纯，战斗事迹一个比一个牛。

晚上是老虎下山寻食的时候，光听名字就牛气冲天。“夜老虎连”的兵是个个敢在刀刃上跳舞和舔血的角色，每年老兵退伍前夕，各大知名公司都赶来收购人才，炊事班的“伙夫”都有人要，他们身上所具备的军人素质由此可见一斑。

“夜老虎连”最大的特点是晚上行军奔袭，快速，准确，悄然无声。他们走路不会引起狗叫猫惊，穿越山野不会打断蛙唱蝉鸣，轻抬腿，慢着地，收起爪，用前掌……多年来，他们积累了一套“鸡鸣狗盗”的夜间战术，并且对很多晚上出没的动物习性有所了解，几乎每个兵都有绝活，能惟妙惟肖地学狗叫、猫叫、蛙叫、蝉鸣等，如谁不小心打断了青蛙叫（青蛙对脚步声敏感，一有人走进，叫声立即停止），这时有兵俯身呱呱呱叫几声，很快能唤取蛙声一片。

指导员在“夜老虎连”干了三年，如在生石灰里打了几滚，在火上烤了几回，蜕了几层皮，苦没少吃，本事长了一些，但还是只能拖后腿，就连最简单的学青蛙和狗叫，直到他打背包离开也没学会。

他后来把上级配发、谁也不敢轻易动的什么微光夜视仪的一些功能做了拓展，改进了两项小细节，还提出一套“蛇行”战术，被上级推广后，他在连队才受待见，说话才有兵听。

每年过完年后就是军官的“挪窝月”，有的转业，有的提升，有的交流到人武部或地方预备役部队，更多的是“原地踏步”。指导员当时已当了三年排长，连他自己也没想到，一纸命令让他去通信连干政工。可见组织上没有忘记他，对他的工作和能力还是蛮肯定的。排长是我党我军最低领导人，整天和兵一起，工作没有细致区分，军事训练、思想工作、武器保养、菜地生产、内务卫生等，“军政后”一把抓，干什么都要撸起衣袖大喊跟我上。往前迈进一步，当副连长或副指导员，不但待遇上能住单间，还有点军人职业“分水岭”的味道，以后干政工，还是干军事就大致有了轮廓。

通信连原指导员提升到旅司令部管理科当副营职协理员，给连队留下的底子还可以。营里说，通信连就是连队干部十天半月不在位，一日生活制度照样严格坚持，各项任务照样圆满完成。看主官给一个单位打的基础怎么样，主要看他培养一支什么样的骨干队伍，反对什么，弘扬什么，不但要看他在任时的稳定与发展，更要看他卸任后的发展势头。有的主官靠高压、强权维持一时的稳定“繁荣”，屁股一拍腿一抬，各种矛盾暴露，乱糟糟的。有的意识到了自己的愚蠢，也有的还沾沾自喜，认为还是自己能力强，能镇得住，离开他就玩不转了。

指导员对通信专业只会打电话、收发短消息，收发电子邮件，整个网页什么的（没有微博，也没有微信），如果这些也算通信专业的话。他对去通信连当指导员感到有“躺着中枪”的意外，但组织上不这么想。通信连连长是优秀士兵提干的，当兵就在通信连，土生土长的“土鳖”，专业和带兵都有两把刷子。上级让他俩搭档不是“乱点鸳鸯谱”，综合各方面考虑，而是天作之合、珠联璧合。

国防生不像军校生以及由大学生士兵、优秀士兵提干的军官，后者能咋呼，适应生活进入角色快。国防生弄不好容易走两个极端，一种是不适应部队的紧张艰苦，始终书生意气，冷眼旁观，隔岸观火看连队生活，言行举止和周围环境事物格格不入，由于融入不进兵群，有的穿上军装没多久，就闹着“解甲归田”；一种是如鱼得水，如猴得山，好像就是营区里长大的一样，对部队的条令条例，规章制度，“潜”规则，一切轻车熟路，游刃有余，和兵打得火热，队伍带得呼呼啦啦。

指导员好像这两者都不是，又各沾一点边。他人还没报到，通信兵就发挥职业技能，关于他很多“轶事”就传开了。说他被排里老兵“架空”过，女朋友几次告吹他又死皮赖脸几次起死回生，打过报告要求作为义务兵退伍，据说还挑起一场“博士当连长”合不合适的网上论战。甲方说，博士当连长是人才浪费。世界百强企业有一个用人“黄金期”理念，企业招收高学历人才，第一期合同只签三年，干得好的再续签五年。他们认为人才超过这个“黄金期”，就很难再发展起来。而我们部队对高学历人才的“传统”做法是先摁在基层当几年排长再说。这对于带兵、从事指挥专业的军官无可厚非，但对高学历偏重专业技术的军官，这种做法很不合适，当几年排长指挥带兵学个“半罐水”，反而把自己专业忘得差不多，即使没忘也严重落伍于这个一日千里的知识爆炸时代，能不能把高学历干部直接分到相应工作岗位，发挥特长、释放能量？明眼人一看就知道，他在借题发挥，想进机关，想干专业对口的工作。

乙方反驳，博士当连长是好钢用在刀刃上。军事斗争是生死考验，是人类最高智慧的较量，从事这个职业的人必须具有奉献牺牲精神，具备高素质高智慧。“宰相必起于州部，猛将必发于卒伍”，一个立志于献身国防，想当将军的干部怎么能不知兵，怎么能不从基层干起？博士当连长可能一时显示不出优势，但愈往上走其知识结构、综合素质发挥愈明显，影响愈大。论战最后的结论是：“博士当连长”超值！这是上级仲裁的结果，也是“我本长城一块砖哪里需要哪里搬”，“干一行爱一行钻一行专一行”的解释。

指导员到任通信连后，他带过的兵来看过。“夜老虎连”在另一个营区，到旅部要坐几个小时汽车。有人说不一定是来看他，长途跋涉有可能是来看女兵。但退伍的时候，有几个摘去领花肩章帽徽的老兵专程赶来告别，说到动情处眼含泪花，那真装不出来，“政声人去后”，可见他群众基础还行。

指导员在通信连“潜水”一段时间后，干了好些“破事（也包含破纪录的意思）”，除了搞新闻点评制度，还成立了有连史以来最大的报道组，几乎把能识字的都收罗了。旅里规定每个连队得有一名报道员，通信连落实到每个班都有。连队报道组刚成立那阵子，指导员隔三差五亲自组织“业务”学习，把写文章上升到树立正确“三观（世界观、人生观、价值观）”

的高度，和事业成功爱情幸福挂上钩。报道员享受班长、思想骨干、安全员同等待遇，每人一个绿皮小本本，装在口袋里，随时随地记录收集素材。

报道员要多往各级政工网，“军营之声”广播站，《解放军报》、《人民前线》投稿，现在发稿多方便，鼠标一点，连邮票都省了。我们的稿子虽然糙一点，质量差一点，我们要像“水军”发起集团冲锋，以量取胜，用我们的勤奋、真诚、执著打动编辑。凡是在军区刊物上发表文章的，奖励五倍稿费，全军的十倍，年底作为立功受奖的附加分。后来，奖励标准提高到十倍、二十倍，重赏之下有勇夫，也有莽夫，纷纷涌出连队大门的稿件，并没有打动那些铁石心肠的编辑。大半年时间只有朱继彪写的那个小“豆腐块”孤零零的。

收发员中士徐涛，可能整天呆在收发室寂寞难耐，加上受报纸杂志油墨的熏陶，终于上了一条“萝卜干”。晚点名时，指导员狠狠表扬了他五分钟。后来，传出那是从别的军区报纸上“克隆”的，是别的军区几年前的一篇军事训练报道，只不过他改得巧妙，移花接木、涂脂抹粉一番，差不多成了“转基因”。“谣言”是政治部宣传科一个下士报道员散播的，指导员听了很气愤，说这是什么心态呀，是月黑风高夜“拍砖”，是典型的羡慕嫉妒恨，有本事你也去模仿一篇试试看。如果不是徐涛同志本人坚持息事宁人，低调处理，指导员差点动用法律武器，坚决捍卫弟兄们的声誉。

指导员的胳膊往里拐可以理解，但这种情况也不能完全排除，部队每年每个阶段的工作差不多，年年岁岁花相似，岁岁年年人不同。以前就有报道员上稿心切干过这种勾当，报社还“曝光”过。

徐涛尝到了甜头，后来整天整夜扒在一叠厚厚的报纸上边看边写，达到痴迷程度，为吟妥一个字捻断数茎须，简直可以和月下敲门的和尚贾岛媲美。随着他鼻梁上架起眼镜，镜片越来越厚，他笔下淌出来的“豆腐块”、“萝卜干”大获丰收。收发工作没有技术含量，没有高级士官编制，但徐涛在收发室足足呆了十六年，凭的就是写写画画。他转业时，那本像砖头一样的剪报本又一次发挥了“敲门”作用，进了他老家县人武部当职工，事业编制。这些是后话，但徐涛的成长经历应验了指导员的预言，比算八字、属相、星座还准，现在能写的人珍贵，练好笔头功夫可是长线投资呀。

在指导员的力推下，通信连的篮球队、足球队、锣鼓队，吉他队、美术组、书法组、舞蹈组、军事游戏组、军事“发烧”组、自学考试组等多个兴趣小组纷纷挂牌营业，几乎囊括、覆盖通信连全部人马，有的兵还拥有多重身份。一时间，连队热闹得像土改时农民忙着分田分地，翻身农奴把歌唱。

把连队当家庭建，把兵当兄弟爱；让兵成人更成才。这些群众组织可能就是党支部指导员落实“施政纲领”的具体措施。党支部副书记连长对此表示赞成，只是委婉提出不能占用训练时间，不能影响参训率。

兵们整天忙着不是在打仗，就是准备打仗，一星期就周五、周六两个晚上能自由支配，其他几个晚上被各种活动挤得满满当当，班务会、看电影、教唱歌、两防形势分析、理论学习等等，专业训练铺开后，每周至少三晚上的夜训，白加黑，五加二，每一分钟都不是自己的，不用操心下一步该干什么，组织上通过“一日生活制度”进行精细化、规范化、程序化管理。

指导员试图用周末开展活动，其结果不但没带来欢声笑语，反而怨声载道，兵们给家里打个电话，去服务社逛逛，洗衣服，理发等处理个人事务时间全没了。“门前老树长新芽，院里枯木又开花，一周存了好多事，藏入许多活动啦……”几个兵阴阳怪气地唱起，歌词和旋律怪熟的，哦，想起来了，是上周李胜中刚教的。

在骨感现实雨横风狂的打击和挤压下，各种队呀组呀七零八落，名存实亡，有的没来得及萌芽、一次活动都没开张就“挂”了。指导员还酝酿着请一些军地“专家”来给大家“抛砖引玉”，也成了一腔抱负无处施展，空悲切。在诸多组织中，只有李胜中牵头的吉他队，女兵的舞蹈组、军事游戏组等像菜地的“水花生（一种野草，怎么也不能根除，兵们恨透了它）”生生不息，顽强地活了下来。这主要是有“土壤”，有需求，旅里一年搞几次晚会，需要跳呀唱呀的，还有兵得真正喜欢它，愿意挤时间去学。

太阳东起西落，一切回到从前，兵们该干啥干啥。

每周六上午，指导员照例参加内务卫生检查，他长的是“火眼金睛”，兵们藏得再隐蔽的“违禁物品”也能找到，每到一个房间，眼神一扫描，从没有看走眼的时候。这不，他一进执勤排就从大镜框后摸出一个装智能手机的盒子，“谁的？”连问几声，没人回答。指导员把盒子递给文书，“登记好，是谁的退伍的时候还她。”上星期，好像也在这里，指导员“斩获”一部簇新的 iPad,陈彤家里才帮她网购的,还没拆封呢。这些电子类东西等兵退伍时再完璧归赵,早过时了。

文书打开盒子看了看,递给指导员。指导员一笑,把盒子小心放回原处。后来有人打开看过,里面一团似乎用过的卫生纸,附一张纸条,上面写道:指导员,您属狗的吗?建议您去打击走私贩毒分子。

电视上报纸上说改革将持续深化,借这股东风,通信连也推出一项改革措施,每季度对士官队伍进行一次军事考核,连续两次成绩不合格者,扣发年底奖励工资;任期内,连续两年扣发奖励工资,不得参加选改高一期士官。

在支委会上,大都投了赞成票,包括连长,只有士官支委陈华反对,认为这是“土政策”,与条令条例不符。

制度出台,全连士官如群犬狂吠,恨不得游行示威。士官绝大部分是班长骨干,乃连队“元老”、“肱股重臣”。指导员一时成了真正的“孤家寡人”,说话没几个兵听。真应验了那句话,触动利益比触动灵魂还难。

连长明确态度,坚决和指导员站一起!事情被捅到网上,沸沸扬扬。通信连的士官们原指望得到“声援”,最好上级能予以干涉、取缔。到头来是司令部作训科转了几圈、听了一些意见后,竟然采纳推广通信连的做法,士官季度考核,全旅执行。通信连的士官们立马噤声,也许是大家都一样,他们心里平衡了。

旅医院的心理咨询室很多时候是“铁将军”把门,“知心姐姐”并不知心,那个张榜公示的电话号码总无人接听。指导员别出心裁在活动室一角挂了几个沙袋,依次贴上外国领导人以及连长和他的照片,并写上大名。指导员享受比外国领导人还热情的“礼遇”,兵们进进出出随手擂上几拳,其中不乏女兵的粉拳。几天里照片就被打得面目全非,得让文书换上新的。据说,指导员的照片还“荣登”上了旅心理治疗中心的沙袋,比旅长、政委还受“欢迎”。

晚上八点半,军号嘹亮,营区此起彼伏响起哨声,各连队门口迅速聚集起黑压压一团,灯光昏黄,只有一个军官模样的站在最前面。

通信连门口,当排长李晓勇下达口令,整好队伍,侧转,准备报告时,连长打了个手势,示意他向指导员报告。在连队当两个主官都在位,向谁报告，由谁实施点名，一般是谁有事由谁讲，一个眼神，一个手势，值班排长就知道了。

通信连的兵都希望连长点名，连长上台，三下五除二，很爷们几句话把该讲评的事、该布置的工作讲完了，每次都是最早解散的连队。

兵们最怕指导员点名，网上测评为十大痛苦之首（其他几大不详）。“千不怕万不怕，就怕指导员往前站”，指导员往队列前一站像口钟、又像一棵松（也有兵说像粑粑），传达完上级的指示、通知后，拉开架势、娓娓道来总结一天下来各种情况，布置第二天的全面工作，好人好事讲评，不良现象的存在，到注意细节、事项等等，翻来覆去，反反复复，方方面面讲，大点套小点，最后重申几点，再强调几点，一个点名，搞得比国务院总理做政府工作报告还烦琐，有的事应该放在军人大会上专门讲，他用点名时间讲。多次，他口若悬河、滔滔不绝一直讲到营区喇叭里响起悠扬小夜曲，熄灯号吹响的前奏，才意犹未尽地闭嘴。冬天，腿脚麻木；夏天，大汗淋漓，由于不能乱动，蚊虫趁火打劫，可怜的女兵们穿裙子更遭殃，一双玉腿起高粱，有的以昏倒方式“提醒”，不但没能阻止指导员的喋喋不休，反而变本加厉有了新话题，关于女兵的身体素质和体能训练。

几个民主“战士”翻开条令条例，逐一对照，上面说点名是连队一日生活制度的重要内容，具体多长时间没规定。兵们唯一能做的就是宣布解散时，把腰带弄得噼里啪啦响，制造出各种声响。当然，也有老兵似老禅入定，一副淡定从容的样子，如中士、二班长刘胜。有兵问怎么练的？他说，边听边练“提肛”。练提肛可以按摩前列腺，调理五脏，有很好的养生作用。

指导员说刚接到通知，今年学汽车驾驶、卫生员、厨师、汽车和枪械修理等名额下来了，符合条件、想留在部队长期干的赶紧报名，上级马上将进行民主测评，文化考试、体能测试等，我们一碗水端平，希望大家不要去找这样那样的门路，找也没用。

事情不多，可指导员又没能及时打住，周围别的连队都已经解散，灯火辉煌中兵们三三两两、有说有笑地开始洗漱，衬托出通信连一片愁云惨淡死气沉沉。

今年通信连报名学技术的踊跃，且拥挤在汽车驾驶和维修专业。谁都知道这两个专业军地通用，学卫生员和厨师虽然回家也用得着，但学医没有多年修炼，不敢行走江湖，胆大的是“江湖郎中”；厨师也是，部队的大师傅在大家眼里只会挥舞大铲炒大锅菜。“一言以蔽之，学无邪”，学比不学好，学一门手艺又尽了义务，好事呀，只是需要填写一张同意留队转改士官的表格，让那些只打算两年就回家的兵吃不消。

每年，学技术前旅领导要对付八面来风、各种各样的“来头”，后来旅里出了一招，请托人说的是哪个连队的兵，就把那个连队的连长、指导员拎起来“批斗”，在交班会或全旅军人大会上说清楚。

有连队主官发帖质问，你旅首长都顶不住，怕得罪人，抹不开面子，结果把账记到连队干部头上，不是明摆着欺负人吗？

旅首长的最终解释是，你连长、指导员不是要听旅党委首长的吗？兵听连长指导员的，家长听兵的，“关系”听家长的，我们听“关系”的。什么是一物降一物？这就是！我们揪住连长指导员，哪个连队关系户多，说明你风气不好，党支部战斗堡垒作用不强，不但要亮相，还要派纪委去查。所以，你们要把兵教育好，让兵知道不找关系，靠自己实干，才能成功，兵把这个信息传递给家长，家长不找“关系”了，“关系”就不会给旅首长打电话了。

旅首长把这个游戏称为“鸡、虫、棒、老虎”升级版，是处理中国特色人情社会的继承与创新。

前不久，连队一个新兵的父母来了，开一辆很“土豪”的车，说是出差路过来看看孩子（谁知道呢，难道不是为了学技术）。他们先是像热糖黏着要请连队干部到外面去坐坐，后来说就在营区的“军旅饭店”聚聚，最后哪儿也没去成，在连队饭堂吃的，锤子小露一手，烧了两个时鲜菜。开饭前，兵们站在饭堂门口引吭高歌，趁这间隙，新兵家长打开车辆后备箱，提着大包小包特工一样闪进连长指导员房间。

新兵父母在旅招待所住一晚上就走了，指导员去送时特意从军人服务社转了一圈，手上多了几盒南京特产，某品牌盐水鸭。他说来而不往非礼也。

学技术名单确定可谓兵贵神速，从下发通知到走完所有程序到张榜公布，不超过二十四小时。这可能是各级领导怕“夜长电话多”。

早晨，温热的阳光探过尚未浓密的梧桐树叶，草地上树影斑驳，露珠晶莹。照例一支歌后，指导员站在饭堂前的台阶上说，我们商量过了，今年学技术我们要看工作表现，还要看家庭情况，争取让最需要掌握一门实用技术的兵去。目的只有两个，一是鼓励先进，二是传递温暖。让实干的苦干的有干劲，让家庭困难的感受到组织的温暖……

指导员正要展开，连长在台下插话，如果你找关系，不占连队的名额，直接“戴帽子”走也可以，我们不阻拦。

黄昏太阳酡红着脸时，学技术的名单公布出来了，用一张粉红色的A4纸打印，贴在连队事务公示栏里，上面附有旅纪委的电话、电子邮箱，公示时间一星期。

通信连门口树有一排锃亮的不锈钢橱窗，里面除了有当天的《解放军报》、《人民前线》（这些报纸尽管每个班都有，但指导员还是让文书每天贴出来，指导员在有的文章上画有红圈，提醒大家读报时作为重点），还有训练龙虎榜，内务标兵栏，好人好事栏，时事政治栏等。这是指导员到通信连后的又一“政绩”。

学驾驶的是一个叫枪泥卫东的藏族列兵，老家四川阿坝的，2008年“汶川地震”时他在上小学，亲眼看到当兵叔叔没日没夜救人，把吃的喝的分给大家，自己饿着肚子干裂着嘴，他发誓长大了也要当兵，享受像花环一样热切敬佩的目光。他家穷，土豆要顶半年粮。听说上等兵姜迪平退伍回家能得到一辆“保时捷”，当他得知“保时捷”是什么东东时，惊讶得嘴巴能塞进个鸡蛋。他能吃苦，五百米收放线在同年度兵中跑得最快，干活也舍得出力，看他的勤快样，兵们说他是报恩来的。他学驾驶还是指导员找他谈心过后，帮报的名。学厨师的列兵罗建平新兵训练结束就下了炊事班，听锤子说蛮能吃苦的，是把掌勺的料，但现在只能打杂，如果能去学一学更好，所以他去是“在职学习”、“岗位练兵”。学卫生员的列兵李建卫校毕业，他老头是乡村医生，家里开的小诊所还是农村合作医疗定点单位，在他们家看病，可以按一定比例报销。李建入伍前就子承父业，帮着看病，让他去学习叫“岗位直通车”，是旅里这几年提倡的，节约成本，省心省力。

学汽车修理的列兵王小军话不多，啥都一般般，很多时候觉得他就像影子，在与不在一个样，但能学如此热门技术，谁也不知道他有多大的来头。直到他学习去了一个多月后，兵们把这件事和他几乎忘了时，连队收到一封信，广东韶关某个信箱寄出的，上面写着连首长收。信是王小军爸爸写的，说小军当兵了，他就放心了。部队果真好，小军能学技术全靠党和部队领导的关心……他说王小军命苦，小时候跟爷爷奶奶过，他和他妈妈长年在外打工，后来他妈妈受不住穷，加上他爱喝酒，跟人跑了。他破罐子破摔，打牌，喝酒，找女人(信上原话)，挣一个花一个，小军当兵前他已经好几年没回去了。小军当上兵，他心里那个高兴呀，但手头没钱，为了能请亲友乡邻吃顿像样的饭，为了孩子走得风光一点，他做了一件很傻的事(具体事情没说)，结果很快被人民政府抓住，判了三年。他说，他一定要鼓励小军在部队好好工作，听领导的话，自己也要好好改造，重新做人，争取早日出来。对不住小军，给他丢脸了。感谢共产党和人民政府，感谢连队首长，你们都是好人，是小军的亲人……信是用圆珠笔写的，字迹歪斜，如同一根根原木零乱堆放，又像憋住一股劲，使尽浑身力气，颠三倒四，啰啰嗦嗦，错别字参差，足足写了三张纸。

信在几个连队干部手里转了一圈，指导员犹豫了一下，还是让文书把它贴在公示栏里。按照规定，王小军学习回来将会去修理所报到，不会回通信连。

兵们安静地站在公示栏前，有人离去，又有人聚拢。远处是哨声、歌声、番号声，热闹得很。

四、一对搭档

拉练是周五下午出发的，太阳像个黄橘子停在远处地平线的树梢上，近处油菜结子，蚕豆熟了，间或有玉兰树亭亭玉立开着花，晚风习习，飘来饭菜香，乡间道路上自行车、电动车、小汽车铃声喇叭声脆响，正是人们下班时间。

几个列兵（有男有女）又唱又笑，不时用数码相机拍照，像郊游。有老兵说，看他们现在浪，等会儿哭都来不及。这次小拉练，旅里没有像以前那样倾巢出动，改为各连行动，不管用什么法子，反正把队伍按时带到集结地，并安全带回就行，说是锻炼营连指挥员独立自主能力。没了大部队，也就没设路标、鼓动站，跟在后头的收容车也免了。这些对通信兵来说不是难事，他们在野外收放电话线，一跑十几里，习惯了。

后半夜，队伍像是上了发条默默前行，只听见脚步踩在沙石地上沙沙响。山腰上、峡谷里，李胜中等几个被临时任命的“宣传员”，开始显示存在感，窜前窜后扶拉一把，小声喊着加油。远处传来狗叫，连长说，别咋呼了，这么晚，不要打搅了老百姓在做“中国梦”。有几个女兵即使背囊、水壶等全部挪到男兵肩头，还是落在后面，队伍缓缓前行像拖着一条沉重尾巴。女兵堆里传出低低抽泣，连长问需要呼叫收容吗？愣了一下，一个响亮的声音回答，不需要！队伍前进速度很明显加快了。

快到集结地时，锤子迎上来说饭菜早烧好了，慢点吃，别噎着。说着很自然的拎过朱虹身上的背囊，又提过另一个女兵的，在前面像小山头一样移动。

黑咕隆咚，荒草地上席地而坐，影影绰绰，饭菜那个香呀，听取一片咀嚼声。有兵吃了两碗，说还没饱，桶里没饭了。去女兵那边打探，她们吃不完，好像她们盆子里的菜也要多一些。黑暗中，有兵小声骂锤子偏心眼。有兵应，那你也当女兵去嘛。也有兵说女人本来饭量就小……连长咳嗽，吃还堵不住嘴？

去时，炊事班打前站，早出发一晌，回去时大家一起走。锤子除了背几件烧饭的行头，一直背着那两个背囊，在队伍里扎眼地晃。

十字路口，队伍停住了，连队干部在路边打着手电筒围一张地图指指点点，指导员好像在说应该往东边走，明摆着那边路宽，好走。连长说按地图和指北针显示，我们应该往东南方向走，尽管路窄，但距离近……队伍里悄悄在传，迷路了，地图上和现地不一样。兵们安静地或坐或斜躺在路旁，并不紧张，就这巴掌大的地方，只要方向没错，能绕到哪儿去。片刻，指导员突然宣布：听连长的！队伍穿过一座垃圾填埋场，来到一座新开工的楼盘前，惊起几条狼狗狂吠……

通信连七绕八绕回到营区时，太阳已经老高，到处静悄悄的，其他连队回来早，都在补觉。后来连长坦言，指导员当时的判断是对的。请教原因，指导员说，出发前他做过"攻略"，在网上"百度"过周边地图。之所以没有坚持，因为这违反拉练规定，就如打仗时必须用无线电传递密码电报，不能用电话或手机直接呼叫。

下午起床时，排长李晓勇在门口吹哨喊，一排集合！好半天才稀稀拉拉几个兵高一脚低一脚出来。昨晚走了整整一夜，太累了。

连长穿裤头背心拖鞋一副小老头模样正从卫生间返回房间，问怎么回事？李晓勇说，机关让出公差。

"不去！下午休息，出什么公差。"连长推门往里走。

李晓勇小声说："指导员让通知的。"

连长一愣："那就去吧，听指导员安排。"

兵们眼里，连长和指导员是一个鼻孔出气，一条裤裆管蹬腿，至少公开场合、面子上是这样。连长说，就是不开灯，他们也能尿到一个壶里。

当然也有差点尿不到一个壶里的时候，就比方指导员常挂在嘴上的那次"318 事件"。

淫雨霏霏，到处湿滑，晚上铁冷的被子盖在身上，心都阴冷得发霉。白天没法在户外搞训练，就在教室里搞政治教育，指导员上了两课，找来报纸上的社论叽里呱啦念。朱继彪也就是那次开始他的“处女秀”，搞得不错。

晚上，看新闻联播时列兵焦文文还在，好多兵看到了，指导员还叫他站起来谈看法。他说了，具体说了些什么记不得了，没发现什么异常。

前两天，连队接到焦文文老头的电话，说他爷爷病危，希望他能回去看一眼。连长和指导员都跟焦文文说了（从他的表情看，他可能已经和家里通过电话，知道消息了），连长批了他的事假报告单，并往上面递了。通信连的规矩（也是一般连队的规矩），干部、士官的假由指导员批，义务兵的假由连长批。由于两年义务兵没有假，所以连长难得动笔。原指望焦文文的爷爷能多挨些日子，说不定能挺过去，渐渐好起来。没想到很快就接到焦文文老家乡、县人武部的证明，他爷爷已经去世。义务兵请事假，需要其老家乡、县人武部的证明，这是旅里的规定。连长拿着传真来的证明亲自（平常由文书递送）跑了一趟军务科，负责批假的军务参谋说，没有收到请假报告单，让补办。那么前几天递上去的假条去哪了呢？后来，才知道前几天军务参谋收到假条后，根本没当回事，随手一丢，找不着了。

补好假条，再次上军务科是文书去的。军务参谋说，文件规定爷爷奶奶不是直系亲属（只有父母才是），义务兵没有假，他一个入伍不到半年的新兵，不能放他回去。

文书把话带给连长。连长打电话给军务参谋解释，这个兵的父母长年累月在外打工，从小跟他爷爷过，和他爷爷亲，他当兵时他爷爷难受得几天吃不下饭，听说临终前一直念他的名字……好说歹说，军务参谋就是不批假，让直接找旅长、政委或参谋长。连长一听火冒三丈，让我一个连队干部直接去找旅首长，那要你们机关人员干什么？这是你分管的事，该由你汇报，这不是明摆着踢皮球吗？加上假条的折腾，连长挂断电话后，在房间里骂骂咧咧，困兽一样来回走。如果是当着面，估计会打起来。

晚点名时焦文文不见了。指导员叫了几声，没人应。问他班长陈华，人呢？“咦，刚才还在的。”排里其他兵说，刚才还看到他在晃，没在意。恰好是周末，兵们自由活动，推迟半小时熄灯，点名也迟了半小时。兵们玩游戏、打牌、下棋、看书、上网、看大片等，各忙各的。这期间，陈华上楼用电话卡给家里打了一个电话，一个屁臭没散的功夫，焦文文就不见了。早上连长还悄悄叮嘱陈华，让这几天多注意点焦文文的情绪，贴上去，亲近点。上士陈华和连长同年兵，一个排房里睡过上下铺，后来连长提干，陈华一直当班长，但经他一手带出来的干部、骨干差不多能编一个排。周末打电话是他和他老婆相约的固定节目，不然他老婆又将发难，扬言当兵的是骗子，说好了什么时候通话或网上视频，不见铃声响，苦等不见人。因为驻训、海训以及一些临时任务，陈华曾多次爽约。

点名草草结束。这可能是指导员点名时间最短的一次。陈华对全班简短说了几句，分头行动，去训练场、菜地、猪圈、后山等角角落落寻找；找和他走动较多的几个老乡打听，有通信营的，也有其他步兵连队的；问纠察，问营区大门哨兵，上网查去焦文文老家的车船时刻表，火速赶去车站码头……全连官兵都行动起来，慌乱得有点狗急跳墙的味道。

焦文文平常话不多，训练中不溜，干活倒是蛮踏实蛮细心，性情如他的名字，文文静静。这会儿，他到底去哪儿了呢？他的身份证、士兵证在连部文书那，银行卡在司务处（按照上级的要求管理，只有在请假外出时才发给本人），便装锁在储藏室，他的个人物品，也没有任何翻动。他能去哪呢？

熄灯号响。营区里寻找的兵陆续返回，一个个垂头丧气摇摇头。

头班岗下哨了。各路信息反馈，没见到人。

连长、指导员房间的台灯一直亮着。连队所有的电话都沉默得让人窒息，无论军线，还是外线，偶尔响起，让人心惊肉跳，牵动每一双耳朵，让每一张床板一阵吱呀作响。

零点了。会议室不知哪一年的（字迹模糊了）退伍老兵送的那自鸣钟，悠扬敲响十二下。这些以前兵们没在意过，现在好像每一声都敲在心上。

指导员来到连长房间说，这事得马上上报，我们得依靠上级，上级办法比我们多，能尽早采取措施。连长看了一眼灯影里的指导员，才半天工夫指导员就像换了一个人，一绺头发搭在额前，脸颊冒出铁青的胡渣。

连长不同意，说派出所也要等到二十四小时后才受理找人案件呢，至少要等到明天早操后，这个时候跟谁说，谁又能怎么样？

指导员说，早点报告，责任少点，兴许能……连长望着黑黢黢的窗外说，你来连队没多久，情况不太熟，我会说明原因，要打板子就打我。指导员争辩说，不是打板子的事。

“口令?”哨兵厉声问,对方没有回答,脚步声愈来愈近。“站住! 口令?”“我,焦文文。”

哨兵兴冲冲跑进连长房间,“焦文文回来了,焦文文回来了!”和衣而睡的连长一跃而起。

他临睡前叮嘱哨兵和总机值班,一有情况,马上报告。此时,已是倒数第二班岗,快天亮了。

焦文文浑身潮湿,眼睛通红,声音嘶哑,手臂别一块黑布,身上有烟熏火燎的味道。问他去哪了。他不说,半晌,哇地大哭,他爷爷昨天出殡,他难受,想出去走走……

指导员赶了过来,好多兵赶了过来,大家七手八脚、七嘴八舌哄小孩一样把焦文文扶回排房……

接下来几天,焦文文进出连长、指导员房间几次后,事情慢慢平息下去,像什么也没发生过。连长在周日下午骨干会议上说,这事谁也不许提,谁提毙了谁!

在选技术学兵民主评议时,连长说了焦文文一大堆优点,建议让他去学军械维修。连长先定调定人选,以前没有过,对此指导员持保留意见。有的兵不好当面驳了连长的面子,差点出事的兵还去学技术? 焦文文学军械维修勉强通过。

焦文文去集训队后,指导员为方便政治教育,把这件事命名为“318 事件”。那天是三月十八日。焦文文学成归来肯定不会再回连队,上级要求定岗定编,他会直接去修理所报到。所以,这件事在通信连叫什么,不会影响他吃饭睡觉。

在两防形式分析会上,总结“318 事件”的经验教训时,连长做检讨,说我们对焦文文关心不够,没有注意到他情绪的变化,没能给他争取到回家的机会,他可能是用这种极端方式提醒、教训我们。连长还解释当时不报告上面的原因,说从新闻联播到晚点名,中间才一个多小时;从他什么都没带,身份证、银行卡、士兵证,包括洗换衣服,综合这些,他不会跑远,也跑不远,估计就躲在营区哪个角落,不过黑灯瞎火的让我们找不着,可能是在和我们玩“躲猫猫”……待他平静下来,激动劲过了,自己会摸回来的。以后,碰到这类事,我们必须把影响控制、压缩到最小,如果上报,弄得鸡飞狗跳，全连弟兄们一年的辛苦，就鸡飞蛋打，别说连队“争先创优”了，弟兄们在别的连队面前头都抬不起来。战士的事不出班，党员的事不出组，干部的事不出连。任何困难首先立足于自己解决，不到万不得已，不要把矛盾上交，不要惊动上级首长机关，否则只能说明你无能，上级把你放在某个位置上是瞎了眼、用错了人。

对于连长的“偏心眼”，让焦文文去学技术，兵们有多种猜测。有的说连长把“包袱”往外丢，这么个“重点人”，说不定什么时候“冒泡”、“捅娄子”，这时候把他推销出去最好；也有的说连长是关心他，给他换一个工作生活环境，有利他的成长。军械维修就是操枪弄炮，很多兵不愿意学，但只要学会了，技术不赖，留队转初、中级士官，甚至高级士官都不成问题。这也符合焦文文的性情和家庭条件。后来，焦文文在修理所果然干得很好，悄然无声地干满了十二年。

通信连左侧围墙外是一个鸡犬相闻的小村庄。围墙边有一棵高大的樱桃树，树干长在围墙外，所有权应该是老百姓的，但大部分枝叶斜伸向营区，好像在打探兵的生活。

仲春，樱桃熟了的时候，围墙外侧光秃秃的，枝叶零乱，什么都没有；围墙里侧一片火红，樱桃压弯枝头。构成一道煞有意思的画面。

樱桃一泛黄，围墙外面的就被顽童路人，以跳跃架凳子甚至动用竹竿等方式，摘得光溜溜的，有时枝丫都被折断，如同泼猴过后，一片狼藉。围墙里，因为是军事禁区，没人轻举妄动。由于围墙外枝丫屡遭摧残，樱桃树竟然产生了“向阳性”，外侧树枝愈发稀疏，像秃顶癞头一样，里侧枝繁叶茂，得打上树桩撑住，防止刮风下雨时吹倒。

樱桃熟了的季节，连值日又增添一项工作，用一根竹竿绑一个红塑料袋驱赶鸟雀。今年的樱桃长势撩鸟，更撩人，每一个路过通信连的人，都忍不住扭头看看，喉结滑动，做一番吞咽动作。

指导员问几个老兵，往年樱桃熟了的时候怎么弄的？兵们说，叫老百姓过来摘呀，帮着他们摘呀。老百姓也感谢一袋半袋的。指导员又问女兵不馋吗？她们像狐狸望着乌鸦嘴里的肉，白吞口水，没指望过樱桃往嘴里掉。不过那段时间执勤排常有网购樱桃的包裹。

晚点名进入尾声，指导员突然冒出一句：哨兵把樱桃给我看紧点，今年五一争取举行一个采摘仪式。

从来没有哪个节日让兵们如此期盼。

五一小长假前，连长家属来了，“下榻”连长房间。节假日，士官公寓人满为患，根本住不进去。文书指挥配合通信员把会议室里的桌布抽下来挂在连长房间当窗帘（连队干部宿舍平常不能挂窗帘，这也是规定）。连部通信员缺编很久，问了好几个兵，说是侍候人的活，不愿意干。指导员说，不就是听听电话、收发报纸，排一下哨吗？现在上级下通知都是电子文档，鼠标一点就可以了。这些事，文书一个人干就可以了，不设通信员，班排正好多一个战斗力。

兵们称通信员为“六号首长（连部共六个人）”，或“鬼子六”，其实很多时候是连队干部的生活“秘书”，帮他们洗衣服、叠被子、打洗脸水，打扫卫生，小事情跑跑腿。指导员提出不设通信员，连长没说什么。一排私下里指定一个还算机灵的兵平时帮连长做一些事。一排长李晓勇也有“通信员”，在他手忙脚乱时，有一个相对固定的兵给他打帮手。天气湿闷，训练任务紧，指导员找不到洗换衣服了，才想起前几天换下来的衣服还堆在脸盆里。连队有两台全自动洗衣机（一楼、二楼洗漱间各一台），每天晚饭后洗衣机旁用黄脸盆排起长长的队伍，里面满是汗臭、散发着雄性味道的衣服，包括内衣。挨了些日子，指导员找连长商量找个兵当通信员，最好是农村兵，想在部队长期干的，头脑机灵手脚勤快点的更好，能在上级督察组找连队干部时，一边说，咦，我们连长或指导员刚刚还在，可能上厕所去了，转身马上打电话通知连长或指导员赶回来。连长说好呀，好像某个伟大领袖对身边的工作人员说过，保障照顾好他也是为人民服务。找个通信员帮忙做些琐碎事，让我们腾出手来多操心连队的事，这也是为大家服务，为提升战斗力服务嘛。这话，连长后来对新上任的通信员也是这么说。

节日食谱一星期前就订好了，贴在公示栏里，上面有副连长的签名盖章。中午开饭前，指导员到炊事班转了一圈，朝堆放的荤素菜指点一番，叮嘱锤子，你这个炊事班长相当于半个指导员，有时候比我这个指导员还管用。说完，突然没头没脑问，连长家属哪里人，知道吗？锤子说，好像是上海的。什么好像是，是，就是，你了解上海人的口味么？连长家属难得来一趟，要让她吃好喝好印象深刻。

连长老家安徽农村的，他婆娘是上海一家什么公司的副总，一头乌亮的齐耳短发时刻一丝不乱，衣服好像贴着她的身材做的，凹凸有致，眼睛大而传神，话不多，和人打交道时始终微笑看着对方，如果你以为她性格内向，那就大错特错了，她一开腔，就如扣动 95 式冲锋枪的速射扳机，噼噼啪啪让人插不上嘴，如果她占理，更能把你打成“马蜂窝”。连长和他婆娘，一个小时候撒尿和泥巴，一个穿白裙子抱芭比娃娃；一个吃饭响动如“净坛使者（八戒）”，一个像小猫舔食悄声无息；一个整天浑身汗臭，背上随时一片盐碱地，一个婀娜走过暗香浮动……

连长和他婆娘是怎么“勾搭”上的呢？这让执勤排的女兵很费脑筋，“八卦”一番，说是连长带军训时的女大学生，说网上认识的，说火车上搭讪的，还有一种说法是某个兵的表姐，那兵已经退伍了，过去他被连长管，现在让他表姐来管连长，当然他是不是把表姐往“火坑”推，只有她表姐知道。对于各种传言，连长有所耳闻，没做任何解释。

连长婆娘是“稀客”，很少来，连长忙的时候，朱虹陪她，两人“闺蜜”一样，上厕所都一块，用“鸟语”窃窃私语，不时爆发一阵花枝乱颤的笑声。

五一放假前一个晚上，指导员打着手电筒进了一趟村庄。听到大狗小狗阵阵狂吠，哨兵骂了声，“狗日的，八路都不认识了！”

五一上午搞完拔河比赛后（节假日每天有活动），樱桃树的东家男男女女老老少少十来口出动，带着脸盆、网兜绕一大圈喜气洋洋来到树下。通信连出动了几个女兵，连长婆娘也参加了。男兵们推说手酸，拔河还没缓过劲来。兵们和老百姓，有的站在梯子上，有的爬到树上，攀的攀，摘的摘，捡的捡。指导员像大导演，只差没留大胡子和穿很多口袋的衣服，指挥文书和通信员上蹿下跳摄影摄像。

文书和通信员对摄影摄像懂一点，上岗前政治部宣传科组织培训过。现在，每个连队都配发有数码照相机和摄像机，像武器装备一样，为的是能时刻记录每个兵的成长，从他们一走进军营就保存影像资料，期待他们成为将军，荣归故里也行。

没两天，驻地晚报登出两幅照片，一幅是一棵樱桃树只有一侧长满红艳艳的果实；一幅是军民其乐融融摘樱桃。假期结束，军区报纸也登出一照片。“前线尖兵”微信平台隆重推出了一组照片，其中有一张，连长正往他婆娘的樱桃小嘴喂一颗樱桃，很幸福很甜蜜的样子。

这时候，连长婆娘已经回家了，不知道有没有刷微信“朋友圈”。

周末，天气预报说台风“多丽”将光顾，上级通知万无一失做好防台风工作。每场台风都有一个古怪的名字，这名字是怎么来的？有新兵问老兵，“百度”去吧，谁知道！台风应该就是聊斋里的“风魔”，尤其是晚上出没的时候，吼叫着撕扯、摇晃、抽打、掀翻、踢飞档住它去路的任何东西，把每一座房子折腾得像与世隔绝的孤岛，每一刻像世界末日。

连队预防台风就是关好门窗，防止玻璃打碎，防止车库、猪圈进水，准备菜地排涝，最重要的是随时待命，哪儿有险情就在急促的哨声中往哪儿跑。对于通信兵来说，还要随时防止电线杆子倒，电话线路断。

下雨，就意味着野外训练开展不起来，只能在室内搞政治教育。指导员口水四溅地读报纸上的社论，一篇接一篇，读得兵们直打哈欠，解散时宣布各班排组织体能训练，然后自由活动。

接连几天下雨，菜地生产、环境内务卫生整治评比以及各种集体活动大多偃旗息鼓。兵们懒散得像过节一样，密码电话机旁有兵在窃窃私语；排房里有兵看电视、上网、打电子游戏的，每张电脑屏幕上枪声大作，硝烟弥漫，血肉横飞，横尸遍野。我军新研发了一款叫什么“光荣使命”的军事游戏，可以单兵战斗，也可以联机，多方对决，正好“网上练兵”。学习室、阅览室、会议室的门敞开着，几个准备报考军校的和参加地方自学考试的正在聚精会神地看书。电视房最热闹，兵们在看“米”国大片，片子是从外面租来的。

营房门口有一排低矮的棚户区，全是小商小贩：理发的，卖水果的，卖卤菜的，卖炒货的，卖日用杂货的，卖面点的，出租碟片的；卖军用品的小店里有军被、衬衣、迷彩衣、毛巾、腰带、军靴、领带夹等，除了新式军装帽徽领花军种符号等没有，其他应有尽有。老百姓买的少，看的多，当兵的看的少，买的多，尤其是当上级通知检查战备物资时，热闹得很。门口还有一溜用作客运的私家车，现在叫“专车”，俗称“黑车”，各种牌子都有，好车孬车，坐哪辆车，价钱多少，上车前和车主砍，如果不担心安全保证（没有客运保险），大多不欺生。这些“黑车”也主要做当兵的生意，士官、干部家属来队接送，机关干部临时出趟门。机关派车难，手续烦琐，有时候任务紧，派不出车，加上驻地分散（好几个营区），公交车少且收车早，出租车难打，于是“黑车”生意兴隆。头脑活络的官或老兵手上都有一两个“黑车”司机的手机号，随叫随到。军务科一再强调“黑车”不准进营区，有的机关干部打个招呼还是带车进去了，哨兵睁只眼闭只眼，他们和整天在眼皮子底下转的“黑车”司机熟得像老朋友。

一下雨，文书经不住一拨一拨兵的软硬兼施，跑去跟连长或指导员说，去外面碟片屋里租一些电影，电影一块钱一张碟，电视剧五毛钱一张。最受欢迎的是炒得凶、影院刚下线的大片。碟片租回来，连长或指导员先翻翻，才放。兵们也想过用移动硬盘直接从军网上下载，在液晶电视上播放，省钱，看起来也过瘾，无奈连队的电脑没有一台有USP接口。

执勤排的女兵也一样，一部几十集的韩剧或美剧能让她们看得天昏地暗，吃饭都不知道味道。当然，也有的做淑女状在房间看书，画卡通，把一套套很久没有机会上身的便装穿上，走几步，脱下又穿上。

雨点哗啦啦打在玻璃窗或塑料雨棚上，倒豆子一样，远处房屋、树木、草地，裹在风雨里，一片迷蒙；近处水泥地上，雨点落在积水上，像铺满一层白色钉子。

连长楼上楼下悠转一圈后，喊文书找几个人“学习文件”，文书心领神会叫几个兵去连长房间打牌。有时候在一排排房，拉一张桌子，凑四把椅子即可。那一百多张小纸片抓在几个人手里，玩法很多，什么“红五”、“斗地主”、“炒地皮”、“跑得快”、“掼蛋”等，大的套路差不多，小的细则不一样，不会打的，站在旁边看两圈就会了。洗牌、摸牌、出牌，手里的牌每一次都不一样，有时候一手好牌砸在手里，有时候一手差牌反而打好了，玩得就是那份变幻莫测，心惊肉跳。对输家的惩罚名目繁多，脸上贴纸条，脖子上挂腰带（就地取材，每个兵床铺旁都有），钻桌子，喝凉水，弹脑门，最文雅的是在名下画乌龟等。

连长牌风很好，抓牌出牌快，不打暗号，不玩摸摸脸表示“红桃”、捏捏手表示“梅花”这些“下三烂”把戏，认罚也爽快，挂腰带、喝凉水、钻桌子时还吆喝着闪开，一个战术动作闪了过去。

连长打牌不好的地方，就是喜欢骂人。连队如果谁感冒了，和连长打一场牌，叫连长骂一通，出一身汗准好。他什么都骂，摸到一手好牌，畅快淋漓骂（没有具体所指），打得兴起，站起来，将几张牌猛地掼在桌面上，滴溜溜地打着转，有时飞窜出去老远；摸到一手差牌，气急败坏地骂，骂自己手臭，骂位置不好。无论牌好，牌坏，一旦对家出错，没配合好，他所有难听的话都找到了方向、发泄口，一头浇过来。有的兵初次领教，本来很灵光的小伙子被骂得手脚都不会动，越出越错。到后来，弄得全连没几个兵愿意和连长打牌，即使打，也不想和他打对家。有一次，三缺一，连值日“抓壮丁”一样转了一圈，拉来列兵李胜中和连长配合。李胜中不知深浅，三圈没摸完，被连长骂得狗血喷头。李胜中脸一阵青一阵白，突然把牌一摔，一踢椅子，跑了。那次，李胜中淋雨感冒了，蔫了好几天，直到指导员找他谈心，连长去他床沿坐一小会儿，他才活蹦乱跳恢复元气。那次后，连长好久没摸牌，也不骂人。过了一阵又打，又开始骂，像以前一样。

经常和连长“并肩作战”的几个老兵，说话同样像“山大王”一样牛，如陈华、锤子等。他们码得住连长脾气和牌风，配合得皆大欢喜，最主要是他们皮厚，不惧骂，有时候还逮到连长的差错大骂，骂得连长没脾气，嘿嘿一笑。

指导员喜欢看书，下棋。连队会围棋的兵不多，大多半罐水，会象棋、军棋的多。和指导员下棋，开局前，他亲自泡两杯上好绿茶（平时大家都喝白开水），一人一杯。阵势就在指导员房间拉开，门敞开着，收音机声音开得很小，走廊上雨不时斜飘进来，淋湿水泥栏杆，风声、雨声、低低的音乐声，玻璃杯里茶水早凉了，时光好像在举棋间停滞，被拉得老长老长。

指导员这时候显得很稳沉，有学问，兵们也把和他下棋当作一种荣耀，好像和指导员“手谈”后，就沾了文气，深沉了。老兵中刘旺和指导员下棋最多，新兵中数朱继彪。指导员找李胜中下棋，是那次打牌闹不愉快后渐渐多起来。和指导员下棋，该怎么走就怎么走，不用让着他，不要照顾他的情绪，该赢就赢。

大雨还在下，大地显得很安静祥和。突然，莫少文穿一件雨衣踩一串水花跑到连队门口，用他蹩脚普通话喊，来人呀，甘乃平和姜迪平打起来了！

“一排长，带几个兵去，给我拎回来！”连长双手叉腰站在走廊上喊。从六楼到一楼响起一阵咚咚咚脚步声。

甘乃平和姜迪平敞着雨衣，像两只落汤鸡一样站在走廊上，地上顿时摊湿一大片，姜迪平身上臭烘烘的，几乎把人熏倒。姜迪平刮了甘乃平一眼，“你等着瞧！”“我还怕你！”甘乃平回应道。“还不给我闭嘴！”连长吼道，“先去洗洗，等会儿到我房间来！”

姜迪平面壁呈立正姿势，尽管已经洗过了，已经换上干爽衣服，身上还是有一股人体排泄物气味。连长问，“你身上的气味怎么回事？”“甘乃平把我推到化粪池里了。”姜迪平半个身转过来说。“站好！谁叫你乱动？”整栋楼都能听见连长的骂声。

甘乃平以同样的姿势站在指导员房间，几乎没有什么动静。

姜迪平把事情过程讲一遍，连长跷着腿坐他身后的椅子上，不时插话。

姜迪平和甘乃平描述的差不多，下大雨他们去菜地“看海”，查看灾情。通信连菜地地势低，是老前辈在一片乱石窝兼一野坟地开出来的，一晴就旱，一落雨就涝，不晴不旱得每天浇水，菜秧还是一副营养不良的样子，如考验兵们的耐心和决心。姜迪平和甘乃平都喜欢“抗洪”，因为可以捉鱼。下大雨，附近几个池塘就可能漫水，外面河沟里的水就会倒灌进来，就有各种鱼逃离它们平常生活的领域，在浑浊的水里乱窜，野生的，放养的，最让人激动的是大鱼在水浅的草地上游动，背鳍犁起一串串水花，这时一把抓起鱼比踢进一个球还让人高兴。

姜迪平老家浙江温州的，甘乃平是江西老表，两人同年兵，用女兵的话说他俩都属刺猬，带刺，靠近了会相互扎。甘乃平有“官二代”嫌疑，据说他嫡亲叔叔（不是拜的干亲）是军区某位首长。姜迪平也是地方大学生入伍，只是学校名字让人记不住，在朱继彪到来前，还曾受关注。他老头是一家电器厂的老总，有一次效仿明朝首富沈万三到旅里“劳军”，每个连队送一台全自动洗衣机。听说姜迪平能当上副班长就和这件事有关。姜迪平和甘乃平相互有点看不起对方，因为晒被子吵过一次，原因是一个把另一个的被子挪了挪，卷起小半，腾出点地方，恰巧被发现，两人吵起来，如果没拉住，估计会干起来。

姜迪平说，当他赶去菜地时，他们的“自留地（也叫包干地）”已成茫茫泽国，远远望去，搭有架子的四季豆、黄瓜、丝瓜还傲然屹立水面，那些茄子、辣椒、西红柿等已是凄惶探出个头顶，至于低矮的生菜、空心菜、倭瓜等都已消失在浑浊的水里不见踪影。排水沟通往外面河沟的闸门已放了下来（防止河水倒灌），两台抽水机正突突突地开足马力往外抽水……姜迪平正“看海”，突然发现甘乃平在往他们地里排水。甘乃平所在一排的菜地比姜迪平所在二排的地势高几个台阶，甘乃平为了让他们地里的水尽快排完，在埂子上开了几道口，把水往二排放，不时弓下身去把堵在排水口的枯枝树叶一一捞起。

姜迪平像飞鱼一样冲过去："我们地里的菜都快淹死了，你还在排水？"姜迪平也是当兵后才知道，菜地被淹超过二十四小时，不但菜全部报废，而且土地必须多次翻晒后，才能耕种，因为土地板结，里面蚯蚓等益虫都闷死了。一排比二排的水浅多了，还能看见生菜、空心菜冒出头来。

两人先是争吵，后来由推搡到扭打起来。

谁先动手，两人都说是对方。弄清楚谁先动手很重要，这事关打"板子"谁重谁轻。指导员认为这很重要。

连长让连值日叫来目击者莫少文。连队猪圈离菜地不远，应该能看到，事情也是他报告的。莫少文说，没有看到谁先动的手，他看到他们时已经扭打在一起了。倒是看到甘乃平把姜迪平掀翻到化肥池里，又把他拉了上来。

二排菜地旁有个两米多深水泥浇铸的化肥池，雨水漫上来，连成浑浊一片，分不清哪边是路，哪边是沟，哪边是池。

指导员经过一番细致分析研究（只差现场推演），最后估计是姜迪平先推搡，甘乃平先动手打人。但动手是不是包括推搡？什么是推搡？什么能够定性为动手打？好像没有明确界限。

连队的处理方式，两人都作出深刻、触及灵魂的书面检查，在全连军人大会上检讨。至于下一步处理，看今后的表现。相当留了一个"尾巴"，有各打五十大板的意思。

两人的书面检查数易其稿，才算勉强通过。这时，连长、指导员又分别找他俩谈心，由咆哮训斥变为语重心长。当然这次对象变了，连长找甘乃平谈，指导员找姜迪平谈（批评时连长找姜迪平，指导员找甘乃平）。

军人大会上，姜迪平和甘乃平作完检查后，连长拍打着桌子打雷一样对打架现象进行严厉批判，最后还是表扬了一句，据说姜迪平没有先动手，甘乃平把对方推到化粪池里后，还顾及到战友情分，伸手及时把对方拉上来。不然，今天他们就不是在这里做检查了。

按老程序会该开完了，姜迪平和甘乃平木头一样站在讲台上，连长突然向他俩下达口令“向左向右转!”,命令道,“彼此向对方敬礼,握手,拥抱一分钟。”他俩愣了一下,很快按连长说的做了。连长看着表说好了,他们俩拍拍对方的肩,分开。这个议程可能是连长临时想到的。两人的样子像上发条,机械、僵硬,又像两个淘气的小孩,样子很搞笑,但谁也没有笑。

连长是基层“老江湖”,处理这类事情有办法,镇得住。连长的理论是,就像打过针也该用蘸碘酒的棉花团按住揉一揉。这时候一对主官就是兄长、父母,一个唱红脸,一个唱黑脸,对于犯错误的兵,一个打,一个往怀里拉,总让他有想头,有盼头,不会走向极端。

雨还在下,穿营区而过昔日垂柳依依能钓龙虾长满花生草的河沟,下游由于房地产开发,河床被挤“苗条”得只剩下一条缝,各种垃圾把河岸堆成一道斜坡,平常雨不大时,河水正好充当清洁工,把垃圾冲走一些。这次雨大,水流缓慢,倒灌上来,营区围墙泡在水里,垮了好几处,家属区一楼进水了,用被子、沙袋都没法堵……

通信连接到通知,火速出动,帮嫂子们抢运家具。兵们以班为单位,抬着冰箱、洗衣机、衣柜、书柜或一米八的大床在齐腰深的污水里,缓缓一趟一趟来回跑。

地势高一点的开阔处,乱七八糟摊满了各式各样家具,老的、新的、高档的、低档的,像旧货市场,有的用塑料薄膜搭搭,有的就光溜溜淋在雨中。老人在叹息,女人在骂骂咧咧,孩子们在穿梭打闹。每家每户没有主事的男人。她们的男人都上前线抗洪抢险去了。通信连没捞到去,很多兵觉得在家属区干没劲。

家属区那点活很快忙完了,抗洪战备还没解除。雨还在下,时大时小,指导员在会议室里忙乎半天,在一张宽大红纸上写了一份“请战书”。通信连男男女女敲锣打鼓走在寂寞营区里,来到机关大楼前,一位留守的副旅长带着两个参谋干事从连长手里接过请战书,命令通信连待命,继续以打仗的标准做好值班执勤。大家都知道,通信连揽不到这种出风头的“美差”,如果真把通信连当步兵用,意思就是首长机关没有机动分队了,如果是打仗,那就是到了危急时刻。

这次抗洪,通信连虽然没有上去,但还是小露了一把脸,“军营之声”广播几次提到通信连的请战书。

五、 新兵当班长

初夏的傍晚，太阳像个红灯笼挂在紫金山山丫上。通信连男女兵绕着足球场跑，男兵如一群野马散开去了，女兵落在后面。这时候不像出早操，不必顾及女兵的体力和脚步。在深红色塑胶跑道上，男兵的脚步轻盈得像雁群掠过天空，女兵跑不到两圈，越跑越慢，最后成了走，三五成群，散步一样。

一天里操课最后一小时体能训练，可以打篮球、踢足球、投手榴弹、做器械训练。作训科要求体能训练以连为单位组织，不能打翻一筐梨一样四处滚。通信连练得最多的还是跑步，组织起来省心省力，也适合女兵。

每天，这个时候最愉快最放松，放眼望去一片奔跑，跳跃，欢呼，夕阳余晖，凉风送爽，这时腋下仿佛长出一对翅膀，让人随风飞起来，身上每一个毛孔都舒展开，真想吼两嗓子，想在草地上打两个滚。

塑胶跑道上还有兵在跑，体能训练服湿漉漉地摊在背上，更多的兵散坐在草地上，不时爆发一阵笑声。谁都知道他们在盯着女兵看，品头论足她们的身材。

突然，稀稀拉拉人流中有两个兵像被追杀一样，疯跑。有兵认识，是通信连电源班班长刘胜拉着他的兵朱继彪，刘胜在前，微倾着身子，样子显得轻松。朱继彪高他班长半个头，胳膊晃得像演皮影戏，晃晃悠悠，身子好像随时会瘫软下去。他终于松开手，慢了下来。刘胜回头看一眼，手里变魔术般展开一根背包带，不由分说，一头拴在朱继彪腰上，一头搭在他肩上，又跑了起来。

这场景，兵们已司空见惯。伴随着刘胜拉着朱继彪牛喘一样吭哧吭哧的奔跑，草地上一个尖细刺耳的声音唱响：

战友你在后头呀,班长我跑前头
恩恩爱爱背包带荡悠悠
战友你在后头呀班长我跑前头
恩恩爱爱背包带荡悠悠
咱哥俩的情哥俩的爱
在背包带上荡悠悠荡悠悠
我一步一快跑啊没有别的乞求
只盼你狗日的快跟上
我们一起并肩走噢..噢..噢..噢..噢.
战友你在后头呀班长我跑前头
恩恩爱爱背包带荡悠悠
我一步一快跑啊汗水在我额上流
只盼日头落西山头
一天的训练就完了

李胜中手握一枚教练弹忘情地唱着,一会儿紧闭双眼,声嘶力竭地喊;一会儿四肢抽搐像触电一样,发出瘆人的低吼;一会儿做妩媚状,深情期盼与诉说,将《纤夫的爱》做了军营李氏版的演绎,有摇滚的味道。

训练场上好像瞬间被切换频道或刷屏,兵们停止跳跃、奔跑、追逐,篮球托在手上,足球停在脚下,综合训练场的兵手扶器械,向这边张望……到处乐翻天,笑岔了气,尖叫声,呐喊声,欢呼声,如果再有够劲够味的音乐,有让人眼花缭乱的雷射灯柱,挥舞的荧光灯棒,就成了巨星演唱会的体育广场。

刘胜和朱继彪像是歌伴舞,始终旁若无人地跑,他俩从头到脚水浇过一样,湿漉漉的,体能训练服紧贴在身上,把一块块疙瘩肉映衬出来。场外的躁动喧嚣都和他俩没关系,他们奔跑在自己的世界里,自己轨道上,当生活的本色演员。当兵的味道也许就是阳光和汗水的咸味。

那天下午,很多人都记住了他们三个:刘胜、朱继彪、李胜中。

晚饭后,指导员找刘胜下棋。刘胜过去时,棋已经摆好了,茶也沏好了,嫩绿的叶子舒展在玻璃杯里很好看。刘胜心不在焉,关键时走错几步。看新闻联播的哨声吹响了,他眼看又要输,指导员边收棋子边说,要有全局观念呀。

这几天，刘胜和朱继彪频繁进出连长、指导员房间，一谈老半天。高明的连主官不会表现出和哪个兵关系密切，怕其他兵误会。带兵很多时候就像幼儿园老师带孩子，不能让他们感到厚此薄彼、亲疏有别。

朱继彪将担任电源班班长的消息传出，全连一片议论，一个上等兵，一套军装没穿褪色，就当骨干，能行吗？

电源班早就徒有虚名，号称电源班，实际用的是地域网装备，上级配发的电源车上交了。现在各通信车辆、要素都装备有发电机，可自行供电，且操作简单，用不着目标明显、极易招致打击的独立电源车了。

装备没了，编制还在。这是我军装备现代化进程和编制体制调整过程中的一对矛盾，有的武器淘汰了，但编制还在；有的武器列装了，但没编制没教材没人员，短时间很难形成战斗力。编制总是撵着装备跑。

这种现象在通信分队表现尤为突出。通信连有几个专业是有装备没编制，或没装备有编制。连长把这情况向上级说了，甚至在政工网发了一个贴，泡都没冒一个。估计落实编制是一件很严肃的事，上级在慢慢考虑。

连队因地因时制宜把有的编制挪作他用，如电源班干地域网专业的活。地域网是现代野战通信的重要枢纽，新兴专业，兵员编制远远满足不了保障需要，连队上报营里，营上报旅司令部，上级也肯定了他们这种做法。平时战时（演习）通信保障倒也顺风顺水，就是到了老兵退伍时，上级要求士官选取必须定岗定编，就让连队作难了，扒拉来扒拉去，既要保留技术骨干，又要落实上级规定的编制实力，要在中间找一个平衡点，颇费周折。

新兵已经下班排一段时间了，新年度各排班长、副班长还没作调整。根据往年的老规矩，一般调整不大，现有的继任，缺编的由素质好威信高的士官替补，这在老兵退伍时就一目了然了。老兵退伍后，空出来的班长、副班长位置，连队指定代理人，正式任命指日可待。所以，老兵退伍后谁当班长，谁当副班长，群众配班子，兵们心里有数，并且对预提对象已经认可。

电源班班长刘胜，湖南人，话不多，一脸老相，如果把他肩上的中士军衔换成少校、中校也有人相信。在连队十几个中、高级士官中，他是为数不多的“科班”出身，某通信士官学校毕业，电源专业。毕业不到两年，电源专业“寿终正寝”。清点交接目送电源车驶出营门，他转身就开始自学地域网。这个专业的装备刚下发没多久，像八九点钟的太阳，总能照着他多穿几年军装吧。他向连队提出申请不再担任班长，连队干部以为他没专业了，自尊心过不去。他说出自己的打算，想有时间和精力学习新专业。连队勉强同意。他玩命学了一年，用他自己的话说，如果当年读书有这种劲头早就考上名牌大学了。

那年，集团军为了让地域网专业尽快形成战斗力，年底组织比武。“半路出家”的刘胜作为替补队员参加，没想到他这匹黑马杀出，一举夺冠。他又很快当上了班长，说话不牛逼，但别人听起来牛逼。一晃，这是几年前的事，连长、指导员都已经换任了。

刘胜当班长，全班战斗力“蛮”强的，但有时也突出一个“蛮”。上次，老兵退伍前挖鱼塘，连队把任务分配到班。刘胜他们班任务明显偏重，是最不好施工的地段。负责分任务的值班排长“偏心眼”，班里有兵发牢骚，刘胜往队列前一站，大声喝道：“有什么好唧唧歪歪的，交给我们重一点任务是看得起我们，我们先干，干完了再休息！”说着，他第一个跳进淤泥。

刘胜知道兵的身体和心理特征，他们年轻，有一股子冲劲，干活像打仗冲锋，能一鼓作气干完最好，最怕的是拖拉、磨洋工，拖得时间越久越没劲，越疲沓，他们和工地上的民工不一样，民工干活有韧劲，能始终如一，不紧不慢地干。电源班在刘胜甩开膀子、咋咋呼呼的带领下提前完成任务。兵们在小河沟里洗干净后，在树荫下坐着躺着抽烟聊天玩石子，等待一起带回。快到开饭时间了，还有好几个班磨磨蹭蹭没干完。泥塘里有兵向值班排长提议，电源休息了那么长时间了，让他们来帮帮忙。值班排长找到刘胜，刘胜不吭声。值班排长认为刘胜同意了，转身招呼电源班下去干活。朱继彪、姜迪平等几个上等兵起身拿上锹准备去，刘胜喝道：“都给我坐下休息，有事我担着！”

刘胜在连队骨干会和班务会上说过，以后谁叫他们班里的兵干活或出公差，必须经得他同意，他不同意，谁也不许动，除非把他这个班长撸了。

刘胜像条犟驴，是他能力和威信摆在那，谁也撼不动。现在，让上等兵朱继彪当班长，凭什么？狗掀帘子，一张嘴？

电源班顶着电源专业的名头，干的是地域网专业的活。这个班长位置很特别很关键。连队几个支委几番“密谋”，军人大会上宣布班长任命名单，电源班朱继彪担任班长，刘胜任副班长。

散会时，男女兵拥挤楼道里，有兵叫姜迪平“原副班长”，故意把“原”字拖得像断气一样。姜迪平说，他可不是因为腐败而落马，而是领导干部能上能下。进排房时，一团黑，姜迪平走在前面，一张小凳子没放好，挡在过道上了，他一脚踢开，哐当一声。谁也没说话。

班务会上，朱继彪坐在刘胜以前坐的位置，正中间靠窗前的一把椅子上，兵们呈两排端坐小板凳上，腰杆挺直，双手放在膝盖上，正襟危坐。朱继彪说了几句开场白后，模仿刘胜的办法让大家发言。

刘胜主持班务会的做法是让大家先说，轮流讲评一周的情况，训练工作学习生产内务纪律安全礼节礼貌等各个方面，涌现的好人好事，存在的不足，下一步改进措施，下一周的工作布置等。整个过程，谁都可以补充说明。一个班的弟兄，谁训练怎么样，干活有没有偷奸耍滑，大家心里都有一本账。各班“每周一星（评选好同志）”在周日晚上的班务会上敲定，晚点名时连队干部提出表扬，并将作为年底立功、评优秀士兵的依据。以前表扬过了就过了，没有记录在案，后来有兵提出，立功受奖也要有准备、量化，于是“每周一星”开始被兵们看重。

刘胜对他们这种轮流“当班长”、讲评一周工作的方法自鸣得意，认为可以跟指导员的“新闻点评制度”媲美。说以后打起仗来，每个兵都可以当班长代理人，就是退伍回家当个村干部或去打工当个小工头，或者在街上遇到记者拿话筒采访，我们也显得和别人不一样，落落大方，不会左右躲闪说我是个打酱油的。

朱继彪说完，没人接话。姜迪平干咳几声，大家以为他要讲，等了半天没声音。刘胜清了清嗓子，说了说一周的工作，最后，他建议大家评姜迪平同志为“每周一星”，他干得不错，牺牲几个中午的休息时间，把饭堂、会议室、学习室和电视房等公共场所的电风扇叶片全部擦拭安装好。

当然，评姜迪平为好同志还有别的意思。这时，氛围搅动了。兵们说，还有谁也做过什么好事。

蓝天白云，大地一片葱绿。随着值班员的哨声，在阵阵番号中各班带开，自行组织训练。

朱继彪站在队列前，下达训练科目，口令干脆利索响亮，利刀切西瓜一样，不打磕巴，全班一大半多兵龄比他老，经历比他丰富，他毫不露怯，从容自如，让人心里暗暗称奇。据说，自从几个月前指导员找他谈过一次心后，他就每天清早跑到菜地装着积肥浇水拔草，其实是站在土坎上冲一片茄子辣椒莴苣喊，叽里呱啦说一阵。

朱继彪当班长不像那些士官骨干，经过长期磨砺和一双双大手的帮带。旅里有的兵种专业分队班长的培养得靠老兵带和自己悟，不像步兵专业，有专门的预提骨干教导队，封闭式训练半年，没有进过教导队的不能当班长。兵种专业分队培养骨干就靠师傅带，靠平常零敲碎打、潜移默化。每年退伍后，连队就对那些预提骨干开始有意培养，由预提骨干喊口令，其他兵配合着做。那些日子里在晨雾漫漫的营区经常能看到，有的预提骨干站在队列前下达训练科目时，说了上一句，忘了下一句，憋红着脸，好一会儿想不出来；有时把命令下错了，有时重复啰嗦，自相矛盾。兵们对“准班长”的表现很宽容，有耐心，没有嘲笑打闹，乱作一团。就像实习的医生和理发师一样，任何行当都得有个成长成熟的过程。

这种自己培养出来的骨干，资格老，通信连上士班长一大把，有的中士当副班长，下士还是普通一兵，这样的骨干配置好处就是成熟稳重踏实，专业技术扎实，交给任务放心，用起来顺手省心，缺点是思维固化，打起仗来（演习）不由自主地按老思路出牌，老套路上马，老办法解决问题。这次，连队让朱继彪这个年轻的上等兵当班长，不知道出于什么考虑。

训练正要展开，姜迪平报告说，某个设备开设要点他不清楚，请班长做一遍示范动作！

兵们目光齐刷刷地投向朱继彪。地球人都知道姜迪平操作那台设备动作最利索，刘胜以前表扬过他，让他演示过给大家看。现在他让朱继彪做示范，说白了就是想让他出丑。朱继彪的共同科目训练一般，位居“常委（常拖尾巴）”，专业科目还可以，在同年度兵中算得上“苗子”。在连队最大的资本就是军事素质，军事好说话就硬气，腰杆就挺直，大家就服气，当班长这样，当兵也这样。

“报告!”刘胜啪的一声向前一步出列，“班长，这个示范动作由我来完成。”

刘胜轻轻接住这个“仙人球”。本来是幕惊险剧，一下子变得毫无悬念。

晚上，看完新闻联播，按计划是教唱歌时间。晚饭后，李胜中端着一本精美剪贴本请示指导员。指导员翻了翻，上面全是当下流行歌曲，什么“中国好声音”、“中国最强音”、“歌坛英雄榜”等。

“你觉得一群当兵的坐在一起高唱情呀爱呀哥呀妹呀死呀活呀牙不酸吗，鸡皮疙瘩不会把军装鼓起来?”

“大家就喜欢这些，不喜欢那些老掉牙的革命歌曲。”

“革命歌曲有什么不好?”

“不是不好，大家说我们已经和社会脱节了，就想唱这些歌，感受一下那种青春、时代骚动的感觉。”

“你说的那些是表面上的，要感受，周末请假上街去好了，教唱歌可是严肃认真的政治教育活动!”什么事一扯上政治高度，就没人敢吭声了。指导员从书架上取下一本厚厚泛黄的歌本，指定了两首歌《人民军队忠于党》和《没有共产党就没有新中国》，让李胜中把词曲抄在黑板上。

据可靠消息，今年“七一”举行歌咏比赛，这两首歌是必唱曲目。这两首歌兵们都会唱，但要参加比赛，要唱准，唱出新意、花样还得下一番功夫。每次教唱这些“爷爷级别”的歌曲，兵们提就不起劲来。但这是集体活动，是政治教育，不得不参加。

月亮初升，整个营区成了歌的海洋。有的连队在门口的空地上唱，有的坐在草地上，大多数连队坐在学习室或会议室里，电风扇呼呼啦啦转，临近的两个连队一声盖过一声，有点拉歌的味道。每个兵在唱又都侧耳听，步兵连队的兵说，他们喜欢听通信连唱歌，能听到夹杂其中优美的女声。通信连也在草地上唱过，后来女兵提意见说蚊子太多，隔着军装都叮起包。有兵说，蚊子耍流氓。女兵说，叮人的是母蚊子。

李胜中站在讲台上奋力画着“八字”或“拉二胡”(兵们对他指挥动作比喻)。指导员起身出去接了一个电话，进来时敲了敲朱继彪面前的桌子说了句什么。朱继彪出去，半天不见回来。刘胜走进排房时，黑暗中见朱继彪和姜迪平扭打在一起，没吭声。刘胜喝道："滚！都给我唱歌去！"原来，指导员刚才接到营里教导员的电话，说通信连一楼排房里有电脑开着，是不是有人在玩电脑？营部在前面一栋房子，通信连有个风吹草动，尽收眼底。

刘胜他们仨走进学习室，继续唱歌。李胜中还在画着"八字"，指导员盯着黑板上的歌谱，好像什么也没看见。朱继彪眼角一片乌黑，像独眼熊猫。有兵问，朱继彪说，黑灯瞎火，碰的。熄灯号响前，兵们一个个换上拖鞋去卫生间洗漱了，就刘胜和朱继彪在排房，刘胜问怎么办？朱继彪说，先冷处理。

星期天晚上班务会，姜迪平做了口头检查，向班长朱继彪表示道歉，说以后要多支持配合班长工作。这件事不能闹大，连队干部心里也亮堂，睁只眼闭只眼，班排如果把"包袱"上交，连队为了管理，肯定拿姜迪平"开刀"，尤其是他有过"前科"。这样做的后果就是完全把姜迪平推向对立面，矛盾可能激化，班里下一步的工作就会打烂仗，朱继彪的工作更不好开展。朱继彪和刘胜想到一块儿了，刘胜还有自己的打算，想休假。如果这件事闹大，他休假就泡汤了。

地方某高校（旅里的"共建"单位）要来营区参观，司令部通知通信连准备地域网开设教学法科目。这个科目好看有气势，巨大天线眨眼间矗立起来，场面壮观，人员有条不紊奔跑配合、各台站瞬间开设，紧凑又紧张。连队的意思让刘胜组织指挥，他有经验。

刘胜坚持让朱继彪上，他现在虽然当上了班长，但只是一纸命令，群众并不认可，他急需要一场胜利，一场宣誓，一个仪式宣布他的"合理性"，否则他这个班长将干不下去。刘胜说，这次表演虽然也很重要，得引起重视，但和上级考核和打仗比起来就不那么要紧了，即使演砸了也没什么，学生们不一定看得出来。

军事训练教学法考验的不仅仅是指挥员备课、组织指挥，熟悉教案的程度，更主要考验所属人员的配合程度，当指挥员一声令下，每个兵要准确迅速找到自己的位置，疾风一样行动起来，交替配合推进，忙而不乱，要有猛虎下山的杀气，一泻千里的浩气，力拔山河的霸气，风卷残云的豪气，整个过程指挥员和所属人员看似一颗颗子弹、箭镞，实际是一把寒光四射的利剑。旅里每年初开训动员，观摩这个科目时，就由刘胜担任教练员。

那天演示很成功，朱继彪组织指挥，刘胜站排头，吼得声音都走了样。总结时，旅里带队副政委热情洋溢的介绍，眼前这位高大帅气的指挥班长朱继彪可是名牌大学生啦，入伍第二年就当班长了，我们一般只有老士官才当班长骨干，还是大学生有素质，欢迎更多的大学生加入我们的队伍。副政委的话有发布征兵广告之嫌。

兵的休假计划年初由个人申报，连队统筹安排。不论节假日还是平时，休假人数不能超过实力数的百分之十。在诸如过年、清明、中秋等一些特别的日子，大家都想回去，请假报告单扎堆，这些时间，连队主要安排已婚和大龄的，回去陪陪老婆孩子或解决个人问题。兵役制度几经改革，城镇户口的义务兵退伍回家不再安排工作。各连队还是农村兵多，现在农村平时没什么人，全是“九九三八六一部队(老人妇女儿童)”成员，年轻人都出去打工了，只有过年时才热闹点。所以，农村兵都喜欢过年回去。尽管做了休假计划，但计划不如变化，到了年底还是有些兵由于种种原因没捞上休假，或假没休完。前几年，上级对没休完假的官兵按天数补发基本工资，现在好像又取消了，说是鼓励官兵休假，这是大家的基本权益。变来变去，没休的还是没休，基本工资也不发了。

过年前报休假计划时，文书问刘胜过年回去吗？刘胜说，不回去。刘胜已是中士第八年，结婚了，按理说回家过年能排上，他也想回去看看，如果过年把假休完了，五月份就回不去了。他老婆那个时候生孩子，他想把假攒到老婆生产时再休。他想聆听孩子的第一声啼哭。

和刘胜一起递请假报告单的还有炊事班长锤子。锤子过年也没回去，那时是伙食保障的节骨眼上，他这个“半个指导员”不能拉稀。刘胜问锤子是不是回去打算把大堂经理“搞定”。锤子以前一提起他的“春天”，一个大老爷们扭捏得像被挠胳肢窝。没想到这时他严肃得像“坐山雕”，不置可否，说他只是回家看看老头老娘。

锤子未婚，只有二十多天假，打算一次休完。刘胜有四十天正常假，加上产假十五天，班长假七天，总共有六十来天，他决定先休四十天，留一点假期，万一家里有什么事好请。如果没假了，请事假难，时间又短，请假报告单递上去十天半月，黄花菜都凉了，假还没批下来。对连队来说，鼓励兵们一次性把假休完，浪费车费不说，来回折腾，不方便管理，心似野马，有时收心比收身还难。但照顾到已婚士官，体谅他们的难处，也同意他们分两次休。

军务科批假时路途大都给四天，以前有六天、八天，军务参谋与时俱进，知道火车提速了，很多地方有动车、高铁，即使转道坐牛车也两天时间能到家。过去发生这样的事，“送上两条烟，假期多几天”，如今上面抓得严，风声紧，这种现象就销声匿迹了（也许只是冬眠）。“研究（烟酒）”一般送连主官，连主官让提前走几天，几天后才开始计算假，神不知鬼不觉，机关抽查很难查到。车旅费报销是一笔糊涂账，很多当了十几年兵都搞不懂，到底是什么样规矩，一会儿说凭车票，一会儿说不要车票按公里数核，所以有的年份多，有的年份少，有的年份有路途补助，有的没有。具体到每个兵的算法也不一样，有的士官明明结婚了，却报不了家属来队车旅费，有的没结婚，反而报销了“家属”来队的车票。看起来很乱，但有一点很明了，得看连队司务长和财务科的关系，有的事要关系到位才能办到，连队上午杀猪，猪肝猪肚猪肠转眼就溜到财务科长或某个财务助理员家里去了，这只是“可见一斑”。据说车旅费是块“唐僧肉”，旅里每年有大量节余。对于普通士兵来说，退伙倒是一笔不小的收入，现在伙食标准高，退几十天伙就有近千元。

晚饭后，刘胜把请假报告单交给指导员，转身就在楼道里的密码电话上给他婆娘花花打了个电话，压低嗓音抑制不住兴奋说他快回来了，东西也备得差不多了。上星期六他出去了半天，还利用几次出公差的机会，抢滩登陆一样抓紧时间，买了婴儿的衣服、奶嘴、背带等用品。这些不分男女都用得上。

这个季节，连队刚野外驻训回来，离内河游泳训练和海训还有一些日子，中间有个短暂休整期，这时计划休假的兵少，只要没有超比例，军务科批假就爽快点。接下来就要开始海训，抗洪救灾战备，诸兵种合成训练，对抗演习，军事考核，年终总结等等，一摊子接一摊子事，就像扣动处于连发状态的冲锋枪，几十发子弹一嘟噜就出去了，很多兵可能一年的假又泡汤了。

回到排房，刘胜又把准备带回家的东西收拾一遍，有几件婴儿衣服放在枕头包裹里，他取出来贴在脸上闻了闻，上面已沾有他的头发气息。在这里，个人那点“家私”几乎没有生存的空间，只能叠在枕头包里，或放在班柜最里边。班柜里叠得整整齐齐的有雨衣、水壶、挎包、背包带等，造型是用小木片固定好的，枕头包也是，里面衬有三合板片，甚至被子也这样，看起来整齐划一，有棱有角。这些生活用品、战备物资的叠法、摆放顺序全班、全连，乃至全旅都是统一的，是多少年多少茬兵传下来的，也是内务大检查时一项重要内容。

几十个兵睡一间房子，无论年龄，婚否，无论个人习惯兴趣爱好如何，属于个人个性的空间被压缩到最小，甚至没有。在这儿只有共性，只有一个标签，你是一个兵！

刘胜忙弄一阵，微闭双眼坐在折叠椅上斜倚床沿，心思开始“漫游”。

他婆娘花花是他在武汉读“土官（士官）”学校时认识的。花花是刘胜挂在嘴上的专属昵称，具体叫什么花，或花什么，狗尾巴花，有钱花，随便花？谁也不知道。刘胜他们学校给地方一所师范学院带军训，让他带女生队。学员队领导认为他那张雨后黄土高坡满是沟壑沧桑的脸很安全，不会有粉红色的故事。恰巧最放心的人最容易有故事。花花和刘胜老家是一个县的，隔壁乡，说一样的家乡话。训练之余，刘胜常和她一起用乡音取暖，他的眼神、举动表现出有意无意地关心。初离家门上大学的小女生心里像卖火柴的小女孩，正是孤单凄惶的时候。从农村刚进城打工的小姑娘，有人说一包瓜子一瓶饮料就能泡到手，这个时候的女大学生也是，就在路边随手采一束野花双手捧给她（态度一定要真诚），她都会感到温暖幸福。那时候刘胜就是这么做的，后来他老实说，当时是怀有不可告人的目的，长线投资，放长线钓大鱼。

刘胜和花花共饮一江水、呼吸同一片天空的雾霾，呆了一年。在那一年时间里他俩扑向对方，创造一切可以创造的机会、利用一切能够利用的条件黏在一起，更不用说寒假一起回家，一起来校了。刘胜很感激班里那班兄弟的理解与支持。周末，他们班有两个外出名额，他那一个是固定的，如此一年，直到树倒猢狲散，毕业。刘胜回到部队，花花在江城孤军奋战，靠书信、电话和窗前那轮阴晴圆缺的月亮坚守“阵地”三年，顶住了各种多波次的凌厉攻势。一次，刘胜听到电视里唱西北信天游“兰花花”，其中有句歌词唱道，一十三省的女儿呦，数上咱们兰花花好。引起刘胜的情感强烈共鸣，是不是叫花花的女子都好？鸡蛋壳点灯半炕炕亮，烧酒盅盅量米不嫌哥哥穷。想起自己走后，那杨柳岸晓风残月，那一个个明眸皓齿、伶牙俐齿的翩翩公子，那你侬我侬、出入成双成对触景生情的环境，刘胜就感到后怕。

花花在认识刘胜前弄不清部队里是连长大，还是营长大，士官是什么东东。刘胜绕口令一样跟她解释半天，“士（是）官不是官”，把我军的军衔制给她上了一课，她还是迷迷糊糊，认为都一样，都是当兵的，穿一样的衣服，走路说话都一样。可花花老爸，一个当过十几年兵的乡镇干部却拎得清，就差打铜锣宣告，他女儿如果找当兵的必须找军官，才配得上他如花似玉的掌上明珠。花花师范毕业后回到老家镇上一所中学当老师，在山野里可真是一朵含羞带露、娇艳欲滴的花朵，周边数十里有头有脸上门提亲的，把她家门槛都踩低了，狗都叫瘦了。在花花老爸眼里，哪一个都比刘胜强，比他看得顺眼。刘胜头次去花花家，提着烟呀酒呀和一些营养品，像新兵连第一次投实弹，紧张得腿发软。花花老爸、他准老丈人堵在门口，居高临下发问，像对待犯罪嫌疑人一样，一点也不像老兵对待新兵，前辈对待晚辈。她老爸话越说越难听，越说越激动，刘胜若不是看在花花面上，看到花花急得欲哭的眼神，差点和准丈人顶了起来。刘胜放下礼物转身就走，在一阵狗叫声中，花花老爸把礼物啪的一声扔到门口（刘胜没有回头，也不知道里面的酒摔碎了没有）。那一刻，花花老爸毫不顾及同举一杆旗、同唱一首歌同样当过兵的情分。后来，刘胜又去过几次，每次迎接他的只有门口那条大黄狗，很兴奋，几乎要挣脱脖子上的链条。

这场战斗双方一交锋就胜负已分，一开战，刘胜就拿下滩头阵地，随着他凌厉勇猛的攻势展开，有意志坚定的花花做内应，放一把火，摇旗呐喊，制造混乱，再加上花花老妈明里暗里站在刘胜一边，枕头风徐徐吹拂，看起来坚不可摧的堡垒很快土崩瓦解。所以，尽管花花老爸死不松口，说话难听，甩脸色，刘胜死猪不怕开水烫，微笑，沉着稳重，有礼有节，绵里藏针地进行斗争。

刘胜和花花密谋已久。刘胜按照部队上结婚有关规定，从旅政治部群工办开具调查函(政治审查表,身体体检表等)寄到花花学校,很快收到回执。不知从哪走漏风声,花花老爸把她的身份证、教师证及家里的户口本等,凡是能证明花花身份的东西都收了起来,就差像过去的小姐一样锁在绣楼里。花花急得抓耳挠腮,如果这时候刘胜回来,她决心做一个女汉子,收拾一个小包袱,和他一起“私奔”。爱情就是这样,有时候岩石阻挡,更能激起流泉飞瀑,浪花四溅,就如牛郎和织女,如果没有王母娘娘划一条银河阻隔,他们的故事就不会如此缠绵悱恻,传颂千古。

就在这时刘胜来电话说,他们部队要搞什么对抗演习,休假暂停,已经在家的将召回。他们原计划的婚礼只能推迟。花花如释重负,她还有时间想办法打破她老爸的封锁。她没说身份证被“王母娘娘”收缴了,怕刘胜多心,工作走神。刘胜很歉意,说欠她一个美丽婚礼。

刘胜在演习中被“蓝军”特种小分队打成“铁拐李”,住进医院一个多月。很多人以为演习就是演戏,那是老皇历了,不说别的,就说双方抓俘虏打斗,我的乖乖,那可是拳脚相加动真格的,几乎每场演习下来都有十几、二十多人躺倒,被抬下阵地。刘胜住院了,也没和花花说,只讲他们这次打仗时间长了点,任务一个接一个。

花花老爸“战备”一段时间,见没啥动静,逐放松警惕。这期间,花花因为工作上的事还“借”过几次身份证,用完后很快归还。一借一还间,花花建立起了信用,还瞟到了他老爸藏身份证的地方。

正当花花老爸自鸣得意,张罗着挑选骑白马或乘龙的女婿时,刘胜奔袭一样“潜伏”回来,花花偷出身份证,两人牵着手去小镇上去登记了。刘胜和花花的婚姻开始只是法律上的承认,因为没有热闹、广而告之的婚礼,亲友之间过了很长时间才一点一点认可。后来当人们热议“裸婚”时,刘胜说,他们一不小心和时髦撞个满怀。

花花婚后还住娘家。她在电话里跟刘胜说,很多时候感觉像还待字闺中,偶尔梦醒惊回首,悲凉的发觉自己已嫁作他人妇。只有刘胜休假,花花才去婆家,即使刘胜回去了,他们大部分时间还是住花花家。刘胜和丈母娘谈得来,他洗碗、择菜、扫地、修家电,两人小声说笑。真应验那句话,丈母娘看女婿越看越喜欢。他和老丈人相处寡淡,老丈人夹着包一回来,家里氛围就变得像山雨欲来,他们有时相对饮几盅,话有一搭没一搭。

老人对这个夺走女儿的“假想敌”一时很难原谅。

刘胜老家有风俗，出嫁的女儿坐月子一定得在婆家。自从花花干呕第一声，感觉有了，她就向刘胜敲打：“我生孩子你一定得回来，你在身边我心里就踏实。”尽管，现在医疗卫生条件好了，生孩子还是女人的“鬼门关”，还有她没有和公公婆婆长期相处过，如果他不在身边，她心里发憷，不知道怎么办。刘胜答应，除非打仗，到时候他一定回来。

刘胜的假终于批下来了。他和班里每个兵都谈过一次，几次向朱继彪面授机宜，只差给他几个“锦囊”，遇到困难时就打开。

刘胜把军区、总部、旅里颁布的什么“十个不准”、“十个严禁”、“八条禁令”，还有《条令条例》上有关的章节工工整整抄了一遍，然后签上自己的名字，上交连队。这个且美其名曰加强管理教育、加深印象的规矩已流传多年，不知从什么时候起，不知“始作俑者”是哪个连队，反正每个连队都这么做。有兵提过意见，说这不人性化，不利于军营和谐。上级“虚心”听取意见，抄写之余，规定士兵在休假前和休假归队后连队主官分别要找谈一次心。

刘胜站在连队门口，已经换上便装拖着一口箱子正准备走时，指导员又问，座机、手机号码都留下了没有，能找到吗？邮箱、QQ、微信号留下了没有？记得一到家就要打电话回连队哟。

六、指导员和“摇滚巨星”

树影越来越短，草叶上的露水已消失。值班员吹哨，欢腾戛然而止，兵们转身面朝哨响方向立正站定，值班员憋足劲喊道，“休息十分钟！”兵们解下腰带散工一样朝树荫走去，以班为单位围坐一起。抽烟，闲聊，有的悄悄恶作剧，把一根树枝一径草悄悄插在某人的肩章上或腰带上。从不远处的高架桥上看，兵们训练、休息像是在做游戏。桥上，常有行人驻足观看，有的车辆经过时，开得很慢。应验了那句话，看风景的人装点了别人的风景，兵们也在看他们。早些年，有一排高大的水杉和白杨遮挡得密不透风，后来不知碍着谁哪根筋，树全砍掉了，现在改成一溜广告牌，既创收，又保密，还养眼，常有大幅丰胸整容广告。

“绿豆汤来啰！”莫少文和上等兵炊事员居志高抬着一个白得发亮的铝桶走过来，两人提着勺、杯子，迈小碎步晃荡着，轻松开心的样子像是送茶水上工地。早饭后，兵们准备训练器材时，指导员背着手到炊事班转了一圈，让他们今天上午不要参加训练，早点把绿豆汤熬好送来。前几天，纠察像“黑白无常”晃悠间，无意间逮到某步兵连队一个炊事员翻围墙外出，不知是溜出去上网，还是“泡妞”。通报后，一了解，原来炊事员从吃过早饭到准备午饭中间有段时间挂“空挡”，什么事也没有，加上有的连队还安排“小工”帮厨，即使时间紧一点也来得及。旅司令部发通知，今后“几大员”，尤其是炊事员上午、下午都要上训练场，具体时段是上午八点到十点，下午三点到四点。后勤兵上训练场以前也规定过，后来无疾而终，不是领导换了，就是领导忘了，没能坚持下去。其实，兵们身边这样的事太多了，制度不缺，缺的是坚持。又如送绿豆汤，天气刚热，连队在骨干会议上说了，让炊事班一天两趟送绿豆汤上训练场。炊事班坚持不到三天，就开始“两天晒网”，打不打渔看心情。昨天下午，何参谋在连部餐桌上无意中透露，今天上午旅首长可能会去训练场。连长和指导员对视了一下，心里有数了，除了训练组织要更认真有序，确保参训率，还要有点特色，诸如保障方面。

旅里几个领导簇拥着三五个“短袖夏常服(估计是上级首长)”出现在训练场，很扎眼。营盘里的“土著”从星期一到星期五，训练时间全都穿丛林迷彩服，穿短袖夏常服的一看就是上面来的。营值班员吹哨，全体起立，立正，目送值班员一溜烟向那群人跑去。隔老远能看到，当值班员面向旅长立定时，旅长手向旁边一让。值班员半面转身，歇斯底里喊道：“首长同志，通信营、工化营全体官兵正在进行专业训练，请指示!”一个身材敦实大校举手还礼：“继续训练!”整个训练场像台复杂高速运转的机器，突然断电，又突然来电，呼呼啦啦转了起来。

首长刚走，通信连的绿豆汤就上来了。兵们拥上去，“卧槽！打死卖糖的啦?”有的喊好喝，有的说太甜。莫少文笑眯眯承认挖了半瓢白糖搅在里面。还有的兵晃了晃水壶，说还是白开水好，解渴，尽管水已被太阳晒得温热。

连长和几个老士官坐在一处树荫下抽烟，指导员朝这边勾了勾下巴，解下腰带，握在手里，那意思是准备开溜。

上级一再要求连队干部得跟班跟训，但很多时候连队干部上训练场像玩“快闪”，露个脸，叮嘱几句就不见了，只剩下值班排长和兵们懒懒散散放羊似的，刚上训练场时练一阵，快带回去时练一阵，其他大部分时间或蹲或坐一起胡吹海侃。上面千条线下面一根针，连队干部确实事多，要开各种各样的会，应付各种各样的检查，得准备各种各样的表格材料数据，要和闹情绪的兵谈心，趁兵们训练时走走看看，翻翻弄弄，看有没有违禁书籍物品等，指导员要备政治教育课，连长得去那些固定台站转转，副连长去菜地、猪圈……一个连队主官如果没有主心骨，工作没方向，思路不清晰，目标不明确，就会整天陷入事务性的忙乱，围着上面指挥棒团团转，被下面“按住葫芦又起瓢”接二连三的事拖着走、推着走，当然日子也好糊，一眨眼又是新兵入伍、老兵退伍，但一个单位要想搞得红红火火，打头阵扛红旗得奖旗，就得动脑筋想办法了。

指导员上课时讲过，现在有的单位模仿美军实行“士官长”制了，连、营、团、旅各配一个“士官长”，帮助各级主官平时对官兵的训练、管理，各级头头脑脑们只操心打仗指挥，研究战术战法就行了。只是国情不同，军队的传统不一样，这是一个漫长磨合发展的过程。

指导员握着腰带向大礼堂走去。礼堂的侧门开着，隐约传出阵阵歌声音乐声笑声。通信连几个兵正参加节目排练。军区、集团军今年搞业余文艺会演，年初就定好的，各师、旅各编排一台节目先在集团军内会演，然后挑选最优秀的节目凑在一起参加军区会演。今年恰好是某项活动多少周年，全国全军欢庆。

指导员对这些活动嘴上说支持，其实并不很上心。开展活动，活跃氛围是他的分内事，兵们也都喜欢，作为指导员应该带头“嗨”起来才是，但通信连情况特殊。女人天生就有表现欲，当了兵也是如此。女兵一听说要搞晚会，表演节目，就兴奋得像一群麻雀落在谷堆上，叽叽喳喳，马上在房间里，走廊上，空阔一点的地方比划起来。选人时，谁上，谁没上，开始闹别扭，没选上的落落寡合，好像别人对她的“颜值”不认可，这可是女人致命的软肋，不然为什么说“男人的事业是姿色，女人的姿色是事业”呢？排练时，谁站什么位置，谁的动作不协调，谁先挑演出服等，都有可能产生矛盾。还有排练时女兵难免和其他连队的男兵近距离接触，至少比平时机会多，一些拉拉扯扯的故事很多是在这种场合播种发芽的。这就需要执勤排代理排长朱虹像碎嘴细心婆婆一样操心做工作，有的细节，连队干部不一定要知道，但大点的事情和“重点人”的思想动向必须掌握。每次举办晚会，通信连有资源优势，但会增加管理上的难度。

有段时间，旅里把所有庆祝、纪念活动都改为歌咏比赛，并且是合唱。好处是组织起来简单，采用水果商贩的做法，把样子周正一点的放在最前排，哪怕只能“滥竽充数”对口型，把长得有点“对不住”的放后排，做到人人上台、个个参与，最大限度激发兵们集体荣誉感。长期这么做，兵们开始“审美”、“审丑”疲劳，觉得没意思，唱得没劲，看得也没劲。晚会尽管只有少数“精英”参加，水平也不咋的，舞蹈僵硬得像打军体拳，摆造型，但这是兵们自编自导自演的，表现的是他们自己的生活，他们身边的人和事。一场晚会有时冒出好几个“兵明星”，能让兵们热议兴奋好一阵。

指导员走进大礼堂，扑面而来一阵阴凉，光线陡然变暗，眼睛眨巴几下适应过来。十几个男女兵散落坐在前几排椅子上，三三两两，闭目养神，或窃窃私语、小声嬉笑，传出的歌声原来是音响开着，声音低沉。桌子椅子上散乱着一些喝完或没喝完的各种饮料瓶。大礼堂光洁的水泥地呈斜坡状，潮湿得“冒汗”，一排排自动翻转的木椅油漆斑驳，有的椅子已歪斜得不能坐了。听说这礼堂是前辈们从朝鲜回国时修的，服役年头比旅里最老的官兵年纪还大。每次开大会，旅首长强调安全事故、火灾隐患时就把“它”拎出来做靶子，说它屋顶全是木头，加上线路老化等。说归说，总不见去修理。

吴干事和几个女兵坐在一起，正小声说什么，见到指导员，吴干事过来招呼，说从早上练到现在，大致有眉目了。吴干事是政治部宣传科文化干事，又高又帅（富不富，没人知道），和通信连上上下下熟，一有活动通信连的兵就是他所倚重的“主力部队”。上面有什么内幕消息，如果是宣传科牵头的，吴干事偶尔透露一点情况。

上等兵李胜中远远坐在一个角落里，把一个矿泉水瓶蹂躏得咔嚓作响。阳光从他后脑勺探进来，面前一片阴影。

指导员朝李胜中努努嘴，“怎么样？”吴干事顺着指导员的目光望去，“还好。”前两天，指导员接到驻地电视台一个自称编导的电话，说李胜中预选赛通过了，让他准备参加“地球好声音”正式比赛。好在李胜中汇报过，有一回请假外出，看到很多人在热热闹闹唱歌，他上去嗨了几嗓子，留下一个地址和连部的电话，没想到……指导员在电话里讲了一堆道理，一个“山羊胡子”还是驱车赶了过来，登记通报折腾一阵，在营区一片齐刷刷的“注目礼”中来到连队。在连部会议室，指导员把电话里说过的话又重复一遍。“山羊胡子”说，机会难得，有个女的把名字改了，把房子抵押贷款，去韩国整容，就是为了上一次他们的舞台。还说，很久以前，你们部队有个女兵就因为参加了一个什么比赛，得了个什么奖，退伍回去后进入演艺圈，现如今红得发紫。指导员说，他也听说过，那是老皇历了，现在时代不同了，部队不兴那样了。缠到最后，指导员让“山羊胡子”去找上级机关，如果上面同意，通知李胜中去，就让他去。

那天，李胜中训练去了，指导员没让人去叫他回来和“山羊胡子”见面。但指导员和“山羊胡子”说的话，他显然已经知道了，接下来，他蔫了好几天。

李胜中嫌旅里的晚会档次不够，没影响。可旅政治部没这么想，为了这次活动专门发了通知，说争取每个营连有节目、有人员参加。修理所有个滑稽的兵，演狐狸、鸵鸟，一只手作头一勾一勾的，一只手作尾巴一摇一摇的，很像，被选上了。晚会正式演出后，将通过评委打分和网上投票，将评出原创一二三等奖，最佳表演奖、最佳人气奖、最佳组织奖等，进行物质和精神奖励（以精神奖励为主）。并选取部分节目去小散远单位慰问演出。刻成光盘，作为寄给新兵家里和作为老兵退伍的纪念品。

在年度诸多赛事中，如篮球赛、足球赛、拔河赛、快乐闯关、挑战极限等，通信连很难拼过如狼似虎的步兵连队，就指望这些“智力含量”高的演讲赛、知识竞答、黑板报评比等出出风头了。尤其是文艺晚会，通信连有得天独厚的资源优势，平日里如果有一条花裙子飘过，指挥员不用下口令，兵们都自觉行注目礼。晚会上，通信连的女兵一出场，掌声、欢呼声响得像打雷。当然也有例外的时候，几年前上海召开世博会，军区文工团慰问封闭式训练的世博女兵，当女演员上台，掌声稀拉，当高大帅的男演员出现，下面像炸了锅，尖叫声一片。指导员在作婚恋观教育时引用某国某人（名字很拗口）的话，性别吸引是人类永恒、前进的动力。说得一点也没错。有兵记下这话，问指导员那人的名字怎么写。指导员又说出一个，和先前的不一样。后来，指导员不得不承认，是他临时杜撰的名人名言，上中学时写作文他就这么干过。

一台晚会一旦成型，不论演出成功与否（没有标准），接下来都要演很多场，五一、八一、十一、元旦、春节，个别节目小做调整，换汤不换药，一直演到来年这个时候，不看也得看，看到想吐。当过兵的都有“陪会”、“陪看”的经历。就是有的会议和兵们没“一毛钱”关系，但也叫上一群兵端正坐好认真听话，这样坐在台上的领导讲得有劲，显得隆重有氛围，上电视、上报纸好看。看过多次的演出也得看，哪个地方该鼓掌，哪个地方该欢呼，兵们心领神会，甚至经过排练。在旅里，兵们“陪看”，一般是过“八一”或过年的时候，那些地方领导和一些共建单位的头头脑脑，在连队吃过饭后，到大礼堂看演出。在互联网上通过“度娘（百度）”，能看到通信连一群矮矮胖胖的女兵在幽暗灯光下载歌载舞，蹦蹦跳跳，样子真有点惨不忍睹。估计是地方人员偷拍悄悄挂在网上的，穿军装的没有那个设备，也没有那个胆量。

这次李胜中参加晚会的节目是一首自己作词作曲的摇滚歌，中英文夹杂，摇头晃脑，像触电又像抽风。大意是：

> 军营呀，军营，狗日的军营，纪律像牢笼，单调又枯燥，天天搞训练，直线加方块，饭前一支歌，集合要列队，摆臂要整齐，手机不让用，外出按比例，“跑号（上厕所）”打报告，早晨眼一睁，忙到晚熄灯，上床眼一闭，还要高警惕，能把人扒掉一层皮的军营，说什么是脱胎换骨的熔炉，说什么是锤炼人生的大学校，现在我一天都不想呆，多年以后，我也许会怀念这段时光，和很多退伍老兵一样，温柔地想起你，有乡愁的感觉……

指导员听李胜中唱过一次，眉头拧成疙瘩。说歌词有点“灰色”，问能不能“正能量”一点，要不换一首歌，还是唱那首《班长的爱》吧，保险。

吴干事帮李胜中包装策划，让他翻唱一首老歌，最讨巧的办法就是选取一首老歌的调子，自己填词，歌唱我们自己的生活，伴舞可以找一群兵穿迷彩汗衫跳街舞，踩高跷，溜滑板、滑轮等，现在会玩这些的兵每个连队都能找三五个。

李胜中什么也没说，但上台时还是唱它，鬼哭狼嚎，快唱完时他头猛一甩，“哦，忘了，没了长头发。”台下一阵哄笑。这首歌李胜中就唱过一次，没有作为优秀曲目反复演出，也没有能参加军区、集团军的会演。听吴干事说，报上去了，没有选中。到底有没有上报，没人知道。但兵们一下子记住了，在营区里传唱一时，有的兵把歌词工工整整抄在笔记本上，把最后那句“多年以后，我也许会怀念这段时光，和很多退伍老兵一样，温柔地想起你，有乡愁的感觉”设置为电脑开机、关机的声音和手机铃声。

指导员知道李胜中心里“拧巴”，找他谈过一次，他思想好像还没通。有道说兵的思想就像烧煤火，越通火越旺。但有时候也像烧柴火，折腾多了，反而容易熄火。对于有的兵，有的事只能是让他自己慢慢琢磨，让时间去消解、融化。

李胜中在新兵中队时就参加过旅里组织的晚会。他班长陈华向指导员推荐，说李胜中极富音乐天才，“百年一遇”呢。指导员在一次营连主官参加的交班会上提了一下，那天宣传科参加会议的是吴干事，会后还特地找到指导员问了名字。义务兵改为两年服役期后，旅里开始是把新兵直接下到老连队，不再专门成立新兵中队（连），说是能缩短新兵的适应期，以及在老连队和老兵的磨合期，能尽快形成战斗力。后来又说这个方法不好，新兵训练跟不上（基础没打好），反而变“油”了，已经是“中学生”的老兵总不能跟新兵一样从“小学一年级”从头学起吧。上级在这两个方案之间变来变去，好像凭他们的心情。去年采用的办法是成立新兵中队，新兵来队不到一星期，上士陈华就能一口叫他班里所有新兵的名字、家庭情况和过去的经历，甚至大致性格特点。上级规定带兵干部、骨干必须一天知姓名、一周知家庭、半月知全情。

李胜中的性格特点就是用不着旁敲侧击，他会竹筒倒豆子一样抖出来，尤其是他对摇滚的痴迷就像锥子扎进布口袋，藏不住。他在班里常像教徒传道一样，说摇滚是世界上最伟大最震撼灵魂的音乐，“披头士”改变了一代人的“三观（价值观、人生观、世界观）”；“朋克”见证了冷战时期诡秘的烟云；RAP 像一把锋利的小刀割掉了资本主义的腐肉；JIM HENDRIX、JIM MORRISEN 更是摇滚的耶稣，把自己钉在苦难的十字架上……新兵大都喜欢流行歌曲，喜欢听“好声音”，爸爸或妈妈去哪儿了之类的真人秀节目，李胜中对这些嗤之以鼻。当然也和很多兵一样对唱革命歌曲提不起劲来，连队一吹哨说是组织教唱革命歌曲，兵们就像大集体时期公社社员出工一样，懒洋洋的。在班里，李胜中觉得其他兵欣赏层次低，不够味，别人觉得他怪怪的，像有报纸上说的患有“间歇性精神分裂症”，有的时候不可理解，只是有的时候。只有他班长陈华表现出兴趣浓厚，认真听他讲，还不时记者提问一样，尽管问得很“奥特曼”。李胜中很快“饥不择食”地把陈华引以为知己，从个人的留守包（每个兵有三个包，携行即战备包、运行即随后送达的、留守即与战备无关的个人物资）里掏出一叠厚厚精美的杂志让陈华随便看，爱看多久就看多久，都是关于摇滚乐的。

李胜中是湖南益阳人，入伍前唱摇滚歌曲获“无敌男声”益阳海选区季军。后来因晋级受挫，毅然决然选择了当兵（还好没有看破红尘出家当和尚）。部队是一所大学校，大熔炉，大舞台，当兵是演艺界人才最好的出路，一两首歌唱红后，马上弄一套军装穿上。你看电视上，谁唱得好一点，有了一点小名气，不都莫名其妙地当兵了吗？穿军装站在舞台上唱歌，是李胜中心里一个五彩斑斓的“中国梦”。他当兵进军营，第一件事就是用排房里的电脑给旅长、政委各发了一封电子邮件，要求分到文工团去，用歌声给官兵们带来欢乐，提升部队战斗力。政委回邮件说，我们旅没有文工团，要军区才有，但我说了不算。如果旅里有晚会，需要组织业余演出队，到时候可以邀请他参加。

李胜中盼望着，希望有一天来一个“才艺大比拼”。可部队上比拼的是手榴弹开花，刺刀见红，是“杀人的本领”。李胜中有一阵子忧郁不得志，甚至怀疑自己当初的选择。是猴子就给它一片森林，是老虎给它一座大山。指导员心里一直盘算着，除了让他在连队担任教歌员，还想给他搭建一个舞台。

上士陈华带新兵，也是老办法，向新兵反复强调踢好“头三脚”，给人的第一印象如何重要，如果留给上级的第一印象不好，想扭过来很费劲，尤其是对于那些打交道不多的上级。指导员对李胜中的第一印象是，瘦高个，满脸青春痘像红高粱，话不多，走路四肢摆动和所有新兵一样如上紧了发条，不同之处是他头时刻像匹马，高高扬起，如果天上落雨，他的鼻子再朝天一点，肯定会落进雨水。他不像有的新兵只要见到上等兵就叫班长，见到干部就叫首长，恭恭敬敬，低眉垂眼的。指导员看到李胜中在新兵调查表的兴趣爱好一栏里填写的是唱歌，如果陈华没有介绍，还以为他是喜欢在“量贩式”歌厅里 K 歌。不管陈华怎么说，李胜中从没在意自己留给指导员的第一印象是什么样子。

指导员的带兵方法就是“放羊理论”，即掌控“头羊”，关注“个性羊”，眼瞟着“群羊”。掌控“头羊”，即关键时刻要把头羊拢住，让他们发挥方向性创造性先锋作用。在连队，说白了头羊就是训练、思想骨干，他们大都担任班长，或老士官，如刘胜、陈华、朱虹等，他们平时做事沉稳有分寸，可以放心放手，只是在重要问题和在一些节骨眼上要及时沟通，让他们明白连队的意图，和连队干部拧成一条心；关注“个性羊”，就是对那些性格特点有棱有角的兵多留心，在连队里如朱新忠、姜迪平、甘乃平、李胜中、陈彤、莫少文等，要注意他们的动向，防止单溜，一不小心捅个娄子冒泡掉链子拉稀，当然也要因势利导，发挥他们的特长，让他们找准自己发光发热的位置，逐渐适应所担任的角色。

一个连队百十号兵，大多数兵是随大流，不突出也不落后，不全是他们自己所说的保卫祖国，尽公民义务，锻炼锻炼，很多兵心里有自己的“小九九”，如想考军校，入党，立功，转士官，学技术，参加自学考试，学写新闻报道等等。如上等兵陈建德一心想考军校，平常一有空就抱本书躲在角落里，死啃；上士王建宏还差几门就拿到法律自考本科文凭了，他决心在部队通过国家司法考试，拿到律师资格证，服役期满后作复员回家，不要工作；徐涛热衷于写新闻报道，连队一些过期报纸如果被开天窗或肢解了，肯定是他干的，他在剪报学习……对于这些兵不能打击，不能说他们动机不纯，他们有这样那样的想法要理解，尽量提供条件予以支持，这是他们安心服役、扎根军营的思想嫩苗，尽管有点脆弱，要在加以呵护，帮他们实现个人愿望的同时，经过军营生活的摔打锤炼，使他们逐渐提高思想认识，变被动为主动，最终成为一名“牛逼”战士。在这个过程中，作为连队干部所能做的就是因势利导，公开公正，一碗水端平。这套办法，指导员刚上任时只是有意无意地这么做，上升到“理论”是后来慢慢琢磨出来的。

指导员点名叫李胜中指挥唱歌，先是在连队、营里，直至到全旅的各种集会。指挥唱歌时，别的营连都是士官或扛两颗“豆”的排长站在前面手舞足蹈的，只有通信连是个列兵，很抢眼。李胜中刚指挥唱歌时，还要连队干部或排长喊，后来他一看势头就自作主张地上，其他连队在放开喉咙吼，李胜中往前面一站，拉开架势后，缓缓抬起双臂，示意，像个大牌乐团指挥，兵们开始清嗓子，调整坐姿。李胜中瞅准时机，起头，猛一挥手，通信连的男女声大合唱轰然炸响。李胜中拉歌很得法，首先选歌精准，选那种铿锵有力气势磅礴的队列歌曲，在歌声海洋中，像冲浪一样，趁其他连队歌声徐缓抒情时，他激情飞扬，挥舞双手，紧紧扭住高音趁势往上推，掀起一个又一个惊涛拍岸般的高潮，把别的连队势头压下去。拉歌的形式多样，有文明的、野蛮的，有阵地战、游击战，还有乱成一锅粥的打烂仗的，这些战法拼的无一不是精神士气，有了精神士气就有一切。

拉歌拼的是士气，也能提振士气。指导员有次脱口而出，林彪说过“唱好一支歌就是上好一堂政治课”，兵们一愣，他马上补充，林彪虽然反对毛主席，是个大“野心家”，但打仗厉害，有些话还是蛮有道理的。话虽这么说，兵们从没见指导员唱过歌（合唱除外），在澡堂里冲凉也没哼过。对于李胜中在集体场合上勇敢亮出通信连的“最强音”，指导员应该是满意的。每一次集体活动后，晚点名时指导员都捎带表扬一两句。

李胜中被“约定俗成”地确定为指挥员、教歌员。以前，通信连没有固定的教歌员，和指挥拉歌一样，谁担任连值班谁上，有时连队干部让那些平时喜欢咋呼的班长上去，有时干脆就成了新兵练胆的舞台，效果可想而知。教唱歌，连队干部教过，男女兵班长教过，让新分下来的干部骨干教过，请机关干部教过，临时来队家属也教过。五花八门，有时候唱得调子跑到太平洋上去了。指导员分析得出主要原因是教唱歌如同击鼓传花，没个准。现在“花”传到了李胜中手上，就不再往下传了。

有一段时间指导员逢人就说，李胜中歌唱得好，曾得过海选季军呢。那样子恨不得到中央一频道黄金时段给他打广告，把李胜中打造成通信连除了女兵外，音乐、文艺表演又一知名品牌。经指导员的鼎力推荐，旅春晚总导演宣传科吴干事反复审查，李胜中作词作曲的摇滚乐《你是我的战友》（乐曲似曾相识）最终入选旅春节联欢晚会。

演出时，李胜中果然有派，音乐响起他坐在台上一块仿真石头上，一束灯光打出他的剪影，苍凉忧郁抒情的那种，前奏一完，他缓缓起身，背对观众，在那火山爆发一样的强音中，台下轰然大笑，笑得前仰后合，笑得在椅子上打滚，笑声几乎掀翻屋顶，原来李胜中坐的“石头”不干净，屁股上一片白。灯光聚焦，音乐震响，观众火爆，李胜中以为大家被他的热情、歌声感染，热烈回应。他更来劲，在台上溜来溜去，摆 POSE，下跪、劈叉、玩空翻、撒泼打滚，把话筒伸向观众，冲下台与最前排几个兵握手……一副“天皇巨星”派头。这场景是吴干事没有预料到的，很多动作排练时没有，是李胜中即兴发挥的。兵们笑岔了气，笑声中夹杂着欢呼声、尖叫声、口哨声、掌声，通信连、通信营那一片很多兵站了起来，随着歌声摇摆，真是火上浇热油，炸开了锅。一般是哪个连队的兵，由哪个连队选送的节目，那个连队的官兵就是他(她)最忠实、最给力的“亲友团”、拉拉队。在笑的浪潮中,李胜中始终唱得很认真很投入,蹦跳得很卖劲。到后来,有兵甚至怀疑是不是故意设置这么一个细节,制造出这么一种效果。

演出结束谢幕时,旅常委排队上台与演职人员一一握手。旅长、政委走在前头。政委握着李胜中的手问,你是李胜中吗?我给你回的邮件看到了没?你今天晚上表演得很好,很成功,好好干,军营小连队,人生大舞台,当好兵才能唱好歌……政委对李胜中说的话全场官兵都听到了。指导员第一次听说李胜中曾给政委发过邮件。政委在李胜中面前停留时间最长,宣传科的摄影干事举着炮筒一样的相机,啪啪啪闪个不停。

旅春晚优秀节目评选结果出来了,李胜中的独唱和女兵的歌舞表演获得并列第一。有人说李胜中获得第一得益于政委的关注。李胜中捧着大红获奖证书(奖金没有)在连队门口照了张相,很气派的证书转眼被文书收了起来,摆放到连队荣誉柜里,说等到退伍的时候再还给本人。

把连队在各类评比竞赛中获得的奖牌、奖状和官兵个人所获的各种荣誉以及参加自学考试、专业技术培训毕业证等,集中放进连队荣誉室的玻璃橱窗里进行展示,这也是指导员到通信连后的一大“创举”。开始只是收藏集体和个人的荣誉,后来发展到新闻报道,各类报纸杂志上关于通信连的“豆腐块”,都像珍藏邮票“孤品”一样保存起来。再后来,保存实物,如五发子弹命中五十环的“胸环靶板”,参加抗雪救灾一把卷口的工兵锹,某位大首长参观连队时的合影、签名、题词(也发生过某位首长因为腐败落马,照片被撤换下来)等等。指导员说,这些东西现在看起来稀松平常,多少年后就是文物呀,想找都找不到。连队荣誉柜设在阅览室里,占据阅览室近“半壁江山”。凡是参观过通信连荣誉柜的人无不啧啧“点赞”,这个连队的历史并不显赫,但现在很牛。

从墙上短短数百字的连史看,通信连的过去不显山也不露水,不像有的连队牛气冲天,资格老,是红军连或抗战连,战功赫赫;是大功连、保卫毛主席有功连或先锋连等。确切来说,通信连是部队(以前是师)从朝鲜战场回国后上世纪五十年代中期才组建,先后参加过围垦农场、备战东南、全军大比武、砺剑东海等大活动,是在全营,乃至全师编程内跑跑颠颠,被淹没成一幅油画的底色,一条河流里的浪花。从通信连没有走出过响当当的人物，没有出过将军。如果你是一个外来者，从历任连长、指导员名单一栏瞟过去，可能一个都没听说过。所以，指导员在搞传统教育时都是往大里说，说军史、师史，说连史就是前几年有谁谁夺得军区、集团军专业比武第几名，近处的事有据可查，证书还摆在橱柜里呢。

李胜中的证书被“供奉（兵们都这么说）”起来没几天，他几次欲言又止，终于有一次他问陈华，能不能把他和政委的合影给他一张？和政委的合影？你什么时候见政委了？陈华一时摸不着头脑。李胜中说，就是在联欢晚会上政委和他说话时，有一个机关干部端着相机瞄准他们不停地咔嚓咔嚓。如果冲洗不方便，刻成光盘也行，他不差钱。让陈华有点为难，他和那个干事不熟，只知道他是宣传科专门负责照相的。开会、庆典、上级来人检查等，只有他可以跑前跑后，爬上爬下，到处乱窜，全旅官兵几乎都认识他，可他不认识咱呀。尽管如此，陈华还是答应找机会试试看。

事情拖了很久，一次，陈华他们班帮宣传科出公差，搬教育资料。恰巧碰到摄影干事端着相机正要出门，陈华上前敬个礼说，“首长，您还记得那个唱摇滚的李胜中吗？通信连的，瘦高个，新兵。”陈华朝那边正抱着一捆书的李胜中挥挥手，“快过来！”李胜中咚咚咚地跑过来，摄影干事听明白了意思后，将他俩从头打量到脚，说有印象，但那张储存卡早清空过几次了。陈华脸上兴奋的神情顿时如潮水卷过，留下一片盐碱地，看上去比李胜中还失望。回到连队，闲聊时陈华把这事跟指导员说了，指导员当即给摄影干事打电话。放下电话，他满脸不高兴，“你怎么不早讲呢？什么事要依靠组织，相信组织！”

李胜中那次在旅春晚的成功演出奠定了他在旅“演艺圈”的地位。后来，他的又一灵感之作《班长的爱》演出过多次，几乎每能收到“粉丝”送上来的塑料花、萝卜花、狗尾巴花。吴干事还选了这首歌去参加与地方大学的联谊晚会。参加地方高校活动，带女兵去唱歌跳舞显然不合适，显示不出优势和特色，最酷最炫的做法就是挑几十个“高大帅”兵全副武装走队列，或打军体拳，那气势，一出场，几声跺脚几声吼就震得全场每个人合不拢嘴，腰杆不由得挺直，刚才的说话声、嬉笑声，顿时如疾风激荡，荡然无存。但如果参加地方“派对”，老这两招，就像“黔之驴”一样，地方同志腻了，部队也不好意思。还有，出动那么些兵很麻烦的，要经过上级层层审批，尤其是成建制的动用兵力，极其严格，手续极其烦琐。吴干事自称“老江湖”，惯打擦边球，他在这个连队挑三五个兵，那个连队挑两三个，全是“斯巴达勇士”般彪悍的“男神”，组成一个表演方阵，这样就避开了《条令》上关于成建制调动兵员的规定，经旅首长批准就可以了。在旅机关，吴干事以“会来事”著称，任何人任何时候见到他，他俊朗的脸上总是挂着淡淡招牌式的微笑。他由优秀士兵提干，每个职位平均最多两年（正常晋升需要三年），别人还在副连位置上熬，他几下就蹦跶到副营了，很是让人眼热。

前不久，吴干事又通知李胜中，让把那首《班长的爱》熟悉熟悉，周末去参加地方社区一个公益活动。准备排练，本色演员刘胜架子很大，怎么都劝不动，私下里嘀咕被人当猴耍呢。朱继彪见他班长不去，他也不去。指导员闷头想了好一会，叫甘乃平和姜迪平去。他俩性格开朗，喜欢抛头露面，每次上级来人座谈，他俩报名参加积极得很呢（真让人捏把汗，怕他们瞎放炮）。两人的形象也合适，姜迪平瘦弱得像非洲难民，演新兵正好，甘乃平高大壮实，演班长。指导员以为他俩会推辞忸怩一番，没想到爽快答应了。后来，吴干事反馈说，演出很成功，音乐响起，李胜中声嘶力竭，声情并茂唱得卖劲，姜迪平和甘乃平是在操场上全副武装跑完五公里后，直接上舞台的，他俩浑身汗流浃背，累得虚脱的样子不是装出来的，台下的大爷大妈们笑得合不拢嘴，眼噙泪水，若有所思，节目结束了，才猛醒一样爆发出热烈的掌声。

远处，课间休息哨声响过第二遍了，估计再有一会儿上午的操课到此结束，各连队就要带回开午饭了。指导员握着腰带很稳重的样子，踱回到连队，路过连队门口的哨位时，连值日猛起身，没有敬礼。指导员不看就知道，哨兵在哨位上看书了（这是不允许的），看的是考军校的书。指导员眼睑一耷拉，推门走进门口上方挂有“指导员”字样牌子的房间，房间里有制式桌椅、床、衣柜、书柜（侧面刷有红色油漆营产营具编号）、脸盆架、脸盆、毛巾，床底下有序的鞋子，书架上排列整齐的书籍等都是制式的（上级配发的政治读物），房屋是制式的，物品是制式的，所有物什摆放的位置、顺序也是制式的。床的一头紧靠一张三抽桌，桌子靠在窗前，床的另一头依次是书柜，衣柜，脸盆架靠近门口。在旅里，随便走进哪个连队干部房间，格局、摆设都一样，唯一细微、体现差异的可能是有的床头有一帧嵌在玻璃框里的照片，老婆孩子的，或女朋友的。通信连指导员床头桌子上摆放的是他和他家属的结婚照，指导员穿扛中尉军衔的礼服，帅气得像“男神”，他家属白色婚纱，脸若桃花，一对小酒窝有甜蜜溢出。房间里整齐、干净、简洁，只是满足“光棍”最简单最快捷也最舒心最自然的生活。由于东西少，冬夜里有时会觉得很清冷，但夏天就觉得清爽、凉快。

指导员房间靠窗户前的桌上摆放一叠厚厚的报纸、杂志，最上面几封信，很打眼。现在是月初，官兵自费订的杂志赶趟一样地来。通信连除了集体订阅上级规定的刊物外，每人根据自己的喜好自费订一份报纸或杂志。刊物来了后，由文书统一登记，写上订阅者的名字，集中存放连队阅览室，待下个月新的来了后，旧刊物签字取回。这样每个兵掏一份刊物的钱，就“足不出连”能看到上百份刊物。为搞好这项活动，指导员想了一些办法，班排发动，相互评比，文书在黑板报上写出美术字“少抽一包烟，杂志订半年”和“少上一趟街，刊物看得嗨”。每个兵将要订阅的刊物名称贴在公示栏里，让大家对照调整，不要订重复了。也有的兵说，旅文化活动中心那么多书，一到开放日就能看，花这些冤枉钱干嘛呢？说归说，订照样订，这可是连队发起的一项集体活动呀。每个兵订一份，阅览室大半面墙被装点得花花绿绿的，比旅文化活动中心的刊物还丰富。大部分刊物是月刊或双月刊杂志，也有一些是兵们老家的报纸。徐涛订的就是他家乡城市的晚报，不是每天能收到，而是每隔一星期由报社发行部门用一个大号信封寄来，于是日报成了周报。徐涛就是看了老家的报纸，在上面老发表文章，露声露脸，使他在老家名声大噪，当他干满十二年抱一叠厚厚见报文章回去时，多家单位抢着要。当然这是后话。

指导员翻了翻杂志，然后开始读《解放军报》和军区的《人民前线》。连队集体订了七八份“中央级”和驻地的党报党刊，只有《解放军报》和《人民前线》订到班排。别的刊物可以在吃过午饭或下午起床后随便翻翻，然后放进阅览室里，但《解放军报》和《人民前线》指导员必须先看一遍，在中午开饭前把当天的主要内容有一个大致了解，把重要新闻和理论文章用红色签字笔标出，每份报纸都要标。这样中午报纸发到各班排，下午起床后半小时读报时间，各班排就根据指导员所标注的内容读。

其实，上级只规定每天读报半小时，没有规定具体内容。指导员几次在各班排读报时间转悠，发现读的内容不一样，大部分在读副刊上的散文、诗歌，有的专门捡一些花絮、现场短新闻读。只有刘胜他们班首先读的是中央一些大的指示精神，然后是部队新闻和小一号字的社论、言论等理论文章。为了让兵们不至于“乱花渐欲迷人眼”，捡了芝麻丢了西瓜，指导员凭自己肚子里的“墨水”，将他认为重要的文章标出来，有时候不太重要的文章也标出来，因为报道的是旅里的好人好事。还有的他认为仅仅标出来，让大家读一遍还不够，还不能凸显其重要性，如中国共产党的十八大报告，党和国家领导人的最新讲话，他让文书贴在连队门口的玻璃橱窗里，让兵们一有空就看，直到报纸变得脆黄。

读报的情形像开班务会，兵们“排排坐，吃果果”端正坐好，大家轮流读，普通话不标准的，平时说话结巴的被“照顾”多读一点。一篇文章读完，也像看“新闻联播”一样进行“新闻点评”，几句话也成，说不到点子上也没事。兵们就是这样经过一点点打磨，几年下来，看起来就是和地方同龄人不一样。

指导员“圈阅”完天下大事，意犹未尽，这时喇叭里一阵嘹亮军号声后，响起悠扬轻快乐曲，紧接着是连队上等兵陈彤的声音，“军营之声”开始广播啦。远处近处响起一片番号声、脚步声和枪械碰撞声，各连队从训练场开始带回。

指导员随手拈起一封信，端详研究起来。现在，兵们大多“言而无信”，电话打得勤，短信、网络等交流方便，信越来越少，有时几天全连没有一封信，经常是包裹比信件多，特别是女兵人虽然少，信件和包裹比男兵多得多。指导员经常“碎碎念”，让兵们多写信，扳着指头列举写信的种种好处：可以锻炼文字语言、逻辑思维能力，沉淀思想，反复阅读，珍藏记忆。写信和读信的感觉美好美妙呀，如“尺素如残雪，结为双鲤鱼”；“烽火连三月，家书抵万金”；“复恐匆匆说不尽，行人临发又开封”；“此书未到心先到，想在孤城海岸头”；“凭君莫射南来雁，恐有家书寄远人”等，我们的先人留下很多和书信有关的诗词，还有免费邮寄平信是祖国给我们现役军人的一项待遇，一种优惠。想想看，当我们的家人、亲友收到盖有鲜红三角形“义务兵免费”邮戳的信件多光荣呀，我们可不能让鲜红的三角邮戳在多少年后也成为老百姓集邮里的“珍品”。其实，对于写信读信还有一项功能指导员没有说，有利于日常管理，最直接的效果就是兵们写信、读信那一两个小时很安静，不会乱跑，不会无事生非。文字的表达，长期的效果能让兵们潜移默化，更加成熟稳重，谦恭有礼，遇事不冲动，连队干部也通过来往信件，及时把握兵们思想上的风吹草动。

指导员要求文书（或通信员）每天把全连官兵的信件先由他过目后才能下发，他不在，由连长看，连长不在，副连长看，像指定战场代理人一样往下推。这也是通信连多年来的传统。

今天很热闹，有五封信。其中两封信从邮戳和地址来看，应该是兵的家人或亲友写来的，等一会儿看他们的神情和饭量，就能把信的内容猜个八九不离十。

有三封信好像有情况。一封是李胜中的，寄信人地址是本市，字迹娟秀。这小子没透露过他驻地有亲友呀，莫非上网、电台交友了？一封是炊事班锤子的，厚厚的一包，从他老家寄出的，他现在在家休假，寄信人难道不知道吗？一封是陈彤的，寄信人地址详细到街道门牌号码，与邮戳上的地址一致，乍一看没什么，但仔细一瞧觉得怪怪的，原来邮票是用过的，是从别的信封上小心撕下来贴上的，部分邮戳盖在邮票上，残缺部分估计是用墨水瓶盖小心修补，寄信人伪造这么一封来信可用心呀，不干特工真可惜了……指导员把信拿起又放下，写信的是谁？是怎么放进来的呢？指导员决定把这几封信先保存起来，观察一下动静。

指导员才琢磨完信，文书报告说，今天又拉回一板车包裹。通信连的包裹多是出了名的，大部分是女兵的，种类繁多，有衣服、化妆品、学习用品，最多的是“进口”东西，有她们自己网购的，有托地方的朋友买的，有家人帮忙买的等，绝大部分通过什么“顺丰”、“千里马”快递，留部队地址，收发室统一签收。所以，通信连文书和通信员最辛苦，隔三差五建筑工人一样拉上板车，在一片打趣声中去收发室领取包裹。这件事，旅首长有所耳闻，不时对营连干部敲敲打打，说他们没管理教育好。营里也搞过专题教育，讲树立正确的金钱观、消费观，不要因为网购毁“三观”等等。连队干部更是一说起就头大，试图采用最简单粗暴的方法，把吃的东西放坏，把用的东西放过期，再发给本人。但坚持没多久，就引发一大堆矛盾，什么签收后网银支付啰，什么退款退货啰，再看女兵一个个眼巴巴的，不时到连部小心翼翼打听包裹的下落。指导员一挥手，唉，发给了她们吧！

包裹堆在连部空地上，小山头一样。指导员翻一件，又翻一件，脸上如女兵抹粉了一样，好像这些“败家女”花的都是他的钱。“都登记了吗?”文书说:“都登记了。”

这时，营部通信员递过厚厚的通知本。指导员看过，龙飞凤舞地签上自己的名字。营部通信员说，这个通知通过旅政工网也发了一份。指导员让文书把通知打印出来，给连长看看。

七、休假

中士刘胜在他婆娘花花的预产期前一星期赶到家。花花挺着大肚子还在讲台上“传道授业解惑”。刘胜立即启动安全预案(他拟定了几套方案,不断完善),紧急叫停,“你在教室里把孩子生下来,他(她)直接可以上学呢。”花花说,以后开销大,想多挣点。还有她没有感到不适,医生说适当运动生孩子顺利。

进入“战备”状态,刘胜把婴儿穿的用的像准备战备物资一样,一一装进战备口袋,他婆娘的大肚子就像一个高地,一个随时吹响的号角,一有反应,他马上叫车,以冲锋姿态往小镇医院赶。车子联系了几辆,有专门拉客的,有朋友的车。医院也打过招呼了,产科医生护士和刘胜丈母娘熟,应承得好。小镇生活有小镇的好处,熟人熟路,办事方便。

刘胜抽空回了趟乡下。他每次探亲大部分时间住花花家(不全是她家条件好、宽敞),偶尔也带花花去乡下住几天,过年是一定要回乡下的,前提是他得在家。他在家,带上花花热热闹闹,招呼张扬着回去,向乡亲们说明他可不是什么“入赘”。他不在家,花花只是在两位老人过生日或病了回去看看,吃过午饭就回。由于没生活在一起,反而少了锅碗瓢盆的碰撞,花花留给婆家的是轻声细语猫一样的乖顺,老人向邻居提及,我这个儿媳呀,是上辈子修来的福分哟。乡下有的儿媳对老人不孝,恶语相向,花花就成了老人们口口相传的榜样。在家里,刘胜父母一直给他们留着房间,朝南最好的一间,他们的婚房。花花怀孕后,刘胜娘提着老母鸡鸡蛋去过花花家几次,一进屋不住地感谢、叮嘱,感谢花花父母对她儿媳的照顾,拉住花花的手,让多吃点,吃有营养的,吃好的,替肚子里宝宝着想,现在是吃一斤补一斤,以后吃一百斤也补不了一斤呀。刘胜娘在花花肚子“风吹草动”的时候就养了一大群鸡，每次喂食，敲打脸盆，鸡群飞奔，蔚为壮观。花花坐月子，一天炖一只，吃上个把月没问题，都是散养的老母鸡，煨汤，喷香。

刘胜回到熟悉的家，像演习打前站，又像是迎接首长到来做准备工作，摸摸棉垫被子，翻翻衣柜，闻闻这瞅瞅那。一转身，看到身材瘦小的娘站在一旁，不安得像个小学生，他心不由得一阵紧抽。这是什么烂习俗，婆娘坐月子一定得在婆家，不能在娘家。

刘胜闭着眼睛脸贴在花花肚皮上，感觉小家伙在里面哼哼哈哈地施展拳脚，他隔空喊话，宝宝，老爸在这儿呢，出来玩吧，哈哈，瞧见你啦。小家伙好像贪恋他（她）的安乐窝，赖在里面就是不出来，千呼万唤不出来。眼看假期过了十几天，花花仍像只帝企鹅，不紧不慢，怡然自得，没有丝毫临产的征兆。

傍晚，刘胜牵花花散步，一路上招呼不断，男孩还是女孩？什么时候生呀？不知道呢，应该就在这几天吧。花花挺着肚子，将军阅兵一样走过。小镇上，刘胜熟人不多，向日葵似的笑脸大多迎着花花盛开。花花上班的学校有几个老师刘胜认得，有一个是从刘胜他们那个乡调来的，以前教过刘胜。得知刘胜还在部队，婆娘就是花花，直夸刘胜过去学习好，现在终于出息了。刘胜没有说他只是个士官，可能花花也没提。

刘胜打水给花花洗脚。自从花花肚子一天天大起来，像怀抱一个大西瓜，腰弯不下去，每天晚上洗脚说起来是湿洗，其实和干洗差不多。只是在温水里泡一泡，划划水，就提出来擦干。刘胜刚到家那晚，给花花洗脚，看到她的脚趾甲长得几乎能像壁虎一样爬墙了。刘胜埋头帮她修剪趾甲时，心酸得差点掉泪。

刘胜坐在小板凳上，花花的腿像条白花花的笋瓜搭在他膝上，他宽厚满是老茧的手轻轻地搓揉，她闭着眼睛，很受用。花花纤细光洁能看到青色筋脉的小腿变粗了，如调侃中的“大象奶奶”，一按一个淡淡指痕。

“要不，我们剖腹产吧？听说不遭罪。”“不行！书上说自然分娩好，几千年来人类就是这样的，不要违背自然规律。”“好吧，听你的。”

花花没问他这次多少天假。她从来不问，他每次只在将要归队前一两天才告诉她，他要回部队去了。那一瞬，她如电击，一动不动，好一会才活过来。她说不愿意扳着指头细数紧揣的幸福，她要躺在甜蜜的棉花堆上混混沌沌过，但这幸福总是很短很短，就像鹅毛大雪后转眼就是晴天，雪花融化成背阴处的残雪，薄暮时分，令人伤感。他们结婚两年多，在一起的时间加起来不到半年。刘胜每次离家前一星期，两人都难受，一旦踏上归队的路，就放松了，待回到部队，打电话报平安后，一切又回到原来的样子，就如他从来没有回去过。花花也一样，当房间里只留下他的气息时，他回家好像是很久以前的事，恍如一场梦。

刘胜洗衣、做饭、打扫卫生，拎着篮子去菜市场挑肥拣瘦，讨价还价，开始为服侍月子做“热身运动”。他和她经常为吃什么，吃多吃少，甜蜜争吵。他说为了孩子要多吃，她担心胎儿太胖，产后恢复身材困难，说应该少吃。花花娘微笑“观战”，两边都不点赞。

阳光从玻璃窗斜探进来，明媚静好。刘胜很多时候老学究一样抱着本厚厚《辞海》，或在电脑前抓耳挠腮，绞尽脑汁想一个个或俗或雅的名字，为他们即将诞生的“作品”命名。刘胜突然拍案叫绝想好一个，报给歪在沙发上翻画报(怀孕期间多看俊男靓女，看什么像什么，小孩生下来漂亮)的花花。“难听!”她一票否决。取名字太难了，尤其在不知道是男孩还是女孩的情况下，既要富有寓意寄托希望，叫起来上口，想起来文雅，又要和五行八字等相配(这要等到出生后才知道)。名不正则言不顺，言不顺则道不行。看样子给作品起名比“创作“还难。后来直到刘胜归队，名字也没有最后敲定，只是暂呼小名“牛牛”。

刘胜牵着花花刚进屋，花花娘说，刘胜部队上来电话了，先是刘胜和花花的手机挨着响，她没接，后来座机响。刘胜问谁打的？“他说是你们连队的文书。”“说什么了？”“没什么，说新闻联播后再打来。”

刘胜回到家去哪儿都不带手机，不像现在地方上有些年轻人患上了“手机控”，机不离手，什么都拿出来晒“朋友圈”，上厕所也在刷屏。他没有这个习惯，在连队只有周末请假外出才能用手机，以前规定只能用“老头机(只能接打电话、收发短信的)”，现在条件放宽可以用智能机了，但不能用外国品牌的，如有的地方小青年哪怕卖肾也要追捧的某品牌机，就坚决不能用。刘胜和花花都不用手机，除了防止辐射，还有两人像一对画眉依偎在一起，用不着唱歌，只要接吻就可以了。刘胜想生个“带把的”，确切来说是他父母想，他倒觉得男女都一样，只要健康，现在养老有保险，看病有医保，至于什么传宗接代、延续香火，那都是百年身后事，试想谁还记得自己四代以上先人的名字？有族谱的还留个名，中国大部分小户人家没族谱，辈份都排不下去。老人大多喜欢男孩，如果能让老人高兴高兴也好。孝顺，孝顺，顺着老人的意愿也是孝。

通信连的已婚官兵聚在一起，闲得无聊时做“计划生育”统计，通信专业官兵生的全是女孩，生男孩的是从外单位调进的政工干部（军事干部必须懂通信专业，很少从外单位产生）。以前，电源专业有个老班长，折腾几年，求医问药，才得一“千金”。大家怀疑很可能是那些机器工作时，产生的电磁辐射作怪。刘胜不抽烟，不喝酒，自从他打算启动“造人计划”，休假前半年，好几次通信保障，待机器设备调试运转正常后，他拍拍姜迪平肩膀。姜迪平笑笑，自觉留下值班。班长为了革命的下一代开始“封山育林”了。

每天看新闻联播成习惯了，新闻联播后是简短广告时间，接着是天气预报。刘胜看了家乡的天气预报，又看部队驻地的天气预报，同是阴雨天。当过兵的都有这样的体会，从离家那天起，就多了一片土地的阴晴风雨让人牵挂。在部队关注老家的天气，回家关注部队驻地的天气。刘胜小时候，村里有个人绰号“珲春哥”，只因在珲春当过五年兵，一入冬，就望着南飞的大雁和成群的雪鸟，无限神往，自言自语：“这时候，珲春该落大雪了。”珲春哥很搞怪，向人说起他的珲春半天扯不完，外地人还以为他是珲春的，本地人笑他，珲春离你十万八千里，那儿下雪关你鸟事。那时候刘胜和村里其他人一样，也觉得好玩，现在他终于理解珲春哥心底纷纷扬扬的思绪。

天气预报在悠扬乐曲声中结束，花花家客厅红色花岗岩茶几上乳白色的电话惊厥一样响起。电话是连队文书打来的，刘胜知道文书那备有一张公用电话卡，专门联系休假在家、外出学习的兵，有时也给兵的家长打。此时，文书就站在连队走廊上的密码电话机前，有时候电话接通后，连长、指导员过去说几句，这场景通信连的兵很熟悉。

文书问刘胜嫂子生了没，家里都好吗？又说起连队这段时间发生了哪些事，好的坏的，战备训练，可忙啦，每个人像火箭的屁股点了一把火，忙得飞窜，最后抛出此次通话的关键，前几天接到上级通知，集团军、军区将在下半年组织通信地域网专业比武，连队决定让他参加，请他提前归队。刘胜知道有这么回事，年前就筹划好的，开训动员会上提到过，只是连队一直没有确定谁参加。好像几个地域网专业的骨干全是“种子选手”。

文书还在说，没休完的假，以后补休，车旅费给多报一趟，从连队家底出……按照规定休假官兵每年只能报一趟回家路费，凭车票，坐符合身份地位的车次，团以下官兵坐一等座和飞机是不能报销的。文书说，指导员的意思，下次休假路途可多给几天……后面说些什么，刘胜没听清，大脑像没有信号的电视屏幕，一片雪花点。

刘胜放下电话，窝在沙发上没动也不吭声，花花望着他，他勉强一笑。电视由静音又按了回来，焦点访谈快结束了，不知道讲些什么，是歌颂弘扬还是曝光揭露？

通信连这几天颇不平静。自从军区、集团军将在下半年举行地域网专业比武通知下发后，连长、指导员就较上了劲。

通知上说每个单位可选派两名尖子参加，一名为正式队员，一名陪练（候补）队员。连长认为应该把刘胜作为正式队员，刘胜的地域网专业虽然是后来学的，但基本功扎实，操作能力强，最具说服力的就是他曾参加集团军比武夺得好名次。一个专业兵种分队，全年的战备训练，勤务保障固然重要，能不能出彩，就看有没有亮点，有亮点有焦点，就像皇冠上的明珠；没亮点，只是满天星斗，拎不上手。

指导员提议让朱继彪担任正式队员，理由是朱继彪文化高，学习能力强，现在已经具备了一定基础，再添把火就熟练了，而且连队要注意人才接茬，培养多个训练尖子，不是哪一个能力强就老让他上，我们是战斗分队，不能离开谁就玩不转，就不能打仗，在大的任务上更要敢于给苗子提劲、压担子。

连长不动声色地硬顶刘胜，指导员含而不露地力挺朱继彪。

参加比武的人选一时僵在那儿。军事训练比武，一般是军事主官的意见起主导作用。班排骨干大都和连长站一起，认为谁稳操胜券就让谁上。仔细品咂，指导员的话似乎也有道理，但人才培养急不得，可以放在平时，慢慢来吧。

熄灯号响起，一阵此起彼伏哨声，排房里的灯熄了，连队干部房间的日光灯熄了，亮起昏黄台灯。指导员推开连长房间虚掩的门，又掩上。后来，据连队自卫哨回忆，那晚，指导员在连长房间“密谋”很久，从连长房间出来时，第二班岗已经换哨了，指导员顺便查了一班哨才上床睡觉。

一夜之间，兵们发现连长在比武这件事上变得态度暧昧。在班排骨干会议上，连长“临阵易帜”，表示支持指导员意见，比武人员暂不确定，通知刘胜归队，和朱继彪一起投入强化训练，越快越好。

刘胜觉得假期就像手里紧握的沙子，越想紧抓，它从指间溜得越快。转眼假期过半，他婆娘依然骄傲地挺着大肚子，蹒跚而步，怡然自得。刘胜所能做的就是每天“劝降”，快出来了吧，宝贝快出来吧，你出来，我投降好吗？

一场春雨后，空气清新，地上湿滑。刘胜娘提只母鸡、一筐鸡蛋，背一篓时令蔬菜来打探花花肚子的动静。刘胜悄悄拉过他娘问，“预产期过这么多天了，该不会有事吧？”“乌鸦嘴，快做爸爸了，没个稳重。一看花花的腰身就是个男孩，男孩怀得久是个宝，女孩怀得久是根草。”他娘一副过来人样子，捋了捋鬓角花白的头发。刘胜小时候听上年纪的人说过，老子在他娘肚子里“赖”了八十年，一生下来就长有胡子，不然为什么叫老子呢，老子老子，很老的儿子，上年纪的人都这么说，你看老子多有出息呀，到现在大家还记得……见刘胜还不放心，他娘弹弹衣襟说，她说得不会错。俗话说，家有一老胜过一宝。现在老人的话也不一定对，不是他们的经验不管用，而是世界变化太快。

刘胜在网上溜达一圈，出门在外有困难找警察，宅在家里有疑问找“度娘”。网上说超过预产期两周应该没问题，如果时间太长了，有可能造成胎盘钙化，以致供血供氧能力下降，影响胎儿发育及生产，并且会有羊水混浊、污染，增加并发症等。建议最好去医院做个检查，听医生的，医生说没问题，就没问题。

刘胜准备关电脑时，网页提示有一封邮件。打开邮箱，是革命前辈林觉民的《与妻书》。这封信就像有段时间流行的“冰水考验”，一桶冰水从头浇到脚，打动感动很多人。刘胜看发件箱，是连队公共邮箱，顿时别有一番滋味在心头。

刘胜知道，在连队不能上互联网，只能上军网，即使上军网也要看访问哪个网站，上旅政工网速度还凑合，上什么军区政工网或全军政工网，网速撵不上蜗牛爬，半天打不开，等得冒火，真想把电脑砸了。至于要上地方互联网只能去旅部文化活动中心的网络室。每个连队一星期一个半小时，安排在晚上，具体星期几，得等文化活动中心管理员的通知，各连队轮流，说不定哪一天。

晚上新闻联播后，当值班员吹哨喊，上网的——楼下集合！楼上楼下一阵尖叫。对于伴随网络成长起来的兵来说，上网比看电影、看演出过瘾。上网时间在兵们眼里，就像馋嘴孩子嘴里一块奶糖，一点点舔，舍不得一口吞下。他们不会用这个时间打游戏、看电影、听歌，那样太奢侈、太“土豪”了。他们只用来和家人亲戚朋友视频聊聊天、说说话，关注一下自己感兴趣的话题、网站，找一找需要用的资料。

谁“腹黑”在这个时候给我发这么一封邮件呢？我的邮箱只有文书知道，会不会在暗示什么？还是连队干部的意思？刘胜开始失眠，这是回家来的第一次。

春寒料峭。刘胜牵着花花去医院。花花扶着高挺的肚子说，怀上后她去医院很多次，这次最幸福，心里最踏实。产科医生检查后说胎声、胎位正常，估计就在这几天了，让他们随时做好准备。从医院回来，刘胜接到排长李晓勇的电话，开口就表示祝贺，说我们革命后继有人啦，全连官兵坐地升一级。刘胜说还没生呢。扯了几句，李晓勇问接到通知了没？刘胜说接到了。两人陷入沉默。

连队编制三个排长，实际也有三个，一个读研究生去了，常年在外学习，一个借调到机关帮助工作，长期在位的就李晓勇，一些大的公开场合总是李晓勇担任通信连值班员，当然连队日常值班，三个排轮流，排长不在位的由几个班长担任。李晓勇是通信连的形象大使兼“新闻发言人”，他的话可能也是连队的意思。

炉子上煲的汤溢出来了，花花喊，刘胜回过神来。花花问他，是不是有事，连队催回去了？刘胜让她不要多想，情况正常。在刘胜和花花举办婚礼的前一天，连长（是老连长）打来电话，花花接的，刘胜刚好有事出去了，连长在电话里对花花说，请她务必转告刘胜，部队有紧急任务，让他一回家就往部队赶。花花放下电话，眼泪扑簌簌掉，转身给刘胜收拾行李。刘胜回家，当花花把连长的话告诉他时，刘胜哈哈大笑。夜里，估计连队已经点过名了，连长又打来电话，说任务已取消，现在连队向他们夫妻俩下达新的指示，建议用免提两口子一起听。连长在电话里拿腔拿调，拖着长音喊道："我，代表通信连党支部、团支部、军人委员会、经济委员会及全体官兵、家属祝你们新婚快乐，白头偕老，永浴爱河，命令你们互敬互爱，抓革命促生产，永远幸福、愉快、美好！"连长说完，电话里响起打雷一样的吼声，1——2——3——，新婚快乐，白头偕老！刘胜想象此刻连队走廊上电话机旁挤满了人。别样的祝福，把花花感动得眼泪决堤，脸上的妆冲得一塌糊涂。

从那起，刘胜一休假，花花就悬着一颗心，好像随时一个电话、一个信息、一张纸片都有可能把刘胜从她身边叫走，有一种力量是她纤弱双手无法把握的。那次喊狼来了，这次是不是"狼"真的来了，在她最需要他的时候，让他归队。

吃晚饭时，花花爸在餐桌上不动声色说了一句，如果部队有事就回去吧，家里不要担心。老丈人一句平常话，让刘胜怔了半晌。从反对他们在一起，到提醒他以工作为重，中间有多远的距离呀。刘胜说，假期还没到呢。

早晨，天蒙蒙亮，花花摇醒刘胜，说肚子痛。刘胜以紧急集合速度爬起，"有情况？"花花说，一阵一阵痛，痛得不厉害。"一年过了一年，我一辈子只为了这一天……"刘胜冲进厨房煮了八个荷包蛋，放少许盐、白糖、猪油，装在一个大海碗里热气腾腾端到花花面前。曾经无数次想象，纸上谈兵，图上作业，现在终于面临"实战"了。

花花吃完三个鸡蛋后说不吃了。刘胜端起碗像哄小孩，又像是战斗动员，为了你，为了孩子，为了孩子一生的幸福和我们的幸福，你一定得吃，不吃也得吃！在伟大母爱的感召下，经刘胜"威逼利诱"，花花又吃了三个。这也是刘胜预案中的一项。此前，他了解到有产妇由于最初阵痛时没吃东西，折腾半天，力气耗尽，关键时刻最后一股劲使不上来，以致酿成悲剧。花花邻居家有个小孩，十几岁还淌口水斜眼看人，走路一摇一晃，一踩一颠，手脚像被几根线牵着演皮影戏，大家叫他“摇摆彩电”。据说，他娘生他时，就是最后没使上劲，在产道里停留时间太长，造成脑部缺氧。刘胜和花花每次遇到晃荡的“摇摆彩电”，刘胜捏一捏花花的手，花花会心点点头。

刘胜把剩下两个鸡蛋风卷残云一扫而光，拎起早准备好的口袋，牵着花花往外走。清晨，公路灰白，街上一片清冷，半天没过一辆车，偶尔见一两条杂毛狗扒在紧闭的店铺门前养神，一副爱理不理的样子，零星有人戴斗笠挑一担蔬菜匆匆往菜场赶，那是附近菜农去抢早市摊位。刘胜回头说：“你看我们俩像不像私奔？”“已经挺着大肚子了，还要私奔？”

花花不时停下。“撑得住吗？”花花点点头，站一会儿继续走。街上，白天鱼一样穿梭的“木木（电动三轮车）”这时销声匿迹。大清早，原来预备着的几辆车都没叫，能不麻烦人就不要麻烦别人，当然主要是不急，如果急，哪怕深更半夜也要叫。走走停停，快到医院时，行人渐渐多起来，小镇眨巴着眼睛醒了过来，到处弥漫着鲜活的生活气息，不时有三轮车打着清脆铃声从他们身边经过。

阵阵撕心裂肺喊声从产房传出，刘胜站在外面走廊上，像刚关进笼子里的野兽紧握拳头走来走去，可惜他使不上劲。听说女人生产是最难以忍受的一种痛，相当于同时被踩断二十根肋骨。这是怎么测试出来的呢？有的数据看似科学，其实很让人怀疑。

刘胜娘和花花娘赶来了，刘胜陪着他娘守在产房外。花花娘径直走进产房，熟悉得跟自家一样，不时从门缝里闪出，向刘胜母子透露几句里面的情况，神情兴奋得像只早春的喜鹊。刘胜娘脸色酡红，喝过酒一样，在长条椅上一挨屁股，又凑近紧闭的产房玻璃门瞅瞅，里面有一道白色布帘，遮挡得严严实实，什么也看不见。小镇医院条件简陋，从外面看甚至破败。产房外和刘胜同样做困兽状的还有两三个男的，年纪相仿。刘胜想起一个故事，一营三连长欢喜拉二胡，很有文艺范，年前他老婆也生孩子，当时部队正准备拉出去搞实兵对抗演习，作为军事主官，一连之长，自然无法抽身，他自己也清楚，没有递假条，跟营里甚至提都没提。演习各项准备工作正紧锣密鼓，那天下午他得知老婆已经进产房，他特地请半天假，换上便装，闷声不吭地蹲在驻地一所医院妇产科门口，当里面传出婴儿哇的一声啼哭时，一个护士探头出来说，三号王莉生了，男孩，七斤八两，门口一个西装革履的男人手舞足蹈，高兴得像醉酒的马猴，“耶，耶，耶！”“生啦，太好啦！我当爸爸啦！告诉你们，我当爸爸啦！”三连长忘情喊了几声，就打开手机开始录婴儿啼哭，一点儿没注意到身旁的西装神情急转，脸色碧绿，西装一把抓起三连长胸前的衣领，一拳过去，三连长两道鼻血像蚯蚓缓缓爬出，三连长愣在那，完全蒙了。“老子婆娘生了，跟你什么关系？说，老实说！”西装再次扬起手，三连长马上明白，对方误会了，忙掏出军官证说，我是不远处某部队一个连长，今天我老婆在老家也生孩子，可我回不去，赶到这儿，只想听听婴儿第一声啼哭，感受一下做父亲的喜悦……说完，三连长眼泪哗哗地流。这件事过了很久才隐约传到部队。演习一结束，三连长就请假回去了，迫不及待地去赴一个迟到的约会。在演习总结表彰大会上领导表扬一串好人好事时，把三连长老婆生孩子没有回家也提了一下。这事对一个铁甲洪流的战斗集体算不得什么，但对一个小家庭来说就是盛大节日，是一种崭新模式的开启，是一个小太阳的升起。

刘胜突然觉得自己很幸福，此时此刻守在产房外，迎接一个和自己血脉相连新生命的诞生，聆听孩子第一声啼哭。春光明媚，阳光和煦，大地多么辽阔，人群多么亲切，世界多么美好！

中午时分，随着一声洪亮啼哭，花花娘兴高采烈地冲出来，说生了，男孩，八斤二两，母子平安。她发布完消息转身又钻了进去。刘胜娘扶着窗户，手脚颤抖，絮絮叨叨说：“老天爷长眼，谢天谢地，老刘家有根啦，有后啦。”

刘胜斜倚窗台，给手机上所有号码群发一条短信：各位亲友，今天中午，我婆娘在老家医院顺产一男孩，八斤二两，母子安康。感谢大家的牵挂、关心！生个儿子，刘胜感觉就像比武夺冠一样，如果努力了没夺到，就是一个永远的心结、遗憾；得到了，则是一件顺理成章的平常事。短信发出，有的当时就回了，有的几天后才回（兵们只有周末才能用手机），有的一直没回，也许号码换了，也许忘了。

因为是顺产，第二天医生就让花花试着走动。下午，刘胜叫了朋友的车，把他们母子小心翼翼“移驾”到乡下家里。平静农家小院顿时升腾飘扬起一股温暖与馨香气息，刘胜父母笑吟吟忙碌着，啄食的母鸡脸红了，墙角的月季花、蔷薇开得正艳，就连农具间摆放的锄头、犁耙、簸箕、粪桶等都泛透着喜庆。

襁褓中的小家伙一天到晚呼呼大睡，谁来也不理，除了吃就是睡，一天一个样，好像见阳光就长，刚生下来时脸色红嫩满是皱纹，像个小老头，才几天脸上肉嘟嘟的，变胖变白了。小家伙眼睛始终紧闭，有时闭眼冲刘胜咧嘴无声一笑，像是感激，又像是讨好、游戏，是父子间心有灵犀？那一刻，刘胜的心像满树繁花在风中摇曳，飞舞。

一只大花公鸡在屋外像男高音吊嗓子，小家伙一抽搐，哇地哭了起来。刘胜娘进来抱起小家伙轻轻摇晃，哄唱："哦，宝宝饿了，我们宝宝饿了。"花花喝母鸡汤黑鱼汤鸽子汤，打饱嗝都是各种汤的味道，浑身像个发酵的面包，鼓鼓囊囊。小孩生下头两天，花花没奶水，刘胜骑车去小镇超市买奶粉，站在柜台前犹豫，买国产的，不放心；进口的，太贵了不说，就一两样牌子，听说现在进口奶粉以次充好的多。支持国货！刘胜咬牙买了两桶最贵、包装最好的国产奶粉，心里边默念，国货呀国货，你们可要争气，我是舍得亲儿子来信任你们，支持你们！你们千万不要让我们再失望，再失望就是绝望！

刘胜每天一大早起来就开始洗刷刷，买菜，洗菜，煲汤，在他娘的指导下笨手笨脚给小孩换尿布，穿衣服，用温茶水洗澡（据说茶水能消毒）。他渐渐学会一些育儿基本常识，襁褓要扎紧，不然长大以后会是罗圈腿，小孩嘴巴千万不能对着风口，连掀被子的风都要注意等。

晚上，刘胜在大床旁搭张小床，和衣而睡，一有响动，一跃而起。夜深人静，他凝望着柔和灯晕里熟睡的母子，心里温柔得像屋外月光下一湾池水。这个女人和娘一样，是扎根他生命里的另一个女人，娘给予他生命，他和这个女人一起创造、哺育生命，娘只能陪他半辈子，她和他将扶持一生，甘苦遍尝；旁边的婴儿是他生命的延续，他们之间的生命密码与生俱来，相伴终生，不随任何意志、声明而改变……

不知什么时候娘轻轻走进来，示意他去别的房间睡个囫囵觉。他说想多陪陪他们。和"小毛头"在一起，每天都有新发现。他不怕汽车喇叭声、自行车铃铛声，但听到牛叫、鸡叫、狗叫和锅碗瓢盆声，有时猛一惊。

这可能与他出生前的环境有关，有的声音他感觉陌生，有的声音熟悉；小家伙饿了时小嘴一瘪一瘪，小脑袋向左向右扭动，活像寻食的小鸟，如果这时候他娘还没把奶头塞进他嘴里，就开始抗议，声音由小到大。恬静时如一只懒猫，啼哭，要么是饿了，要么就是尿布湿了，感到不舒服了。

刘胜做得最多的还是洗尿布，才几天，就积累出经验。尿布由全家人破旧纯棉内衣裁剪而成，柔软，吸水性强。洗尿布有几道工序，首先用清水洗干净，然后用开水兑上醋，烫泡半小时，最后再清洗一两遍，晾在太阳下暴晒。如此洗出来的尿布不但杀菌，而且像丝绸一样柔和，有股芳香味。

暮色初起，刘胜开始消灭蚊子。仲春，蚊子已经肆虐。去年是个暖冬，小雪都没下过，大自然很多生灵的幼虫和虫卵逃过一劫，无论是有害的还是有益的(对人类而言)。不敢点蚊香片，不敢用电蚊香，也不敢使灭蚊剂，刘胜将一只只“现行犯罪(吸满血)”飞得缓慢，或“企图犯罪”飞得轻快的蚊子拍死，墙上，蚊帐，衣柜，纱窗，一滩滩血粘连蚊子变形的尸体，密密麻麻，在昏黄灯下像撒了一层芝麻。蚊子喜欢婴儿的奶香，像敢死队、轰炸机，稍不留神就冲进蚊帐，有的甚至半个身子卡在尼龙蚊帐眼里……小家伙皮肤娇嫩，一叮一个包，心疼得让人掉泪。

刘胜把蚊帐仔细再仔细掖好，期期艾艾说，他后天就到假了。刚才，在外面接指导员的电话时，他说肯定按时归队，请放心。花花也听到了。她沉闷好一会说，宝宝名字还没取呢？刘胜说，以后在电话里慢慢商量吧。

太阳照常升起，依然崭新。刘胜抱着襁褓中的孩子在门口、小院里照了几张相。他想此去如果有什么意外，如见义勇为、抢险救灾、爆发战争什么的，他牺牲了，这就是留给孩子最初也是最后的念想，他们父子毕竟曾经相聚过。

回到屋里，刘胜打一盆洗脚水端到床前，给花花洗脚。他坐在小板凳上，温柔细致地揉，搓，帮她修剪趾甲，始终不敢抬头看她。帮她穿袜子时，他看到，有雨滴一样晶莹的液体扑扑簌簌落在脚盆里。

刘胜在孩子熟睡的小脸上亲了亲，提上拉杆箱，笑着说走了。走出屋外，他站在屋檐下，先是听到花花抽泣，嘴里像咬着被角，最后是放声痛哭。娘在小声安慰她，让她放心，家里会照顾好她的。刘胜感到眼前一片模糊，嘴里咸咸的，迈开脚步向大路走去。

刘胜买的是全价机票，原因是没有提前预订。他算过只要坐上这趟航班，赶到连队吃晚饭没问题。登机牌换了，行李托运了，机票上打印的起飞时间早过了，迟迟没听到登机广播声。这是他第一次坐飞机，隔一会儿，跑去问工作人员。那些脸蛋俏丽的姑娘态度倒蛮好，淡定，面对如内急的人群，始终笑吟吟地说快了。

以前看新闻说中国民航晚点率高，刘胜总觉得和自己没关系，想不到现在让他“中彩”一样摊上了。他给连长指导员发信息，说到机场了，飞机晚点。信息没回，打电话到连部，连值日接的，应该是三排一个新兵，小心翼翼的让他等一会打。再打，文书接的，说指导员去营部开会了，连长上训练场了，副连长去菜地了。哦，归队可能晚点。文书说他会报告连队干部。

刘胜回到连队已是第二天早上，兵们正跑操。走进营门，一阵震耳番号声，他闪在路旁一排忍冬后，还是被好多兵看见了，行注目礼一样看着他。他“原则上”、“理论上”应该昨天下午就到的，结果拖到现在，这十几个小时的折腾，刘胜疲惫加窝囊得不想说，也无处可说。

去军务科销假是吃过早饭后。兵休假回来，销假一般由连队给军务科打个电话就可以了。但超假的得本人去说明情况。

上午，指导员去机关开会回来，脸拉长得像丝瓜。晚点名，指导员说，炊事班长朱新忠同志把连队当作自己家，假没休完，就提前归队，干劲十足地投入工作，值得表扬。而我们有的老同志打的是个人小算盘，连队有事“十二道金牌”都招不回，拖到后来还超假，给连队荣誉造成极坏影响，下一步，我们将严肃处理云云。

炊事班长锤子已经回来了，比刘胜早十几天。他俩一回来，又有几个兵回去了，全连必须保持不间断、有计划的休假，不然“在位率”和确保每个兵都能休上假永远是一对矛盾。

锤子掉“膘”了，看上去更加精干。这次回来他又露了两手，不知是他自己研发的，还是偷学的，反正大家直呼真过瘾。女兵们嚷嚷，她们正在减肥呢，锤子班长是在蓄意破坏我党我军我连美丽女兵的美好形象。锤子搓着手，嘿嘿笑。

锤子也像个“败家娘们”，几次去连部问他的包裹到了没。锤子的包裹终于来了，一个大纸箱子。文书像条缉私犬，闻了闻，说有股花椒味，肯定是好吃的，见者有份。

锤子的包裹当着大家的面打开，满满一纸箱花椒、辣椒面、芝麻粉、八角、桂皮等调料。锤子说，龟儿子的，老子想做正宗川味，得有正宗食材，才整得起嘛。

锤子捣鼓出的几样美食被文书晒在网上，命名为“舌尖上的通信连”。于是，有暧昧跟帖说，通信连有美味有女兵，食色兼备。

刘胜吃什么都是一个味，没味。指导员让他写一份深刻、触及灵魂的检查。检查上交几天了，没反应。刘胜像过去一样作息训练，连队没提参加比武的事，没人找他谈心，没人问他家里情况，哪怕只是礼节性问候，他好像患了传染病，兵们躲着他，周围有股看不见的墙把他和大家隔开。眨眼间，他成了传说中的“重点人”。

连队干部无论是上级调研座谈，公开还是私下都宣称连队没有“重点人”。其实，百十号人里有他们心照不宣的“重点人”。他们绝不会把“重点人”的灰色标签公开贴在谁背上，一旦贴上，转化工作难做。但从连队干部的一举一动里，兵们能感觉到谁已被打入“另册”。连队的“重点人”并不固定，这段时间可能是这个兵，那段时间可能是那个兵，当然也有可能一直是某个兵，随着时间任务环境思想工作的跟进而变化。“重点人”也不全是那些头上长角脚底生疮的刺头兵，还包括那些身心有病和家庭遭受重大变故的兵，不过在大家印象里，一提“重点人”就是前者。

艳阳高照，军号嘹亮，歌声掌声番号声震天。星期五下午党团活动结束后，指导员让大家留一下，就刘胜同志所犯错误的批评教育，也叫帮扶，作了简短动员。

照指导员的部署，对刘胜同志的“挽救”网开两面，一面是党内，召开党小组、党员大会，人人准备，个个发言，通过“搓背”、“洗澡”，达到“发汗”、“去灰尘”的目的；一面是党外，从刘胜所在班排开始，向全连铺开，从训练工作生活作风等多个方面，挖思想找根源，最后召开军人大会，人人准备，重点发言。指导员说，一个人犯了错误不怕，就怕他老犯同样的错误；一人得了病不用怕，就怕大家跟着犯病。

旅政治思想工作的口号是：党员问题不出组，战士问题不出班，干部问题不出营（营是一级党委）。指导员转了几圈，发现各党小组、各班排对刘胜错误的批判软绵绵，温情脉脉，像挠痒，看样子得调整“火力”，全面开花，重点突破。

军人大会在星期天晚上如期召开，因为开军人大会，晚上的班务会、连务会压得很短。连队上下到处是匆匆脚步声、椅子挪动的声音，气氛陡然紧张。

三楼学习室，当男兵集合跑步上去时，执勤排的女兵已经到了，她们呈两排坐在靠走廊的窗户边，正交头接耳，窃窃私语。左前方一台三十四寸液晶电视声音开得很响，正面黑板上用白色粉笔写了七个仿宋大字：作风纪律整顿会。

男兵鱼贯而入，在各自座位上立正站好。每个兵在学习室的座位相对固定，两年义务兵下来几乎不动。不用下口令，女兵齐刷刷站起来。连长、指导员走在最后，脸上表情凝固得像蜡像。指导员路过电视机旁时，啪的一声把电视电源关了。兵们平常关电视，是先把声音一点点缩小，关机顶盒，再关电视机，最后断电源。

连长、指导员端坐讲台。“开会啦！”指导员看了一眼连长，身体向前挪了挪，一敲桌子：“刘胜，上来做检查！”台下如一群雕塑，寂静无声，左后方有个列兵双手抬起，指导员目光手电筒一样扫过去，他马上放下。估计是那兵紧张，习惯性准备鼓掌。

刘胜上前站在电视机旁，向连长指导员敬个礼，转身向大家敬个礼，从衣服口袋掏出几张稿纸，读了起来。捧稿纸的手微微在抖，声音跟平常差不多，语速快了一点。指导员厉声打断，慢一点，大声点！

刘胜读完检查，向台下敬礼，向连长指导员敬礼，双手递上检查，连长和指导员谁也没动。僵了数秒，指导员勾了勾下巴。刘胜上前把检查放在指导员面前的桌子上。

指导员宣布各班代表发言。按序列，从一班开始。上去的大多是列兵、上等兵，少有士官。他们像排练过一样，从口袋掏出一张白色打印纸，面无表情，照着上面读。那些大同小异的内容和腔调，显然经过“老江湖”

修改把关，诸如，刘胜作为一名受部队教育多年的党员、班长，明知纪律是铁，是火，竟然发生这种事，不应该，不可理解，这事发生在他身上不是偶然的，是长期放松学习、放松要求、放任自我的必然结果，现在不发生，以后随时有可能发生……希望刘胜同志引以为戒，努力学习，踏实工作，我们是一个战斗集体，不抛弃不放弃每一位战友……老兵们一听就知道是“八股文”，估计军网上都有。

按原计划各代表发言，连长或指导员总结讲评后，会议就算圆满顺利结束。没料到，指导员突然宣布自由发言。学习室的空气顿时变得像高原一样稀薄，好像谁一动就有可能被抽点到。过了好一会，没人自告奋勇。指导员点名，廖小烨！三排列兵廖小烨应声起立，答到，掏出一张皱巴巴纸片，磕磕巴巴读了起来。前几天连队布置任务，对于这件事人人要准备，联系自己，联系实际，联系身边，个个争取发言。看样子廖小烨没把上级的话当耳旁风。当廖小烨称刘胜为“同志”时，迟疑了，小心翼翼问，“指导员，刘胜还能叫同志吗？”下面扑哧一声，有人没憋住笑。指导员正色说，刘胜同志只是违反有关纪律，没有犯罪，还是我们的同志，改正错误了，还是我们的好同志。廖小烨吁了一口气，紧耸的肩膀慢慢塌了下来。会议气氛像发生化学反应，有了不易觉察的变化。

“陈华，你说说。”有线五班班长陈华站起来，慢条斯理地说，三班副（刘胜）家属生孩子，他请假回去，没错，应该的，但他考虑不周到，谋划不细致，他应该把全年的假一次性休完，当接到连队催促归队的电话后，应该立即赶回，家里的事再大也只是小家庭的事，连队的事再小但牵系到国家这个大家庭，就是大事。路途时间应该留宽余一点，要防止各种原因堵车，误车，宁愿早一点到部队，也不要超假……我们是当兵的，头上时刻有一道“紧箍咒”……陈华说得连长、指导员频频点头。

“罗丽琼，你有什么看法？”上等兵罗丽琼坐在最后排，头昂得像匹随时准备嘶鸣的马，凳子上如有图钉硌她屁股，身体挪来挪去。罗丽琼江苏徐州人，毕业于某体育学院，头发短得跟男兵一样，队列里喊番号的“女高音”，开始其他连队男兵见了当笑话，以为一个男兵混在女兵堆里。她自称“女汉子”，男兵叫她“猛女”。海训，她分在“长游组”；对抗演习，她要求参加侦察队，没成；“攻坚杯”篮球赛，她要求参赛，受到全体男兵一致抵制，她说人民军队里竟然还有“性别歧视”。她终于争取到参加集团军女子特种侦察队集训，学到一半被淘汰。她哭了，擦干眼泪说，这是她当兵来做的最有意义的一件事，最值得回忆的一件事。

罗丽琼大大咧咧说：“作为一个女人，以后我生孩子，老公一定得在身边，哪怕他背个处分也要在我身边。作为一个女兵，我理解并遵守部队纪律，反正以后打死我也不找当兵的，就是当“剩女”，哪怕成“齐天大剩”也不找。刘班是靠得住的好男人，我挺他！”

刘胜向罗丽琼望去，顿时觉得她的大盘脸、板寸头真好看。会场上捅了马蜂窝一样，嗡嗡作响。

“够了！”连长终于开腔了，“刘胜，你作为一个军人，一个党员，一名骨干，个人私利、小家庭意识太重了，老婆生孩子就走不开了？一个大老爷们，老婆生孩子，你能干什么？你能帮什么忙？我们有很多边防军人，有很多执行各种任务的战友，老婆生孩子都不在身边，有的甚至小孩几个月大了，一岁多了，才第一次见面。革命战争年代更是如此，一些革命前辈的夫人在家已挺着大肚子了，他照样义无反顾地往前冲，有的就成了遗腹子，一辈子没见过父亲，要像你这样，还得了？作为一个军人，你的命令意识、服从意识到哪里去了？作为一个党员、一名班长，你的模范带头作用起到哪里去了？军人的职业操守就是爱军习武，就是有令必行有禁必止，你这是丧失最起码的职业道德……如果战时早就把你拉出去毙了……”

连长声音不大，但语气很重。别看连长此前一直没说话，关键时刻，永远和指导员站在一起，相互补台，绝不会相互拆台。会场恢复最初安静，兵们正襟危坐。窗外，悠扬军号声响起，连长一愣，点名？指导员说是熄灯号，点名时间已经过了。连长一挥手：“解散！”“五分钟洗漱时间，熄灯！”

指导员提出给刘胜警告处分。连长不同意，认为开军人大会，做了检查就是处理了，犯一个错误不能两次处理。指导员又说，报军务科，罚他当三个月义务兵，发上等兵津贴，同时扣罚年底奖励工资。连长还是不同意，说他家里刚添一张嘴，经济肯定紧张。处分一个兵，处分不是目的，最主要的是要让他醒悟，知道错误，知错就改，批评起来可以大张旗鼓，雷声轰鸣，但真正处理起来一定慎重，要秉着从爱护他、关心他出发，他的路还很长。指导员和连长不为人知的“交锋”是多年后，刘胜和连队当年一位支委偶遇，那位支委酒后“解密”。

指导员找刘胜谈了一次心，时间很长，从熄灯到自卫哨交第三班岗，三个多小时。谈心结束，刘胜摸黑冲了个凉水澡。水声在黑夜里很响。

天气渐渐热起来，夏季作训服捂在身上，稍微一动就是一身汗。刘胜和朱继彪配合训练，没明确谁是“太子”，谁是“陪太子读书”。晚上在淋浴间，朱继彪站刘胜旁边哼着小曲，用什么沐浴液、香波搓呀洗呀冲呀。

看朱继彪像条鱼一样滑溜畅快，刘胜默默说了句，还是用清水洗吧，别用那些玩意儿，它们破坏调试手感。调试机械、电波的差别就那么一点点，全在手上，并且全部集中在右手三个指头上。这方面刘胜积累了几箩筐经验。

连队免去了刘胜和朱继彪的所有公差勤务，站哨、帮厨、打扫卫生、菜地生产等都不用参加。晚上在学习室，可以推迟一个半小时熄灯。让他们安心安意、全心全意备战秋季大比武。

立夏，白天绵长。刘胜请假超假一事常被连队和营里拿来说事，有时候开会一强调纪律就被拎出来点名不点名地敲打。刘胜知道按规律会被说到年底，或连队又发生别的事盖住它的“风头”，这一页才会慢慢变淡，翻过去。

事情的转机发生在集团军召开的一次电视电话会议，全旅官兵一个不落“足不出户”地参加了。集团军另一个部队有位上士班长的父亲去世了，因为任务，上士没有回去奔丧，那部队把这事当做好人好事来宣传。集团军军长会后总结讲评说，我们战士的父母去世了，要让他们回去；官兵老婆生孩子，要让他们回去；每年的探亲假要尽量保障，现在不是战事紧急，缺了谁难道地球就不转了，工作就开展不起来啦？一个不爱自己家不爱亲人的兵，不要指望他热爱自己的祖国……

八、几个女兵一台戏

树叶日渐浓密，有蝉在绿荫里吊几嗓子，又飞走了。阳光瀑布一样恣意泼洒。

中午，男兵吃过饭后零星地径直回排房准备午休。女兵梅花鹿似的三三两两等在饭堂门口，她们必须等全体人员吃完后，集合整队穿过小半个营区回到宿舍。这时候，文书或通信员就会把信或包裹交给她们，她们也会去连部打听，包裹到了没，有信吗？有没有"情况"，各自心里大致有数。饭后，才能把信件交给兵们，这也是通信连一个传了多年"人性化"规矩，因为信里或悲或喜的内容影响食欲。尤其是以前，一封电报寥寥几个字，就引起一阵杀牛一样的嚎哭。

陈彤站在玉兰树阴下，不时朝连部瞟。几个连队干部农村老汉一样站在门口闲聊，约莫过了一支烟功夫，各自散去。指导员转身走进房间，出来时手上拿封信，"陈彤！""到！"陈彤应声跑过去。指导员端详着信封说，"这封信有点意思，看邮戳像是演谍战片。"陈彤脸上顿时红霞飞渡，把信往迷彩服上衣口袋里一塞，低低说了声谢谢指导员，扭头就走。

指导员已修炼得差不多了，对有的事只能蜻蜓点水，点到为止。传说，通信连有一任指导员"很二"，见到"形迹可疑"的信，扣下来，命令女兵打开信，当着他的面读一部分。有的女兵支支吾吾"读"几句就编不下去了，也有"老江湖"泰然自若地读好长一段。有次一个女兵在催促下突然发作，又哭又闹，寻死觅活，结果高度防范，安抚好几天才收场。女兵面子薄，很多事情只能含沙射影，旁敲侧击，尤其是男军官带女兵。

周五，下雨，政治教育时间，指导员抽空给女兵上了一课树立正确的婚恋观。连队每年搞婚恋观教育，旅里也搞，还请来专家授课。只是内容主要针对男官兵的，举的事例也大多往男人身上扯。这次，指导员决定针对特定人群，女兵，用多媒体、动漫、微电影等时兴手段去诠释一个古老而又常新的话题，主题还是不能违反纪律，不到上级规定的年龄，男女兵不准在部队内部或驻地谈恋爱。看着一双双因激动或羞涩清亮的眸子（不像以前蹙在一起），好像说到了她们的心坎上。指导员若有所悟，连队平常注重随机教育，做好“一人一事”的思想工作，如果放大到旅团？面对特定的人群该怎么办呢？现代武器讲究精确制导、精确打击，从更大范围来说思想政治教育也应该讲精确性，只有精确“点穴”，才能直击穴位，直沁心脾。

周末，指导员憋了一上午，捣鼓出一篇小文章，大意是旅里定期搞主题教育、专题教育，和尚念经一样“碎碎念”，潜移默化的效果有一些，但有时候像一拳打在棉花上，力量被稀释解构。分析起来，主要是因编制、任务、临时性工作和环境变化，有的官兵因出差、休假、外出学习等，没有听课，连队对这部分人补课不及时，或偷工减料，轻描淡写。还有上级组织教育，重视共性问题，忽视特定人群的“个性”问题，一些由特定专业、特定岗位、特定任务引发的思想问题，行外人不深知、难以体会，说的是大话套话虚话废话，隔靴搔痒，不但起不到教育效果，反而让人反感，连队搞这方面的教育，有时候因为眼界思想专业知识等原因，显得力不从心。搞教育既要“大杂烩”、“概略射击”，也要针对特定人群和特定岗位人员进行“点穴式”引导，做到因岗位、编制、任务、特定事由按“群”施教。指导员把文章发到政委、主任信箱。当他把这件事几乎忘了时，旅里突然掀起一场教育改革，且美其名曰“精准教育”，集团军政治部特地派人来总结推广。在一次有营连政工主官参加座谈会上，政委坦言，这个做法“专利权”应该属于通信连的，旅里领导是受通信连指导员建议的启发。政委的话让指导员狠狠地露了一把脸。

春天小草要发芽。再严的纪律，再密的篱笆，也挡不住思绪的藤蔓，男女兵的交往，堵是堵不住的。通信连的传统经验做法是，不时敲打，止于“草色遥看近却无”，只要不做得太过分，不蔓延成芳草碧天涯，或火烧连营呈燎原之势就睁只眼闭只眼。

在通信连男女兵间萌生那种羞答答、欲说还休的情感，如“矮矬穷”们说的“肥水不流外人田”，多少年来几乎没有，这可能和连队干部“紧箍咒”念得勤有关，还有就是接触机会多，彼此没有新鲜感、神秘感。通信连男兵说，我们连队的女兵刁蛮，小气，撒泼，压根就不是“女神”，是“恐龙”、“扈三娘”、“母夜叉”。需要提防的是警侦连和步兵连队那些男兵，尤其是小车班、公务班、电影组、纠察队、文化活动中心等那些小散单位的兵利用出车、发传真、搞保障、纠察军容风纪等，和女兵接触，防不胜防。在通信连连长、指导员眼里，那些单位兵就像三三两两阴险狡诈的狼，看似漫不经心的对美丽羊群很不在意，其实心里一直惦记着，最可气的是有的“羊”不争气，一转身就和“狼”沆瀣一气，里外应和，“心”很快就被狼叼走，吃掉。

号声悠扬，哨声脆响，番号震天，连队的日子像火又像水蔓延流淌。每天早饭后，值班员吹一声口哨，粗着脖子喊：各班排准备器材，按计划训练！

晚点名，指导员又啰啰嗦嗦，结束时已经在放熄灯前的广播了。陈彤留下来向连长请假，说明天要去军区总医院看病。连长扫了一眼她从旅医院开具的转院介绍信，上面歪歪斜斜写着“妇科”两个字。

通信连女兵有妇科病这是公开的秘密，每年参加海训回来少不了有人“中招”。新兵，无论是男女，第一次参加海训，出发前想象着大海蓝天白云沙滩，兴奋得睡不着觉，开进途中欢声笑语，歌声不断，数百公里行程不知疲倦，不时向老兵打听畅游大海感觉如何？什么时候到呀？老兵玩深沉，笑而不答。待到达海训场，我的妈呀，坑爹又坑娘，所有新兵都傻了眼，女兵更是腿发抖，浑身鸡皮疙瘩，当场泪奔。这哪里是大海，分明是一片黄汤，近岸的海面摇晃着枯枝败叶、塑料袋、泡烂的瓜果、死鱼、臭猪，滩涂上各种动物的排泄物随处可见，有的已经风干，有的泡在海水里，随着轻浪漫漶开……在这样的水域，头顶烈日泡上一个多月，男兵收获的只是像蟒蛇一样蜕层皮，女兵除了蜕层皮（尽管一遍又一遍涂防晒霜），大多患上难以启齿的病症。

“明天李晓玲陪你去？”连长边签字边问。“是的。”请假条上有陈彤和李晓玲两个人的名字，右下角写着“建议连首长批准”几个字，像蚂蚁列队，只有“朱虹”两个字龙飞凤舞，像明星签名。兵外出必须提前一天请假，并上报营里，军务科备案。按照条令规定，士兵请假一天以内（不在外面过夜），连队批准就可以了。请假手续变了，是旅里为了严格控制士兵外出，故意权利集中，把手续设置得很烦琐，让兵们知难而退。从周一到周五操课训练时间，只有看病才能请假，以前是半天时间，后来经过强烈“兵谏（士兵进谏）”，说排队挂号看病取药，加上来回路途，实在来不及，才改为一天。周末按比例外出，女兵必须两人结伴同行，时间半天。这也是旅里的规矩。

照理说，周末兵们可以按比例外出，但很多时候请不到假，不是超了，就是请假理由勉强，如购物、买书、去邮局取包裹等，这些事完全可以托别人去办。连队的说法是，一个兵出去能办完的事，不要让两个兵外出。兵们的想法是在营区里呆久了，出去透透气，看看外面的花花世界，闻闻“人间烟火”，哪怕去菜市场逛逛。经常请假批不了，于是去看病成了堂而皇之的理由。这伎俩老兵用得多，为什么说新兵信多，老兵病多，可能就是这个原因。有的兵很老实，当兵两年没生过“病”，也就两年没上过街，走出营门是因为演习、驻训、拉练、海训，或帮助驻地乡亲植树、抢险救灾、打扫卫生等。也有的兵阴差阳错，当兵期间就没出过营门。

兵们借看病名义上街（不排除一些兵真有病），得益于旅医院的“配合”。旅医院条件简陋，一片低矮平房，每一扇油漆斑驳的门紧锁着，只有门诊室从早到晚，一年到头敞开着，里面摆一张歪斜摇晃的桌子，没有人值班，白天有兵训练受伤或得急病，扶过去或背过去，大声叫嚷，半天从某扇门里跑出一个胡子拉碴的“白大褂”。平常只有上午操课号吹响、刚上班那会儿像早市一样热闹点，兵们挤在门诊室，要求开转院介绍信。旅医院大病治不了，小病口头治（叮嘱多喝开水，休息一会），后来大病小病都是问几句，一律开转院介绍信。连队凭旅医院开具的转院介绍信批假条，发外出证、士兵证、身份证（这些证件平时由连队集中保管）。现在，军人看病用“保障卡”，转院介绍信不那么重要了，搞得旅医院作用地位有所下降。

早饭后，陈彤去文书那领取各种证件，指导员才知道是李晓玲陪她去。排长朱虹怎么不去呢？回答说值班。指导员脸上顿时晴转多云，还是嘱咐了几句予以放行。

陈彤和李晓玲同年兵，性情大不相同，陈彤活泼开朗，爱唱歌跳舞，“自来熟”，没几句话和谁都打得火热，只是有时候尖刻得像“朝天椒”，不好招惹；李晓玲爱看书画画，说话轻声细语，走路都安静得像一幅现代仕女出行图。她俩如两条不同环境的鱼，一条活在海水里，一条游在淡水里，只是为了一个共同的目标游栖在连队这个池子里。

去年底“海选(全连每个士兵参与)”“优秀士兵”，民主测评时陈彤比李晓玲多一票。“优秀士兵”名额虽然比三等功(每个连队仅一个)多，名额还是有限，并且得向退伍老兵倾斜，给老兵一个安慰。从平常大小工作看，陈彤并不比李晓玲优秀，至少不太明显。群众的眼睛有时候并不“雪亮”，当训练工作能力素质这些“硬件”大差不差时，就看谁的人缘好，谁“出镜率”高，让大家印象深记得住。如果按评议结果，把“优秀士兵”给陈彤，李晓玲就得不到。但这个“优秀士兵”对李晓玲太重要了，她是大学毕业士兵，还是一本，按文件规定，当兵一年，有一个“优秀士兵”，通过相关文化军事考核，培训几个月后，就能提升为军官。

通信连主官在这件事上很用心，每年新兵入伍，翻翻花名册，简单谈心就有数，对于那些符合条件并且想在部队长期干的兵会有意无意多培养多锻炼，多给机会多干活，多参加大项活动。连长说，连队多走出一个干部，就多一份影响，多一份力量，连队的工作就多一份成就。

指导员正思量怎么做陈彤的思想工作。陈彤找上门来，提出把“优秀士兵”名额让给李晓玲。最后，陈彤评了个“连嘉奖”，比“优秀士兵”低个档次，一般不塞进档案。李晓玲戴大红花、佩“优秀士兵”勋章的七寸彩色照片贴在光荣榜上很长时间，照片一角没粘牢卷了起来。李晓玲每次路过光荣榜前齐耳短发耷拉在额前，脚步匆匆。

不知从什么时候开始，陈彤和李晓玲成了战友加“闺密”，到哪儿都黏糊一起，打开水，去服务社，请假外出等，参加集体活动就更不用说了，如果不是碍于身上的军装，肯定像地方小青年挽手搂腰，嘻嘻哈哈。通信连有不成文的规定，女兵走出宿舍活动区必须两人以上结伴同行。所以对于她俩整天拴在一起，大家看起来很正常。

太阳快下山了，体能训练接近尾声，离开饭还有小会儿，陈彤和李晓玲站在连队门口。李晓玲提一个沉甸甸超市塑料袋。连长一愣，咋一换便装就妖精一样变了，身材凹凸有致，女孩子的俏丽和妩媚顿时纷纷扬扬招展开来，如果在大街上偶遇几乎不敢相认。这可能是陌生、差异化的原因，估计老百姓看穿军装的也这样，分外威武神气。陈彤脸蛋红扑扑的，如抹了一层油，泛着光，眼睛格外有神，一点也不像看病回来。李晓玲脸色平静如即将下山的夕阳，扬起塑料袋，连长，吃吗？连长说，不吃，拎回去吧。连长简单问了几句。女兵的病，男军官不好细问。她俩走出连部时耳语几句，笑得欢快。请假外出的兵都这样，回来时在连队干部跟前露一下头，就算是销假了。

下午起床时天气就闷，稍一动一身汗，水磨石地面也一层汗，直到傍晚雨才落下来。风裹着豆大的雨点，哗哗浇打着屋顶、绿树，来得凶，去得也快。风雨过后，营区道路上散落一层残缺的绿叶和一些指尖大青涩的果实。

下雨，天黑得早。开晚饭时，雨还没停，只是小了些，女兵打着花花绿绿的伞，像条美丽的小溪流淌过来。连长站在连部门口，眉头一皱，转身回房间。女兵的形象就是通信连的形象。必须规定一下，女兵雨天统一穿雨衣。吃过饭，女兵带回时，指导员叫住了李晓玲。李晓玲出列，看了陈彤一眼。陈彤略一迟疑也站了出来，指导员让陈彤先走，说找李晓玲有点事。

门虚掩着，指导员坐在桌子前的椅子上，李晓玲靠墙站着，一声不吭，她黑色皮鞋尖不时微微隆起，像是她的心理活动。空气好像拧得出水，白炽灯更显清冷。文书、通信员有事进来，很快轻轻掩上门又出去了。有女兵在房间，连队干部的门一般是敞开的，看样子今天不一般。

指导员说："我们已经掌握了些情况，她和谁交往，多长时间了，目前到哪一步了，你不说只能说明你的觉悟和认识辜负了组织的培养，我们对你很失望……"

李晓玲面无表情，嘴角紧抿，好像打定主意和指导员一直耗下去。

指导员起身，背手来回踱了几步，又坐下，"你呀，在这儿待的时间越长她们越怀疑你，我之所以拖了几天才找你，是替你想，几天前的事，你总不至于忘记吗？"

李晓玲低低地说："不记得了。"

指导员腾地站起，手指戳着桌面说："你不要把组织的关心当作福气，拎不清轻重，那'优秀士兵'不是她让你的，是组织在培养你，不要任性，你的情况自己心里要有数。"

李晓玲身子晃了晃，深吸了口气，双肩塌了下去。

李晓玲老家河北滦南的，父亲是位中学教师，母亲开了个小百货店，她大学毕业后"宅"在家大半年，没门路找不到合适的工作，一咬牙上北京打工。搞销售，发传单，站前台，卖服装，摆地摊，什么活儿都干过，"北漂"的日子真苦，和一大群同龄人挤在"蚁舍"里，每天蒙蒙亮出门挤车，公交车像蜗牛一样在车流里爬，自己像蚂蚁奔走在高楼大厦间，晚上拖着疲惫的躯壳回到城乡结合部，那狭小得令人窒息的空间，一个月的辛劳付过房租后，所剩无几，一日三餐在路边摊上随便对付，偶尔看到高级餐厅里富丽堂皇的大餐，就像卖火柴的小女孩见到橱窗里蹒跚而来的烤鹅；不敢娱乐，唯一称得上精神享受的就是上网或偶尔买份报纸、时尚杂志；不敢买上档次一点的衣服和化妆品，换季的时候去大市场，从那堆得像腌菜一样的衣服堆里翻来覆去选；有同学朋友来北京，很多时候谎称自己在外出差，反正对方打的是手机，你在哪里随你编，不敢接待，不敢把他们往住的地方带，更不敢生病……从牙缝里一抠再抠，每个月还是"月光族"，必须当"啃老族(需要家里寄钱)"才能勉强度日。无论是晴空万里，还是阴雨蒙蒙；无论是旭日东升，还是华灯初上，任何时候孑然一身走在繁华的大街上，裹挟在出地铁的洪流里，或出现在摩天大楼的底层，一阵弄堂风吹来，只觉得自己是那么渺小与卑微，最难受的还是心灵上的无助和漂泊感，如北京三月扬尘天里一阵风卷起的一只塑料袋飞舞在空中，不知来路，不知归处，到处一片灰蒙蒙，看不到希望。

> 当我走在这里的每一条街道/我的心似乎从来都不能平静/除了发动机的轰鸣和电器之音/我似乎听到了他蚀骨般的心跳/我在这里欢笑/我在这里哭泣/我在这里活着/也在这死去/我在这里祈祷/我在这里迷惘……

电视里，或有女兵摇头晃脑唱起《北京北京》这首歌，李晓玲好像又回到北京，拥挤的地铁，缓慢的车流，冬日的雾霾，还有煎饼子的味道。

当兵后，新兵连的日子比“北漂”还苦还累，但李晓玲心底像春雨后的溪流，充盈并欢快着。女兵新兵训练由集团军统一组织，从各师、旅抽调生活班长（军事训练由男兵担任，为教练班长；生活日常管理由女兵担任，为生活班长）。李晓玲摊上的生活班长心理“变态”，变着法子折磨新兵，检查卫生发现有人打扫得不干净不彻底，罚用牙刷刷厕所，刷走廊上的地板，用内衣去一点点擦拭；被子叠不好，扔到地上反复叠，塞木片固定，棱角处沾上水、甚至用发胶定型。平时发现有人犯错，违反事先宣布的规定（大多是与《条令条例》相悖的土规定），立即处罚，名目繁多，即使脑洞大开，也想象不出那些花样。女兵之间，特别是新老兵间，没有“惺惺相惜”、“怜香惜玉”这一说法。就比方吃，飘香零食永远是女孩子垂涎三尺诱惑无穷的最爱，哪怕她们穿上军装，成为战士，大脑的进化还是没跟上趟。在李晓玲经历的新兵连里，女兵吃零食像吸毒一样性质严重，熄灯后，如果发现有人躲在被窝里老鼠一样窸窸窣窣吃零食，全班立即紧急集合（哪怕深更半夜，一人惹祸，全班遭殃），跑上数千米后，每人罚做一百个俯卧撑、一百个仰卧起坐、一百个蹲下起立，在那寒冬的季节里，在那空气流通不畅、味道复杂的女兵宿舍里，女兵热得脱了棉衣，脱绒衣，脱毛衣，最后只剩下贴身内衣……每一女兵累得泪糊双眼，汗浸衣背，连面前的水泥地面都是湿的，大多瘫软在地上，用脚踢也爬不起来，即便如此，处罚的数目还没完成。记账，明天继续……几乎每个女兵都哭过，被罚哭，想家哭，完不成任务哭，只有李晓玲没有，她只流汗，不流泪，她觉得当兵幸福，不用操心吃什么，穿什么，明天住哪，后天干啥，身累不算累，心累才是累。在这里她有一种归宿感、安全感，她有信念，有目标专一的追求，坚信破茧成蝶、蚌孕珍珠，阵痛是一个必然的过程。新兵训练结束，分到通信连后，她时常觉得自己像一团白云在蔚蓝的天空悠悠地飘，和北京扬尘天里的塑料袋，或雾霾天的口罩相比完全是两码事。

就在指导员几乎没辙，打算放弃了时，李晓玲说了，她那天和陈彤一起外出，没到医院，中途就分手了，她们相约下午几点在哪儿会合，然后一起回连队。

指导员问：“她的主意？”

“嗯。”

大半天时间，陈彤去哪了，和谁在一起，干什么去了？李晓玲一问三不知，从她噙满泪水的眼睛看，不像在说谎。

“那你呢？”

李晓玲说她去书店转了一圈，逛了一会儿街，吃了一碗金陵鸭血粉丝汤就回来了。

陈彤的反常迹象，连队干部知道一些，只是具体情况不明朗。以前，通信连有在女兵中安插耳目的做法，连长由副连长上任后，就不搞这一套了。但有些东西一直存在，如总机值班有监听和录音。每当陈彤值班，时有一个神秘男性打电话进来。指导员和连长碰头后，将其命名为“男神”。值班表不定期调整，每个值班员的“工号”也经常变，无论怎么变，男神好像很清楚，两人通话时间短，三五句，乍一听像咨询某个号码，或打错了，仔细琢磨发现不对劲，他们之间很熟，像是对暗号。打进来的号码经常变，有时是大门岗哨，有时是小车班值班室、军需仓库哨位或公用201卡电话，比较起来从大门哨位上打来的最多。

营盘几乎是一个封闭、能独自循环运转的小天地，在这里女兵是男兵心里眼里的小太阳，她们的身影出现在哪，男兵黝黑的脸庞就会向日葵一样转向哪，有女兵观战或参与的活动赛事，最火热劲爆。步兵连队有的男兵甚至能记住多个女兵的名字、籍贯、生日、属相、星座、兴趣爱好等，尤其是那几个主持晚会、担任军史馆解说、播广播稿的女兵像当红明星一样，粉丝爆棚，知名度颇高。走进某个步兵连，你随便问某个兵通信连连长、指导员是谁，他不一定知道，如果你打听某个女兵的情况，他们七嘴八舌相互补充，比通信连的花名册还详细。

值班台站，深更半夜常有莫名其妙电话打进来，值班员问：“您要哪？”对方不回答，反而问：“你哪个？”值班员还以为集团军在“通检”。所谓通检，即通信检查，大致在晚上11点，12点，凌晨2点和早上6点，节假日随时抽检，如果值班员三秒钟内没有拿起电话，处置情况，就会被通报批评。值班员一听对方口气，脱口报出工号，“哦，是某某吗？”值班员说不是。接下来，电话那头报一个名字，值班员说不是，竞猜一样，一直报到某个名字，值班员没了声音。

指导员听这段录音时，想起一个故事，传说有一个人得了一种怪病，他每说一句话，肚子里就会发出声音，鹦鹉学舌一样重复那句话，他不堪其烦，决定治好这个病，到处求医问药，无果。后来经高人指点，让其读《本草纲目》，读到哪一味药，肚子里没声音了，那一味药就是它的克星。那人回去一试，果然药到病除。

这种事情，连队如果下决心查，谁当班，哪台座机打来的电话，一查一个准。

连长、指导员密谋一番后，没有上报营里，也没有动用技术手段，只是综合分析种种迹象，由指导员出使警侦连，和警侦连指导员经过闭门磋商，交流沟通了有关情况，虽然没有签署文件或发表联合公报之类的东西，但取得富有建设性的成果，达成广泛共识，形成全面战略伙伴关系。

搞清楚了，和陈彤拉拉扯扯的正是警侦连一排篮球打得特棒的上等兵"小易建联"，写信的是他，打电话的是他，上次他请假外出，"恰好"和陈彤同一天，不用问他们"邂逅"了。警侦连指导员责成一排长妥善处理这件事，不宜张扬，做到把种子用炭火煨过，把幼苗用开水浇灌，不露痕迹，不动声色，把不该发生的事情消灭在萌芽状态。

警侦连一排长姓袁，对这件事表现出很担当，不时找通信连指导员聊情况，说已经找小易建联谈过了，目前思想稳定，活动正常，一切尽在掌控之中。有时也顺便打听一下陈彤的反应。

陈彤的神情如深秋夕阳下衰黄的草地，悲凉，落寞一些日子后，很快复归平静，早操，值班，政治学习，打扫卫生，菜地生产，体能训练，参加夜训，播广播稿，偶尔客串军史馆解说……很长时间没请假外出，下班后"宅"在宿舍，军人服务社改成了军营超市，有那么几天晚饭后自由活动时间，女兵叽叽喳喳组团去"扫荡"，拎回大包小包，然后大呼小叫，大吃特吃，陈彤像条懒猫，买生活用品让别人捎，对晚饭后锣鼓喧天、大呼小叫的球赛再也不感兴趣……"有一根神经紧绷着，有一个人群得紧盯着，有一声响动聆听着"，指导员轻打拍子，摇头晃脑哼着。

让人料想不到的是陈彤退伍后不久，竟然和警侦连袁排长结婚了。尽管他们的婚礼保密得像"偷情"，旅里领导还是知道了，政委在全旅干部会上把桌子拍得震山响，袁排长当年就被安排转业(有人说是照顾，有人说是处理)，去了陈彤家乡，江西南昌。当然，这是一年后的事。通信连官方对此始终讳莫如深，没做任何评论。

陈彤和李晓玲疏远了，路上相遇“不相识”，提起对方的名字改用鼻孔出气，朱虹也尽量不把她俩安排一起值班。即便如此，陈彤的婚礼，连队只有李晓玲参加了。那时她已经扛“一毛二（中尉）”，利用探亲休假时间去的。指导员后来恍然大悟一样，这是陈彤和袁排长采取的策略，施放烟幕弹。

陈彤换成和朱虹黏在一起。很多女兵喜欢有个形影不离的“闺蜜”，上哪儿栓一起，去厕所都拉上，这个伴可以“从一而终”，也可以隔些日子换一个，这段时间跟你好，过段日子跟她有说不完的话，随着时间环境任务的变化而变化，但必须得有一个，不然就会孤雁落单一样不自在。估计陈彤就是这种人。对于朱虹来说，和陈彤在一起是责任也是情谊，连队干部背地里叮嘱过的。

军需科突击检查各连队伙食和伙房卫生，这次还“袭击”了炊事班宿舍和炊事员个人卫生。通信连炊事班在“做得比较好”的一栏里榜上有名，每周食谱制定并遵守得好，没有“写羊头炒狗肉”，群众满意度高；地面、灶台、操作间冲洗打扫得干净，器具、食物摆放有序，生、冷、熟食案板分开；尤其炊事员的个人卫生，衣服、鞋帽、围裙等干净整洁，班柜整理有序，床板下、枕头下没塞有臭袜子、脏衣服（这一项，很多炊事班不过关，军需助理员的鼻子堪比“缉毒犬”闻到异味，顺藤摸瓜能扯出来一大串）。检查结果通过“军营之声”、影前幻灯片和旅政工网等几种方式广而告之。有人不服气说，因为他们有女兵。

晚点名，指导员表扬炊事班，说炊事班平时就做得好，所以经得起突击查、随时查。值得表扬的是炊事班长朱新忠同志，经过我们的批评督促，他的个人卫生、军人形象有了很大进步。经指导员一提，大家才想起，咦，锤子是变了，身上再也闻不到葱花、油烟味了，平常把工作和生活拎得清，走进伙房，穿戴上浆洗得有形有体的白衣服就是一副大厨范，饭菜出锅，开饭时巡视一圈后，转身端个脸盆在洗漱间哼小曲洗刷刷，换上和兵们一样的迷彩服或春秋常服。一有空上训练场玩两圈，在单双杠上翻腾露两手，让新兵看得眼睛发直。他甩甩胳膊，脸不红心不跳，“唉，小活动，小克死。”

点名解散，在一片腰带脚步声中，姜迪平拖着腔调说，锤子，恭喜呀，今天又被奖励五分钟，折合纯金三等功一毫克。锤子拉下脸，和姜迪平吵了起来。兵们散去的脚步放慢了。

锤子挥舞着腰带："谁以后再叫锤子，老子捶死谁！"像是对姜迪平说，也像对大家说。

锤子准备重新打造、树立自己的公众形象，由过去憨厚、快乐、诙谐、不拘小节的角色变成深沉、严肃、讲政治讲原则、做事有板有眼的"二导员"。伙食好能顶半个指导员，大家私下里叫他"二导员（这个名字还是没叫开）"。如此华丽转身，让很多兵不适应，有的一开口还是锤……，赶紧打住叫朱班长。只有陈华、刘胜等几个老兵仍然叫他锤子，他板着脸，不肯就范样不答应。只有执勤排的女兵一直尊称他朱班长。他脸笑得跟猪腰子似的，红亮得淌油。

饭前，值班员站在队列前指挥唱了《三大纪律八项注意》第一段，然后手指一点，女兵的队列款款鱼贯而入饭堂。李晓玲和罗丽琼把一红一绿两个保温饭盒交给炊事班，锤子问，今天谁值班？罗丽琼说，朱虹和陈彤。机房值班员的饭菜由炊事班盛好，交给下一班带回去，这是执勤排传了多年的规矩。

锤子端一张马扎坐在靠门口的地方，不时往饭堂瞟，看女兵吃得差不多了，开始麻利地打饭菜。理由是打早了，捂在保温盒里味道变了，尤其是青菜。

锤子递过保温盒问，红色是陈彤的吗？罗丽琼说，不固定，随便吃。二十多个女兵，每次两人值班，两个保温盒，很多人是随手拿。锤子记得，朱虹每次提那个绿色的。

中午，朱虹接个电话回来时，陈彤端着绿色保温盒正在吃，满脸通红。朱虹脸也红了。

朱虹突然不见了。通信科的何参谋也好多天没来吃"碰饭"了。锤子拐弯抹角打听到朱虹休假了。

朱虹休假回来，头发变了样式，齐耳短发蓬松，发梢微微发黄，脸盘、身材好像小了一号。有人说她瘦了，她腰摇得像风吹拂的柳条，说以前是朱班长害的。锤子在一旁咧着厚厚的嘴唇，几次想插话。朱虹转身问，朱班长，你和你的大堂经理怎样了？以后开夫妻店，我们去吃“霸王餐”哟。朱虹回家一趟好像行事“风格”变了。

傍晚，何参谋踢完球，边用体能训练服前襟抹着脸边走进通信连饭堂，那副豪气像刚打过胜仗回来。连长招呼锤子加两个菜。何参谋添了句，那个什么醋溜白菜味道好。

何参谋坐下刚吃，突然头一缩，躬着腰钻进炊事班，野猫一样从伙房的后门溜了。连长、指导员惊愕之间回头一看，见旅政委正远远朝饭堂走来。哦，难怪何参谋每次来连队吃“碰饭”都要坐面朝门口的位置，这样便于观察情况。有几次，有人已经坐那儿了，他提出换一换。后来，那就成了何参谋的固定座位。

连长、指导员把政委迎进饭堂，兵们起立，政委摆摆手，让大家继续吃，然后，一屁股坐在何参谋的位置上。连长、指导员忙叫文书、炊事员准备餐具。政委指着面前的碗筷，咦，这不是有现成的吗？说完看了看周围。

锤子换上了工作服，跑过来征求意见，连长，醋溜白菜还加么？连长又是使脸色又是瞪眼。“不用了，这么多菜，味道很好。”政委扭头问，“你是炊事班长？早听说你们连队伙食不错，这可离不开你这个炊事班长呀，好，好，继续努力！”

连长、指导员接着政委的话，补充表扬了锤子几句。锤子毕竟老兵了，脸色平静，没有踩高跷一样，飘飘然觉得自己高大起来。在锤子眼里，政工干部和军事干部最大的区别还是在吃上，旅长、参谋长有时候来连队吃“碰饭”，他们一落坐，连队干部提出来加菜，旅长、参谋长马上问有什么好吃的，炊事班有什么拿手菜？那样子就像《水浒传》里的好汉吩咐店小二一样，有什么下酒菜，尽管端上来，洒家少不了你的银子！政工干部就不一样，斯斯文文，连队干部提出加菜，都要客气阻拦一番，有时候是真的不让，甚至生气，不像是做样子。

隔了好些天，何参谋没来吃“碰饭”，再来时仍旧坐在以前那个位置，仍旧说醋溜白菜好吃，好像从来没发生过什么。吃过了，大家围坐着闲聊，小道消息，营盘外的见闻，真是茶余饭后，氛围随意轻松。连部餐桌每次都散得迟，尤其是有客人。

饭堂里还有几个小值日在收拾碗筷，打扫卫生，锤子照例出来转一圈，看看哪些菜还剩有，哪些菜畅销。就在这时，锤子好像听到指导员在问，什么时候喝你们的喜酒？何参谋嘿嘿笑。

锤子像突然踩空，走出饭堂，隐约，忽大忽小，忽远忽近的说笑声如细密的针尖扎过来。

优秀大学生士兵提干通知下来了，早上开饭前，值班员把通知念了一遍，连长背着手站在队列一侧，说网上也有，等会儿把通知贴在公示栏里，谁符合条件，自己先对照对照。

早饭，李晓玲手里的漆木筷子好像很滑，菜盘也滑，鸡蛋炒丝瓜在她筷子间滴溜溜转。朱虹端起盘子往她碗里拨了一些。

上级规定的条件是一条杠，是一个圈，明摆着，报上名来的，和连队掌握的差不多。男兵没符合条件的，有几个当兵前大学在读，还没毕业，有几个是大专，还有几个“三本”。不合条件的上前瞅瞅热闹，自嘲两句就离开了。女兵就李晓玲和罗丽琼两人符合。

罗丽琼的“优秀士兵”是在海训场得到的，很偶然。海训，当别的女兵还在岸上练习憋气换气，还在齐腰深的地方作“狗刨式”时，她已被编入“长游组(武装泅渡五千米以上)”，畅游大海，做蔚蓝色的梦想。海水越往深处、离岸越远水越蓝，越干净，谁也不想整天泡在黄汤里，但实力不济，只能望洋兴叹。海训初期，能参加长游组的男兵都不多，勉强编一两个班，女兵只有罗丽琼，一枝独秀。为了提高海训优秀率，连长命令锤子不用烧饭了，改为参加海训，锤子从小光屁股在河里摸鱼，渐渐把自己整得像条鱼，咸水淡水都适应的鱼，只是泳姿不那么酷，如果说锤子是自学成才的“山药蛋派”、“游击队式”，那么罗丽琼就是“学院派”、“正规军式”，她是在体育学院的游泳池里练出来的，什么蛙泳、蝶泳、仰泳、自由泳等一招一式美人鱼似的有范有派有味道。

海训铺开几天了，连队组织阶段性小考，长游组一字排开往回游时，罗丽琼排在最前面。这是连长有意为之，激一激那些牛哄哄的“纯爷们”，一个女流之辈、妇道人家尚有这等本事，你们呢？长游组的排头兵就像雁群的领头雁，很关键，要负责蹚开水面，把握方向，极其消耗体力，一般得由几个“浪里蛟”轮流担任。但通信连每次出发和返回好像都是罗丽琼打头阵，引人注目。

那天，长游组回游时远远看到浅水滩黑压压一群人，近了才发现是集团军军长正兴致勃勃地在教女兵游泳，集团军机关一些参谋、干事、助理员和旅里几个领导簇拥周围，煞是热闹。军长身材魁梧得像条熊，满头白发，说话像敲钟，海训场上，他出现在哪官兵都知道。军长喜欢教女兵游泳，纠正她们的姿势。有兵说军长教女兵游泳就来劲，从没教过男兵。有人接话，说什么呢？军长的女儿都比她们大。

长游组回来啰！大家朝大海深处打望，近了，更近了，第一个摇晃站起来的怎么看都像个娘们，仔细一看就是个娘们。军长鼓掌带起掌声一片，他头发和眉毛都含着笑意，上前问叫什么名字，平时如何训练的，有什么感觉，老家哪的，什么文化，在部队的打算等，军长问完，转向众人，双手叉腰，眉角一沉，川剧变脸一样换上一副严肃面孔，就全集团军海训说了一番话。军长的话刚落音就被概括总结提炼成几点指示，上了打印刊物《海训战报》头条。上面有一大段军长夸奖罗丽琼的话，指导员精准地记住有多少个字，就像宣传科那个摄影摄像干事偶尔一条新闻上了“中央七频道”，能报出有多少秒一样。

由于军长的关注加肯定，通信连那次“小试牛刀”长游被不断升级，上升比海训结束时的大考核还受重视。军长的话被不断反复引用（贯穿海训全过程），军长指导女兵训练的照片成为最亮点。海训结束，通信连很多兵获得“海训尖兵（女兵一个个晒得像黑蛋，自称海训煎饼）”大红荣誉证书一本，全连只有罗丽琼在海训场被评为“优秀士兵”。

罗丽琼军事训练成绩好，但话务专业成绩很糟糕。同年度十来个兵都正式值班，独当一面了，她还在“跟班（实习）”。话务员上机前要背熟上千个电话号码，军区、集团军、驻地友邻单位、兄弟部队的等，旅首长（常委），部门副职以上的办公室、家里座机号、手机号，还有直接领导也就是通信营营长、教导员、连长、指导员，通信科长加几个参谋的电话等，要做到熟烂于心，一口清，一报准。一提到背号码，罗丽琼就咬牙切齿，说宁愿跑五公里，跑十公里也不愿意受那份罪。在强化记忆阶段，班长规定错一个罚抄一百遍，别的兵就错一两个，罗丽琼每次错十几个、二十几个，也就是说要抄一两千遍，她经常“头悬梁，锥刺骨”抄到熄灯号响，默记到大家睡一觉醒来，她还在背，有时就趴在桌子上睡觉了，口水涎湿稿纸……她很刻苦，古人说的什么“三余（冬者，岁之余也；夜者，日之余也；雨者月之余也）”、“三上（马上、枕上、厕上）”等点滴时间，她随时随地用来背号码。她们有专门抄默号码的本子，每张纸有编号，用多少上交多少，一张都不能少，绝对不能流出学习室、宿舍区，这是烙铁一样的纪律。罗丽琼用过的练习本最多，垒起来可以当小板凳，抄默也很工整，惟一缺点就是错误多。

有次早检查，当值班员下达口令“二”，从一个个兵面前走过，打罗丽琼身边过时停住了。早检查分四项内容，一是脱帽检查头发长短；二是伸手检查指甲和手的卫生；三是双手掀起衣襟，冬天检查内衣有没有扎进裤腰带，夏天检查有没有穿背心，这一项女兵不用检查；四是提起裤腿，看穿的鞋袜颜色是否符合规定（除了军需部门配发的以外，自购鞋袜只有黑色和灰色的可以穿）。连长站在一侧，见值班员迟迟没往下走，也凑了过去，望着罗丽琼的双手，半天没吭声。罗丽琼嘴角蠕动，喃喃低语：“我……我……把号码抄在手上，随时可以看看，不会弄丢的……”

一个花季女孩，细嫩的手心是一片密密麻麻的阿拉伯数字，她双手捏得紧紧的，想呵护、紧捂这些数字，成为一个优秀话务员，一名合格通信战士，可这些数字就像一只只淘气小蝌蚪，在她的梦境，在她洗手的时候，还是悄无声息地游走了。

上报罗丽琼作为优秀大学生士兵提干，有人换了“马夹”在网上表达不同意见，一个不能正式值班，不能独立完成任务的士兵，尽管她是大学生，她优秀吗？能提干吗？指导员浏览网页时看到这个帖子，有点纠结。罗丽琼看起来符合条件，本科（而且是一本），优秀士兵，当兵满一年了，但她在专业训练跟不上趟也是明摆着的。

指导员和连长商量，连长说，甭管它，罗丽琼符合条件，也很优秀，我们按正常程序报就是了。指导员主持民主测评，结果当场公布，李晓玲优评率百分之八十几，罗丽琼百分之九十几，两个数字被夸张地写在黑板上，虽然都合格，但耐人寻味。掌声中，罗丽琼从座位上站起来，红着眼睛，向大家行了个军礼，手久久没放下。

李晓玲和罗丽琼开始紧张的军事训练，离选拔考核不到两个月了，每一天都得掐紧。大学生士兵提干还要经过严格军事、文化考试，这是他们通往军官之路的一个“滩头阵地”。

体能训练、晚上夜训，执勤排一改过去只跑步的惯例，全体女兵参加战术、投弹、射击训练。每天操课最后一个小时，连长把李晓玲和罗丽琼叫到训练场一角，带着几个班长当陪练，一遍又一遍领着她俩跑，做示范，纠正动作。傍晚，凉爽的风吹过，夕阳照在连长一侧脸上，黝黑，冷硬，宽厚，看上去像是家长又像兄长，为了搞好她们的训练，他专门备课，为她们量身制定了进度计划。

训练场上，女兵的尖叫、呐喊、欢笑常常引得男兵侧目。

九、迎接首长

傍晚，红霞满天，预示明天是个大晴天。通信连外出“找点”(军事术语应该是用指北针按方位角前进并寻找目标)的有线兵提前开饭，已经吃好了。几个兵腰间挂着沉甸甸的水壶，挎包里有指北针、手电筒、铅笔、五万分之一地图等，有的扎好外腰带后跳跃几下，看会不会发出声响，有的在试鞋合不合脚，这时候穿旧鞋子最好，一个个有说有笑，像是一次说走就走的出游。

所谓的“点”，是由摩托通信在不同地点做个记号，大多选择那些人迹罕至、让人毛骨悚然的地方。兵们按照所提供的数据把内容抄回来就算完成任务，一般三个小时找三个目标，徒步十五到二十公里左右。找点，能锻炼体力、胆量、方向感、判断力等，是一个兵应该具备的基本素质。这个科目，对通信兵，尤其对有线兵也很重要。想想看，在炮声隆隆，弹如蝗飞的战场，一个兵背一线拐或驼车，往前沿指挥所架设电话线很多时候就凭一个指北针，能否在规定时间内找到准确地点，将线路架通，往往事关战局胜负。现在，虽然有无线、网络、北斗等手段繁多的通信，高科技受反制因素多，有的时候最传统最老套最笨拙的，反而最保险最管用。

点名前，找点的兵陆续回来了，有的还没回来，到家的像打了胜仗回来，大大咧咧走进连长房间，侃一路的奔跑见闻。连长微笑，他们的经历他都经历过。熄灯号响，紧接此起彼伏哨声，刚才还盈盈一池喧闹、明亮的营盘顿时一片寂静，有几盏台灯错落有致亮起，点缀月色中，朦胧而温馨。

连长往杯里续水，开水在白炽节能台灯下热气袅袅，他随手摊开身边五万分之一军用地图，凑近用铅笔、标图尺一阵比划，背影投在雪白墙上像只鸟，又像条狗。他洗漱过了，穿散发太阳味的体能训练服（兵们也把这衣服当睡衣，柔和舒服），趿一双灰色塑料拖鞋，单人床上洗得发白的被子已经抽开。黑影凝神一会，突然直起腰，扔下铅笔和标图尺，脸扭向窗外。每次有兵外出找点，他都要等到最后一个兵回来，才上床睡觉。他当兵的时候，老连长也这样。

快考核了，标图作业是必考内容。“上马击狂胡，下马草军书”，那是冷兵器时代对战争畅快淋漓的臆想，真正打仗还得靠海量细致缜密的工作。通信连连长任现职已满三年，没功劳也有苦劳，在连队主官岗位上不劳也得劳，按理说今年三月调整，集团军通知说要把数百名连队主官拉出来溜溜，进行排排坐吃果果，考核排名靠后的将没好果子吃，“原地踏步”，甚至调离岗位。

月色溶溶，这时找点的兵在荒郊野岭用脚步丈量现地，连长的目光在图上漫漶漂移。

眼前的地图比很多兵的年纪还大，营盘后面标注的还是某公社、大队的菜地，右侧有民房、牛栏、猪圈、草垛，左边一片茂盛桃树，一条弯弯小河，河上一座石桥，名曰“白水桥”。如今，这些早已不见踪影，变魔术一样被立交桥和高档居民小区代替。连长来这儿当兵十多年了，有的地形地物对于他来说也只是传说，见证了一阵机械轰鸣、尘土飞扬后的“沧海桑田”。多年来，司令部年复一年配发的始终是这祖父辈、掉牙气喘的地图，所以，兵们找点就是现实版的穿越。司令部可能是以静制动，以不变应万变，因为现在即使每月换一次地图都追不上城市建设的脚步，不是人民军队落伍，而是世界变化太快。每次出发前，连长都要婆婆妈妈一番，注意安全，保护好自己才能消灭敌人，不到万不得已不要做出牺牲，军人不怕牺牲，但要死得值。一到晚上，各种车辆“视死如归”，开得飞快，特别是那种黄色或红色的渣土车更是不要命，吼叫着扬起滚滚烟尘，比坦克还牛，发疯似的横冲直撞，估计让它们上战场肯定能抵挡一阵，就像人们说的，把城管装备起来能收复钓鱼岛，能征服世界。有线兵们着丛林迷彩服，在城市的丛林里穿行，时刻提防着比野兽和敌人还凶残的车辆。连长在参谋长主持的训练会议上提过，这个科目在驻地就不要搞了，待到野外驻训时再展开。参谋长当时没理他。后来，作训科说这是总部规定的科目，谁也不能搞变通，何况在城市搜寻目标是未来战争的趋势，也是反恐的需要，训练地域愈陌生化愈好。

窗外响起脚步声，哨兵喝问口令的声音。夜深人静，查哨干部或哨兵的脚步声从容节奏徐缓，而找点回来的兵脚步哗哗啦啦，好像他们蹚着月色回来。

每年三月，草长莺飞，万物欣欣然，营盘里一拨一拨官兵也蠢蠢欲动、跃跃欲试，对于兵来说是各种培训班、集训队开学的时候，这时候开张打好基础等于踢响头三脚。干部呢，开始调整岗位，进机关任职，下基层锻炼，外出学习，提升使用，转业地方，交流人武部、省军区预备役部队等等，就像搅动一池春水，波浪涌动。旅里每年这个季节调整干部人数最多，面最广。政委发话，大家晚上不要像特工一样摸到他家，有什么想法到办公室光明正大谈。直到有次开干部工作讲评会，政委"咚"的一声把一包东西（不知装的啥）往桌上一撴，"谁送来的，谁拿回去，识相点！"尉官、校官们木然端坐，谁也不看谁，谁也不知道，那是谁送的。也许是台下某一位，也许是政委敲山震虎的警示教育。

营盘里，如果说老兵退伍像树木落叶，秋叶之静美，化作落泥更护花，那么干部转业调整就像树木长枝丫，拔节生长，有的任其舒展，有的需要修剪打理，挪作他用。挪动干部的道道很多，不同类型的干部，有不同的"黄金"使用期。技术干部大学毕业后分到基层，如果把他摁在连队当三四年排长带几年兵，他在学校学的东西就差不多过时了，带兵也不是很在行，到头来弄得"学书学剑两不成"。让指挥类干部一般是当两年排长，再当一年连队副职，或调机关当一年副连职参谋、干事，然后担任连长、指导员，这时候的连队主官既有基层的历练，又有机关的全局思维，比较成熟、稳重。上级用得放心，也是本人干得最得心应手的时候。干部个人的成长成熟需要时间的沉淀和不同岗位的磨炼。营、连军政主官的搭配要根据性格、文化、专业、成长经历等能做到互补。现在，上级强调军政全能、"混合双打"，指导员能组织军事训练、指挥打仗，连长可以"煽风点火"做战斗动员，搞政治教育，有时候连长、指导员干脆来个岗位互换，让兵们在称呼上适应好些日子。当然，这些都是政委、主任和干部科那些"食肉者"操心的事，所以干部部门的人都玩深沉，口风紧，不喜和人交流。

通信连一对主官，连长任现职比指导员早两年。两个主官一般不做同时调整，这样有利连队发展。经过近一年的帮带、磨合，指导员已掌控全局。有时碰到不大不小的任务，指导员一个人咋呼也能对付。连长躲在房间里玩电脑，看似偷懒，其实是眯着一只眼睛，随时可能出来吼几嗓子。

连长当第五年兵，他家祖坟突然冒“青烟”，参加集团军通信专业比武获得第一，立三等功，加上此前他带的班立“集体三等功”，世代“布衣”没有任何“关系”的他，作为优秀士兵上报提干，呵呵，竟然成了。可能是因为自身经历，他格外看重那些“潜力股”兵。他提干后，上了两年学，拿了一张他自称拿不出手的大专文凭，在排长、副连长岗位上都扎扎实实干满三年，论年纪他比指导员大六岁，全旅连主官排名中，资格不老年纪老，有比他年龄小担任连长、指导员时间更长的。提干的军官在年龄和学历上是短板，起点低，起步晚，如果还一个脚印一个脚印往前挪，在基层一般干到正营就是职业的天花板了。他们的长处是对兵了解，对部队感情深，能干能打能咋呼也能忽悠，能捣鼓出各种办法把兵带得嗷嗷叫，把任务完成得漂亮。如何能把这部分人留在部队长期干，发挥他们最大能动性，这就是喊了多年，“但闻楼板响不见人影来”的军人职业化。优秀士兵提干比优秀大学生士兵提干要求更严苛，必须是战斗班排的班长，立两个三等功（其中一个可以是担任班台站长期间的集体三等功），年纪二十五周岁内。当然，上级任何规定，到了基层都有可能灵活变通（名曰吃透上面的摸准下面的拿出自己的）的时候，如有的机关公务员、驾驶员、报道员、电影放映员在机关跑腿打杂立三等功后，然后把任职命令下到战斗班排，再立一个个人三等功或集体三等功，就符合提干条件了。尽管这样，有手眼通天“硬关系”的还是极少数，每年全旅数百名班长能“鲤鱼跳龙门”的就两三个，层层上报，各级审核，最后把名单用大红纸贴在旅政务公开栏里，头几天像古代科举考试发榜一样，人头攒动。士兵提干凤毛麟角，即使少，还是让很多兵能看到希望，哪怕希望像星光一样遥远缥缈。

有一段时间在传，通信营副营长提升营长，老营长平调通信科当科长，老通信科长晋升为旅司令部副参谋长（老副参谋长转业了）。没想到小道消息竟然成了现实。营盘里某个较高职位空出来，大家都看到了希望，动一个挪出一串。当然，最怕上面“空降”下来，队伍的流动又堵住了。副营长位置好像在等着通信连连长，走在营区里，有尉官开始调侃，叫他副营长。他板着脸，八字还没一撇呢。往年干部调整季节谁开这种玩笑，彼此嘿嘿一笑，今年有点笑不起来。

他并不怕考，从小到大、从地方到部队各种各样的考试经历海了去了，可以说每个人都是“烤（考）熟”的，考不怕，最怕最难熬的是漫长的备考阶段，纷繁复杂的思绪像夏天的野草蔓延疯长。

在营区碰到一些连队主官，聊起考核的事，他们看起来吊儿郎当毫不在意的样子，其实他们背地里都在发飙，咬牙往前冲，只是不想把青筋暴起面貌狰狞的一面露出来让别人看到。这次考核内容步兵专业比重最大，越野五公里、军事理论、指挥作业、战术标图、图上作业、堆制沙盘等，步兵连队干部有底子，他这个兵种专业的连长真有点“亚历山大”。何且他当连长已满三年，对于那些没满任职年限的连主官只是面子上的事，如果他输了，面子和里子都没了。

天边的晚霞渐渐消退，夜色像墨水缓缓洇开，操场那边还有欢笑声、拍皮球的声音。白昼变得愈发漫长，吹哨看新闻联播时天还亮着。耳边依稀有蚊子俯冲掠过，去年冬没下雪老起雾霾，不知对它们的生存环境有没有影响。上级还没通知统一挂蚊帐，兵们只能撑着。政策法规总比现实发展慢半拍，也许就是这种情形。好在小伙子们身体壮实，倒在床上就鼾声四起。

文书轻轻敲了敲门没喊报告把“训练周计划”放在桌上，连长扫了几眼，拿起铅笔做了几处小调整，增加了野外训练时间，将室内机器装备操作时间压缩。这个季节正是兵们摔打淬火的时候，如庄稼拔节灌浆，全年训练成绩的收成就指望这个时候。室内训练可以安排在调整预备期或雨季。对他自己来说，正好跟班跟训，好好练练体能技能。训练周计划，每个周日前就要制定好，盖上连长、指导员的印章（公章只有营党委才有），下发各个排，上报营、旅司令部作训科。以前是复写纸抄写（所以要求文书字写得漂亮），拢共六七份，现在是制式打印。这可能是全军级别最低、发行量最少的“文件”之一。训练周计划上报后，连队就不能随便更改，因为机关督查组就按这个“按图索骥”查落实。但上级经常临时通知，把它当做拉橡皮绳一样变动，有时训练器材都准备好了，连队正在去训练场的路上，连值日气喘吁吁跑来说，上级某个检查组马上过来，或派几个兵去哪儿出趟公差，兵们也习以为常，有一个"段子"说：计划不如变化，变化不如电话，电话不如领导一句话。

夕阳把苍翠的树木草坪涂抹得金黄，偌大的训练场像早晨的农贸市场，热闹喧嚣，男兵角马一样跑完了，女兵还在走 T 台一样地跑。男兵开跑"放闸"时以排为单位，阵容整齐，几圈下来，就放羊了，快的遥遥领先，慢的像是"断后掩护"。女兵的队伍始终不紧不慢向前摇曳流淌。前几天，兵们看了一场《奔跑吧兄弟》的真人秀节目。刚才活动身体时，连长说，其实我们当兵的说奔跑吧兄弟最合适，奔跑能治百病，疗百伤，快乐了，奔跑；痛苦了，奔跑；胜利了，奔跑；失败了，奔跑；想家了，奔跑；郁闷了，奔跑；失恋了，奔跑；感冒了，奔跑；想不开，奔跑……想想看，当你跑上五千米，一万米，跑得气喘如牛、大汗淋漓，浑身几乎虚脱散架，你还会想什么，还能想什么，什么也来不及想，什么也不想去想，奔跑能让你发泄，能让你放下，能让你轻松，能让你健康积极奋勇阳光朝气……连长一直跟着女兵跑，有"督战"的味道，能使她们跑完规定圈数，最主要的是当步兵连队那些兵跑完了，他们或坐或立向女兵行注目礼，目光像锥子一样也罢，有时会打口哨叫喊鼓掌，弄得女兵脚步零乱。连长像狐狸后面的老虎始终跟着，步兵连队那些泼皮知趣些。

脚步慢了，大脑就容易走神。西斜的阳光突然变得像瀑布一样哗啦啦作响，细碎金色的浪花在树叶草坪上翻滚、跳跃。

这些日子，他饭量增加了，皮带反而往里扣了两个眼。感觉很久（其实就几天）没打电话回家了，家里也没来电话，到底哪儿是家？父母那？老婆那？连队？对一个男人来说，结婚了，自己的女人在哪，哪儿就是家……

"嘟——""准备带回——"哨声和喊声里似乎有粉蒸排骨的味道。

晚饭，桌子上氛围如"副热带高压气候"，连长埋头喝汤时咕哝一句，叫锤子过来。文书起身，转眼锤子垂立连长身后。连长用筷子戳着盘子说，天热了，菜谱该换换了，多上清淡开胃的。"下星期吧，这星期已经报军需科、服务中心了。"炊事班每周制定一次食谱，星期天下午上报，情形和训练周计划差不多，接下来一周的主副食就按单采购，或由供应商送上门。

兵们关注食谱比训练计划多一些。训练计划贴在墙上，只有班排长偶尔凑过去瞟一眼，食谱不时被围观指指点点，尤其是那些细杠们(列兵)。

锤子精神状态像患了重感冒，说话瓮声瓮气，转身离去时，连长看了一眼，直皱眉。他肥硕的屁股似乎又大了一圈，浑身如一个散热调味罐，走到哪能把周围的空气调出味道来，几乎能让环保人士投诉。据说，他现在很少翻那几本卷角的菜谱，也没有研发新菜品，他迷上了上网，一有空就溜到排房里，牛蛙或牛屎一样坐在电脑前，比老头钓鱼还有耐心，一盯就是半天，当然得有空。

排房里的电脑大多是兵们自己买的，私有财产，但打上了“军”的烙印，保卫科在每台电脑上装了保密系统，定期检查，USB接口封了，即使没封，也是聋子的耳朵，对外来的东西它一概不认账，这样从硬件到软件都与互联网做了隔离。用它只能逛部队政工网，互联网上有的功能它凑合着勉强有，如发邮件，刷微博，看电影，玩游戏等。有兵说互联网世界五光十色灯红酒绿精彩纷呈，军网就是一群大老爷们在月亮下的沙漠海岛雪域闲得“蛋疼”的神侃。有网瘾的新兵刚到部队看到有那么多电脑，高兴得头昏，一接触发现品种变了。唉，有总比没有强，聊胜于无吧。

炊事班没有电脑，锤子想过买，哪怕买台二手的，先玩玩练练手，可上级的规定老变，有段时间鼓励大家买，说有利于管理，有利于自学成才，有利于部队信息化建设。动作快的兵买了，士官们用自己的工资买，也有义务兵让家里寄钱来。动作慢的兵，正犹豫买与不买，上级态度又变了，开始是含糊其辞，不支持也不提倡，后来成了反对。据说担心泄密，不利于管理，对信息化也没多大用，因为兵们打游戏的多，聊天的多，用来学习的少，反而减少官兵打成一片交流娱乐的时间。各个排的氛围也不一样，有的排房一下子添了四五台，一字排开，誉为壮观，有的空空荡荡一台都没有。上级“暧昧”的时候，连队要求把电脑统一搬进公用电脑室，排在一起，实行公私合营，定时开放。这政策受到那些“德高望重”有电脑的老士官坚决抵制，形成联盟，反复进言，最后达成默契，在上级不清理检查时，电脑放在排房里，一有风吹草动，马上撤离。

二排有五台电脑，锤子每次去看哪台电脑空着，就铸钟一样，那架势谁也拉不动。二排住二楼，地理位置好，少有打扰，上级来人去一排多，上二排至少有个比引爆手榴弹长一点的缓冲时间，这个时间可以简单收拾一下。锤子玩电脑很“菜”，五笔不会，打拼音，发音不准，一会儿问这个字怎么打，过会儿又问那个符号怎么输入，某个网络语言什么意思等。锤子每个手指头像胖胖的火腿肠，上下一般粗，在键盘上一按就是几个键，看他使电脑比用钝刀在玻璃上划出咔嚓咔嚓的声音还难受，有时候他自己也急，满头大汗，比参加野战炊事比武还急。开始大家还耐着性子，有问必答，操作演示给他看，后来谁都不堪骚扰，他在的时候，两边的电脑都空着，锤子浑然不觉。陈华有次含沙射影，锤子，你玩电脑和炒菜的水平怎么相差这么大呢？陈华比锤子早当一年兵，敢摸老虎屁股。锤子手指在键盘上摸索，有些心不在焉，是吗？我还行吧，跟连长的连长比起来好多啦。

连长动员大家买电脑时说，他刚当兵那会儿电脑可是稀罕物，全连就一台，上级配发的，宝贝疙瘩秘密武器一样，平时没人动，上面有几个自带小游戏，老连长有时候玩玩，不敢开机，也不敢关机，生怕一不小心弄坏了，想玩的时候先叫兵把电脑打开，把游戏调出来，不想玩了，又叫兵过来操作一番。一个带兵很厉害的连长在一台电脑前，竟像个目不识丁的老农民，抖抖乎乎多可怜，一切担心害怕，都是因为不了解、不学习造成的……这个故事通信连的兵都知道。

连长参加交班会带回一个重磅消息，某首长要来旅里检查工作。旅每周五上午开交班会，全体机关干部参加，各营连一名主官参加。会上，司令部（大多是一名副参谋长发言）通报一周来的军事训练；政治部（一名副主任发言）说政治教育；机关督查组讲检查到的问题；军务、保卫重点汇报，好的方面一带而过（成绩不讲光芒在），对于查到的问题旅领导揪住不放（问题不讲重如山），如果没有问题，督查组、军务和保卫本身就存在问题，拉关系，搞人情，视而不见，得过且过？几千号人马，一星期下来，难道就没打盹磕巴的时候，有哨兵警惕性不高，在哨位上看书报；有的营部、连部物品放置不到位，内务质量差等。有的连队，有的个人，具体是哪个单位，哪个人？这些看起来是一些小问题，旅领导从全局从发展来看，认为这是作风养成、战斗力生成的大问题。“冒泡”单位的主官一个个站起来做检讨（一直站到会议结束）。旅领导端坐主席台上拍着桌子骂，不带半个脏字，比搧耳光还让人难受。一大片校尉官低头垂眼做认真记录状。

营连主官把参加旅交班会比喻成上朝面君，谁都不想去，但又不得不去，于是两个人轮流去。这星期本来轮到指导员去，出发前说他“神经官能性闹肚子（很时尚的名词）”，让连长去。

连长说这次没怎么批斗，主要是布置迎接某首长的准备工作。某首长是从这个部队，并且是从这片土地这座营盘成长起来的，从士兵到师政委（旅曾经是师的建制，后来编制体制调整改为旅）。在这，提起他的名字每一个兵都知道，不仅仅他是上级如雷贯耳的首长，还有一些牵扯不清的东西。他有多幅大照片贴在旅史陈列馆里，上等兵陈彤担任解说每次都要用甜美自豪的声音说起。锤子当新兵时，连队搞传统教育，他第一次参观历史陈列馆，看到那闪闪发光的照片，悄悄向旁边一个车皮拉来的老乡说，他好吗，会不会是个贪官？声音很小，还是被班长听到了，锤子因此在班务会上做了深刻检查。这是锤子当兵做的第一次检查，到目前为止也是唯一的一次。这事估计很多人都忘记了（经历过这件事的兵像蒲公英的种子吹散到不知哪个角落去了）。可锤子一直记得，记得那个未曾谋面的首长。

首长要来，有的说是来考察党委班子，旅长、政委干了多年，该提升了；有的说是来找茬的，前段时间接连冒出几起事故苗头，幸亏发现及时，首长对老部队不放心；有的说是来调研的，这让兵们似懂非懂，但肯定是大事，很高深复杂的事。首长打哪来，来干什么，要注意什么，那是干部关心的事，兵们只要听从口令，利索机灵点，把活干好就行。

下午起床，还是读报时间，有连队已经动起来了，兵们扛着锹、扫把，抬着柳条筐，推着板车游击队一样向卫生包干区进发。营盘里的卫生有的分到各个连队，兵们随时打扫维护，有的没有，长年累月就成了卫生死角，如穿营区而过的臭水河，后山坡，军需仓库周边，这些区域这次也分到各个连队，突击打扫。整个营区顿时人声鼎沸，扫把挥舞，烟尘四起（点火烧树叶、垃圾）。那架势，如果有鸡、狗配合的话，肯定是鸡飞狗跳，尘土飞扬，翻个底朝天。

首长来，或迎接各种工作组，召开什么现场会，营区就像洗把澡一样，清爽一阵子。从整治卫生来说（其他方面就说不准了），欢迎首长常来。过去有“师长下连，连队过年”一说，现在生活条件好了，首长来与不来，伙食差不多。只是首长来勤了，没那么多时间，下面也没那么待见了。

连长穿丛林迷彩扎腰带走出房间，朝远处热火朝天的旮旯望了望又折了回去，再出来时，没了外腰带，对站在走廊上的指导员说：“我们也布置一下吧。”

“晚点名说？”指导员喜欢点名时间说事，好像睡觉前能把事情说到大家心坎里，能压住床板一样。如果事情多，他捧一个小本本，说完一条，借着走廊上昏黄的灯光瞅瞅，继续往下说。经常点名哨一响，兵们一看到指导员捏着个小本本出来，就知道又要站着听报告了。

“现在吧，明天我们就落后了。”连长冲连值班员喊，“吹哨，班排长集合！”

两长一短的哨声响起，有新兵跑出来探了探头。有老兵在屋里笑，关你鸟事，到现在还记不住：两长一短，小兵不跑（班长集合）；一长一短，小步碎跑（全体集合）；急促短音，撒腿就跑（紧急集合）……

班排骨干陆续走进会议室，拉椅子入座。连长埋头在一个黑色塑料皮本上奋笔疾书，几个士官班长在交头接耳，窃窃私语。

连长放下笔从本上抬起头，干咳一声说，大家可能听说了，某首长要来我们旅检查工作，上午我参加了交班会，下面把情况向大家说说，这个大家先不用记，听着就行。

这次首长来，旅领导说要像打仗一样，把工作做实做细做精，提出口号：把大事做精彩，把小事做精致。对各项工作进行了具体分工，司令部严格管理部队，严格控制人员外出，严格一日生活制度；大门口哨兵要注意形象，督查、纠察、军务、保卫要加大检查力度，哪个兵这个时候捅娄子，先关起来再说，先处分，再找原因；招待所（首长住的地方）小门口要站调整哨，白天单哨，晚上双哨……详细了解首长的口味，周密制订营养健康食谱，立足我们自己的等级厨师，如果需要可以请地方星级饭店的师傅来主厨，鲜花、水果摆放要考虑细致；政治部要做好氛围营造工作，标语、彩旗、横幅、橱窗、夜晚的亮化、办公楼前的喷泉、军营之声广播等要营造出生气、朝气、虎气的氛围，文化活动中心要做好准备工作，首长有什么爱好，或需要什么活动，及时掌握，多准备几手，听说首长喜欢打乒乓球，可以安排几个女兵捡球、鼓掌，陪首长打球的人要经过反复考察……各类会场布置（席卡、鲜花、水果、茶水等一应安排），摄影、摄像全程保障，收发室每天要调整多份重点报刊送首长房间……保障部通知医院派一名医生和一名护士进驻招待所一楼，每天二十四小时值班，随叫随到。在首长休息，兴致好的时候给首长量量血压，测测体温，问候首长的身体情况。军需科通知各连队将菜地进行一次彻底整治，这几天就不要去菜地搞菜了，荤蔬由服务中心统一供应……

连长敲着桌子说，刚才我讲的这些有的需要我们注意，大家要从讲政治的高度引起重视，关键时刻不要拉稀掉链子当怂包，现在全旅上下都行动起来了，谁出了问题打谁的板子，不但打当事人，还要打领导人。现在，我把我们要做事的说一说，大家不但要记在本子上，还要记在心上，仔细琢磨怎么才能做好。

硬件方面，大搞卫生，机关、家属区、训练场属于连队卫生包干区，加上临时分配的卫生区要彻底打扫，仔细清理一遍，然后派哨兵把守，随时保持；连队的内务卫生有排房、伙房、车场、菜地、猪圈等地方，排房、伙房、炊事班的地板要用自来水冲，用刷子沾洗衣粉刷，窗户、门后、墙角、床板下、衣柜顶、电风扇叶片等擦干净，用干净抹布细细过几遍，地面要达到落下饭粒能捡起来吃，屋里随便哪个角落戴着白手套去摸，不会脏；车场卫生还是老规矩，每辆车只能有三种颜色，车身一片绿，底盘一片黑，发动机一遍白，不能有一丁点锈迹、泥巴和擦拭过后的水痕；猪圈要一天几次用自来水冲，随脏随冲，要和我们住的地方一样干净；菜地卫生还是老办法，那几畦长势好的菜就不要动了，变老了也不要动，熬过这阵子再说，那几畦像癞子头没办法补种的就拔掉，司务长到老百姓那儿买些半大不小的菜种上，记得拉上包装绳，不然种得歪歪扭扭，埂子还是让那几个在家干过泥瓦匠的兵用抹刀沾水抹一遍，不能太稀也不能太干，太稀了容易垮，太干了，刚抹好时像水泥地好看，水一干，裂开一道道闪电一样的口子，难看，只有不干不稀，待水分蒸发了后，留下细细的像毛细血管一样的纹路，所有这些打整好了后，菜垄、菜地里每条路，不管是水泥路还是泥土路都要用细扫把扫一遍……

说起种菜，其实兵们平时也是这样做的，附近菜农有时候送菜苗过来，见了直啧嘴，乖乖，当兵的种菜像绣花，当然也说如果他们也这样子干，肯定会饿死。驻地农科院那帮“专家”来旅里搞军民共建，指导到田间地头，见了也摇头，但官兵只当他们是“专家”，依旧该怎么种还是怎么种。部队有部队的规矩，即使种菜也要种出精气神，种出政治，种出文化（军区在旅里召开文化现场会，菜地文化就是其中重要组成部分）。分管后勤的副旅长脸黑黝黝的像肥沃的黑土地，经常一顶草帽扣在头上，像农民，一开腔像诗人，双手叉腰站在地头亮着嗓子说，我们种菜不在于收获，又在于收获，不在于收获多少菜，在于收获吃苦耐劳的精神，收获与土地的感情，现在无论城市兵还是农村兵都与土地很陌生啦。

软件方面，相关人员要把党支部、团支部会议记录本，训练周计划、伙食周计划全部准备齐全，有遗漏的马上补齐，平时谁负责的，现在还由谁负责。干部要把查铺查哨本过一遍，哪一次漏查的，或只有干部的签字没有哨兵的签字，要补齐，书写必须同一时间用同一颜色的笔，不同字迹，要注意细节，细节决定成败呀；训练骨干的教案要弄好，尤其是那几个“四会教练员”一定精心准备；思想骨干的谈心记录本要搞好，政工干部把政治教育备课本整理好，该有课件的必须有，手段方法不能太单一，现代条件如果还是一块黑板一支笔，一张报纸说半天，辛辛苦苦讲一天，还不如街上转一圈，如此教育方式和效果肯定会挨批；战士的政治理论学习本要字迹工整，一丝不苟，缺课的作业要补记上，前后字体得一样，不能让别人代劳，干部批阅时间要统一，不能这几个兵是一个日期，那几个兵又是别的时间，五花八门，这样的事以前发生过，上级领导都是老基层，你那一点小伎俩，瞟一眼就知道，临时抱佛脚，你玩的那一套别人早就玩过了。我们糊也要糊出水平，糊出层次，糊出质量。还有抽屉、班柜、电脑、床板下、床铺的棉垫下面等要像防特、缉毒一样仔细认真搜索一遍，涉密载体坚决不能有，和秘密沾边的全部上交或销毁，格调不高的书、杂志不能有，重点是电脑，隐蔽性强，一定要清查彻底，里面什么言情、武侠、恐怖、玄幻小说，女人妖艳的照片要当敌人一样，全部消灭干净，不留一丝痕迹。

上次黑板报评比我们获得第一，要和上次一样，拿出我们最高水平出一期黑板报、墙报，用粉笔写不好看，没效果，用广告色，用毛笔写，筹划好内容，突出军事训练、政治教育，配好插图。执勤排不是有几个女兵动漫画得很好吗？把这个任务交给她们好了。

说到这，连长问，上级要求黑板报、墙报多长时间出一期啊？有段时间从上到下轰轰烈烈像刮风一样推广“六小阵地”：优秀黑板报作品、优秀墙报作品、优秀广播作品、优秀政工网作品、优秀好声音（歌声）、优秀 DV 作品，上级首长说要把它们当阵地当投枪当匕首，要像延安时期提倡的那样百花齐放百家争鸣，必须定期出刊，定期举行活动。有人回答一个星期，有人说是半个月，还有人说是一个月。连队平时训练学习执勤生产就忙得屁颠颠的，根本没按照规定去做，有时候一个季度都没有出一期。已经夏天了，黑板上面的粉笔字日晒风吹，字迹斑驳，露出春去无痕的苍凉和忧伤。

指导员插话，上面规定“六小阵地”每搞一期要用数码相机拍下来存档，以便随时检查，我们没出那么多，文书到“军网”上找内容差不多的“PS”一下，凑够了规定的期数。

连长接着说，操课时间营区里除了哨兵，不能有任何闲散人员走动。业余时间，在营区活动要注意军人形象，三人成行，两人成列，手臂摆起来，步子迈起来，注意礼节礼貌，不但见到首长要敬礼，见到军官，见到军衔比自己高的，尤其是对那些陌生面孔更应该敬礼，他们可能陪同首长来的。要振作“三声”，歌声、号声、掌声要响亮。首长在营区活动期间，不准晒被子，不准晾衣服、鞋袜。

大家不但要对中央、总部的指示精神决策做到像上级要求那样“内化于心、外化于神”，还要对我们近期进行的训练、教育科目内容掌握了解，要把政治部下发的热点理论一百题背得滚瓜烂熟，做到问不倒，难不住。

总机值班要保持高度敏感，首长亲自打电话或通过总机接转电话可能性不大，不怕一万，就怕万一，你们要把首长的讲话录音反复听，做到首长一出声就能听出来。大夜班不能再躺着休息了，必须二十四小时坐班。平常到了晚上十点半左右，总机值大夜班的两个女兵就把窗帘拉得严严实实，像民工一样在值班室地上打开铺盖躺下休息了。晚上少有电话，如果有也能麻利爬起。经过长期养成女兵值大夜班时睁着一只眼睛也能睡觉。

收发室把送首长房间的报纸要翻一遍，不能缺页重页。

炊事班长锤……朱新忠等通知，去机关炊事班帮助几天工作。这是管理科上报旅领导签字同意的。锤子坐靠里边角落里，连长点到他时，他一愣，可能正走神。

连长说完，指导员从大形势到积极意义又补充了几点，最后强调一点，这几天一律不准晒被子，周末也不行。

当过兵的都知道，被子平时都整成形了，每天早上整内务三下五去二，几摆弄就能叠出刀削斧砍的豆腐块来，但如果被太阳暴晒过后，盖得舒服了，但怎么整都像发酵的面包，很难恢复原来的样子。连队晒被子一般统一安排星期六。有的兵为了抢占有利位置，即使周末也早早起床（周末较平时推迟半小时）。有的确实勤快，有的是有"小情况"，当旁人看到上面不规则"地图"，彼此嘿嘿一笑。当然，在冬天或春末夏初梅雨季节，很多天没见日头了，如果哪天正常训练日恰巧出太阳，连队也会灵活处理，由值班员通知统一晒被子。

连长问大家还有什么不明白的地方吗？有困难，现在提，别落实起来打折扣。没人吭声，连长点了几个班长，都说没有。这时，上士陈华吞吞吐吐说，就是抹布紧缺，好多兵把洗脸毛巾都贡献出来了。

连长凝重地点了点头，扭头对文书说，你马上打个报告到弹药仓库去领一捆擦枪布，每个班排撕上几条。

全连集合，连长站在队列前就讲了一句："大家动手吧，这时候哪个王八蛋如果捅娄子掉链子，我要穿上靴子揣他一屁股！"

首长要来的时间越来越近，兵们好像听到首长矫健的足音，从天边从云间由小变大、由远而近传来。

战备值班室通知进入"临战状态"，随时做好准备迎接首长到来。通信连靠近机关大楼，又紧临营房门口，男女兵混编，有特色有朝气，首长来转转的可能性最大，散步时腿一抬就到了。

平常或急躁或温柔或调皮打着转儿的风，开始绕着敏感核心区域走；营盘里的行道树、灌木丛队列整齐，昂首挺胸，笔直挺立，严肃紧张，枝叶像抹了粉更像打了一层霜，估计挠它们的胳肢窝都不会笑；号声、哨声、口令声、广播声像石头一样翻飞，在泥土地上一砸一个坑，在水泥地上砸出白印子……

首长来了，又走了。

对营盘绝大多数官兵来说，首长像个神话，像颗流星，来过，又好像从来没来过。通信连只有上等兵饲养员莫少文最幸运，中“体彩”砸金蛋一样见到了“活”的首长。

莫少文先是被叫到营部，后来由教导员领着又回到连队，营里干部和连队干部陪着让他好好回想一下首长视察猪圈时的情形，说了些什么话，有什么样的表情动作？保障部军需科一位助理员夹着一个本子也来到连队，说要找莫少文好好谈谈，总结他的养猪经验，宣扬他不怕苦不怕累不怕脏的事迹，这可是首长“点赞”的。

莫少文说，那天一个首长由一大帮首长簇拥着来到猪圈，正中间那个首长中等个儿，有点胖，脸微笑和蔼得像个菩萨，不止是肩上和胸前，全身都闪着金光……说到这，指导员连连咳嗽，莫少文看了指导员一眼。首长们在猪圈房转了一大圈，最后在我们连队的猪圈前停了下来，首长们一个个探身看了看，好多人说话了，记不住。中间那个首长讲的话他有印象，夸我们的猪养得好，说他辛苦了，还和他握了手。首长的手软绵绵的，好像没力气。然后照了相，照相的就是宣传科那个上尉，每次开会就他像猴一样上下乱跑。

莫少文在连长、指导员耐心启发下，挤牙膏一样又想起一些。

首长问他平日里是怎么养猪的，都吃些什么，这么肥这么壮，毛色发亮，肉色红润，还训练有素。说完哈哈大笑。通信连有三个宽敞大猪圈，分别养肥猪、架子猪、小猪，最里边那个圈三头大肥猪躺在地上，头朝一个方向，呈一路纵队排开，像操课间休息；中间圈里四头架子猪（已长成骨架等着催肥）围成半圆，像是在开会；外边那个圈五头几十斤重的小猪，围成一朵梅花形，像是在做游戏。猪圈地面干净，一侧潮湿有水冲洗过的痕迹，猪躺在干燥的一侧，食槽里有细小食物残渣，但没积有潲水……猪圈门和窗户装有纱窗，绿茵茵的，好像才换上去不久，圈里没有蚊蝇，有股猪的味道，不太浓。猪圈外挤满了首长，闹哄哄的，猪们不为所动，眯眼看一下又继续睡，一副爱理不理的样子。有个大校操起一根竹竿捅了捅边上的黑脸肥猪，黑脸很不情愿的哼哼唧唧爬起来，转了一圈，又躺到原来的地方呼呼大睡，腹部一起一伏的打着呼噜。首长们一阵大笑。

“它们刚吃过，开始午睡了。”莫少文一本正经地说。人群又是一阵笑声。

“你是怎么回答首长的？”连长问。

我说喂食要根据猪的生长周期，每天喂几次，喂什么，要讲究营养搭配，猪圈要勤冲洗、打扫。首长问，一天打扫几遍？我说不一定，有时候五遍，有时候六遍，脏了就打扫，冬天要干净又要保暖，夏天要通风凉快，防止蚊虫叮咬，有空就给它们冲澡、按摩……

“按摩？”首长满脸疑惑。

莫少文从摆放在角落的塑料桶里取出一把磨得发亮的小木耙，在一条肥猪身上轻轻抓耙，它哼哼唧唧很享受的样子。指导员也表现出对耙子的兴趣，多问了几句，谁做的，什么时候做的。连长知道耙子的来历，是莫少文从农科院学习回来自己做的，以前是把塑料的，后来换了。

“接下来首长就和我握手，合影了。”

连长问：“首长还和你说过什么？”

“首长问我老家哪的？当兵几年了？有什么打算？我一一回答了，首长叮嘱我在部队好好干，行行出状元，让我争取当个养猪状元……”

“然后就和我握手，合影了。”

莫少文额头渗出一层细密汗珠，说就记得这些，要不你们就问问旅领导，他们也在场。

营盘里的军营之声、饭前广播、影前新闻和阶段性工作讲评会上，都表扬了通信连的猪养得好，提到了莫少文，旅政工网上还有他和首长的大幅合影照。抓后勤的副旅长说，这如果在上世纪九十年代部队大搞农副业生产，重视养猪种菜，提倡“斤半加四两”，通信连这个饲养员的素质、责任心是可以提升为军官的，在部队至少能干到副连，甚至副营，能让老婆孩子随军(当时副营才能随军)。上级说了要把莫少文的事迹好好总结，准备宣传。

指导员让莫少文好好干，马上就要半年总结了，至于评功评奖组织上会考虑的。莫少文搓着满是老茧的手很不好意思地说：“谢谢指导员，如果能要到我和首长的合影就好了，那真荣耀。”指导员答应试试看。

指导员找到宣传科那位上尉摄影干事，果真要来了莫少文和首长的合影，还有用光盘刻录的电子版。莫少文双手捧着照片激动得发抖，说他要把它放大，要镜框装好，放在堂屋里最显眼的地方，让全村的人知道，让子孙后代知道，他当过兵，并且受到这么大的首长接见和表扬过。

在半年工作总结中，莫少文荣立三等功。旅政治部组织科特批，单项立功，不占连队名额。

集团军连主官考核最后一门五千米武装越野跑，是在一个闷热的午后开始的，有个上尉连长（集团军另一个旅的）中暑昏倒，被停在路边的救护车紧急送往军区总医院，经全力抢救再也没有醒来。

有的说那连长太拼了，有的说他本来体质就不好，有的说他前段时间太劳累了。据说，那天气温达三十多度，是入夏以来最热的一天，加上选择的道路两旁是密不透风的树林，太阳炙烤后的热气散不开。傍晚，一场雷暴雨把这场考核抹上一层悲壮的色彩。

考试结果出来了，最先挂在集团军政工网上。文书第一时间查到结果，报告连长，他综合成绩排五十几名，中间靠前一点。连长面无表情地说，他知道了。

体能训练时间，何参谋来踢球。连长招呼锤子加两个菜。晚上吃饭时，连长好像缓过神来，话多了点，说的都是这次考核。

熄灯号后，连长给他婆娘打电话，座机没人接，手机提示对方已关机。

十、比武

南京人称春天为“春脖子”，很短，春秋常服没穿几天，用不着换洗，军务科就通知换长袖、短袖衬衣了，和换装通知同时下达的是军容风纪检查，暑期百日安全竞赛。

明早出操只跑一圈就带到大操场检查军容风纪，晚饭后球场上少了往日的欢腾，营区道路上不时匆匆走过三三两两赶去理发的兵，各连队门口、走廊上挤满了人，不时爆发出哈哈大笑，那是兵们在排队等候理发。一个连队就一套理发工具，有的还残缺不全，破破烂烂的推剪不时夹住头发能把眼泪痛出来。会理发的，也就是能理得像模像样的只有几个老士官，其他新手只是拿别人的头练手艺、做实验。通信连理得最好的是陈华，自从他在架线训练中右手受伤后，很少拿推剪，原因是不能久抬。他仔细保存着病历和拍的片子呢，说是看以后能否评残。

这时候谁也不讲究了，走廊上摆一张凳子，把报纸挖一个碗大的口，往脖子上一套就开始操作，流水作业，一个紧接一个，理发员手酸了，换一个跃跃欲试的新兵上场。

尽管简单快捷，一个连队一百多号兵，每个兵要过一遍，还是忙不过来，有时候搞到晚上十二点。讲究点的，或不想等得花儿都谢了的就溜到营区外面去理。这时，营房大门口的哨兵比较好通融，只要跟他们说出去理发，一般都会放行。明天一早将检查军容风纪眨眼间连路边的小树、枝头的麻雀都知道了。

关于理发，锤子从炊事班用网兜装菜受到启发，搞了一项创新，用网兜往头上一套，拿推剪像打草坪一样上下推就行，就是没拿过剪刀的新手一看就会，理完一遍，把网兜挪一挪，动一动，继续剪，两遍下来一个头就搞定，统一标准，统一发型，机械化作业，快倒是快，就是人遭罪，头像个足球装在网兜里，难受又别扭，试过几次后被大多数兵抵制，锤子这项“发明”终究没能得到推广，更没有申请“专利”。

这次通信连打电话早，请到了赋闲在家的“美发师”刘师傅，五块钱一个，不包括洗，为节省时间也来不及洗，全连每个人头过一遍。曾经有一段时间由司务处统一结账，后来被机关作风检查组查到说属于不合理开支，违反了“八项规定之细则”，整改成兵们自己掏。刘师傅以前是营房外“飘逸美发店”的主任级美发师(店里就他一个师傅，有时候忙不过来，他婆娘过来打下手)，怎么就跑到连队理发来了呢？这说来话长。

刘师傅四十多岁，紧挨着营盘开理发店二十多年了，他一条腿有点瘸，为人和气，收费也不贵，很多的“美发屋”早收十块、二十块了，他还是四块、六块，最后到了八块定格没再涨过。最主要是他发理得好，顾客大多是兵，给当兵的理发那么多年，对他们的发型标准和哪个地方、兵龄段的审美需求拿捏得很到位，能让那些时髦挑剔的上海兵、温州兵在符合规定范围内保留一点小特色或小调皮，如在他们额头前留一小撮头发，洗过澡或淋过雨，耷拉在前面很酷的样子。这让兵们于遗憾中(不能留长发，更不能染发)带着一点小满足小得意而归。以前对“顶上风景”最在意的是上海兵和温州兵，大家说上海兵是“装逼”，温州人在外面开发廊的很多，他们是眼界高，现在哪个地方的兵都见过世面经历过场面，都爱臭美、要个性。

如果刘师傅一直开下去，直到拿不动梳子剪刀，倒也平安无事。可不知道哪一天从哪儿杀来一个女的，见这边理发店就一家，别无分店，生意出奇的好，念头顿起，就在不远处安营扎寨，开了一家“丽丽发廊”。市场经济，欢迎竞争，有竞争就有发展，就会有更好的服务。但那女的使的手段像是从《西游记》哪一集里逃出来的，很不光明磊落。

那个女的也四十多岁，胖胖的，胸前像塞了两个大气球，满脸横肉，长着“狮子鼻”，兵们叫她“狮子”，附近的小商小贩和那些聚一起打牌开“黑车”的司机戏称她为“狮子滚球”。女老板恐怖成这样子，按说对兵哥哥们没有多少诱惑力。但她的助手、专门负责洗头的小妹却很养眼、靓丽，会打扮，有时扎两小辫配上粗布长裙，低眉顺眼，清新可人；有时窄袖短裙，凹凸有致，抛眉送眼，风姿撩人。有客人时，小妹纤细白皙的双手在客人头上轻轻挠，泡沫云起，有一搭没一搭和客人拉话，没客人时慵懒地卧在沙发上看手机，听音乐，吃零食。还有就是和“狮子”在店门前不大的空地上打羽毛球，刺耳的笑声随着羽毛球翩飞跳跃，引得那边营盘里兵们的目光箭镞一样飞来，几乎能把小妹射成刺猬。

营盘里年轻官兵的“头”几乎被丽丽发廊一网打尽。官兵理发勤了，有的理完后还要东拉西扯，磨蹭一会儿。这时，如果碰到军衔高的或领导走进来，军衔低的马上吱的一声溜走了。

自从丽丽发廊开张后，排长李晓勇像春风吹拂的柳条，欣欣然睁开了眼，以前皮鞋灰扑扑的，现在铮亮能晃出人影，头发也打理得勤，不知道一个月理过几次，反正有人经常看到他坐在丽丽发廊那脏兮兮的沙发上，和她们有说有笑，一起嗑瓜子，喝冷饮，吃水果……见有穿军装的进来，李晓勇马上戴上帽子匆匆走了，不管哪个连队的。指导员点名时含蓄地敲打过，估计私下里也找他谈过，有效果，不大，他仍旧身正不怕影斜地和人民群众打成一片。

刘师傅的店里只有一些老顾客，附近的老头老太、营盘里的校官们才登门光顾，“恋旧”的客人毕竟少，有时候一上午他就坐在店门口边那把黑色人造革椅子上看麻雀打架，寂寞得想吼想唱歌。刘师傅婆娘也有点残疾，腿瘸得比刘师傅还厉害，他们有一个女儿，上小学，每天下午放学后小女孩趴在一张小板凳上写作业，过去偶尔有当兵的叔叔逗逗她，看看她的作业本，夸赞几句，现在当兵的叔叔怎么就不来了呢？一家老小要吃要喝，还有房租水电要交呀，几个月下来，刘师傅终于撑不住了，两口子跑到丽丽发廊大吵大闹，和“狮子”干了一架，惊动了派出所。民警天兵天将一样赶来了，但并没有把“狮子”当成妖怪收走，反而怪刘师傅没道理，经一番批评教育后赔偿损失。刘师傅两口子哭着收拾东西走了没几天，那店铺在一阵敲打声中，变成了卖烧饼糕点的。

刘师傅关门走人没多久，丽丽发廊里的神仙小妹也神秘消失了，让兵们好一阵怅然。看“狮子”那张脸实在倒胃口，但头发还得理呀，部队军容风纪抓得紧，头发是重点，一个月最少得理一次，一般是两次，尤其是换季、演习、驻训、海训归来、重大庆典活动前，必须检查军容风纪，一检查每个脑袋都要过一遍，于是赶着理发的兵成堆。这时不知哪个连队最先弄到刘师傅的电话，一个月有那么几天，刘师傅背一个帆布口袋的身影出现在营区，他一晚过一个连队能挣几百元呢，还不用交房租水电。“狮子”店里也有一些走投无路的客人。从此，两厢无事。

熄灯号响过了，通信连走廊上还亮着灯，兵们三三两两地在等，营盘里很多连队门口都亮着灯。连长说，就是理到天亮也要全部理完，确保明天全员额合格。因为“毫毛小事”丢分挨批，不值。

朱继彪此前一直在看书，轮到他时后面好像没人了。他自己撕一张报纸盔甲一样披挂在肩上，刘师傅正要动手，他提出理个“青年型”。刘师傅举着推剪问：“这合适吗？”

刘师傅对官兵头上的标准太熟悉了。普通士兵清一色“小平头”，又称“板寸头”或“马桶刷”。内务条令规定士兵的头发露出大檐帽外不得超过一点五厘米，旅军务科那帮纠察具体操作起来就是头上任何地方都不能超过一点五，检查时，军务参谋用手指贴着头皮一插，如果有发茬露出就为不合格，记录在案，通报批评，如果请假外出不幸被纠察逮到，轻则关进禁闭室学习条令条例，失去半天自由，重则理个“阴阳头”放回。俗称“马桶盖”的青年型只有军官才有资格理。对于留这种发型的军官，兵们总觉得他们像贵族（营盘里的解释是贵州的少数民族），有点特别。通信连只有指导员固定理“青年型”，其他人包括连长在内全是“马桶刷”。

朱继彪脸瘦长，下巴有点尖，头发长一点，像韩剧中男星，又像日本动画片里的“型男”。“小平头”适合国字脸，看上去阳光刚健硬朗，精气神十足，如果配“汤圆脸”或“马脸”就不那么美妙了，在圆脸上像茶壶盖，配瘦长脸像肩上举着颗子弹，头顶是底火，下巴是弹头。

朱继彪让刘师傅放心大胆理，刚才他又翻过条令。士兵的军容风纪实行班长负责制，洗漱睡觉前班长把全班人员的头摸一下。班长呢，自己管自己。这是连队对班长骨干的信任。

早上出操，各连队溜一圈经过点操台后，拉到大操场，队列整齐地站在清冷晨风中像等待检阅，又像等待验货通关，军务科几个参谋带着一伙人高马大的纠察在队列间来回穿梭，随着一道道口令，检查头发、领花（是否端正）、内衣（必须穿背心或体能训练衫，并且得扎进内腰带）、腰带（是否为制式的)、指甲、袜子、鞋子等,每一道口令像重锤砸在地上,时间隔得老长。检查到哪个连队由连长、指导员陪同,军务参谋和纠察冷冽的目光像闪电、探照灯在兵群里扫来扫去。开始是目测,一发现谁身上异样,或看不顺眼,马上警犬一样围过去,进一步做标准量化检查,让你心服口服。每个纠察手上有专门量领花、头发的尺子(属创新成果)。

检查通信连时,军务参谋和几个纠察围着朱继彪,把他的头发量了又量,最终“庭审”为不合格。

检查结果当场揭晓,旅值班领导在简短讲评中通报,通信连的合格率为百分之九十九点几,倒数第一。其他连队均为百分之百。

晚上点名是指导员主持的,对于早上的军容风纪检查只轻描淡写说了几句,我们有的同志思想上没引起足够重视,对条令条例和我们旅的具体规定没理解透彻,下次注意。

指导员的讲评令兵们诧异,这是以前从没有过的,过去在大场合上让连队荣誉受损、抹黑,肯定“在劫难逃”,将被拎出来亮相做深刻检查,并罚业余时间给菜地积肥一星期(不少于多少担),帮厨十天或打扫卫生包干区半月等。

兵们觉得朱继彪毕竟是一班之长,连队得维护他的形象和威信。

参加军区、集团军通信地域网专业比武名单出来了,朱继彪为正式队员,刘胜为预备队员。上级规定每个旅团可以派两名同志参加,一名正式,一名预备。预备队员主要为替补、陪练,也是锻炼和积累经验。正式队员如果不拉稀出情况,预备的只能坐“冷板凳”,上场机会很小。

这时,兵们才明白指导员为什么讲评军容风纪检查一句话带过。舆情哗然,兵意汹汹,这不是拿连队的荣誉开玩笑吗?

义务兵私下里嘀咕,有的士官班长直问连长、指导员,为什么这样安排,凭什么?架势有点咄咄逼人的味道。

指导员找连长合计,说有必要开个会,统一一下思想。

骨干会在吃过午饭后开的,占用大家午休时间,这种情况很少,只有在演习、驻训、施工等任务紧急时才这样。刘胜和朱继彪没参加,可能是回避。

这次讨论军事比武的会议,竟然由指导员主持,大家面面相觑。

指导员开门见山亮出自己的“观点”:让朱继彪参加比武,目的是准备把他培养成全旅、全集团军、全军区,乃至整个中国人民解放军的典型。

品牌,你们知道吗?一个企业得创建品牌,得有响当当的拳头产品。一个单位,一个集体,一个执行特殊任务的武装集团更需要自己的品牌。品牌在我们这里就是模范人物、先进典型。

典型是抓手,是旗帜,是焦点,是发动机,是冲锋号,是作战地图上奔突的红色箭头!

我查过连史,我们连从上世纪五十年代组建以来就没有先进英模人物,没有叫得响的典型。典型能带动连队的全面建设,乃至全旅全军的发展。往小处讲,我们连队如果培养出一个赫赫有名的典型,就会引起上级关注关心,有利于每一个官兵的成长进步,在提干晋升入党立功等事情上,上级对荣誉、典型单位常另眼相看,有所照顾;退一步说,典型是一个单位的名片,以后我们走到哪儿,只要介绍某某是我的战友,我们一个连队的就可以了。

大家想想,全军那么多连队,那么多牛人,谁战斗力差、能力弱,谁没完成任务,谁没干活,谁少流汗流血啦,有几个能让人记住的?原因就是没有自己的典型,没有叫得响的英模人物。

现代社会,多媒体自媒体流行“炒热点”、“炒明星”、“炒恶俗”,我们“炒”出英模人物、先进典型,“炒”出阳光朝气正气、社会正能量不更好吗?

指导员直言不讳地说,他当指导员最大的梦想、最大的目标就是培养出一个名扬万里的先进典型,把他的照片贴到全军每个营区的灯光橱窗里,熠熠生辉,光彩照人,让全军官兵学习他的先进事迹,读他的成长日记,观看他的影像资料,引用他说过的话,学唱关于他的歌曲,叫响他的口号……就像我们现在学雷锋那样,乃至把他的名字当成某件事的代名词。

指导员说,他经过长期观察,发现朱继彪思想品德端正,正直好学向上,值得培养,有这方面的潜质,首先他是名牌大学生入伍,有这么一道光环,他有想法(谈不上思想)、有见识,他的谈吐、修养、气质(主要看气质,也就是胸襟气度气场)等都基本具备了。前段时间,我让文书留心点,把他说过的一些话,做过的好事、有意义的事不动声色记下来,把照相机、

DV镜头多对准他，从现在开始就注意保留资料……他的政治作业本、军事训练笔记本是全连记得最认真的之一，并且理解消化后有自己的体会感想……

联想起半年多来发生的一切，大家脑洞顿开连队为什么力挺朱继彪当班长，哪怕他一套作训服都没穿破，没穿坏几双胶鞋，用几个老油条的话说他喝的稀饭还没有老杆子"跑的马"多，即使让刘胜传帮带当"顾命大臣"，也要让他当班长，发展他为入党积极分子，平时一有机会就把他往前推，原来是指导员在"放长线钓大鱼"。

典型要叫得响，留得住，在思想上要引领时代，顺应潮流，得有一大堆先进事迹，尤其过目难忘的事迹，还要有简单、叫得响，让人一听就记得住的口号。这一点很重要。

到底把朱继彪培养成哪一方面的、什么样的典型，这要看他个人素质，看他争不争气，以及时代的需要，在两者之间找到最佳角度和契合点，也就是造化。现在我们所要做的就是多给他创造条件，多准备机会，营造好典型成长的土壤气候环境氛围，我们眼界要放远一点，胸怀要更宽一点，步子要更大一点。

典型最初可能只是冒芽、幼苗，我们要用发展的眼光来看，要耐心呵护、浇灌，不能嫉妒，不能去浇开水，典型只是某些方面拔尖，有的方面甚至还不如普通群众，他肯定会有各种各样的缺点、毛病，我们不能拿己之长比他之短，要抱着宽容爱护的心去培养关心典型，要集中我们的才华智慧、精力心血反映在典型身上，让典型闪闪发光。为什么说典型是我们的名片呢，因为他集中了我们的传统精神意志品格。

培养典型是栽树。百年树人，典型是大树，参天大树，其他细小工作，如追求连队的好人好事上军区报纸，平时各种比武比赛拿名次，只能算种草，当然草也要种，草坪成活率高，见效快，绿草和大树相映更好看。

典型就在我们中间，可能是你，也可能是他，就看我们怎么挖掘、放大、培植，把他的优点、闪光点像培养细菌一样培育发展。培养典型需要大量持之以恒的细致工作，需要时间，大树不是一时长起来的，典型最后从哪一方面哪一个点突破、打响，能不能打响，什么时候打响，响动有多大，这要看天时地利人和等多种因素。培养典型难，树起来后让他不倒不黑不腐不烂更难，更需要我们的关爱扶植，更考验我们的意志智慧。

那个谁好像说过，大致意思是军事斗争是政治延伸，是政治斗争最高级最尖锐最激烈的反应，是为政治服务的，必须听从政治的需要，那么我们和平时期，培养典型就是全面工作最集中、最具体、最形象、最生动的反映。

指导员口若悬河般的一番话，显然在肚子里憋了很久了，乍一听很有道理，仔细一琢磨，又好像不对劲，具体哪说不上来。

中午，兵们有午休的习惯，如果午饭后不打个盹，眯乎一会儿，下午训练就犯大烟瘾一样，哈欠不断，提不起劲，所以有句话说中午不睡，下午崩溃。但这天中午，大家好像被指导员的情绪感染，兴奋得像坐在炉火边，脸发红发烫。

指导员意犹未尽地把目光投向连长。连长说，指导员的想法很好，看得远，考虑全面，我表示支持。只要说得对，有道理，可操作，有利于我们连队的团结发展，战斗力提高，我们就听他的，不知大家有什么意见？说完，连长点了几个经常“持不同政见”爱“放炮”骨干的名字，他们摇了摇头。连长接着说，刘胜和朱继彪两位同志的思想工作，我们已经做通了。他俩没想法，表示服从组织安排。当兵的人都知道以组织的名义决定的事情，想不通也得通，有道说思想不通，组织通；组织不通，命令通；命令不通，法纪通。

连长好像犯困了，兴致不高，但看得出处理这件事指导员和他反复沟通过。连长即使有看法，也是持保留意见。

在百十号兵中树一个典型，可能是举起一面旗帜，也可能是立一个靶子；可能众人拾柴火焰高，让朱继彪尽快成长成熟，也有可能是把他架在火上烤，让他四面树敌。部队上很多事只能光做不说（保密需要），只说不做（如心理战、舆论战等），或边做边说。

每个连队培养谁当骨干，年底谁立功，在年初就有规划，两个主官心里有数，彼此通气，对培养对象，多锻炼，多扶持，他每取得一点成绩一点进步都大加赞许，大会小会表扬，对于其所犯错误，只是私下里拉袖子，小声提个醒，公开场合眼睛一耷拉，旁敲侧击说几句就过去了；与之相反的是，对不准备培养、没作为考察对象的某个人，他干出成绩来不提，或只是某个场合顺带说说，让他意识到这是他的本职工作，干好干成功是应该的，是分内的事，没干好，出差错或犯错误，哪怕只是一点小错误（以小见大，一个水滴反映太阳的光辉，一件小事可以看出一个人的道德品质嘛），逮到了大会小会猛批，批得他抬不起头，批得他觉得组织上没有给他处分是宽容他，挽救他，感激涕零，到了年底评功评奖，他自己也不好意思提，别人更不会提他。有一副对联概括得很到位：说你行，你就行，不行也行；说你不行，你就不行，行也不行。这就是基层带兵“厚黑学”，这些只可意会不可言传，得靠自己慢慢琢磨，很多时候只有当过兵的老基层才拿捏得准。

午后，刘胜和朱继彪浑身汗津津地正练得投入，冷不防看到连长像个安静的酷男子站在身后，不知多长时间了。连长常来看他们训练，一副心事重重的样子，有时叮嘱几句，有时候什么也不说。连长还组织班排骨干观摩过他俩的训练，让大家提意见。

行家一出手就知道有没有，他俩一比较，谁干练沉稳临危不乱，谁单薄稚嫩拖泥带水，一看就明了。观摩过后，氛围像要下雷阵雨一样，沉闷，谁都不说，直到连长开口打破僵局。

月光皎洁，连长被一阵小声争吵惊醒，出门，见刘胜穿一条湿嗒嗒的裤衩被“夜游神”督查组（两人一组）逮住了。连长解释，他们马上参加集团军、军区比武，晚上夜训迟了点。两人连长都认识，对方一副认真公干的样子，说他这么晚还在冲澡，违反了一日生活制度。连长突然问：口令？两人支支吾吾，说刚出门，没问。“口令都搞不清，还督查呢？你们爱通报就通报吧。”督查组走后，连长进卫生间小解，见朱继彪躲角落里。后来，督察组终究没把这件事当问题抖出来。

刘胜自打上次休假回来做检查后，就目光忧郁，寡言少语。他当八年兵了，再干四年回家就能安排工作，今年将由中士套改上士，最关键一年，他难道患得患失？连长想找他谈谈。

连长知道自己也是“流水”，作为一名连主官素质怎么样，作风过硬与否，很多时候要看他离任后，如果这个单位仍正常运转，不出纰漏，保持嗷嗷叫的战斗力，说明这个主官是合格的。因为你在任时，可能因为你的强势、淫威，官兵敢怒不敢言，很多问题隐患被压制住了，你走后就暴露出来了，留给继任者是一个烂摊子。有的主官离任后，见到原单位火药桶一样情况不断，还幸灾乐祸地说，看吧，离开我就玩不转了吧。这不但不能说明他能力素质强，反而证明他腐败无能自私。所以古人说“政声人去后”，说的就是这个理。

一个连队是否全面过硬，最主要看培养出一批什么样的班长骨干，优秀的骨干队伍能让连队干部在与不在一个样，乃至放手半年，各项工作仍开展得呼呼啦啦。在连长眼里，刘胜就是这样一名骨干。

通信科电话通知，刘胜和朱继彪务必于明天晚饭前赶到集团军通信团，在那强化训练一个月后，参加集团军选拔赛，然后参加军区比武。

刘胜和朱继彪的背囊收拾好了，日常生活用品、洗换衣服、出操用的腰带鞋子等都装好了，盖的垫的只等着明天一早起床后，叠好塞进去，伙食、工资（津贴）关系由司务长到军需、财务科开具，只有服装关系没开，估计集训时间不会拖到换季。

太阳离西边山头还有单杠那么高，营盘里一片欢腾，这是兵们一天中最畅快淋漓的时光，挥汗如雨，气喘如牛，痛并快乐着。

刘胜和朱继彪坐在连队门口水泥台阶上，目光散淡，不远处传来噼里啪啦脚步声，很爷们的笑声。这是投入“备战”以来难得放松的一个下午，明天就要换一个地方，去一个陌生的营区，看另一番日出日落，当兵的四海为家，哪里需要，一声令下，背包放哪哪就是家，走进哪个营盘哪个食堂拿起勺子盛饭，端起碗喝汤。在喧嚣热闹中，刘胜还是能听到落日滑过草木的声音。

连长穿丛林迷彩扎腰带风风火火往连队走，一瞥眼看到刘胜和朱继彪，“哨兵，叫锤子过来！”连长问锤子，晚上每张桌子加个菜还来得及？锤子抬腕看了下手表，说来得及。晚饭时，每张桌子加了盘红烧肉，放两大瓶饮料。

早上，连队出操回来，刘胜和朱继彪背着背囊正要出发，指导员对排长李晓勇说，吹哨集合，让大家送送吧。连长看了李晓勇一眼，说早上时间很紧，别折腾了。连长上前帮刘胜和朱继彪整了整背囊说，好好发挥，尽力就行，等你们的好消息，该说的都说了，路上注意安全，到了那来个电话，碰到什么事和连队联系。

连长和指导员把刘胜、朱继彪送到机关小车班值班室，通信科昨天就派好了车，驾驶员好像睡过了，好半天才把一辆“勇士”猴急猴急开出来。回来路上，连长随意说起，他们这次去不要搞得动静太大，大了反而增加他们心理负担，取得名次回来了，怎么弄都可以。在部队零散人员参赛一般很低调，只有成建制成规模出征，才把声势整得很隆重。

宣传科又来电话，问通信连的公开课什么时候上？指导员让文书回话，先安排别的连队，我们再等等。

政治部每月安排一名教导员或指导员上政治教育公开课，地点放在大礼堂，营盘里的官兵都得去听，其他营区，军需仓库、弹药库、靶场、哨所等小散单位通过视频收看（他们可以思想开小差）。政委想通过这种方式让基层政工干部备课时用点心，别老是和尚念经一样读报纸上的社论，让政工干部相互比比，也让兵们换换口味，开开眼界。教导员、指导员们在竞争环境中果然有所起色，翻箱倒柜、生吞活剥一些资料，一些时髦手段也用上了，效果确实比以前关起门来上课要好，但有的还是讲得很烂，让人昏昏入睡。

指导员打的如意算盘是让朱继彪替他上一课。上半年指导员已讲过一课了，反响不错，视频至今挂在政工网上，相比有的讲课，可以说“好评如潮”。把朱继彪推上讲台，是他酝酿的下一步“大手笔”。

阳光明媚，小鸟在枝头唱歌。指导员的“甜蜜”穿高跟鞋，踩着钢琴键一样的节奏来了。锤子嗓门大，“我一早点炉子，看到火笑，盆里油面开花，原来是嫂子要来。”有兵说“不会是进老鼠了吗？”“滚！”

指导员家属染一头栗黄色头发，乍一看不算漂亮，细一端详耐看，有味道，走起路来像轻风摇晃柳条或拂过绸面，尤其是浅笑露出整齐细碎的牙齿，浑身像个发光体，耀眼，让有的男兵脸红不敢看。通信连的男兵（不知女兵的看法如何）一致认为指导员找个这样的婆娘，给咱们当兵的长脸了。兵们当面称嫂子，背后叫“通信连二号（连长老婆是一号）”、指导员家属或指导员的“甜蜜”。“甜蜜”一词，源于有次搞活动，指导员在兵们起哄下，不成调的唱道，甜蜜，甜蜜，我的甜蜜……好像就一句歌词。比较起来甜蜜这个称呼使用率最高。

指导员的“甜蜜”住士官公寓，看样子准备做长期驻扎。不像“一号”

来队，在连长房间凑合几天，把会议室的桌布拉起来当窗帘，只是那张单人床，晚上两个人怎么挤，让人浮想联翩。

士官公寓打着士官的名头，其实不止士官家属来队可以住，连队干部家属来了也可以住。士官公寓是前几年部队扩大士官队伍时兴建的，上面拨了专款，并下了文件。公寓一室一厅，一厨一卫，结构紧凑，配备有床柜桌椅简单家具，有热水器、电视机、洗衣机、抽油烟机等家用电器，锅碗瓢盆等得打借条向管理员借，基本能做到“拎包入住”，比以前四处“打游击”强多了。士官公寓开始由司令部管理科派一个士官集中管理，后来变成每个营分几套，分久必合，合久必分，分分合合，到最后搞不清怎么弄的，反正申请入住士官公寓手续繁琐，填表，连队、营里审批，上报司令部管理科，审查手续条件，报分管副旅长签字，一星期搞掂算幸运，即使批下来，拿着满是签字的报告，去找管理员，一个裤腰带栓一大串钥匙、头扬得像公鸡一样的中士，中士瞥一眼，说现在没房，等等吧。等多久，说不准。

有人说嫁当兵的好呀，年年度“蜜月”。那纯粹是站着说话不腰痛，饱汉不知饿汉饥。让你一年大部分时间“抗旱”，仅个把月“抗涝”试试看？春风吹，战鼓擂，时代不同了，后来，上级规定正连就可以随军，规定很丰满，很温暖，但现实很骨感，冷飕飕，营盘家属区就巴掌大，很多正营、副营家属随军后都没地方住，只能栖身单身宿舍或士官公寓，别说正连干部了。旅是由师建制改编过来的，按理说过去一个师的人马都盛下了，现在一个旅，住房应该宽余，实际情况是这里住房条件和我们国家的大环境相似，家属区连续几年，机械轰鸣，尘土飞扬，不时有楼房拔地而起，但盖房子的速度永远赶不上“刚性需求”，这一方面源于随军条件放宽，来人多了；另一方面是部队地理环境优越，驻省会城市，虽然地处远郊（随着城市发展，营盘已经被地方楼盘“合围”了），交通还算便利，很多转业干部离开部队多年了，还住部队，即使在外面买房了，把私房出租，也要住部队，安全舒适习惯，还多一份收入，多好呀。也有的确实买不起房，只能赖下去。面对的都是老领导、老战友、老部属，旅领导拉下脸想了很多办法，和转业干部所在单位一起做工作，在家属区用喇叭轰炸，断水断电，更换出入证、哨兵严格控制地方人员车辆进出，甚至深更半夜敲门做工作，最后乃至出动纠察强行搬东西，弄得哭天抢地，鸡飞狗跳，即便如此还是有些砸不烂、拔不掉响当当的“钉子户”。

老前辈不搬，后来者只能带着一家老小挤单身宿舍（只有机关干部或在机关工作过的才有），或“鸠占鹊巢”入住士官公寓。很长时间，士官公寓大部被干部随军家属“盘踞”，士官家属探亲只能望房兴叹。旅里经常有士官家属在营盘外租房子住，军务科查到，不了了之，直到发生事故，又引暴一场清房潮。

指导员的“甜蜜”是六月初来的，没到住房最紧张的时候，但报告递上去，文书、通信员跑了多趟，才拿到“金钥匙”。士官公寓每年入住的旺季是七月，孩子放暑假了，娘们牵着小熊一样的宝宝候鸟一样从四面八方赶来（像胎生又像卵生），这时她们的男人、爸爸正准备去海训，或已经在海训场了，妇女儿童们就在这眼巴巴地等，这儿比家强，这儿走到哪都能感觉到他们的存在，感受到他们的气息。

官兵家属来队每个连队有自己的规矩，通信连的规矩就是只需参加白天的训练学习，晚点名参加，至于看新闻、夜训、唱歌、看电影、理论学习等可不参加，但重要会议（如班务会、两防形势分析会）必须出席，周末请假优先外出，可以带老婆孩子到驻地风景名胜走走。还有就是不用出早操，士官公寓离连队宿舍区有点远，参加出操，至少要提前十五分钟起床。

指导员每天早晨起床号一响，就已经穿戴整齐等在连队门口，和连长一起跑在最前面抖擞得像两只“战斗鸡”。晚上，熄灯号响过好一阵，才回士官公寓，黑灯瞎火中常被哨兵喝问口令。他的“甜蜜”来了后，最大的变化（也是不变）就是他被子一直呈豆腐块，没打开过。

指导员的“甜蜜”常形单影只地“婀娜（男兵语）”在连队和士官公寓间，指导员从不和她一起走，这和注意军人形象无关，他可能得到高人指点。以前，政治部宣传科有个干事，地方大学生，为人谦和，工作能力也蛮强的，就是喜欢看完新闻联播后牵着他老婆的手漫步，让很多人看不惯，包括个别领导，想想看，别人大多两地分居，孤身奋战在外，就你牵着老婆细嫩的小手秀恩爱，有扰乱兵心之嫌，在讨论他的进步问题时，有领导凭印象说此人小家庭观念太重。他在副营位置上干了五年，直到组织上安排转业，他都不明白自己触犯了哪条。

指导员的“甜蜜”有时候在连部桌子上吃，有时由文书或哨兵打好饭菜，端到指导员房间，他们在士官公寓偶尔也开伙，只要悄悄观察哪天上午九、十点左右，炊事班一个上等兵拎个黑塑料袋从后门兔子一样溜出去，那天中午或晚上指导员家就有可能开伙。

家属临时来队，在炊事班吃点拿点，在菜地摘点，大家见怪不怪。一家人嘛，生活琐碎事，怎么说，谁好意思说？面对吃喝拉撒睡，谁也不是神仙。连队干部家属来队基本由炊事班主动“保障”，士官家属来就是士官本人在炊事班转悠一圈，离开时手上提一个黑塑料袋，如果是白色的里面会用张报纸遮遮。

甜蜜很快能叫出很多兵的名字，不全是玩稳重深沉的骨干，有几个萌得可爱的列兵，她和几个女兵“闺蜜”一样黏糊，一起上街，还穿她们的军装照相，把冒充革命军人的照片作为手机屏保。

指导员的甜蜜故事最初就是从女兵中丝丝缕缕传开。他们是大学时的同学，感情萌芽于刚入学时一次活动，班里组织的，为加深同学间的印象，把男同学和女同学的名字分别写在一张纸条子上，另一些纸条子写在哪儿（地点），还有一些写干什么（事件），四个盒子装好，打乱，抽签摸奖一样随意拿，四张纸条子的内容连成一句话，大声念出来，结果五花八门，如某某和某某在厕所吃饭，某某和某某在教室裸奔，某某和某某在山上游泳，逗得笑点低得可怜的新生们捧腹大笑，乐不可支。一堆纸条中只有指导员和他“甜蜜”的似乎符合逻辑：某某和某某在公园里谈恋爱。当时群情激昂，鼓掌祝贺。这个游戏很快被大家遗忘了，但他们内心如花落琴弦，微风拂铃，流水潺潺，从见面说话脸红心跳，到十指缠绕相扣。

指导员的“甜蜜”大学毕业回老家，南方小城，和父母一起，在政府机关上班，过着平静闲适的日子（另一种说法是混吃等死）。为了长相守而不是常相忆，指导员大学毕业后选择去当兵。小城郊区离“甜蜜”家不远的地方有座军营，站在她家阳台上，顺风的时候隐约能听到军号和番号声。他浮想联翩分到那个部队后，周末他们红袖添香，相拥凝眸，或窃语荷塘月色，或牵手悠长雨巷。没想到他穿上军装后，才发现上了“贼船”，成了革命的一块砖，被搬到这个地方，他们的爱情也从“安放”变成了“流放”，这儿离她家和他家都有十来个小时车程（注乘高铁或动车）。“青山隔不住，毕竟东流去”，距离终究没能阻隔住他俩走向对方的脚步。

有段日子“甜蜜”被兵们尊为“编外副导(副指导员)”,她热心帮几个想考军校的兵辅导英语,和李胜中一起教唱过两首歌,在八一晚会上本色出演一位军嫂,跟兵们嘻嘻哈哈包过几次饺子。

这期间,朱继彪来过几次电话,指导员常不在,他“甜蜜”接的,她对他有印象,还蛮好的,说了很长时间,有时指导员回来了,他们还在说。这时指导员退出去随手掩上门,或从书架上取几本心理咨询书翻翻。朱继彪说“亚历山大”,想找人说说。有时候女性就有那种本事,妥帖的声音就能抚平男人心底的褶皱。旅里一再鼓励政工干部考心理咨询师证,许诺报名费学费全报,有证的优先考虑进步。总是因各种事耽搁,指导员至今没报名,书也很少摸。

“甜蜜”从阅览室借回一摞书(大都没翻几页),天昏地暗看了N多美韩剧后,开始往外跑,每天打打扮扮,花枝招展,把士官公寓当后台,满世界是T台。

当然“甜蜜”什么时候出门,都不占连队外出比例,也不用请假,最多和指导员招呼一声。她很多时候踩着饭点回来,有时回来晚,疲惫得像长途跋涉,如果没吃,通信员已经把饭打回来放在指导员房间,兑上开水或在微波炉里打打就能吃。

从连部传出消息,“甜蜜”已经办了随军手续,在老家请了长假,想在驻地找份合适的事做。

今年海训时间短,拢共才十多天,七月中旬出发,赶回来在营盘过八一,女兵不参加。老兵说这不是沾沾水海滨几日游吗?女兵更是叽叽喳喳闹意见。还通知说不搞海训广播,不出战报、黑板报,不拉横幅不插彩旗,不种草皮(年年种,年年死)。连长跟指导员说,“不搞这些了,你留守吧,正好你婆娘也在这。”往年是由副连长或副指导员带几个老弱病残种菜、打扫卫生。

集团军比武的结果,连队还在海训场就传来了,朱继彪获得第三。军区比武的结果传来时,连队已经回营区了,朱继彪没夺得名次。紧接着通报下来了,参加军区比武的优胜者还上了《人民前线》。

部队海训回来响动很大,横幅彩旗锣鼓鞭炮,留守官兵列队欢迎。在通信连，朱继彪和刘胜参加比武回来，响动更大，除了把能敲响的家伙都拿出来，差不多散伙的吉他队也拉了出来，出黑板报，放鞭炮，相机和DV对准，女兵送上塑料花……朱继彪黑瘦得像只猴披红挂彩被大家簇拥着缓缓往前走。刘胜不知跑哪儿了，谁也没在意。

通信连上等兵、班长朱继彪参加集团军通信专业比武获得好名次的大幅照片和视频迅速占领旅政工网显要位置，接连多日点击率居高，风光无限。

刘胜向连队递交请假报告单，打算休剩下的假。班长党员的假得先由指导员批，再报连长。一星期后，指导员签字了。连长说等一等，把这次比武的情况总结一下，跟大家说说。

十一、一颗子弹

周日下午，兵们起床，读报，正犯困，楼下哨响：各班搞菜地，打扫卫生！全连分成几拨，有的扛铁锹耙子、挑粪桶、端脸盆上菜地，有的扛扫把、提簸箕、挑柳条筐去打扫卫生包干区。菜地责任到班，平时栽种浇水施肥等各班组织，收割的事不管，也就是只管耕耘，不问收获（种好种坏一个样）。卫生包干区每个连有好几片地，周末大家齐上阵，平常各班轮流维护。

日头西斜，把人影拉得长长的，上菜地的队伍走在路上，懒懒散散，有人说笑，有人打哈欠，带队班长也不管，不下达步伐调整口令，任其像一摊水缓缓向前流淌，看上去像支穿军装的游击队。这样子曾让旅领导很恼火，有段时间派军务参谋带几个纠察在菜地周边转，看哪个连队队列不整、步伐不一、士气不佳就通报批评。兵们扛着抬着农具喊番号，唱歌，觉得怪怪的，上级抓一阵子好一阵子，不抓又像弹簧一样回到原来的样子，松松垮垮。

每星期，连队生活不是从周一开始的，周日下午就拉开了一星期序幕，搞生产、整卫生、开连务会、看新闻、开班务会……紧张忙碌，周而复始。

每个周日下午气氛沉闷得像缺氧，不像周六下午空气中燃烧着兴奋和欢快。

老徐就是在周日下午，兵们正准备“出工”时来到通信连的。政委和政治部主任陪同，几个干事提着迷彩背囊，拖一个大得夸张的黑行李箱。老徐中等个，白净国字脸，小腹微隆，迷彩帽下露出斑白头发，五十岁光景，最扎眼是他衣领上的列兵军衔。大家穿夏常服，就老徐穿迷彩，脚蹬作战靴。

旅里对官兵着装有严格规定，周一到周五统一着作训服（夏季丛林迷彩，冬季沙漠迷彩），就餐时上衣统一为体能训练衫，作训服裤子，制式迷彩鞋。只有双休日、节假日才穿常服皮鞋。营区里偶尔有穿得“另类的”，纠察挑军衔低的上前敬礼，简单问几句后礼貌放行。这些人大多是友邻单位或上级机关的。

老徐如此装束估计是想尽快融入集体，自家人不见外，没想到愈显唐突。倒不是迷彩服，而是脚上的作战靴。这玩意儿底厚帮深，看上去挺拔潇洒，傲得像花公鸡，穿时间长一点就如在泥坑里跋涉，很不爽。兵们很少穿，只有上级来检查工作，军务科郑重通知时才穿，拉练、演习时做做样子上镜头，谁也不敢逞能，哪怕素质再牛，穿上它走十公里肯定成“铁拐李”，等着被收容。

老徐抢先向连长、指导员敬礼说，我向你们报到来啦，从现在开始我就是咱们连队的兵，随时听从你们指挥！

下午起床刚接到政治部值班室通知，说有个老兵要来连队当兵锻炼一个月左右时间，让他们简单准备一下。没有说单位、姓名、职务等，让叫老徐就可以了。连长和指导员正商量这件事，人已经到了。老徐是哪座庙的哪尊神呢？不用问，政委和主任陪着来，来头不会小。

旅里开始打算把老徐放步兵连，一个呱呱叫的红军连。每逢上面来人座谈、调研、检查、参观、地方慰问等，旅里就往牛逼连队带，它们除了软硬件超标配，省时省力，能展示光鲜的一面，主要是兵们大场面见得多，礼节礼貌做得好，知道什么该说，什么该做。

老徐要求到通信连的理由很简单，他多年前在通信连当过排长，时间很短，现在尽管一个人都不认识，营房都“沧海桑田”了，他想看看现在的训练、装备，还有那群似曾相识的男女兵。说白了就是想重温吹角连营、铁马冰河的旧梦。

老徐提出住排房，说如果照顾他，就安排一个靠门口的下铺。好说歹说才把他的行李拎到二楼副指导员房间。副指导员去陆军学院学习去了，年底才回。副指导员人称“员（援）外郎”，上级通知连队派人出公差、帮助工作，参加这个学习那个集训，其他干部走不开，就让副指导员去，反正他做事“低调”，在与不在一个样。

老徐在红军连的床铺早布置妥当，从军需科借来的洁白簇新的招待被、制式枕头，脸盆、毛巾、拖鞋、开水瓶等都是物保中心提供的上等货，抽纸、纸杯、茶叶、台灯、接线板等，细枝末节都考虑到了。值班排长李晓勇临时派两个公差，把给老徐准备的生活用品搬过来。

政委和主任把连长、指导员叫到一旁，密谋似的叮嘱一番，老徐可是“灶王爷”，在这你们说话做事要注意，多表现连队好的一面，可以开一次骨干会，悄悄讲一下。还有他年纪大了，找个勤快心细一点的兵帮他扫地、打开水、洗衣服、跑跑腿什么的，不能让他觉察到。

政委问有困难吗？连长说，就是洗澡不好弄，现在天热，澡堂不开了，连队一天训练结束兵们就在洗漱间冲，老徐受得了？合适吗？

主任说，在招待所给老徐开了个套间，他洗澡、看书、加班或在连队住不惯，随时可以过去，他自己安排。主任隐约透露，老徐是军区机关一位首长。其实主任不说，连长、指导员也猜到了，用不着“人肉”搜索。

晚点名，气氛异样。老徐站队尾，数报结束，值班员盯着队尾看，等了几秒，老徐旁边一个列兵大声报“满伍”。老徐脸色有点不自然。队尾一般要报“满伍”或“缺几”，以便值班员统计人数。连长向全连郑重其事介绍老徐。老徐上前给大家敬个礼说，来到我们连队，我是个新兵，是来学习锻炼的，请大家多帮助多批评，如果大家觉得我年纪大，不知怎么称呼，就叫我老徐吧。

早晨出操，老徐扎腰带如勒粽子，两截鼓，不像兵们轻松套在腰上（双手摊开能插进为宜），“型男”一样。跑不到一圈，老徐在后头喘得像拉风箱，值班员不住提醒压住步子。

老徐让大家叫他老徐，兵们很长时间还是恭恭敬敬称首长，直到他和大家打过几次牌，脸上贴满纸条；扳过几次手劲，落败；网上干仗，照样大呼小叫。

老徐对啥都好奇，排房里的床、桌、椅、柜都制式化了，挂蚊帐不再用包装绳绑竹竿，多功能折叠椅位于床下可随意抽取……每张床上下铺贴有一张彩色粘贴纸，上面印有士兵的照片、籍贯、出生和入伍年月，加一句座右铭；一排排洁白铁皮衣柜，衣服可挂可叠，每个兵有属于自己的班柜，可上锁；每个排房有大屏幕液晶电视，业余时间随时可以看；政工网进入班排，连部收发命令通知、办公基本无纸化；每层楼的洗漱间有洗衣机，拐角处有饮水机、擦鞋机；楼顶有全天候晾衣场，衣服、鞋袜晾晒不同区域，整整齐齐；底楼和顶楼各有一个“话吧”，桌椅齐全，一个格子一个格子隔开，大家打电话时相互不干扰；楼道里、走廊上随处“火药味”十足，战斗口号，英雄画像，还有身边榜样；每顿饭四菜一汤，两荤两素，早餐有鸡蛋、牛奶，中午和晚上有水果；战备成新常态，除了枪支弹药，钢盔、防毒面具等所有单兵作战所需物资发放到个人……这些在新兵眼里习以为常的东西，老徐看得格外认真。

早操，上午操课，下午起床读报，继续操课，最后一小时体能训练，晚上看新闻，从周一到周五每个晚上有活动，老徐和兵们一样拧紧发条遵照一日生活制度往前走，只有晚点名后消失一会儿，可能是去招待所洗澡了。

老徐让文书给他排夜哨，第二哨。当过兵的人都知道，“站岗不站二班岗，当官不当司务长（现在司务长早由士官担任了）”。文书跑去问连长，连长骂他不长脑子。

首长机关下连当兵，和官兵执行“五同（同吃住、同训练、同劳动、同学习、同娱乐）”，对现在的兵来说似乎已成古老传说。有一阵没一阵，集团军、军区首长（甚至比军区还大的首长）想起这档事了，发个通知，各级机关大大小小干部呼呼啦啦“下放”基层，借一套招待被放在连队二楼的单间，开始一星期还露露脸，参加几次大点的活动，和连队干部聊聊，几天后该干啥干啥，白天回机关处理工作，或忙乎自己的事。身在曹营心在汉，下面看他，他在上面；上面看他，他在下面。

老徐冒出来，一些有关首长下连当兵的“段子”被激活，死灰复燃。

旅长在通信连当兵时睡排房，下铺，“老人家”睡眠质量可好啦，打呼噜、磨牙、说梦话，一双汗脚熏得大家受不了，只得悄悄把他的鞋袜拎到屋外去。一个周末阳光明媚，大家正排队理发，旅长凑过来挠挠后脑勺说，他头发也长了。旅长脖子上照样套一张挖空的报纸，那个还在练手艺，不时理“梯田”、“足球”、或“丘陵”的新兵在旅长一再鼓励下，艺不高胆子倒是蛮大的。理到关键时，旅长突然爆发一个喷嚏，身体一倾，头顶顿时露出一块白色头皮，新兵小心翼翼说：“旅长，刚才不小心理多了一点，为了均衡发展，只能给您理光头了……”“理光头好呀，凉快，洗起来方便，看起来有特点也很精神。”规定兵们不准理光头，也是旅长说的。部队经常军容风纪检查，很多兵嫌烦，干脆理光头。训练干活一群灯泡在晃，像劳改犯，冬天穿老棉袄更像，壮观但不雅观。现在，旅长自己倒理了个光头。

那个新兵就是今天的上士陈华，当然旅长不是现在的旅长。有兵拿这个掌故向陈华求证，他笑而不答。

有一年年底，连队为了节约家底，达到上级规定数目，只能从兵们牙缝里抠，伙食差得像喂猪，政委可能听到什么风声，来到通信连当兵，连队伙食顿时咸鱼翻身，一百八十度大转弯，有个老兵写了篇题目叫《政委下连，连队过年》的报道，很快在军区《人民前线》醒目位置上刊登出来，并且加了编者按，被评为“优质稿”。稿子发出来时，老兵已经退伍了，用的是真名真姓。连队干部端着报纸笑比哭难看。不敢想象如果那个老兵留队，等待他的将是什么情形。

那个老兵的名字一直在流传，但发生在哪一任连长、指导员身上，大家倒没记住。就如当年落榜回来的张继，在疲惫与寂寥中写下《夜泊枫桥》一样，至今尚吟张生句，谁记当年状元郎。

老徐在通信连屁股刚坐热，就开始找官兵谈，每天上午一个，下午一个，有时候半天谈不完，就一整天。什么都谈，老家情况，父母身体，家庭收入，在连队的训练学习生活，有什么打算，父母的期待，对战友的评价（重点是连队干部、班长骨干），对一些敏感事物（如学技术、入党、立功评奖、考军校）的看法，对连队建设有什么建议，对部队有什么意见，乃至对国家、对中央出台的政策怎么看，对网络上的一些热点讨论怎么想……有时候绕一大圈又问，你当兵后有哪些最难忘的人和事，最让你感动或最让你伤心的事，谈女朋友了吗？怎么认识的，联系多吗？主要联系方式，她希望你在部队长期干吗？

老徐和兵聊天时，有时候就从贴在他们床头的励志格言说起，有的当兵前有过，写在笔记本上；很多原来没有，连队非让整一条弄上。他们翻书，上网找，觉得那一条够劲有意思，好像符合自己，就贴了。没想到，时间长了进进出出看着它，班长把它挂在嘴上，拿它说事，它也像长眼睛一样，盯着自己，让人不由自主朝那个方向靠。

老徐和连长谈时，连长说现在武器装备更新快，基层编制变化跟不上，每到退伍时上级要求兵员定岗定编，有的岗位有武器没编制，有的武器淘汰了，但编制还存在，连队只能搞变通。还说基层主官难当，上面指示通知检查考评多，有时政出多门，上面千根线，下面一根针；上面下面条，下面煮饺子（只能一锅煮）；有的甚至在时间、地点、内容上冲突，折腾得连队无所适从，建议上级把司令部、政治部、保障部各部门各科室所有命令归口到一个“联合值班室”，由“联合值班室”权衡，报旅领导签字后才能下达，机关科室没特殊情况不得给基层安排任务。“联合值班室”可由几个部门的人组成，各部门没必要单独设值班室，这样工作好协调，基层请示汇报也方便……

闲聊（看似无目的的谈心）好像成了老徐的工作，后来把晚上时间也用上了，全连还有十几个兵没谈，其中有指导员。指导员心里打算，得说说朱继彪的情况，看他有什么好的建议，已经说过几次了，好像没上心。还有连队教唱歌的 DVD 很老了，经常读不出碟，全连看新闻的电视机还是二十九寸的，其他连队都是三十四的，另外，适合女兵的文娱体育器材很少，如果上面给点篮球、足球、排球、羽毛球、乒乓球也行。

从老徐来连队第一天，指导员就叮嘱文书有事没事端上相机悄悄跟着，多拍点照片，到时候刻个光盘作为礼物送给他。指导员还想在老徐走的时候开个茶话会，买点水果瓜子，请他给大家讲几句，把气氛搞得热闹煽情一点。

中午，收操号中兵们从训练场雄赳赳气昂昂地带回，在连队门口排长李晓勇下令喊番号，已经喊得很响了，震得一楼房间嗡嗡的，李晓勇说不够，再来。又原地踏步喊了几“动”。往常这时候，老徐就站在走廊上看着大家微微笑。

那天队伍解散，连值日跑过来递给连长一个信封，说老徐走了。老徐留言说，这段时间和大家一起很愉快，收获很多，感谢大家的关心帮助，因事不辞而别，请战友们理解见谅。纸条上附有老徐办公室号码和手机号。信封里还装有老徐在连队吃饭的伙食费。

连长问连值日，老徐几点走的？东西都带走了吗？旅里领导过来了吗？连长自言自语，怎么不当面打个招呼呢？

老徐来通信连当兵这件事如朝激流里扔颗石子，溅几朵浪花，似乎转眼即逝，可就在这时连队发生一串蹊跷事。

有人举报上次首长来旅里检查，通信连弄虚作假，领擦枪布擦窗户，从老百姓那买来半大不小的菜苗栽上，从养猪场租来清一色的架子猪糊弄首长，给猪们喂白酒，使它们毛色油亮，肉色红润得像化过妆，整齐听话得像训练过。

军需、保卫、纪检、军务都来过了，其他事好像语焉不详，子虚乌有。只有给“八戒”喂白酒，莫少文一问就承认了。喂的是几块钱一斤的“分金亭”，莫少文用津贴费从小卖铺买的，为什么那么多人闻不出来？因为首长们和“八戒”一样，喝高了。问他怎么想起这个办法，他说小时候家里养猪卖之前那一顿，食料里多放酒糟或兑上酒，卖相好，还有猪会老实些，不乱动，拉屎少，压秤。

莫少文紧靠墙根呈立正姿势，连长坐在椅子上，当他把这些情况断断续续说完，天色已暗，看不清对方的脸，隐约有蚊子在飞。连长闻到一股异味从莫少文身上丝丝缕缕传出，突然感到“羌笛悠悠霜满地”的悲凉，眼前这个“放心兵”并不让人放心。

莫少文是个老实兵，实弹射击可能就新兵连模过枪，手榴弹实弹投掷没“开处”，队列会操这种大场面更没经历过，平常走路就不协调，看起来别扭，如果让他出现在队列里，“顺拐”、“对面”，会操可能整成演小品。有一段时间，上级要求后勤兵参加训练，规定共同科目训练成绩良好以上才能去养猪种菜烧饭，营里也加大对后勤“八大员”的训练，以营为单位成立了后勤训练排，“开小灶”，“博导制”一帮一。莫少文练得投入，每天第一个到场，最后一个离开，当他磨破两双迷彩鞋时，旅里组织后勤兵共同科目考核，莫少文扎腰带昂首挺胸站在即将出发的队列里，连长还是让他下去，说“参考率”够了。莫少文目光欠欠地看着队伍走远。指导员说，这么做不合规定吧。连长说，规定(龟腚)就是王八的屁股，都当训练尖子谁养猪烧饭？当时指导员才上任没多久。

莫少文的轶事或叫臭事很多，除了前面提到他去农科院学习，离营区坐公共汽车才几站，回来时居然迷路。还有一次，他去修板车，板车因超负荷使用老罢工，副连长说一年修车的钱赶得上一头猪了。平常修车是锤子去，那次不知为什么由莫少文当差。在他修好车推着回来时迎面撞上两个铁塔一样的“宪兵（纠察）”，拦住，让他出示证件，问哪个连队的，莫少文老老实实停车，出示《士兵证》，说通信连的。恰巧这时有两个兵从旁边砂锅店出来，见莫少文被纠，马上开闪，宪兵喝问哪个连队的？他们脚踩“风火轮”径直往通信连的方向跑，大喊通信连的。莫少文因外出手续不全（必须持两证一条，《士兵证》、《外出证》、请假条），那天他只有《士兵证》和请假条，请假时文书没提《外出证》，他也没问，可能两人都抱侥幸心理，不就是去门口修一下车吗，多大的事呀，应该不会撞邪。

机灵一点的兵摊上这种事会求情说软话，和纠察攀老乡，或者说认识他们队长，并且第一时间想办法打电话回连队，让连队干部想办法“营救”。通信连的兵纠察一般还算客气，他们也是现代人，离不开通信媒介；也有七情六欲，总想和女兵套近乎，得过且过，总不能把通信连的男兵都整成“敌人”吧。

莫少文没有被结结实实的五花大绑，在两个纠察的“护驾”下推着车从容来到条例条令学习室，学了半天，他还是坚贞不屈说不认识那两个兵。

莫少文玩失踪，当逃兵啦？下午，正当连队抓瞎时，电话过来了，让指导员去领人。军务科规定凡是被纠的兵必须由主官签字领人。

落日余晖，营区里到处是汗流浃背的散兵游勇，又到体能训练时间了。莫少文推着车面无表情的跟在指导员后面，穿过大半个营区，谁也没看出什么，到了连队，莫少文把帽子一脱，一片哗然，该死的纠察在他头顶推了个“十字架”（不是常见的“阴阳头”），说他头发长了不符合军容风纪，担心他回去不理，出此损招。

莫少文受此“礼遇”依然若无其事，神情淡定。指导员叫哨兵去喊陈华火速过来，帮忙打整打整，收拾残局。连长见了，拉上莫少文就上警侦连。警侦连连长、指导员拼命忍住笑，让座又端茶，说纠察虽然吃住在警侦连，编制实力也是他们的，但管理归军务科。

连长余怒未消拉上莫少文直奔军务科。一路上，莫少文想戴帽子，连长不让，就那样顶着“十字架”像商品展示一样晃，所到之处，侧目窃笑大笑坏笑哄笑苦笑……纠察以前老给被纠的兵理“阴阳头”，这一次有创新啦！

军务科一个大个子参谋（纠察队长）严厉指出莫少文诸多错误，说通信连还有两个兵不假外出给溜了。最后，板子挠痒一样落下，说当然纠察这么做也不对，没文明礼貌执法，应该加强教育，但纠察的管理，以及年底立功评奖归警侦连，这事可以跟他们反映。

连长气得拉上莫少文去找旅领导，被军务科长拦住了（当然去找旅领导，通信连也不会有什么好果子吃）。社会主义初级阶段加上中国特色出了事就是临时工干的，或几个单位踢皮球。这次，军务科长倒爽快，承认对纠察管理不严，他们实在太放肆了，下一步将整顿。不久，纠察果然规矩多了，没再出现“阴阳头”，或有兵被撵得满街跑。事实再一次证明文明法治每前进一小步，都需要有人做出牺牲。但这次对纠察队的整顿毕竟来自自身，不彻底没触及灵魂，为后来旅领导的雷霆行动，埋下伏笔。

处理这件事从头至尾莫少文一声不吭，像个受欺负受委屈的小孩，由家长领着上门讨说法。

举报通信连弄虚作假，欺上瞒下，搞形式主义会是谁呢？那封夹杂好几个错别字的邮件不但同时出现在旅里几个常委的信箱，还发在网上贴吧。

老徐吗？他不辞而别前两天找莫少文聊过，时间还不短。凭他的身份地位修养应该犯不着这么做吧。莫少文记不得，有没有和老徐说过那次辉煌、激动人心的首长接见。好像说过，又好像没说。

其他连队打的小报告？连长晋升路上“埋伏”的竞争对手？连队内部人员“家丑”外扬？

连长晚点名时含沙射影敲打一番，我们有的同志当面不讲，背后乱讲；会上不说，会后乱说……乱反映情况，以前写信贴邮票八毛钱的时候，有顺口溜：花上八毛钱，让你忙一年，现在呢鼠标轻一点，让你跑断腿。同志们主人翁意识、民主意识强是对的，但要注意方式方法，要按级汇报。我们有的同志当兵前看了很多“狗血”军旅影视剧，把军营想象成一个个热血沸腾、潇洒翻滚、落日余晖、壮志豪情的场景，理想化的军营只是在银幕上，说得好听一点，艺术来源于生活高于生活，说得难听一点，那是一些没当过兵没摸过枪的编剧在闭门造车，胡编乱造糊弄地方小青年，你们当兵时间最短的也有半年多了，军装穿过十几水了，回头再看看那些当代军旅题材影视剧，哪一部不出奇得离谱，让人挠脚板心一样难受……你们千万不要被那些“桥段”蛊惑，军人讲的是坚决守纪、服从，最恨那种写匿名信、告黑状的行为，有种的站出来光明正大说。

政委在全旅阶段性工作讲评会上，批评个别连队工作浮夸，虚荣，搞假把戏玩花架子，造成极坏影响，下一步将严肃查处。点名与不点名一个样，谁都知道说的是通信连，谁都知道政委最讲政治。

有传言说组织上要把莫少文档案里的三等功拿掉，换成处分卡片。熄灯号后，莫少文做贼一样钻进连长房间，说把三等军功章还回来。连长耐心跟他说，没这回事，他工作干得好，为连队积累家底作出了贡献，这功是他应该得的。劝了半天，他好像放下了思想包袱。

莫少文从连长房间出来时月色溶溶，水一样流淌，落在莫少文夏常服上如披一层白纱。连长望着他敦实的背影向猪圈方向走去，觉得他身上有些事就像今晚的月色，隐绰模糊。他档案、花名册籍贯一栏里填的是广东深圳，但有时候说自己是广西人，说话也是独特的广西口音，他这种姓氏广西人居多（广东人也有），他除了和炊事班几个兵交往多一点，和班排里的兵很少打交道，偶尔说起老家和当兵前的经历，零零碎碎，含糊闪烁。

时间过得慢腾腾的，知了在连队门口的梧桐树上不舍昼夜不变旋律不换腔调地叫喊，一拍掌一跺脚，近处的闭嘴（远一点的照样叫）不到一分钟，又开始歇斯底里。

莫少文像屁股上已擦过酒精，凉丝丝的，等着扎针呢，突然传来消息上次来旅视察的那位首长被当做“老虎”带走了，据说首长当时正主持会议，中场休息十五分钟，进来两个穿西装的和几个武警，悄悄礼貌客气地制造出一场比打雷、地震还要大的响动。

“首长”转眼变成了“阶下囚”，在那个披着虎皮的职务，立马加一个“前”字。莫少文有点想不明白，那么和蔼可亲、平易近人的首长，怎么就成了传说中咆哮恐怖的老虎了呢？莫少文觉得自己和“前首长”像远房亲戚一样有某种联系，具体是什么，他说不清。

通信连的“故事”跌成了“事故”，很快被一串眼花缭乱的事刷屏、覆盖，当大家几乎把这事忘了时，上级通知要求把“前首长”的照片、名字、讲话、题词等全部销毁挖掉隐去抹平，不留一丝痕迹，不但要撇清关系，最好看不出他来过这个世界。一夜之间，旅史陈列馆和“前首长”有关的照片全部被官兵生龙活虎的训练照替代，历任主官一栏没了他的名字和照片。旅史大“变脸”，留下一个个不可名状“黑洞”，上等兵陈形解说时遮遮掩掩，欲说还休，有点伤脑筋。

指导员叫莫少文交出和“前首长”的合影。他一会儿说丢了，一会儿说寄回家去了。指导员让他写出书面保证，不得让它在营区重见天日。

这段时间通信连好像犯“太岁”，军务、保卫、督察对连队格外关心，你方唱罢我登场地来查一日生活制度的落实，训练、教育计划的制订与实施，电脑保密涉密载体的管控、兵器室双人双锁是否到位坚持，哨兵履行职责（有没有脱哨、漏哨现象，交接哨登记），连队储藏室、器材室、武器室、学习室、会议室、兵们的班柜、抽屉等全部打开，检查有无违禁物品，战备物资“三分四定”情况，检查环境、内务、伙房卫生，军事、政治教育抓得怎样，理论学习笔记本记得如何等。

军务、保卫、督查被大家称为“三大护法”，什么都管，看得见的看不见的，有形的无形的。营区周边，不时有一辆“勇士”救火或侦办重大凶杀案一样，急匆匆的，进出大门几乎不减速，车一停，马上下来几个戴钢盔铁塔一样的兵，气势像狼狗随时准备扑上去，不用问那是军务参谋带领纠察在行动。他们能随意进出网吧、饭店、宾馆、健康不健康娱乐场所，附近的大小老板、黑车司机递上的笑脸比对城管、工商税务还要黏稠。在营区，常见几个面部表情石化的纠察守着大门，严格进出，或在路上手臂摆动像上了发条，碰到军容不整、行为不端、请假手续不全的轻则友情提醒，重则记录在案，或干脆逮起来，推搡进禁闭室。所有穿军装的见到纠察无不发憷，心犯嘀咕我是不是哪儿做错了，穿戴不符合规定？兵们叫纠察“宪兵队”。

保卫更牛，由于他们的活可能涉及机密或隐私，所以很多时候直接向一号、二号汇报。旅里有个不成文的规矩，晚上十点后一般干部就不要打电话和旅领导谈工作了，保卫的电话可以随时打。他们也有辆专属“勇士”（政治部其他科室因工作用车需请示报批），不需要派车通知单，一天二十四小时通畅无阻，神出鬼没地出现在营盘任何角落，哨位、车库、靶场、弹药库、卫生队等“天高皇帝远”的小散单位，查找盘问，翻箱倒柜，不需要理由，也不一定要有结果。据说，战争年代士兵怕保卫干部，千不怕万不怕，就怕保卫干部找谈话。和平时期也一样怕，心里没鬼也怕。

督查就是每周由司令部、政治部、保障部各抽调一名干部，由值班首长带队，一天二十四小时睁大眼睛到处找问题挑毛病寻茬子，一周一轮换，抽签一样，像旅党委“巡视组”。军务、保卫、督查三队人马相互交叉，又各有侧重。军务的重点是散兵游勇，保卫是事故隐患排查，督查是训练教育计划的落实、连队一日生活制度的遵守等，但这三家分工不分家，碰到捣蛋的、单溜的、违纪的都会站出来，谁碰到谁管，一管到底。

星期五早上，离起床号响还有十几分钟，通信连门口只有三两个列兵在“争表现”挥舞扫把搞卫生，作战值班室突然袭击，毫无征兆对通信连（事先没有一点风声，并且周末很少）拉了一通紧急集合。拉紧急集合，虽然时间不定，但大致有规律可循，一般选在阶段性练兵期间，如共同科目训练，或在节假日、重大会议、敏感事件发生，或北京开两会，上海开国际会议，台海形势紧张等。紧急集合哨大多吹响在起床号前，这时候不但考验官兵警惕性、快速反应能力，而且拉过后不影响白天的训练学习。官兵蜂拥而出，有时带一类战备物资，有时连人带车，有时什么都不带。早操的队伍，偶尔稀里哗啦掠过一队全副武装背背囊人马，没“中奖”的连队也不会暗自庆幸，说不上哪一天就轮到他们。

清早，当通信连官兵背着背囊在晨风中喘气奔跑时，军务、保卫、督查迅速跟进，对紧急集合留下的现场火速侦察。这时候最能暴露一个连队“软肋”。

很多连队动作倒是利索，时间短，队伍整齐有序，战备物资齐全，跑上三五公里不松不散不跨，有的步兵连队还抢占山头阵地，来一场实弹射击，但就是顾前不顾后，家里留下的摊子就像国民党军大逃亡一样，狼藉一片。

这次突然袭击把通信连搞得很狼狈，班柜、抽屉门随意敞开，里面的个人物品乱七八糟，大多为“奢侈”的洗漱用品；地上拖鞋、书本、纸片绊脚；床板有的光溜溜，有的垫着报纸、画册、电影海报，有的棉垫翻卷，估计是个老兵有两床棉垫，带走一床，留下一床……

如果说前几次“三大护法”轮番检查，只是面上挠痒痒，这一次可谓深度重磅轰炸，军务发现三本格调不高的书，督查翻到两个带下载功能的音乐播放器，保卫从一个床洞里发现一颗子弹。

检查情况当即全旅通报，处理结果等候通知。以前，几大护法例行公事，碰到情况良好的连队，就不动声色当作没来过，小毛小病也不一定通报，如格调不高的书。没料到平常老实闷声不吭的通信连竟然一鸣惊人，藏有深水“炸弹”。

几本格调不高的书很快查明，是几个老兵回家探亲时在火车站买的，用来在路上打发时间，归队后压在床铺底下，时间一长，自己都忘记。所谓格调不高，就是那种没有正规出版刊号印刷粗糙的地摊杂志，有言情、武侠、玄幻、高层内幕等，这些都是上级规定的“非礼勿闻、非礼勿看、非礼勿做”。指导员经常苦口婆心地跟兵们讲，我们革命军人应该是一个高尚的、脱离低级趣味的、纯粹的人。几个老兵在全连军人大会上做检查时（平常在班务会上做检查就可以了，因为被通报，所以升级），指导员又讲了这句话。

两个带下载功能的音乐播放器被当场砸烂，“尸横”排房。它们的主人，两个列兵在全营军人大会上做检查时说，他们利用出公差或去总医院看病的机会，在路边地摊上买的，偷偷听过一回就坏了，然后当做宝贝一样期待它复活藏在班柜最里侧。

那颗子弹在保卫干部眼里像核导弹又像生化武器，绕弹数圈，如临大敌，它不是那种常见的秀气冲锋枪子弹，也不是饱满壮实的机枪子弹，而是一粒黄色暗淡有一点点锈迹跟花生米差不多大小的手枪子弹。这颗子弹藏在哪里呢？即使你有一颗爱因斯坦、霍金一样的脑袋，也想不出来，它藏在一排靠门口的下铺，那张床正对着门，床板由几块松木拼凑，粗糙笨重，边沿缝隙渗出白色颗粒状的油脂，床板上的结疤像长了一只只“眼睛”，靠床头处那只圆眼空了，里面结结实实塞有一团纸。

这场景司空见惯，见怪不怪，几乎每个连队都有结树疤的床板，树疤空洞的地方塞上纸团。可偏偏那天早上一个戴眼镜的保卫干事很随意地把团纸抠下，又很随意地展开（从平常中发现不平常，也许这就是保卫干部的本事)，里面竟然藏有一颗子弹，一颗装进枪膛就能击发有杀伤力的手枪子弹。

谁都知道私藏弹药是仅次于泄密的严重违纪、违法行为，像触碰高压线，轻则头破血流，重则搞不清自己怎么死的。别说弹药，就是弹壳都不行。当然，诸如榴弹炮筒那是要回收的，兵们也没机会接触。曾经有新兵利用周末请假外出的机会去靶场捡弹壳挖弹头，打磨上色制作成项链、手链、钥匙扣等酷且萌纯手工制作、绝版独款的工艺品，一番辛苦，以博翘首相望的女友嫣然一笑，上级领导可不谙风情，查到了连锅端，材料没收，还劈头盖脸，只差狗血喷头。连长点名时，也气不打一处来，你们太"奥特曼"了，那玩意儿谁还动手做？双手被胶水弄得脏兮兮的，上"淘宝"买呀，还有大门口军用品店什么都有，比你们自己做得好看多了，回家时买上，只要你能通过安检带上车。有兵嘀咕，买来的总没有自己做的好，天灵灵地灵灵，自己做得最心诚。

营盘门口那家军用品店只有军火不卖，其他什么都有，甚至有领花、肩章、军种符号，可以定做军官姓名牌，把一个地方小混混包装成冒牌军官的全部行头都有。兵们知道那些都是"山寨"货，质量不过关，但是当水壶、雨衣、挎包等战备物品弄丢或损坏的时候，跑到那儿买上以应付战备检查还是蛮方便的。

这颗子弹是从哪儿来的呢？

保卫科围着它开始现场办案(没有拉彩绳保护现场)。这张床是上等兵甘乃平睡的，才挪过来没多久，他以前睡靠里边上铺，把他"下放"，是因为他被子叠得好，作为脸面摆在门口，让人一进门就眼睛一亮，为之一振。

传唤甘乃平，他莫名其妙什么都不知道，兴冲冲跑过来，还以为是内务好又挨表扬了呢。

甘乃平前面是谁"下榻"？列兵李胜中，小子有"文艺范"，被子也浸染艺术家气质，在包子、馒头、花卷面食之间打转转，上过多次内务排行榜"黑名单"，营长形容他的被子像老头的蛋，一怒之下抽在地上，罚他在地上叠过，在走廊上叠过，在会议室桌子上叠过(最客气的一次)，用胶水定形，木板固定，就差打石膏板了，收效甚微，他有段时间患了"内务恐惧症”，一听说检查内务就紧张得像要打仗一样，吃不好睡不香。想出个糊弄办法，和甘乃平“换工”，他帮甘乃平“小值日”一星期，甘乃平帮他整内务一次，严重的剥削与被剥削，这种愿打与愿挨的关系，排长和班长们睁只眼闭只眼，不提倡也不反对。排长把李胜中放在最显眼的位置亮相，是想逼他把内务整好，无奈他怎么也炼不成钢，稀泥巴糊不上墙，反而给全排丢人现眼，只得把他“上调”，上铺一个靠墙的角落，安静地丢丑去吧。

李胜中前面是谁？应该是列兵王小军，目前在集团军司训队学开车。王小军前面呢？排长李晓勇、中士刘胜也睡过，还有几个老兵，有的退伍了，有的还在部队。他们好像见过那个纸团，但从没想到睡在子弹上。

通信连的兵每年就共同科目训练结束时打一次靶，九五式冲锋枪十发子弹，五发子弹体会，五发子弹考核记成绩。手枪子弹根本没摸过，很多兵甚至没见过。只有军官才配发手枪，每年打一两次靶，也就是说只有军官才可能接触到手枪子弹。

保卫科几个人目光刷刷投向李晓勇。李晓勇赌咒发誓，以党性良心做担保没见过那颗子弹。

连长说，这块床板不一定是我们的，别看背面用红色油漆歪歪扭扭刷上“通信连”三个字，其实在演习、驻训、施工中床板乱用，尤其大项活动加强兵力（从兄弟连队抽调兵员），我们向别的连队借过床板，其他连队也向我们借，一借一还，只要数目对得上，具体还哪一块没在意。就因为床板老弄错，我们才刷上字。

这颗底火弹头具存的子弹突然变得呼啸起来，越飞越远，情况越来越复杂。

那个发现子弹戴宽边眼镜的保卫干事突然想起冷落一旁的纸团，细致展开，是七八张信笺，白底有红色线条，已发黄变脆，多年前军人服务社有售，几毛钱薄薄一本，曾经还是战备物资（笔、信封、信笺平时得整齐装进挎包，估计是情况紧急时拉出去，方便写决心书或遗书吧），现在军人服务社已被地方老板承包，打造成超市（聘了几个随军未就业家属当理货、收银员），这种信笺也绝迹了。如今的兵无论新老大多言而无“信”，主要靠电话和网络与家人朋友联系，很少用那种古老优雅缓慢的方式。

几张信笺都用过，有一张沾了两滴蓝黑墨水，数道划痕，几乎每张纸写有字，开了个头，“玉兰”、“玉兰，你好！”、“玉兰，你好，来信收悉”等，写信的人可能感觉不好，才写几句又撕了。对于一个当兵的，能如此郑重，想认真完美地写一封信，那个叫“玉兰”的收信人在他心中的分量肯定沉甸甸的。

从信笺的质地、颜色，以及钢笔、墨水（现在大多用黑色签字笔）来看，纸团塞进去有些年头了，可能和现在这群官兵没多大关系。

保卫科把子弹当作宝物一样小心翼翼取走，那架势好像要掘地三尺，拿出愚公移山、精卫填海的劲头，从历年转业退伍官兵中排查谁的老婆（或曾经的女友）叫玉兰，再顺藤摸瓜，也许能弄个明白。有人会说不就是一颗子弹，有必要费那么大的劲？不能这么说，这意义可大啦。有一年游泳训练，在营盘附近一个水库搞武装泅渡，一个新兵不小心把一支冲锋枪弄丢了，为打捞那支枪先是官兵用尼龙绳绑上大块磁铁没天没夜来回拉，后来请地方专业打捞公司，最后几乎把水抽干，折腾二十多天，前后花了几十万，才找到。一支枪值几十万？国外公开价才百十美元。国情不同，消除了重大隐患，值！

围绕那颗子弹，兵们故事接龙一样，浮想联翩。多年前可能是某个排长，也可能是老兵（担任文书或军械员），好奇或觉得好玩，打靶负责压弹时悄悄藏了一颗（或排长瞄准射击时少打一发，趁人不注意退出枪膛），把玩一阵，转眼该退伍了，点验，没地方藏，用纸包好塞进疤眼里……它和那个叫玉兰的有联系吗？会不会和那场边界战争有关？

子弹事件上报旅领导，旅长说当兵的还让一颗子弹吓着了？收缴，销毁不就完了吗？政委欲言又止。

这话传出，连长真想向旅长敬一个标准庄重深情的军礼，不是磕头。连长刚当排长时，排里有个兵有天早晨起床磨磨蹭蹭，遮遮掩掩，他班长一眼看到他被窝闪过一样东西，像女人的胸罩。那班长山东人，性格长相都像梁山好汉，当兵五年了，平常眼里容不得半点沙子，顿时火冒三丈冲过去，两人扭打一起，班长已穿戴整齐且力如蛮牛，那个没出息的兵仅穿裤头背心瑟瑟发抖、脸色死灰拼命揪住肉色胸罩，已经撕破了，眼看各得一半。当时正准备出早操，兵们都愣住了，他大喝一声：看什么，出操！今天谁议论，谁瞎传，我踢死谁！

事发突然，又戛然而止。后来，他和那个兵悄悄谈过几次，带他去看过心理医生，一切控制在最低最小范围，悄无声息慢慢抹平，再后来，那个兵服役期满后平安退伍。

现在，在连队知道这件事的兵几乎没有了，他自己也差不多忘了。作为一个基层带兵人有的事可大可小，这要看眼光素养，“政治敏锐性”，有的事必须揪住不放，上纲上线，杀一儆百，下不为例；有的事必须到了你那儿就是终结，让它像早春的雪一样了无声息融化。

通信连这段时间老冒泡，交班会上连长众目睽睽下站起来“说清楚（做检查又一委婉说法）”。本来指导员也可以上，但连长坚持让他来，说他任职时间长责任大。

拟提升使用干部名单公布了，用大红纸贴在旅机关门前的政务公示栏里，时间一星期，这期间如果谁有意见，可以拨打上面的电话。这次调职命令拖到八月初才下，比往常迟近半年，据说档案时间还是从三月份起算。刚“发榜”时挤满了官兵，通信连文书也去看了，脖子伸得像长颈鹿，两眼恨不得像螃蟹眼一样鼓出来，或者可以扫“二维码”，来回没找到连长名字。

连长在器材室吆喝兵们整理电话线、调试单机，脸色平静。这类事一般公示前当事人就知道了，干部部门或相关领导会先前做工作，尤其对那些满任职年限仍将“原地踏步”的，谈心交底，打“预防针”，让其有个思想准备。

后来，老徐因工作来旅里，又去通信连转了转。听说连长没挪窝，还有那颗子弹的事，他脸针扎一样微微抽搐，什么也没说。

十二、连长

晚上通知看电影，据说是新上线的大片，从地方影院费老大劲拿来的，这种好事可以说百年不遇。兵们平常看的都是上级配发的“过气”了的“正能量”或“高大上”的电影。有兵说再火的大片也放不出效果，何况露天，还不如通知上网。看电影也是集体活动，必须一个不落。附近村庄的老百姓也变了，过去一听说部队放电影扶老携幼，呼朋唤友，三五成群，逶迤而来，这时营房大门敞开，纠察三步一岗五步一哨，把老百姓和兵群隔开，一边方正整齐，一边像化了一摊雪糕，一幅鲜活的军民“观影图”。现在即使贴海报，也是“路上行人欲断魂”，稀稀拉拉有一些中老年行动迟缓地走来，时髦养眼的俊男靓女几乎绝迹。

这星期担任旅值班是通信营，营值班是通信连。所谓旅值班就是全旅大点的活动，现场组织、拉歌竞赛、整队报告、秩序维持、纪律讲评等由一名营主官操持(多数时候是营长)。营值班也一样，全营出动时由一名连队主官张罗。暮色中，通信连集合时指导员站在队列前布置了一道“作业”，说看认真点，每人得写个影评。连队搞过几次影评、书评比赛。奖品五花八门，有一次是游戏人物卡通电子表，惹得男女兵尖叫，司务处打报告从物保中心领的。写文章女兵普遍比男兵强，不但字迹工整，内容也趣味横生，言之有物。前十强，女兵占了六个。一溜稿子在公示栏“亮相”很久，来人都要凑过去瞟几眼。

那场电影通信连的兵看得五味杂陈，不全是因为任务(欣赏变成了考试)，“影前新闻”最后一条又拿在通信连查到的格调不高书刊和音乐播放器说事，还提到了那颗子弹。成绩不说摆在那，问题不提山一样。发现问题反复敲打，是旅里从上到下一贯做法。

天地仿佛一个巨大蒸笼，白天晒得滚烫的水泥地这时腾腾冒热气，偶尔有风也是热的，稍一动一身汗，即使心静也不凉，捂在蚊帐里，不一会儿竹席像涨水一样，能把人浮起来。靠近电风扇的，“近水楼台先得月”把床铺挪到风扇下，更多的兵在翻来覆去烙饼，伴随着铁架床嘎吱嘎吱响。很晚了，洗漱间还有兵在冲凉。连长说，这天气正好打铁练“型男”呀，一身疙瘩肉，帅呆啦，能萌翻一片！但这得吃饱睡好才有精神。前几年营房改造，走廊安装了封闭式玻璃窗，冬天倒蛮暖和的，喝喝茶看看报纸，想想都惬意，到了夏天真难挨。

连长上洗漱间回来，顺便去排房、炊事班转一圈，到处是千姿百态的睡姿。炊事班几个兵把竹席摊在门外，四仰八叉，还在小声嘀咕。“狗日的，这么晚还睡外面，挺尸呀，被督查到又要通报。”连长听说了，已经有几个连队的炊事班因“行为不端”上了“黑名单”。锤子拉着腔调说：“连长，里面实在热得遭不住，能煮熟鸡蛋。”连长在炊事班宿舍体验了会儿，大汗淋漓，张嘴喘气，恨不得舌头都用来散热。炊事班的房子是展平水泥顶，白天无遮无拦暴晒，晚上屋顶墙壁成巨大散热器，整个屋子就像一个桑拿房，尽管电风扇呼呼啦啦转，人在里面还是烤得能淌油。

“今晚上你们睡学习室吧，把桌子拼起来，那儿有风扇，小声点，”连长说话口气缓和多了，“你们可以试试，每天下午在冰柜里冻一坨冰，晚点名前用脸盆装好放房间，门窗关起来，也许凉快点。”别说这土办法还真管用，果然凉快多了。没过几个晚上，保障部统一给所有炊事班安装了空调。据说旅领导专门为此开了一次会。

连长返回正要进屋，见指导员坐在门口小马扎上。“还没睡？”“嗯。”连长站在那，哨兵搬过来张椅子。“这天气，兵晚上睡不到几个钟，还要站哨，好在午休时间长了点……”

指导员此刻奔驰的思维好像和连长不在同一条轨道上，好一会儿才说，副政委让陈慧琳回家几天跟你说过？连长说几天前提过。指导员说，今天又跟他说了。

上等兵陈慧琳参加军校考试后想回家几天，没请假，也没和班长、排长说，而是通过领导打招呼。她参加军校预考好像没过，能够进文化补习班、参加全军统考就是副政委弄的。陈慧琳平时安静普通得像一片树叶，大家很多时候想不起她。

义务兵没有探亲假,私放她回去?

前几年,个别有来头的兵过完年就回家复习功课,怀着对军队的无限热爱和对国防事业的无比忠诚准备迎考。连队根本顶不住,不放?调个单位,换一个“马甲”走人。这还算好的,有的只是花名册上一个名字,从当兵到退伍(或上军校去了,具体操作方案是初中毕业即“隐身”入伍,在地方读完三年高中后,以军人的身份参加军校考试)谁也没见过,这就是传说中的“吃空饷”吧。至于派几个兵帮地方企业搞军训、干几天活常有的事,特别是那些专业技术强的连队,偶尔帮地方公司企业干干活,“创收有方”。有次一个兵在外面惹事了,上级查下来,那个连长把责任扛了下来,上级也只处理了那个连长。

这几年,风声紧了风气也好些了,连队偶尔“违规”就是给某个干得好的兵多几天假,算奖励,还得讲究方法,在兵的请假报告单批下来后,马上让其回家,过几天才算假。上级检查兵员在位情况时,就说这个兵因为任务推迟几天才走,顺延几天归队。总之批假权限在司令部军务科,但什么时候开始计算假,连队说了算。

通信连大大小小有十几个专业,技术含量较高,不少是军民两用,训练没步兵那么累,士官队伍比例大,也就是转改士官容易,在步兵旅通信营历来是“关系兵”扎堆的地方。通信连更是素来有“三多”:技术专业多、特长兵多(文化高,大部分有一技之长)、关系兵多。那些男女兵平时“潜水”,绝不会叫嚣“我爸是李刚”,一到关键时刻就有“佛祖”显灵,某位首长的外甥,哪个领导的侄子或表弟等。有的情况连长、指导员通过翻档案或谈心大致掌握,有时根本不知道是哪路神仙。连队干部对此见怪不怪,处变不惊,长期下来心眼相传,摸索出了一些道道,关系兵比普通兵还好带,连队干部一碗水端平,平日一般冷暖,机会面前,人人平等,没有什么关系不关系的。你有“关系”更应该干好,不能给你的“关系”丢人现眼。到了学技术、考军校、立功受奖、选改士官、加入党组织等关键时刻,条件公开,民主测评,结果张榜公布。你不是有关系吗?光打电话递条子没用,有本事直接追加名额把“关系兵”囊括在内。通信连因为“得天独厚”的条件,好处经常比别的连队多。

指导员说："连队最近事多，是不是我们把老徐得罪了？"

"应该不是。"连长说。

指导员有这想法也正常。上级首长到某个连队蹲点或当兵，就是和连队结成某种意义上的对子，连队作为首长在基层的联系单位，训练学习教育等方方面面首长会给予关照，有时帮忙解决一些具体困难。连队建设在首长的帮扶下，多少有起色，年底有望争先创优，评为"先进连队"。否则，首长面子上过不去，呵呵。

"你这次没动，不会是……"指导员欲言又止，好像也负有很大责任。

通信连和上级机关相处得还可以。连长从兵群中滚打出来，对营盘里的各种关系脉络细节稔熟，除了执行上级的命令指示不打折扣，哪怕一些临时性公差勤务，如帮宣传科搬书，给作训科装卸训练器材，叫几个女兵给组织科保障会务，随叫随到，比警侦连干得还多。照理说警侦连负责机关大楼的卫生、警戒应该多干些，有时候那些参谋、干事拿起电话就打给通信连，用得顺手省心。还有个别机关干部家的私事，如装修、搬家、整理菜地等，也悄悄从连队叫一两个兵跑一趟干半天。对那些吃"碰饭"的，更是笑脸相迎，来者都是客，添双筷子添个碗。有时候也看人下菜，但态度绝对热情。另外，通信连外线班负责全旅几个营区包括哨所、仓库、靶场、训练场等小散远单位的电话、有线电视的安装调试；线路的保养维护等，谁家电话、电视坏了或信号不好，招呼一声马上就到。有的机关干部（当然是权力科室）还不够级别，不能装军线电话，也悄悄装了，一看就知道是通信连干的"好事"。有的机关干部家属来了，连长悄悄让炊事班送一两次菜，表示慰问。连队"特长兵"多，关系复杂，临时出公差，借调机关帮助工作的也多，连队对于这些兵也客客气气，他们可是连队在机关的耳目、办公桌呀。机关有时候也投桃报李，计划是突击检查、评比，通信兵发挥"千里眼，顺风耳"的优势，经常最先得到风声，预有准备。

连长八面玲珑、游刃有余的"外交"，指导员开始不以为然，甚至有点瞧不起。连长理论是作为一名单位主官，该坚持的得坚持，坚持的同时，要谋求单位最大发展空间，激发官兵最强战斗力（生产力），对内从难训练、严格要求，对外团结一切可以团结的力量，利用一切可以利用的关系，即高度高效运用我们党的"统战原则"。这也是社会主义中国军队建设的特色。

夜色静谧，起风了。连长打了个哈欠，“别想了，不管它，拖一拖就过去了。”

莫少文问能不能在猪圈旁修个化粪池，锤子没理他，埋头玩电脑，莫少文又说过几次。猪圈旁有个水塘，大得像个湖，水呈墨绿色，一侧芦苇长势茂盛，一侧水葫芦和水花生欣欣向荣。听老兵说以前水清澈见底，夏夜他们在这儿钓鱼、龙虾和老鳖，建成猪圈后，各连饲养员把冲洗猪圈的水直接排到塘里，冬日芦苇残雪倒饶有情致，盛夏就难过了，臭气熏天，蚊子像轰炸机肆虐俯冲。唯一的生机就是岸边几棵合抱柳树，春来时长发飘飘，直到深秋。

不知莫少文哪根筋搭错了，还是电视看多了，在班里老提环保那茬事，说什么青山绿水，记得住乡愁。锤子在班上没接莫少文的话，但在班排骨干会上接连几星期提建猪圈化粪池的事，好像这事不成他就闭不上臭嘴。提意见也讲策略，先试探性的多说几次，给人形成一个印象，这事顶重要，就像地产商卖房子，先把价格抬起来，调高群众的心理价位，慢慢就接受了。

连队终于答应修，就像当年打那口水井一样，没打之前，一到晚上，点名结束后，兵们内急似的，满营区找水冲澡。那时候营区的自来水自成体系，水是用水泵从地下抽出来的，定时供应，早中晚各来一小会儿，水龙头像患前列腺炎一样，水流断续，似有非有。兵们下决心把井打好没多久，市里的自来水就哗哗哗来了。地方政府搞的拥军工程。也许化粪池修好，上级突然通知不养猪了呢。部队毕竟是用来打仗的，老百姓的血汗钱应该用在刀刃上，花在这种农妇都能干的活上，有点可惜。

修化粪池用的砖块水泥，兵们提议“众筹”然后“淘宝”，说白了就是集资，然后网购。“富二代”姜迪平说他埋单。连长说还是省点吧，砖头可以去周边捡，附近那么多建筑工地和像炮轰过后的拆迁现场，平常走路老被砖绊脚。水泥就只能买了，连队家底出。

几个孔武有力的有线兵站在深坑里，体能训练服衬出若隐若现肌肉疙瘩，众人瞩目下用钝菜刀劈砖抹灰切砖一连串动作像模像样，很是潇洒。土坎上几个男女兵当小工，更多的撒出去满野地捡砖头。该死的砖头平日里到处是，随时可以拍(砖)，这时候不知躲哪去了。

太阳渐高，木架上保温茶水缸的龙头好像没拧紧，啪嗒啪嗒滴水。男女兵单人挑两人抬三人推(板车)，自由搭配，来来往往，欢声笑语，热火朝天。就在这时兵群里在传(不知从哪冒出来的消息，通信兵就这么神奇)，考军校的分数出来了，军网和打电话都能查到。今年通信连报考的四个人，两男两女，又一次“全军覆没”。

蓝天上飘过几朵云，很快又飘走。工地上突然有点静。

如今义务兵考军校越来越难，旅里每年春暖花开时办文化补习班，参加的足有三位数，能编一个加强连，立秋前后发榜考上的只有个位数，不足一个班。原因很多，有军队改革整体员额减少，军官需求量减少，军事院校变少，加上培养渠道增多，如依托地方院校培养“国防生”、大学生士兵提干等。只是士兵考军校这条路一直没堵死，通往远方的路上总有把干草或胡萝卜悬在前面，让你不知疲倦地奔跑。

通信连四个参加考试的，旅里预考时只有两个男兵上线，可以进文化补习班，两个女兵是首长打招呼的，包括陈慧琳，说是给个机会。每年办补习班都这样，比计划设想臃肿一倍，打招呼递条子形形色色的关系坦克大炮都堵不住，甚至有外单位的。进补习班的兵也五花八门，各怀心事，有的真想当军官，把军人当职业、事业来追求；有父母托路子让来试一把，碰碰运气；也有玩世不恭的“高手”来混混日子，在补习班淌着口水睡觉比在训练场上滚打轻松多了，舒服两月是两月，考不上反正年底退伍。

今年据传又有了新政策，报考军官学校的同时可报考士官学校，考军官落榜了，根据成绩可以参加士官学校录取。

四个兵中就上等兵刘华峰没填。他说考不上就退伍，不当士官，当多久还是个兵，没意思。

刘华峰套用指导员的“放羊理论”，是一只不打眼的羊。他好像中学毕业后外出打过工，但在每晚熄灯前的“卧谈会”上，他闭口不谈过去，不像有的兵把自己吹成老江湖。他当兵前具体干过哪些事，谁也不知道，至少没在公安部门留下案底吧，不然当不了兵。他当兵瞄准的就是考军校，尽管目标明确，但学习并不用功，连队规定考军校的可以在学习室看书，推迟一小时熄灯，他很少撑到一小时，上床后也没打手电在被窝里加班，倒是请假上街蛮频繁的。

刘华峰考完军校后，请假更勤，理由多且充分，看病这儿痒那儿痛，有时候是买学习资料。偶尔有人托他捎东西，他还是很乐意的。他既然打定主意年底要退伍，连队干部也就眼睛半睁半闭，请假只要按程序走就放行了。

带兵最怕那种“无欲则刚”的，这样的兵多了，就成了一群老头、绵羊。兵是用来要杀人（敌人也是人）的，需要刺刀见红，得有血性硬性雄性。作为一个优秀带兵人，就是把羊群带成狮虎，就得把氛围搅起来火起来，让每个兵动起来，让他们为荣誉而战，为红旗而争。让刘华峰这种没啥追求的兵站连值日或军需仓库哨，请假就批，支开火热训练场，是一种无奈而简单的办法。

优秀大学生士兵提干结果也出来了，李晓玲上了。她在考军事跑三公里时，几乎豁了出去，冲刺终点那一刻脚步趔趄，大汗淋漓，脸色惨白，差点倒在地上，成绩刚刚及格。

罗丽琼的军事过关了，有几个科目很优秀，就是文化成绩差点。罗丽琼笑容灿烂，多大的事呀，姐还受不了这个那个束缚呢。笑过后脸上闪过一丝落寞。

周五下午，组织生活。兵们分成三拨，党员、团员、青年各玩各的，党团员被组织起来，三五个青年（列兵）在排房里看电视，声音开得低低的，指导员在楼上粗着嗓门读报纸的声音不时传来。一个列兵说，当青年也有当青年的好处，落得个半晌清静。没人接话，可能都在想如何写入团申请书。

组织生活结束，指导员把几个考军校和提干没成的留了下来。说了些什么话，大致是落榜不失志，落红更护花，继续好好干，条条道路通成功，人生的路还长着呢。

收发室打电话来，说去取报纸时拉上板车。不用问通信连的包裹又堆得像山头。女兵每天的包裹总那么多，如果恰巧过什么洋节，板车上堆得像小山，蔚为壮观。连队干部在不同场合上敲打，好上几天，很快又“死灰复燃”。

虽然上级好像有所松动，但基层连队还是抓得紧，有时候纪律就是这样，上面松一分，到了基层连队就会乱一丈，所以有时候宁可左一点，这也是带兵之道。

连长再次被旅军务科约谈以后，连队出台了连史上最严厉的一条调控措施：对于收到的包裹，坚决把用的东西拖过期，把吃的东西拖变质！

兵们说，这比中央为打压飞涨的房价出台的什么国几条要严厉多了。春潮澎湃的包裹顿时遇上寒流一样少多了。

指导员从军网上看到一条微博：一个包裹引发的血案。博主叫“女汉子”，才开通的微博。种种迹象表明这个兵是通信连的，可能是个女兵，但现实生活中她是谁呢？上面的信息简单得让连队几个网络安全员抓狂。

指导员喜欢在网上逛，看首长信箱和官兵的“灌水”、“拍砖”、“置顶”。旅首长在网上和官兵交流、互动饶有意思，军事干部言简意赅，直来直去，有时候干脆用军语；政工干部娓娓道来，有时直接把相关规定粘贴上，算是回答，对更多的棘手、关系官兵切身利益的问题，也是呵呵两个字。

军网微博是官兵思想情绪的晴雨表，家庭变故，生活困难，工作苦恼，思想困惑，忧郁啦，开心啦，经常能从QQ签名或微博上露出一些蛛丝马迹。通信连哪个兵用的什么网名，什么时候又换了什么马甲，指导员心里大致有数。

“女汉子”是谁呢？这兵可能性格开朗，干脆泼辣。是陈彤？上次她在某网站买到假货，为退货折腾得动静很大的，指导员请政治部群工办的律师出面才摆平。指导员一番明察暗访，“女汉子”竟然是罗丽琼。指导员找到她，承认倒爽快，说查询了，她的包裹收发室签收了，收发室说给连队通信员了，通信员含含糊糊地不说收到了，也不说没收到。指导员问，买的什么东西？罗丽琼眼睛一瞥，“女人用的，你回家问嫂子去。”指导员脸都气歪了，罗丽琼像没看见一样，扭头走了。后来才知道，那扣下来的十几个包裹，有好几个是女兵网购的礼物，准备送李晓玲的纪念品。

晚点名，指导员宣布对现存包裹“特赦”，但以后能不买就不买，我们是在当兵，不是当“败家子”或“败家女”，还有网购汹涌，很不利于保密安全。指导员说这些话时，连长面无表情地站在队尾。

旅里每月要搞一次七十公里野营拉练，号称“打牙祭”。集团军规定走五十公里，旅里加码二十公里。全副武装，走打吃住藏溜一圈回来，体力弱点的得歇几天才缓过神来。

几个上军校的还有两天就要走了，指导员的意思是他们就不要参加拉练了，在家准备准备个人物品。连长不同意，说在一天就是连队的兵，必须去。并且他们的车票早就订好了，现在各种关系介绍信都是电子化，保障卡制，不用操心。

李晓玲是和三个上士官学校的男兵一起走的，早上炊事班特地给每张桌子加了两个菜。他们几个，李晓玲集训结束肯定回连队，上士官学校的会回到旅里，但具体分到哪个连队，要看他们所学的专业。他们再回来时，可能换过几茬兵了。

全连官兵簇拥着他们来到营房大门口，在一片掌声笑声叮嘱声中，李晓玲已经走出营门了，突然又折回来，一把抱住连长，哭喊着："连长，我爱你！"大家一愣，李晓玲又添了一句：我们都爱你！

连长浑身僵硬得像木头又像石头，轻轻推开李晓玲的肩头，"晓玲，我们应该高兴才是呀，用不了多久你就回来了，又不是退伍，就是退伍，现在交通也方便，天涯若比邻呀。"这是连长第一次这样叫一个兵的名字，除了老兵退伍期间以外。

连队突然少了几个人，床铺、餐桌、队列里空出几个位置，一时好像让人怅然若失，随着号声哨声噼噼啪啪脚步声，生活又回到剧烈、周而复始的搅拌，一切恢复常态。

按计划晚上是唱歌时间，上等兵李胜中把要教的新歌词曲抄在黑板上，原唱网上下载的，调试好了，教室里灯火通明，不时传出音乐声。就在这时，楼下一声哨响："上网的——集合！"

伴着欢呼声电视声歌声，整栋楼的灯光都像在晃。

文化活动中心的网吧有百十台电脑，可以上互联网。业余时间（主要指晚上和双休日），除了全旅组织看电影、看晚会、听报告、政治学习或别的临时性活动，一般每天晚上通知一个连队上网，住营区十几个连队每月差不多能轮上一两回，运气好的话能轮上三回。时间从吃过晚饭六点半到八点半晚点名前，近两个小时。兵们嫌时间短，要是能像夜训一样就好了。夜训从晚上七点半到十点、十一点。

上网不知什么时候成了官兵的最爱，传统娱乐如打牌、下棋、看碟、K

歌以及各种游戏跟上网比起来都奥特“慢”啦，文化活动中心只要开放，网吧总爆满，座无虚席，每台电脑前杵着个脑袋盯着一双眼睛。棋牌室、拳击室、健身房大多空落落的，一股子霉尘味。桌球室三两个吊儿郎当的兵，一副百无聊赖的样子，他们是想上网没抢到位置。上网，当然上互联网才过瘾，那是个花花世界，信息奔涌，资料纷呈，灯红酒绿，光怪陆离，就像电子版上海滩、南京路，迎面和你招呼的不知道是什么人，可能是美女，也可能是“美女蛇”。军网就没有这么牛，资信有限，说话得注意，想象力严重贫血，不出意外对面也是一个军装的兄弟。上军网就像步兵连队搞晚会，一群纯爷们自娱自乐，想想就提不起劲。逛军网是上不了互联网的别无选择，好处是随时随地能上，排房、连部、学习室得闲就能瞄上几眼，翻报纸一样方便。

全连集合，比出早操还整齐，两病号都参加了。队列里就像一瓶被摇晃过的可乐，有一股兴奋欢快随时会溢出。有兵问一个腿受伤的病号，“上网方便啦?”“上网又不用脚。”

网吧设在文化活动中心二楼，偌大的空间比图书室、乒乓球室、健身房还要大。网管是个精瘦上士，入伍前是一家电子城卖电脑的，一次因为把营连干部、旅领导 PS 成一群“熊”，被保卫科例行检查时查到，名声大噪，“将功补过”保障过几次重要会议后，借调文化活动中心，编制还在连队，上面一查兵员定岗定编，就回连队躲几天。

网管蜘蛛一样“盘踞”最里边一个幽暗角落，座位上方贴一张表，他按表通知各连队来上网。每次开机密码都不一样，就像营区每晚不断变换的哨兵口令。电脑屏幕上、桌子上、椅子上、四面墙上随处可见血一样醒目提示：保密就是保命！保密就是保胜利，保祖国，保人民，保家庭，保战友，保自己！保密意识大于天！决不容忍姑息任何一起泄密事件，先停职，后查处……每一台电脑没有 USP 接口，不能插 U 盘、移动硬盘等，没有摄像头，只有一个戴上去像飞行员一样的耳机，可以听音乐。

兵们浏览网页，像女人逛街，东瞧瞧西看看，聊 QQ、微信，同学群、亲友群、战友群，谈笑风生，莺歌燕舞。这点时间谁也舍不得乱花，至于打“光荣使命(一款军队自主研发的军事游戏，玩的人很少)”、看电影只有在军网上才大方豪放。

网吧乍一看像影院，光线昏暗，弥漫一股汗臭甜腻气息，影影绰绰，不时有兵起身朝网管走去，回来时手上拿一瓶饮料或一袋薯片。原来网管兼顾“第三产业”。

锤子起身去买饮料时，瞥眼看到连长，刚要招呼，连长“嘘”的示意。每次上网都由值班排长带队组织，连长、指导员难得出动。

连长像个幽灵一样晃荡。有兵浑然不觉，有兵感觉身后有双眼睛，顿时如水面唼喋的鱼，尾巴一晃，切换页面。

连长看到锤子的电脑屏幕也切换了，故意逗他一样，在他身后站了一会儿。锤子火腿肠一样的手指在键盘上摸来摸去，背上像有虫子在爬，想抓又不好去抓，就像写情书时，旁边有人盯着一样。那头显然急了，发来一个又一个抖动。锤子终于鼓足勇气敲了几个字，我们头在。

锤子以前打字速度比蜗牛还慢，进网吧只为听音乐看电影，兵们说浪费资源。经过一段时间头悬梁锥刺股的勤学苦练，快多了。与之相对的是，这段时间连队伙食实在不咋的，无论荤素都不是那个味，青菜也没那么油旺翠绿，有一次还吃到虫子。有兵拈着虫子去找锤子。锤子一口吃了，说有虫子证明菜叶绿色环保，这年头啥都有毒，让人不放心，能吃上绿色食品多不容易，还有青虫含蛋白质，就这伙食标准，物价飞涨，你不吃虫，想吃龙？

据说，锤子最近电话陡然增多，有时通话时间能煮一锅粥，同时疯狂地爱上网。通信连上网时间每场必到，周末轮到别的连队，他也要去碰碰运气。有的单位人少，号称一个连，其实满打满算两个排，如汽车连，工兵、通信修理所等，锤子过去蹭了几回后，和网管打得火热。秘诀就是经常买饮料，有时悄悄揣一个饭盒呈上，只是网管吃了一些好东西，整天不动，也不见长胖。

连长转身离去时，望着电脑屏幕或明亮或幽蓝的光映着一张张略带稚气的脸，想起很久没打篮球了，玩玩扑克也好呀。

副营长到位了，是通信科的何参谋。副营长上任半个多月了，就那次陪副旅长检查伙房卫生来过通信连，其他时间好像没来过。当然，副营长平时的主要工作是管营部。

上午操课回来，指导员递给连长一封信，笑得意味深长，“那地方有熟人?”厚厚的牛皮纸信封上字迹娟秀。连长看了一眼地址和邮戳，挠了挠后脑。

连长递交了休假报告单，想不到很快批下来了，这是过去没有过的。在旅里连队军事主官请假难是出了名的，即使批下来也很难休个囫囵假，有的到年底了还没休过假，家属没随军的，只能寄希望老婆孩子来队慰问了。营连主官休假原则上由干部科上报，旅长、政委签字批准。政治主官休假如果政委批了，就算大功告成，到旅长那儿只是走程序，一般不会卡。军事主官就不同了，训练天天搞，节假日还得战备，弄得军事主官很难脱身。各连队，尽管搞了多年政工和军事干部岗位互换，轮岗轮训，这对普通步兵连队有一定效果，对兵种专业分队作用不大，原因是兵种分队的训练“”技术含金量”高，一时难以速成。

兵们好几天见连长房间门紧关，从窗户往里看冷冷清清，被子好像没打开过。问文书、通信员，才知道连长休假了。有的兵想多了，把连长这时候休假与副营长上任联系在一起。

日子过得很快，又很慢。连长好像刚走，又回来了，还是悄悄地，带走带来的只是少许别样的氛围。早上出操，兵们发现连长扎腰带站在队列前，和往常一样，很多兵的脚步顿时细碎、紧张起来。

周五下午起床读报快结束时，值班排长吹哨喊:“党团活动”，这时旅政治部一位副主任领着宣传科一个上尉来到连部。旅里有四、五个副主任，有分管宣传、组织、群工的，有代职的，有超编的等等，兵们搞不清他们谁管哪一摊子，只有连队干部才弄得清。这位副主任应该是分管宣传的(当过宣传科长)，他让指导员叫十来个兵一起聊聊，特地交代连队干部不要参加，该忙什么忙什么。

座谈会是在二楼党支部会议室开的，副主任让大家说说连长，生活工作学习作风为人等等，好的，不好的，以及对他有什么意见建议，随便说，敞开说，有什么说什么。兵们面面相觑，不知道该怎么说。副主任点了几个兵，挤牙膏一样讲了些，有的说连长平时训练严，训人不给面子;有的说连长很关心人，没坏心眼;有的说连长话不多，任务来了挽起衣袖自己先上;有的说连长不爱看书，看手机玩游戏比看书时间多……鸡零狗碎，三言两语，其实连长的形象已经描绘出来了。宣传干事几次举着笔提示，

“请举例子,最好讲一个小故事。”

开场好一会儿,副主任才说,通信连有个兵,河南南召人,当了两年兵,六年前退伍了,退伍后在郑州一个商场当保安,就在上个月,他们商场一位老人不小心掉进化粪池里,他跳进去,把老人救起,自己淹死了。南召兵的妹妹来信说,过去经常听哥哥说起他排长,在整理他的遗物时从日记里看到,他这一辈子最难忘,对他影响最大的就是他排长。他妹妹把日记复印了一份寄过来,说是留个纪念。

副主任说出一个名字。上士陈华说,有印象,不太深。上士刘胜马上想起那个早晨,眼前浮现出那个被撕裂露出海绵的胸罩,那张脖子上青筋暴起、通红尖瘦的脸……刘胜吞吞吐吐说起,那个兵在连队时性格朴实,干工作勤恳,头发理得好,也很乐意为大家服务,每当军容风纪检查前,大家排着队等他理。刘胜说的都是实话。把某人的优点罗列、放大,他就全身闪闪发光。

上尉有点得意地说,这事是他在网上偶然发现的,他有个职业习惯,常浏览地方媒体,关注新闻热点,尤其是和自己部队有关的。事情在当地网上、报纸上已经“炒”得火热啦,这个兵被评为“郑州市好人”,很多人知道他是某某部队的退伍兵,但那个部队驻哪儿,干什么的,谁也不知道。每个部队的番号,如12345,这都是糊鬼子的,你就是当一辈子兵也不一定搞得懂,部队内部一般问,你是哪个集团军哪个师哪个团的。当然,旅里和营连也不知道这事,和其他“热点焦点”一样,外面已吵成一锅粥,营盘里依旧风平浪静,“不知有汉,无论魏晋”。

天气陡然热得像蒸笼里一样,上蒸下煮,一天里衣服几湿几干,每个兵背上一圈盐碱地,走近能感到刺鼻的汗息。晚点名,队列里有股热烘烘气浪,蚊子做超低空轰炸,即使隔着军装,不时感觉一阵刺痛奇痒。那天晚上,指导员啰嗦了一通,连长又往前面一站。队列里不时有人在动,还好没有人昏倒。连长就讲了一个事,说南召兵家里经济困难,妹妹还在上学(大二,上的是三本),父母靠种几亩地为生,农闲季节出去打打工,连长想在全连发起一次募捐。指导员在一旁插话说,他完全支持,他是我们的战友,曾经患难与共的兄弟,大家不能忘了他。连长似乎还想说什么,愣了一下,宣布点名结束。

募捐从连队发起，后来发展到全营，全旅。旅里每年会有多起捐款活动，从全国各地频繁的灾情，到重大节日给军烈属、低保户送温暖，支助家庭遭变故的战友，共建单位的诸多难处，以及交特殊党费等。有时候兵们也会嘀咕，不过这次没人说什么。在通信连门口的公示栏里，一张窄小汇款收据，上面一串枯燥的阿拉伯数据。小纸片贴了很久，直到深秋的某一天寂寞飘落。

政委在多个场合说起这件事，有两次还很激动，说通信连连长是典型的“老黄牛”，让宣传科深挖一下，好好宣传宣传。

隔了好久，当大家几乎把这档事快忘了时，军区报纸发了一个“小豆腐块”。其他部队的兵可能没太在意，但在通信连像引爆一枚深水炸弹。文章用醒目红笔标出贴在公示栏里，读报时间不约而同读的是它，有兵甚至一口说出包括标点符号多少字。

周六下午，排房里电风扇呼啦啦转。连长和几个兵在长条桌上打牌，都是“老手”了，从摸牌到出牌一句话也没有，直到出完牌，洗牌时才一阵说笑。对于平常看似放松的娱乐，连长有一套自己的做法，如果范围小，参与的人少，尽量和几个老兵一起，和新兵得拉开一定距离，威信因距离产生。还有作为连队主官在日常交往中不能和某一个兵靠得太近，这样会疏远大多数兵。

几圈下来，几个老兵名下都有“乌龟”。一个“乌龟”一个或半个西瓜。又摸了一圈，连长好像看出什么，牌一扔，“不打了，没劲。”

风扇依旧呼啦啦地转，水磨石地板光溜溜的，看上去很清凉。前几天，兵们刚拉上水管，用刷子、洗衣粉，反复刷洗过。

十三、榜样的诞生

太阳炙烤大地，草叶无精打采地卷着，蝉躲在没有一丝风的树叶里歇斯底里。入“伏”了，每一天都是那么漫长，沉闷。就这热得狗喘的天气，有的新兵还不午睡，溜到家属区小河沟边钓龙虾，或去后山树荫下瞎聊。被纠察逮到，已经通报了几起。

朱继彪的课本来安排在上午，因为上级有个检查，宣传科临时通知改在下午。这样的天气，下午兵们个个没精打采的，在装有空调的大礼堂里，正好补个觉。每天晚上排房里热得像蒸笼，大家翻身跟烙饼一样，很晚才睡，如果再上一次哨，那睡觉时间更短了。没想到，朱继彪讲课不但没成“催眠曲”，反而是“冲锋号”，掌声不时呱唧呱唧的，搞得兵们情绪很饱满。

那天，值班营长组织部队入场时后勤分队和往常差不多，逛大街一样，晃晃悠悠，没有丝毫紧张感。步兵连队动作倒利索，坐下也整齐，拉歌也响亮，但总觉得缺一股精气神，有的兵稚嫩的脸上还有午睡时竹席的印痕。每个兵夹一本统一的制式听课笔记本，翻开最后几页，说不定能看到一些饶有意思的“涂鸦”。有的兵偷偷带了本闲书，更多的兵就来了一副“皮囊”。天太热了，一动一身汗，礼堂里凉爽，瞌睡时只要不打呼噜，歪着身子口水流成串，上级一般“善解人意”装作没看见。老兵大多有在会场上“闭目养神”的经验，和尚打坐一样，能让主席台上的人看不出来。

上政治教育课是每个兵必须参加的活动，往大里讲能上升到“讲政治”高度，往小处说是集体活动、组织行动，军人必须时刻置身于集体中，一切行动听指挥。有兵犯错误做检查时，一条信手拈来的充足理由，就是长时间没参加组织活动、政治教育，放松了对自己的要求。

政工干部在上面一张报纸老和尚念经一样"碎碎念"半天，听起来都有道理，但没一句能"走心"。政工们对于讲课的枯燥无味自有一番说辞，理论是灰色的，不好发挥，更不能解构，只能照着上面下发的讲，时时讲，天天讲，月月讲，年年讲，反复讲，讲反复。兵们只要到场，不管听与不听，哪怕左耳朵进右耳朵出，讲多了，听多了，在他们心里自然潜移默化形成一些政治概念，是非观念，理想信念。我们的退伍兵为什么比地方上的同龄人看上去成熟老成(不全是显得老相)，就是因为在部队受熏陶受教育的结果。

朱继彪讲课取得成功的"法宝"，就是他用战士的言语，战士的思维，来讲战士身边的事，心里的事。

他讲的主题还是当下最热门的"显学"，某个理论学习。去年十月在北京一个叫"隆重"的地方召开了一个具有重要意义、划时代的会议，那段时间电视上、报纸上、广播里、网络间锣鼓喧天，铺天盖地，吵吵嚷嚷，不绝于耳，眼花缭乱，看到的听到的接触的无一不是那次重要会议的内容。据说地方党政机关像是台风登陆一样，暴风疾雨掀起学习贯彻热潮。部队上更是打响一场没有硝烟的战争，从上至下，层层动员，火速行动，总部下发学习辅导教材(有军官读本和士兵读本两种)，从总部、军区、集团军到师旅各级都成立了理论"宣讲团"；旅政治部不定期发行学习小报、开展网上论坛；党委班子开办理论"读书班"，营、连成立理论读书小组，具体到每个士兵上级规定必须一篇理论笔记，可以是体会、心得、感悟，文体不限，但不能是诗歌和小说，不得少于一定字数等。所有文章都工工整整誉写好或打印出来，张贴公示栏，部分挂在网上，供大家学习、欣赏、跟贴、拍砖、灌水。

仔细品味，朱继彪对理论的解读好像没有什么特别之处，和上级宣讲团说的，以及旅里两个教导员辅导的差不多，只是他放得开、尺度大些，用上面的理论显微、放大、聚焦战士身边的人和事，抓住某一个观点，某一句话，某一个词，拓展、深挖、发挥，活学活用流行语、网络语，配以"甄嬛体"、"淘宝体"、"凡客体"、"丹丹体"、"梨花体"、"论语体"、"语录体"、"新闻联播体"、"外交部发言体"等表现手法，卡通、动漫等齐上阵。他说的都是兵们身边的事，有训练场设施不完善，存在一定安全隐患，训练中常有断胳膊断腿的事；有地里翠绿的菜叶上还黏着新鲜的“翔(粪便)”，炊事班就不怕脏不怕累的开始收割(旅保障部鼓励兵们生产积肥，提倡蔬菜自给自足)；营盘后山一处围墙老被掏出一个洞，随补随打(有捡破烂的老百姓掏，还有不假外出的兵掏)；军需仓库的哨位附近没有厕所，哨兵内急时提着裤子跑，或在附近野地里解决，这件事已经提过多次了；纠察简单粗暴，执勤赛“城管”，有兵说给我三千纠察，保我江山永固，钓鱼岛风平浪静……

朱继彪的讲课大获成功，那些因担任站哨、执勤而没有听课的兵纷纷抱憾，直到旅政工网上能看到视频。也有人持不同看法，一些军官认为把如此严肃高大上的理论通俗化、市井化，就像把一个西装革履的魁梧大汉短衣短裤打扮得像小丑，好好的日子过成了“段子”，好好的“故事”颠倒成了“事故”。

指导员说有争议好呀，争议越大越强烈越好，就怕我们费了很大的劲抱起一块石头丢进井里，响声都没有一个。

为了帮朱继彪收集整理上课资料，指导员费了老鼻子劲，还把夫人“搭”了进去，多媒体演示时那些动漫和卡通人物就出自他婆娘和几个女兵之手。几个很萌很搞笑的人物看似简单，可都是版权所有的原创呀，娘子军们数易其稿才成型。

他上课的教案也是连队集体的智慧，他完成初稿后，先是连队“理论小组”七嘴八舌、口诛笔伐，草船借箭一样，面貌全非，当然其中也有很多“铅笔型号的(2B)”意见，但朱继彪始终虚怀若谷，从善如流。最后在全连多次试讲，春晚彩排一样，总之朱继彪是踩着全连官兵的肩头走上讲台的。

朱继彪的讲稿通信连官兵耳熟能详，最大的好处就是兵们能在精彩处“领掌”，恰到好处地带起掌声一片片。有兵统计过朱继彪的不到一个小时的课曾被十几次掌声打断。

开会、听课、听报告，“领掌”像拉歌一样，也是门学问，要把握火候，要熟悉台上台下情况，最好由平时指挥唱歌的老兵或军官“领掌”，一个掌声带动全场，最尴尬的是一个孤零零的掌声后面跟一阵稀稀拉拉、拖泥带水的声音。

秋老虎还“毒”着，早晚温差大，午睡还要铺凉席，晚上就寝时就有兵悄悄把凉席卷起放在一边，这么做的是一些中级以上的士官。蚊子开始做垂死挣扎演绎最后的疯狂。个大、嗜血、毒性大，一叮一个包，晚上如果蚊帐没掖好，或手臂、腿脚搭在蚊帐边，被“新蚊连啵”后肯定收获一片“红高粱”。

离熄灯号响还有小会儿，朱继彪趿着拖鞋进来时，刘胜已钻进蚊帐，“老衲”一样悄无声息，竹席卷放在床头。刘胜还睡靠角落的下铺，朱继彪睡上铺。朱继彪每天晚上还是做一个单杠二练习，卷身上床。朱继彪虽然是连队正式任命的班长，在兵们眼里好像只有刘胜才是“正统”，就像曹操和刘玄德一样。朱继彪主持班务会，组织训练生产学习都像模像样了，但刘胜那张“老脸”往那一搁，那份黝黑的沉稳更像班长，任务松的时候闲散得像退居二线的老首长，任务紧的时候忙前跑后像“股肱大臣”。

前几天刘胜又递了一次请假报告单，连队说接到上级通知中央正开重要会议，官兵一律停止休假。指导员常说，国家大事与每个人都是“零距离”，和我们当兵的更是“负距离”，一有风吹草动兵们立即转入战备状态。会后，上级再次通知除了天灾人祸，或家庭发生重大变故的，如父母去世、婆娘生娃等特殊情况，才可以请假，已经在家的必须立即召回。关于军营“召回制”，有兵总结说，部队是现代社会最先实现不计成本、不讲条件的执行这一规定的，这一点很值得中国企业家们学习，防止产品变质或出现质量问题，进而引发安全责任事故。

上级说要把中央的指示精神传达到每一个兵，要一个不落，要深入骨髓，触及灵魂，因为值班执勤或别的特殊情况没有参加的，要及时补课，确保每个兵不但要和党支部书记（指导员）保持一致，更要和党中央保持一致。关于到底是和党支部书记保持一致还是和党中央保持一致，源于一次集团军首长视察连队，所到之处听到的都是时刻和党中央保持一致！无论新兵还是老兵，军官还是士官，这句话就像营区里此起彼伏、歇斯底里的番号一样响亮，如果军网上评选年度“流行语”，它可能高居榜首。集团军首长被一个列兵一本正经地喊和党中央保持高度一致逗笑了，说你只要听你们指导员的，和你们指导员保持一致就行了。没想到这句话很快被晒到网上，几天之内跟帖数千，各种“酷评”、“灌水”、“拍砖”、“力挺”，有的说指导员是党和国家的最低领导人，是党中央在基层连队的“代言人”、“形象大使”，听指导员的没错；也有的兵说，那可不一定，我们指导员就“很二”，犯了个低级错误，背了个处分，被处理转业了，如果我们都跟着他走像他一样，不就带“沟”里了吗？

秋去冬来，忙完训练忙战备、演习，刘胜想休剩下来的假，眼看又要泡汤了。那几天他似乎心情很不爽，有板凳或椅子挡住去路，干脆用脚去发挥手的功能。

排房里，有的在挂蚊帐，有的说说笑笑，几个列兵还在吭哧吭哧做“三百个（一百个俯卧撑、一百个仰卧起坐、一百个蹲下起立）”。

朱继彪隔着蚊帐对刘胜说：“班长，我想把上次讲课的录像刻张盘作纪念。”

军网上很多资料“只可远观而不可近玩焉”，只能浏览，不能下载。排房里、学习室、连部等所有电脑都没有光驱、没有PS接口，即使侥幸没有被“阉割”的，那也是聋子的耳朵，因为能上军网的电脑都装有保密系统（又叫水印系统），外来的光盘、U盘、移动硬盘它拒绝识别。所以军网像莲花一样高洁，“出淤泥而不染，濯清涟而不妖”。

“嗯，我问问吧。”刘胜躺在蚊帐里闷声答应。老兵营盘里熟稔，义务兵遇到什么事喜欢和老兵或找老乡商量，尽管连队一再强调有事要向组织汇报，相信组织，依靠组织，说的都是“终身大事”。在连队，组织和老兵的关系就像主动脉和毛细血管，组织当然是主动脉，那些拎不上手、摆不上台面的小事通过毛细血管拐弯抹角、细枝末节解决起来更快。

刘胜找到宣传科负责摄影摄像的下士报道员，对方说让等一等，这件事旅里会有说法。刘胜带兵给宣传科搬过几次书，来回混熟了。

朱继彪的光盘还没眉目，集团军通知将成立一个理论授课小组，巡回宣讲授课，各旅、团选送一人参加。旅首长经过权衡比较，决定让“初生牛犊”朱继彪参加。通知上说不是比赛，不打分不排名，后来竟然演变成了不是比赛的比赛。如果是比赛轮不到他，一是旅首长不会把一个“卒”当“车”用；另一方面是众多政工干部也不会答应，比赛就意味着荣誉，意味着机会，谁不想试试呢？

集团军理论授课小组经过角逐、遴选，十几个人，最终五人个闪亮登场的，三个校官，一个上尉，只有朱继彪扛着上等兵军衔，最引人注目。有人说朱继彪沾了身份的光，看似有道理，但不完全是这样。

朱继彪尽管有基础，但还是准备充分。他把上次的讲课内容反复梳理，精雕细琢深加工。指导员从军区文工团请来资深（年纪大没名气）演员，对朱继彪的形象，讲课时的语气、语速配合手势、动作、表情，乃至普通话等，从出场亮相到结束等各方面进行设计、包装。连队从文工团请老师，挂的名头是给全连官兵上课，其实是给朱继彪“开小灶”。

朱继彪是最后一个出场的。前面几个都是照着稿子念，偶尔脱稿临场发挥几句，一副沉着稳重的样子。只有他是脱稿的，像电视里大革命时期街头即席演讲的革命家一样，口若悬河，激情澎湃，配合恰当的肢体言语，他的讲课多次被热烈持久的掌声和笑声打断。尤其是集团军理论宣讲小组在旅里上课的那次，朱继彪是“主场”作战，场面火爆得国足有一天夺得“世界杯”可能也不过如此。

在理论宣讲小组中，朱继彪最引人注目，也最没有压力。他是一个上等兵，讲好了，这个兵了不起，这个旅的理论教育了得；讲砸了，他不过是个兵嘛。

往年集团军组织的理论授课就像风吹过，和每年“八一”、海训期间、春节前后，集团军政治部派出业余演出队每个部队又唱又跳、热闹一番一样，过了就过了，声音和影子都没能留下。

理论宣讲录像如即将风干的鱼晃荡在集团军政工网上，指导员大张旗鼓、旗帜鲜明地号召全连官兵对朱继彪的宣讲录像“点赞”、发帖。网上有设置，一台电脑一个网址只能“点赞”一次，连队的电脑全部发过了，就到别的连队去发。为此连队在周末派出骨干小分队挨个儿连队地“走访”，全旅能够上军网的电脑（机关办公室和一些小散单位的可能漏网）大部“被点赞”。指导员深邃的目光投向更广阔的天地，发动全连官兵利用一切可以利用的关系，团结一切可以团结的力量，那些老士官不是参加过集团军、军区，甚至全军的各种会议、学习、集训吗？有的军校毕业，在别的部队有我们认识的战友、同学、老乡等，可以请他们帮忙，反正是点一下鼠标，举手之劳。可惜这项活动只限于军网，如果地方互联网也够得上，指导员肯定会来一次全连官兵亲友总动员。

网上舆情没有如指导员所料蘑菇云升腾，威力无比，但也议论纷纷，蔚为壮观，在朱继彪的录像后“顶”、“点赞”、“竖大拇指”、跟帖评论的足有十几页，把其他几个人远远甩在后面。

集团军首长在召开有连、营以上主官参加、阶段性工作讲评的电视电话会议上，说到政治教育时提到了朱继彪（好像没有说名字），说这种形式好，让战士参与，用战士的语言，能说到战士心坎上，引起广泛共鸣。

集团军首长讲话不久，旅政治部克隆中央电视台的“百家讲坛”，开设了“士兵讲坛”。

军营里“复制”电视上的流行节目“海”去了，有“感动军营十大人物”、“军营好声音”、“军营模仿秀”、“军营闯关”等等，反正不用付版权费。“士兵讲坛”由士兵联系自己的成长经历，身边的人和事，所感所想把理论教育具体化、形象化、生活化。士兵在台上讲完后，录像挂在旅政工网上，“军营银屏（旅电视台）”一星期里中午开饭时播放一两次，营盘里每个饭堂都能看到。对于主讲的兵发纪念光盘、发荣誉证书，并与旅长、政委合影（至少其中一位）以示鼓励和纪念。有点和评上“优秀士兵”、上“训练龙虎榜”差不多了，当两年兵如果有这样的经历也牛，一辈子难忘！以前政工干部讲课都没有这待遇，他们想保留一张自己上课的光盘做纪念（据过来人说转业找工作时用得上），得找宣传科悄悄要，还不一定保存有。“士兵讲坛”后来发展成旅政治教育的特色经验做法。当然，朱继彪的光盘、证书、合影后来也补上了。

集团军首长提到了朱继彪，即使没有点名，那也了不得，这是一个好由头，好彩头，看你怎么灵活运用了。有一个段子，说国外有个书商出版了一本书，给总统寄去一本，请总统先生说几句，总统随便翻翻客气地说这是一本好书。这句话马上被印在“腰封”上，作为广告语，书畅销；第二次出书，书商又给总统寄去一本书，有上次的教训，这次总统说它是一本很糟糕的书。这句话还是被书商作为广告语，书依旧畅销；第三次书商把书给总统寄去，这次总统什么话也没说，于是书商打出广告“连总统都无话可说”，书依然畅销。

目标在指导员眼里似乎更加明朗接近：将朱继彪培养打造成集团军、军区乃至全军叫响的“理论学习标兵”。

朱继彪是一个根深杆正叶红的好苗子，名牌大学生，在连队不拘一格的培养下，义务兵就当了班长，先后参加集团军、军区专业技术比武，并取得优异成绩，在政治理论学习上废寝忘食，如饥似渴，深有心得。他是用理论指导实践，用实践印证理论的基层先进典型。

他熠熠生辉的事迹，如果能被记者或上级新闻干事深挖掘，妙笔生花一番，就能上头条，一炮打响。

指导员频繁“出访”，密切联系机关，有时是名正言顺地去开会，有时是操课时间“单溜”，有时腋窝下夹几本书回来，满面红光，脚步轻盈，神采飞扬的样子像中了“双色球”头奖。

指导员先后找连长、文书、朱继彪等人谈过，说些什么不得而知。但指导员接下来的做法就声势浩大，无保密可言了。

指导员发动连队有史以来最庞大的报道组编撰朱继彪的故事，刻苦训练故事、钻研理论故事、严格管理故事、关心同志故事、圆满完成任务的故事等各种故事，大故事小故事长故事短故事都可以，但只能是好故事，正能量的故事。我们和他朝夕相处这么长时间，不可能没有故事，实在想不起来，他说过某句有意义的话，一个温暖感人的细节也可以。

连队生活忙碌平凡琐碎，怎么能像舞台上演戏一样有那么多故事和豪言壮语呢？指导员面对一个个抓耳挠腮、咬笔杆的报道员，耐心启发，朱继彪是我们这个光荣集体的典型代表，他身上的闪光点是我们精神意志的集中体现，所以有的故事不一定非要发生在他身上的……

这话让几个参加过政治部宣传科报道集训的老报道员好像耳熟，因为有政工干部在集训班上说只要是有利于工作、有利于团结、有利于展现我们光辉形象的，有影子的事，我们放心大胆地写，没有影子的事凭想象写，如果你写出来的经验做法在报纸、电视、电台上发表了，可操作性强，我们下一步按照你写的做不就行了吧。意思概括起来三句话：大题要炒作，小题要大作，没题要创作。

指导员的话醍醐灌顶，让“秀才兵”们茅塞顿开，文思泉涌。报道员们把连队所有班长、老兵的先进事迹，看到的，听来的，无论哪一方面，包括一些精彩话语（语录或红色段子）、趣闻轶事等全部“嫁接”到朱继彪身上，无论是张冠、李冠，还是王冠，统统戴在朱继彪头上。如军营版“纤夫的爱”，本来唱的是刘胜用背包带拉着朱继彪跑，结果移木接花成朱继彪拉着另一个列兵跑。

经过报道员们的层层精心包装，朱继彪身材甚是丰满，乃至虚胖，但面目全非，模糊成一个肉球样的轮廓，连眼睛鼻子嘴巴都没了。

指导员说，太过了也不行，如此“嫁接”会有排异反应。有的事要经得起推敲，比方说朱继彪晚上替生病的同志站哨，他去给新战士掖被子，可以写在下哨的时候，他总要看看全班战友睡得是否香甜，冬天的被子，夏天的蚊帐盖好、掖严实了没有。每一个细节要真实可信，要来自我们平常的生活，有时候一个细节看起来假，就让人不相信，如一粒老鼠屎坏了一锅汤。更进一步，就是所选故事、话语要符合人物性格特点，能最大限度地表现出人物鲜明的个性，要符合他的身份地位，日常说话做事的风格、行为习惯，并且要前后一致，不能在这个故事里是这种性格，到了那个故事又变了，尽管在单个故事里个性突出，但连贯起来看漏洞百出、自相矛盾，让人分辨不清。我们的四大古典名著为什么那么受欢迎，让人耳熟能详，就是因为里面每个人物栩栩如生，像活在我们身边一样。

对系列挂在朱继彪名下的故事，最后由女兵集中“火力”进行深加工。多年来，通信连有个现象，女兵文化素质整体高于男兵，无论是政治作业，还是训练笔记，书评或影评，女兵几乎个个拿得出手，字迹工整，文理通顺。而很多男兵别看爬杆子比猴快，写个什么东西磨蹭半天，遮遮掩掩地拿不出手。女兵文化高，但没有一个报名参加报道组的。

朱继彪的故事集终于散发着油墨香新鲜出炉了，在连部打印了几本。

连队有的老兵向来看不惯朱继彪，其中有军事素质牛、在群众中威信高的老士官，如炊事班长锤子就认为朱继彪自以为是，一下连队比老兵还老，不像其他新兵低眉顺眼、轻手轻脚的，见到上等兵以上的老兵一律喊班长，见到少尉以上的军官一律立正敬礼称首长。他呢，对没有担任什么职务的老兵直呼其名，绝不“口头行贿”，开会发言轮不到他说，也敢开口，还拿腔拿调的，一个新兵谱摆得蛮大的。

有的老兵说，朱继彪排队打饭打汤接水洗衣服等等，轮到他了就是他，无论后面是谁，他从不礼让；没见过他抢过扫把，藏过粪桶，更不用说帮他们班长洗衣服、打洗脸水，替排长跑一趟军营服务社什么的，大小工作，公差勤务，不积极主动，眼里看不到活，“一步一动”，叫他干才干，没叫他，他捧本书打坐一样；平常少和大家打牌、玩游戏，哪怕三缺一，没有密切联系群众，和群众打成一片。如此我行我素，自以为是，说得文雅一点是清高；说得书面一点是没摆正过自己位置，没认清身份；说得通俗一点就是“新兵蛋子”，欠收拾。他的那套“朱氏理论”，也是故作深沉，把人绕得云里雾里，好像不说名言，不引用那些洋“专家”的高深理论，就说不明白似的。朱继彪当“劣（列）兵”时，几个老兵就像怒目金刚一样，曾给过他几次眼色，但他目视前方，好像反应迟钝。

对于朱继彪将被树为大家学习的“典型”、对照的“榜样”，一时兵们群起“拍砖”，那架势能拆毁一座城。

他有什么了不起的，无非就是文化高一点，不论体能还是专业，拉出来试试，在连队他比谁强？

当兵的就应该拼军事，比杀敌本领，比保障能力。能比耍嘴皮子说政治理论？上战场总不能和敌人“坐而论道”吧。

典型榜样应该是跑在最前面，站在最高处，振臂一挥，众人跟着奋勇前进……如果树他当典型，那么我们的典型就像“窨井盖”，是否太低了一点，一抬腿就能迈过去。

朱继彪如果扎在兵堆里，大家一般高，感觉不出来什么，还觉得他某些方面不错，一旦把他拎出来，拔高，就会发现他身上的“毛病”不少。像猴子的屁股，爬到高处就露出来了，越高越醒目，当然如果它成了“猴王”，那么它的红屁股将描绘成一张笑脸或一轮初升的红太阳，或干脆“一叶障目”，忽略不计。

以前，指导员力挺朱继彪参加集团军通信专业比武时，曾有过一段精彩“典型论”，那时候班长骨干们只是听着，没有说什么，好像连队干部在绘就宏伟蓝图“五年规划”，离自己蓝天白云般遥远，现在机械轰鸣，这个“规划”眼看就要在身边破土动工了，很多兵变得不自然起来。

星期五下午党团活动后，指导员召开一个简短“班长骨干扩大会议”，扩大到“民意领袖”，几个强烈反对树朱继彪为典型的，和几个“点赞”表示支持的，人数和气势不相上下，势均力敌。

指导员主持会议，他让支持方先说，撇开“故事集”，实实在在讲一讲朱继彪身上的"闪光点":做事认真踏实,能做到干部在与不在一个样,不像有的老兵干部在时拼命干,干部不在当懒汉;训练刻苦,尽管身体素质差一点,但不抛弃不放弃,进步幅度像房价"环比涨"(和其他兵比较)、"同比涨(和自身比较)"都是最大的;乐于帮助同志,在排房里经常用自己所学理论知识帮助大家,传播"正能量";帮助参加军校考试的同志补习文化耐心细心热心,有求必应,有问必答,尽管后来都没考上,那是他们"麻布上绣花,底子太差";还有他成熟、稳重,多次出色完成连队交给的任务……

连队召开群众性会议时有一些小窍门,主持人倡导哪一方就让哪一方先发言,由先发言的一方引导整个会议的基调、话题和发展方向。

个人发言有的是"先扬后抑",有的是"先抑后扬",中间来一个"但是",话锋一转,最终看鼓点打在哪一点上。民主集中制原则,先民主后集中,在广泛听取群众意见后,最后由军政首长集中决策时,听话听音,这一点被运用得出神入化。

会议一"开锣"就由力挺朱继彪的定"调子",后来偶有杂音,但还是沿着这个调子走。指导员总结时,先说了朱继彪身上存在的一些不足,接着话锋一转,我们看一个同志要看大处,看本质,"人无完人,金无足赤",我们把任何一个同志的缺点放大看、集中看,那么我们就觉得他一无是处。相反,如果我们把他的优点放大看、集中看,感觉就不一样了。

现在,有很多单位的典型"墙里开花墙外香",即使"墙外香"也是"昙花一现",原因复杂,主要有两个,一是典型毛病较多,还是不成熟的毛坯,就仓促树立,经不起时间和现实的检验;二是"身边无典型",距离近了产生不了美,我们整天和典型腻在一起,吃喝拉撒睡,过着平凡琐碎的生活,感觉不到典型突出、闪光的一面,就像我们平时抬头看月亮,看到的是皎洁无暇的银盘,据说如果近看就是一张坑坑洼洼的"麻子脸"。

指导员说完,提出请连长讲几句。对于树典型这件事,连长好像并不热心,不轻易发表意见。指导员曾对连长说,不要急,这次没戏,如果典型打响了,说不定直接提正营呢。当然,这话是指导员私下跟连长开玩笑说的。连长和指导员之间有的话不能当着兵说,哪怕是开玩笑。从情感和精神上,连队干部是兵们的挡风墙,是他们的信念堡垒。在旅里,正连直接提正营的也有，凤毛麟角，就一两个荣誉连队的主官，而且还要干得好，至少干满四年。

连长说他当新兵时，有一次著名战斗英雄、“尊干爱兵模范”王克勤生前的一位战友来连队讲传统。他的战友姓陈，从河北邢台老解放区入伍的翻身农民，他俩一个连队一个排，都当班长，比着干，拼命干。陈老兵说，其实王克勤带的班没有他的班好，王克勤班里有个“开小差“的，跑掉后又反悔，回来了。而他班上没有一个”开小差“的，从来没有。大家都传王克勤机枪打得好，号称“机枪圣手”，其实王克勤的机枪打不过他，他和王克勤的手感一样好，一扣扳机都能控制子弹出膛的数目，王克勤能打熄百米外的烛光（晚上用一个箩筐罩着烛光当靶子），他打的距离比王克勤还要远点。他们打仗都把脑袋当水壶，都不怕死，后来王克勤提出了思想、技术、体力三大互助，就扬名万里了。

当年，陈老兵看到王克勤经常参加这个表彰会那个英雄会，很风光，有乡亲来慰问也是冲着王克勤的名头，王克勤班里的兵不时分得一块毛巾、一个本子、一把红枣、一捧花生什么的……他当时心里很不平衡，王克勤，一个解放战士凭什么当英雄，得那么多荣誉，他政治出身没我好，其他方面也不比我强，有的方面还不如我。连队里有不少老兵发牢骚说怪话，以后打仗让王克勤班顶着，我们都看他的，他迈哪条腿我们就迈哪条腿。

这些话王克勤听到了，落在心里，打仗更加勇敢，团结带兵更好，做群众工作愈加认真细致带劲，打定陶时他感冒了，还是坚持提一篮子手榴弹带头冲锋，谁也劝不住，结果他牺牲了。

我们眼睁睁看着王克勤牺牲了，流泪，痛哭，开始反省、自责，觉得对不起他，对战友同志苛求了，说白了是我们的嫉妒心“逼”着他生病了也往前冲。

陈老兵说，他年轻时很多问题认识不到，后来年纪大了，经历的事情多了，才理解旅首长、纵队首长，乃至刘邓首长的一片苦心。战争时期，国民党军队到处“抓壮丁”，全国兵源几近枯竭，解放军只有通过改造“俘虏”，让他们调转枪口，这样不但壮大了队伍，削弱了敌人，而且国民党兵大都训练有素，只要通过“诉苦运动”，使他们认清自己受穷受苦的根源，就可以使他们脱胎换骨，成为一个优秀的解放军战士。王克勤表现确实不赖，那时候鼓励他、宣扬他，就是打出一面旗帜，广大解放战士望旗而来，很有感染力、号召力。难怪王克勤牺牲后，军区司令员刘伯承亲自致悼词，说国民党军就是用一个旅也换不来他一个王克勤。

兵们明白了，敢情连长、指导员的眼界赶得上当年刘邓首长了？现在大学生从军热，把朱继彪树为典型是号召大学生士兵们在部队安心干，好好干，会有出息的。

朱继彪的故事集装订得像本大开本的书，厚厚的，很上手。故事集送到营部，营部送到机关、旅首长。上级对通信连培养的典型有兴趣，评价通信连抓工作有创意，有想法。连队是战术分队，一个连队的动作是战术行动，但通信连的工作能放眼全局，有战略眼光。

有天下雨，不能开展室外训练，上级临时通知改为上政治课。政治部主任领着组织科长和宣传科一个干事来到通信连，和部分官兵座谈了一下午。后来传来消息说，这个典型有意义有价值，苗子好，但还要浇水施肥晒阳光，宣扬树立这么个典型仅靠旅里的力量还不够，得依靠集团军、军区，甚至总部的力量。现在宣传还不成熟，具体要等到什么时候，要看典型的成长，以及大的时代背景，什么时候打这张牌对部队建设最能起到“立竿见影”的效果，综合这几点才是“瓜熟蒂落”的好时机。

旅政委针对这件事说了一段话：培养典型，各级组织要耐心细致地做工作，要为以后大张旗鼓、铺天盖地宣传做铺垫，要必须先把他培养成连队、营里、旅里的典型，典型宣传不可能一炮打响，一夜走红，就像一个士兵不可能直接当将军一样。

据可靠消息，通信连今年要去带军训。这让很多男兵心痒痒的，风景总是外面好，一下子能见到那么多水灵清亮的姑娘，多养眼。不用请假，可以天天在营区外面自由呼吸，多畅快呀。

往年军训都是步兵连队，可能上级认为步兵军事素质好，脸黑，嗓门大吧。这让专业分队的官兵眼红得“腹诽”，带大学生军训可是美差呀。军事干部看到的是骨干得到了全面锻炼，分管后勤的副职看到的是白花花的银子，很多兵不在连队就餐，能省下一大笔伙食费，从“矮矬穷”摇身变成“高帅富”。只有政工干部心里忐忑，覆水难收，放出去的兵，心野了，管理难度就大了。

传言眨眼变成现实。政治部群工办的通知很快下来了。军训虽然和军事沾边,但属于政治工作中的群众双拥工作,归政治部管,政治部分管群工办的副主任担任军训团团长兼政委。通信连受领任务后,政治部副主任特地来连队转了一圈,一番强调和部署。

动员会上,连长把连队的军民共建史“摆”了一下,通信连先后和几个单位“共建”过,有驻地小学、街道办,还有一个化工厂。以前逢年过节,这些单位来慰问过,小学生的慰问品最有意思,一样的东西,五花八门,如端午节送来的粽子,让人眼花缭乱,五彩缤纷,有的有商标,有的没有,有的尖,有的圆,有的白线扎,有的用彩绳等等。苹果、咸鸭蛋上贴有一张小纸条,用透明胶带固定,上面歪歪斜斜写一句话,或画一个卡通图案,如解放军叔叔辛苦了,我长大了也要当兵。一看就是他们老师布置的“家庭作业”。兵们很看重这份“礼物”,很长时间舍不得吃。

街道办的大妈大婶大娘们在新兵入伍和老兵退伍时会赶来,给老兵送过毛巾、驻地风景明信片等慰问品,给他们拆洗被子等。这时有个上士窃笑,连长板着脸训斥,笑什么?上士可能想起那个带“颜色”的笑话,说有次老兵退伍前街道的大妈大婶大娘们照例来连队洗被子,还带来一个漂亮神仙妹妹。有床被子上有片“地图”一样的东西老洗不掉。妹妹问是什么,被问的老兵脸红。一个大妈一旁接话部队上秘密多,不该问的别问。妹妹更好奇,说被子上能有什么秘密。那兵突然说是“枪油”。哦,当兵的枕戈待旦,战备时抱着武器睡觉,枪油弄到被子上,有可能。这是一个流传多座营盘的“中老年”故事,现在听起来不合时宜,也经不起推敲。首先编得不合理,那些脏东西沾在衣服或被子上,一泡水,就很难看出来。发生在现在更不可能,各连队都用上洗衣机了,谁会用手洗,加上如今的妹妹也没有那么“萌”,那么“贤惠”了,她们会到连队给大兵们洗被子吗?

化工厂的头头脑脑来时送上一些篮球、足球、水果等慰问品,然后在连队食堂热热闹闹喝酒,当然是在官兵开过饭后。兵们偶尔也去帮他们打扫卫生,或派几个骨干吆喝他们的员工走队列、站军姿。

驻地小学由于生源减少,前几年合并到别的地方去了。化工厂也因为节能减排,关闭停产,厂址都开发房地产了。只有街道还在,但物非人也非,只是名字没变。军民共建单位彼此就像亲戚,长时间不走动就疏远了，现在的兵还不知道有这层关系呢。

这次通信连是倾巢出动，除了几个有伤有病的，和几个敬礼像孙悟空瞭望妖怪，队列动作如鬼子探雷的，如莫少文等，怕有损军人形象，军队声誉，又误了人家子弟。

带女生被兵们称为“美差”，那可是名副其实的美差。这美差由谁担任呢？

真是烫手山芋。根据兄弟连队往年经验，一般由面显老相、老成稳重的已婚士官班长带，或选那些相貌中下，和歪瓜裂枣接近，但军事素质还过得去的兵。有人提议让女兵去，很快被否决。女兵带女生，将搅成一锅粥，军训可是劳心劳力的体力活，女兵吃不消不说，她们的军事素质先天不足，基础太差。在新兵连她们作为军人的共同科目训练由男兵班长带，日常管理是女兵班长，就像皇宫里的格格，生和养是分开的。

离军训还有几天，连长宣布女生队将由队列动作最标准、口令最利索洪亮、军人气质最佳、最能代表我们连队形象的，能让女生欢呼尖叫的兵去。到时候将开展队列会操的形式进行选拔，确定由谁去。

那几天排房里、走廊上、门口的空地上，随处可见踢正步，拔军姿，相互纠正敬礼的身影，有的兵白天站连值日，晚上站哨还在不由自主地练正步做分解动作。

上等兵李胜中为了增强竞争力，每天早上提前半小时起床跑到菜地，把一排排莴苣、生菜、卷心菜想象成一个个翠绿可爱的女生，一遍一遍喊口令。谁都知道他想带女生，自己不明说，别人点破，他还红着脸否认，和他平常唱歌时落落大方的样子判若两人。

上等兵甘乃平则表现出一个新党员应有的思想觉悟，写申请（只差没咬破手指写血书），坚决要求承担最艰巨、最危险的任务，带女生。好像女生个个是老虎，是真老虎，不是纸老虎，带女生就像冲锋陷阵，舍身炸碉堡一样。

上等兵姜迪平也写了申请，连同入党申请书一起悄悄交给指导员，可见决心之大。

以前碰到这种“美事”，炊事班长锤子肯定摩拳擦掌、跃跃欲试积极得很，他有段时间相信“天上会掉下来一个林妹妹”，“爱情就在拐弯处”，胆子放大一点，步子迈开一点，随时可能撞上大运。这一次，他就像冬天晒太阳的懒狗，爱理不理的，甚至提出留守。连队当然没同意，现在人手少，一个萝卜一个坑，何况他军事素质不错。

连队终究没开展会操考核，就宣布了带军训人员名单，刘胜、朱继彪带女生队。那些几天来较着劲练队列动作的兵脸上满是落寞。有兵说，军中无戏言，我们组织的公信力就是这样下降的。

兵们分析，刘胜最大的优势是他有婆娘，地球人都知道他婆娘就是他读士官学校时带军训过程中"搞定"的，他应该不会制造出什么"绯闻"，"险情"解除，最主要是他有"从业"经验，知道怎么带女生。

朱继彪呢，是那种"没吃过猪肉，但见过猪跑的角色"，从校门到营门只被军训过，刚当班长时还要刘胜"垂帘听政"，或充当"顾命大臣"。指导员让他带女生，有考验、锻炼的意思。还有一层意思，这次带的是某名校的学生，让朱继彪这个学校名气更响亮的高材生去，能"唬"得住，他们之间共同语言更多，说不定还能起到征兵宣传，"扩军"作用呢。

军训，对于刚入校的大学新生来说，充满新奇欢快热烈紧张，是一场阳光绿茵上的青春盛宴。训练间隙，刘胜那边的女生队波澜不惊，平平淡淡。朱继彪带的就不一样了，歌声、笑声不断，引得人们纷纷侧目。那些涉世未深的小女生"笑点"远低于"常温"，加上朱继彪讲笑话修炼得和鲁迅先生一样，别人笑，他还一本正经。女生更是前仰后合，花枝乱颤。

朱继彪没军训经验，但他做足了功课，上军网、互联网看了很多关于军训的文章和帖子，和一些带过军训的老兵攀谈，以及结合自己被军训的体验，换位思考，总结出各一二三，要领、细节、注意事项等，甚至搜罗了很多笑话、段子。

那些笑话段子被他恰到好处地处理，常取得意想不到的效果。比方，军训开始他向女生抖自己当年的糗事，他领到军装和酷逼的武装带时很纳闷，这个武装带是系在衣服外面呢，还是系里面的裤子呢？正左右为难，于是学旁边哥们儿的样子，把武装带系在外面。集合，训练基础的蹲下、站立、停止间转法，他只觉得里面的裤子松松垮垮一直往下掉，又不准动，动一下得喊报告，可裤子一直掉，得！只好一只手伸进兜里拉住，结果被教官训斥。

课间休息,朱继彪对瘫坐在地上东倒西歪,花容失色的女生说,以前带他们的教官小个子,广东人,说话有意思,有次他下达口令:第一排抱树!第一个同学看着教官不知所措,教官吃人的眼神盯着他,再次大声命令抱树!于是他极不情愿地走到旁边一棵大树前,张开双臂抱住!还有教官命令,第一排杀鸡,第二排偷蛋,第三排看我做稀饭,蒙了半天才明白,是第一排稍息,第二排投弹,第三排看他做示范。那次正步"一步一动"练习,他紧张出错脚了,教官躬着腰,很恼火:"哪个小子把两条腿都抬起来了?"

朱继彪把听来的、看来的移花接木在他身上,或某个教官身上。偶尔有男兵"串门",女生一看段子里的主角就笑,他们莫名其妙的,自我感觉良好。笑话也和新闻一样,发生在身边的更可笑。

这些"包袱"只能在合适的情境里抖,不能乱用,不然将乱成一锅粥。有次影前拉歌,李胜中指挥男生队"挑衅"女生队,他使出浑身招数,手舞足蹈换了几种拉歌方法,女生很矜持,就是不开口。李胜中大吼:"叫你唱,你就唱,扭扭捏捏不像样,像什么?"男生齐喊,"像姑娘!"女生笑成一团,"我们就是姑娘!"

朱继彪把氛围搅活了,叫苦叫累的少了,副作用就是朱继彪每讲一句话,她们都觉得好笑。他长的样子就好笑,以至于训练中一个针尖大小的响动都可能引发笑声,感染队伍,溃不成军。到后来朱继彪只有虎着脸,一副苦大仇深的样子,她们才有所收敛。

和很多带女生队的男教官一样,朱继彪也曾收获丝丝缕缕温馨、怦然心动的感动,嗓子哑了,有女生悄悄送"西瓜霜"、"金嗓子喉宝";在纠正女生训练中的"痼弊"动作时,尽管"君子动口不动手",但近距离闻到她们微微馨香的喘息,还是脸红心热;教她们整理内务时,她们花团锦簇地围成一圈,他的内务整得并不咋的,但在这儿受到英雄般的礼遇;有一次拔军姿,才二十多分钟一个小女生抗不住,晕倒了,他一把抱起往医务室跑,几个女生跟在后面跑。不远处,有好事者用手机抓拍了张照片。朱继彪立即报告军训团,团长兼政委马上在广播里宣布这张照片不得外传,不能挂在网上,也不能放在微信朋友圈,不然跳进黄河也洗不清。其实,军训前就强调过纪律,不该拍的不拍,不该传的别传。现在,社会上关于大学生军训的负面新闻太多了。

在“散伙”联欢晚会上，李胜中唱了两首歌，台下还在起哄，最后他唱了那首《姑娘，请听我说》：

姑娘呀姑娘，请听我说，
我们苦练杀敌本领，是为了保护你！
我们徒步行军，是为了陪你逛街；
我们紧急集合，是为了你随叫随到；
我们流汗搞体能，是为了能背得动你……

晚会结束，有几个女生跑来问他要歌词，还要了通信地址。指导员在一旁脸拉得像驴的兄弟。望着女生们摇曳远走的背影，指导员训斥，在这种场合唱这种歌，真是哪壶不开提哪壶，昏头了！李胜中红着脸，支支吾吾。这首歌是他自己作词作曲，拥有自主知识产权，流传最广，也是他最满意的作品。

军训归来的十天半月是敏感期，任何风吹草动，指导员都像兔子一样警觉，信件查得更紧（以前只是查寄来的，现在寄出去的也查）。还是和过去差不多，每天稀疏几封，有时几天没一封，看样子以这种古老传统方式联系的少了。对电话、网络监控还是没有任何有效办法，连队干部总不能站在一旁听吧，唯一能做的就是从严控制人员外出，管理更加严格。

军训刚结束那个周末，天气晴朗，十来个男女学生组团旅游一样来到连队，在连队会议室坐了一会儿，几个班长领着他们在营区转了一圈。后来他们再也没来过，也没有任何消息。

军训回来，朱继彪变化最大，话少了，走路没了那种踩弹簧一样的欢快，有时望着远处出神。兵们说，朱继彪比以前更会玩深沉了。

十四、兵车行

天空变得高远，蓝天上随意飘散几缕淡云像毛笔挥洒出的“枯笔”，凉风拂过微微发黄的草梢，秋的气息浓了。

外出学技术的兵陆续回来了。和同年兵比他们还像新兵，同年兵在连队呆了近一年，举手投足间已显“老气”。他们呢，尽管“回家”了，很多地方有些时候还是缩手缩脚，显得陌生。有的专业兵在连队住一两晚，上级通知挪地方，如学驾驶、军械修理的就去了汽车连或修理所；学卫生员的去了旅医院。刚去时偶尔回来串串门，后来就不来了。

国庆节放假前，机关通知搞好战备值班，制定好食谱，安排好文化活动，努力营造节日氛围。每逢放小长假，节前的安全教育是老规矩。小长假结束那天下午，机关同样会下通知，组织收人收心教育，努力消除一切节日氛围。营盘里小长假结束那天下午的夕阳总让人无限感慨，怅然若失。刚才还呼呼啦啦响的红旗、彩旗，转眼间收拾得无影无踪，兵们像星期天下午一样开始搞菜地，整治环境内务卫生，想起晚上即将召开的班务会、连务会，心不由得阵阵收紧，自己没犯什么错，不会挨批吧。欢乐气氛应该是从内心散发出来，流露在眼里，写在脸上，靠努力营造出的氛围效果毕竟有限，可部队每回都这么做。今年国庆放假，上级还强调说：小长假一结束部队就要“打仗”（演习）。潜台词就是这个假过得不安宁。

晚饭后，锤子走进连部，指导员一看他那扭捏样，就知道有事。果然，支吾几句，他掏出一张“住房申请报告单”说，过几天他女朋友要来，想在士官公寓住几天。报告单是制式的，上面给每个连队发一沓子，也可以从军网上下载打印。指导员问，还是从前那个？这可把锤子问住了，那么多，指导员问的是哪个？“还在饭店当服务员？”指导员问。锤子一愣，含含糊糊说是。锤子最近向指导员汇报的就是那个富态的服务员，好像还展示过照片。具体长得什么样，指导员早忘了。一晃，半年多过去了。

小长假士官公寓住房最紧张，营盘周边的小招待所都爆满。锤子只是女朋友来队，想住进去，没门。指导员提出先住女兵宿舍，待士官公寓有房间了再搬过去。在通信连，一号和二号夫人（连长、指导员家属）都住过女兵宿舍，很多男兵的姐姐、妹妹，或表妹、女同学来队也住过女兵宿舍。

指导员和连长商量，并征得锤子同意，决定先安排他女朋友住女兵宿舍，和上士朱虹住一起。住女兵宿舍，光明正大的理由是营盘住房紧张，住营区外不放心，还方便、省钱、安全。当然还有其他原因，你懂的。连队好些老兵的“表妹”、“女同学”来队，都住过女兵宿舍，也省得指导员意味深长地敲打，操心了。

翘首盼望中，锤子的女朋友（春天）终于来了。他锅铲挥舞得更起劲，幸福和甜蜜当做佐料下锅，这些兵们都尝出来了。那些日子，锤子脸上亮得像抹了猪油，嘴吧像抹了蜜，整天笑嘻嘻的。

和所有来队家属一样，让炊事班加两小炒（当然是锤子展示才艺的好时机），指导员郑重其事地介绍锤子人品素质，工作能力和平时表现。指导员找锤子女朋友聊时，锤子没有在场，他估计指导员肯定把他夸得像朵花，如果他在反而不好意思。

几个老士官冲锤子挤眉弄眼，“抓紧啊，盯住战机，集中短促火力，一举拿下！”在连队有兵的“表妹”或女同学来访，兵们一律冠以嫂子之称（除非女孩花容失色坚决拒之），如果女孩脸一红，一副羞答答的样子，兵们更是卖力如促销一样展示出其男友的能力素质威信。怎么细心，如何勤快，何等手巧，怎样有责任感，多么会心疼人等，好像他是天底下最好的男人，比三条腿的蛤蟆还难找。尤其在对方女朋友面前，一定会给足面子。

通信连这种模式是三面夹击，迂回包抄。连队干部和全体男兵两翼助攻，女兵主攻或迂回包抄。连队干部从正面评价，男兵从侧面衬托、配合；女兵最懂女人的心理，不动声色、零零碎碎谈起锤子班长的各种好，不带一个好字。上等兵陈彤说，她以后就要找个锤子那样的男人，日子才滋润呢。那意思就是趁早下手，看紧点，很抢手哟。所以在基层连队，一个女孩和某个兵恋爱，面对的常常是背后一群兵，和一群兵在交战交锋，攻防演练。当然，女人在情感战场上实在是太强大了，有时候即使一群兵也被打得落荒而逃，丢盔弃甲。

上士朱虹悄悄透露，锤子女友一切正常，就是香水浓了点，爱吃零食，打扮特别，头发微黄，丰满成那个样子还穿件大红紧身衣，露出两条罗圈腿，活像只火鸡，睡觉打呼噜，已经害得她几个晚上没睡好了。至于说话做事蛮善良的，心直口快，不像是预谋打入我军内部的“特务”。指导员命令继续观察。

连队批了锤子几天假，让他带他的春天上街逛逛，看看驻地风景名胜。早上出发，锤子脸上洋溢着欢快喜悦，晚饭前拖着疲惫的脚步回来，夕阳将两人的影子拉得长长的，锤子手上提着大包小包的。有一天他们回来晚了，没赶上饭点，炊事班留了饭。锤子去连部销假时，神情有些异样，目光像落在地上的玻璃珠子闪烁跳跃。指导员当时没在意，后来联想起时感觉有点不对头。

国庆前两天，锤子收到一封邮政快递，激动兴奋得像收到战场捷报。兵们才明白，敢情以前是瞎操心，人家已经胜券在握，红旗早插高地上去了。快递是锤子女友老家发来的“结婚商请调查函”的复函。上面盖着几个红巴巴说，女孩家和女孩本人政治历史清白，祖宗八辈子没干过违法乱纪、对不起党和国家的事。

谁也没想到锤子和他女友是“网聊”认识的，以前那个服务员早就是过去式了。他们这是第一次见面。两人“闪婚”后，锤子很快“喜当爹”，他婆娘生下一个胖小子。小孩才几个月，他婆娘又外出打工，小孩扔给锤子父母。他们夫妻俩平常靠电话、QQ、微信联系。两年后，锤子有次休假回来，黑着脸，动辄火冒三丈，和谁结仇了一样。指导员找他谈过几次，他一声不吭。一天，他甩掉电话，咆哮如雷，扬言要杀人。等大家反应过来时已不见人影，连队赶紧派人去火车站、高铁站、长途汽车站，到处去找。最后在熙熙攘攘的高铁站候车厅把他堵住。后来有传说他身上带有手榴弹、枪支弹药，他是被五花大绑回来的，没那回事。指导员和几个兵找到他时，他一副失魂落魄逃荒的样子，指导员才开口说几句，他哇地一声大哭，就跟着回来了。

原来锤子回家探亲时，邻居们跟他开玩笑，说他孩子走样了，一点也不像他。说者无心，听者有意。锤子一咬牙，瞒着父母抱小孩去做了一个什么DNA。如果他父母知道打死也不会让他去，花钱事小，脸往哪儿搁呀，还有那玩意儿有什么用，小孩只要叫他爸爸就行了嘛。结果令锤子绝望，他和小孩百分之九十九没有生物意义上的父子关系。这事发生在锤子当兵第十二年，还有几个月他上士服役期就满了。连队费了好大的劲才把他稳住，没有闹出大事情来，也没有把这个事作为案件、事故苗头上报（担心影响连队建设）。锤子最终平平安安转业回家。后来，听说他们平静地离婚了，孩子女方没要，还是由锤子父母带着，说有感情了，自己一手拉扯大的总比街上抱来的要强。关于锤子的故事很长时间是兵们一个唏嘘感慨的话题，也是指导员关于树立正确的婚恋观和经常性思想教育的又一典型案例。

营盘里国庆结婚的有好几对，仅通信连就有两对，锤子和他的春天，朱虹和何参谋商量好了国庆回上海举办婚礼，假都批下来了。别的连队还有一些。其实，通信连还有一对，排长李晓勇和理发店那个妖艳神秘得如聊斋里冒出来的女孩，他们也是国庆节前领的结婚证。

结婚本来是热热闹闹的喜事，李晓勇和理发西施却像潜水，准备私奔一样，只有几个连队干部知道。理发西施到连队找过李晓勇几次，吸铁石一样引来大片目光，后来再也没出现过。一天晚饭后，政委散步来到连队，站在门口和李晓勇说了几句什么。不久，李晓勇就和理发西施上民政局领了证，一切悄无声息。一年后，李晓勇考研究生走了，事情才陆续传出。关于这事有多个版本，其中有个版本应该比较接近事情真相，首先李晓勇可能做了不该做的、有损军人形象的事，“把柄”被人家捏在手里。女孩知道他的底细，也打心底喜欢他，对他真心实意，不想把事情闹得收不了场，怕影响他的前途。李晓勇呢，先是换了手机号。理发西施和他联系不上，营区大门又进不去，只有孤注一掷“单刀赴会”去找政委。由此可见，女孩对部队情况很熟，知道干部的事找政委、党委书记一找一个准。那天，政委对李晓勇就说了两句话，要么接受纪律处理，打背包滚蛋；要么赶紧打报告结婚。在旅里，政委找一个小排长谈心的（包括谈话）概率很小，那是营里教导员的事。李晓勇和理发西施结婚后，不到半年就离了，也是悄悄地。估计理发西施终于想通了，放手了，觉得一厢情愿和一个并不爱自己的人生活一起没意思。也有人说李晓勇补偿了她一笔丰厚的分手费。故事也好，事故也罢，曲终人散。通信连几个老兵联想起李晓勇最喜欢去理发店，有段时间突然很在意自身形象，后来又性情大变，头悬梁锥刺股地看书学习，这一切都有了答案。最发懵的还是执勤排那群女兵，“女兵排男兵带”，在她们印象里李晓勇是那样腼腆可爱，有时候还可以欺负一下，怎么也想不到他竟然被理发西施“俘虏”了。李晓勇婚事的后遗症就是，旅里对干部的管理也变得很严格，和兵一样，必须凭假条外出。

国庆节期间将有多对“新人变旧人”。有道说，世界上老得最快的就是新娘，一夜之间就变成老婆。宣传科报道组的摄影干事认为这是条“活鱼”，决定炒作一番。宣传科报道组年初每人都定有任务，全年必须完成多少稿件，哪个级别的报刊上稿多少，某个版面什么位置，文字或图片各多少都有明确规定。眼看快年底了，完成任务有压力。

集体婚礼是国庆期间安排活动的“重头戏”。婚纱是一家婚庆公司拥军优属无偿提供，乐队是旅里的战士业余演出队，摄影摄像都是自家人，一切立足现有条件，红红火火，热热闹闹。当一溜洁白的婚纱和军装(礼服)在《婚礼进行曲》中漫步红地毯上时，新娘风姿摇曳，仪态万方；新郎玉树临风，倜傥风流，即使没有统一口令还是步伐整齐。朱虹和何参谋走在最前面，表情有点像名人馆里的蜡像。他俩开始不愿意参加，经反复劝说，最后勉强同意。旅长、政委满面春风，喜气洋洋，一个当主婚人，一个当证婚人。对于基层官兵来说这真是莫大礼遇，很多官兵在驻地举办婚礼，能请到一位部门副职到场，都算很有面子了，旅里主要领导一般都不参加。尤其是中央出台了“八项规定”后，部门副职也销声匿迹，婚礼只是小范围内乐呵乐呵。

婚礼上穿插文艺演出，几个营凑了三五个节目。十几个兵打军体拳一样跳了一曲《小苹果》舞蹈，没等主持人反应过来，他们已经“快闪”了。也实在难为了步兵三营，他们表演了军营版短剧《皇帝的新装》，把大家笑得前仰后合。女兵披着轻纱跳舞依旧最引人注目，在婚礼上她们也最兴奋最漂亮，每个女兵都有一个新娘梦，每参加一次婚礼都是她们心底的“预演”、“排练”，不断修正完善。

李胜中还是上台说唱了那首《姑娘，请听我说》：

姑娘呀姑娘，请听我说，我们苦练杀敌本领，是为了保护你！
我们徒步行军，是为了陪你逛街；
我们紧急集合，是为了你随叫随到；
我们流汗搞体能，是为了能背得动你；
我们拔军姿，是为了站着听你唠叨；
我们练瞄靶，是为了对你的小孩子气睁一只眼闭一只眼；
我们去炊事班帮厨，是为了让你有口福；
我们整理内务卫生，是为了你生活的环境干净整洁；
我们坚守岗位，是为了把你守望；
我们遵守纪律，是为了恪守对你的诺言；
我们服从命令，是为了乖乖听你的话……

姑娘呀姑娘，咱当兵的人，永远是最可爱的人，永远是你值得托付终身的人，是值得你用心去爱的人！

国庆会餐成了最热闹的“婚宴”。机关食堂会餐一般在 9 月 30 日中午或晚上，和连队错开时间，一是家在驻地的干部要赶回家团聚，二是让旅领导尽可能地参加各连队会餐，哪怕只露个脸也会让兵们嗷嗷叫。旅领导在参谋、干事、助理员的引导下，兵分几路，摄影、摄像的一路小跑在前面，一般最先来到有“新人”的连队。这时，营盘欢呼咆哮成一片海洋，仔细一听，哪个连队最热闹，那个连队准有“新人”；哪个连队吼得最响亮最整齐，这时旅领导肯定出现在那儿。

旅里的集体“婚礼”炒作很成功，上了军区报纸、网络电视和驻地某电视台的军事频道，风风光光，很是排场。政治部几个干事可能是最早吃螃蟹的，建有自己的微信公众号，推送出去，据说点击量还不小。政治部专门发通知各连队注意组织阅读、收看“婚礼”盛况。有的兵噗嗤一笑，知道那是导演的，又一出“和大树拔河”。

全旅国庆结婚的不到十对，最后摄影干事硬是凑出三十多对。有的已经“老夫老妻”了，有的年初就已经结婚，肚子微微隆起有“喜”了。摄影干事凭三寸不烂之舌反复做工作，终于又让他们“昏（婚）”一回。有几个士官不太愿意，觉得脸上搁不住，但他们另一半听了，喜滋滋的，跃跃欲试。看样子女人永远愿意停留在当新娘的甜蜜感觉。

“和大树拔河”发生在去年十月，摄影干事在新兵连准备拍一组欢乐新兵连的照片。新兵入伍改在每年九月后，各级都很重视，憋着劲想表现。当时可能比较急，没有组织一次真正的拔河，只是临时叫了十几个新兵当演员，拔河的绳子一端拴在大树上，一端让新兵声嘶力竭地拔。照片拍出来了，效果还不错，后果就是那棵本来根基不深的树，歪斜了，一侧的根已经隆起，有的露出地面。照片在军区报纸上刊登出来后，几个很“二”很环保的兵，在军网上发帖道出了背后的“秘密”。帖子很快被删了。据说上级有电话追查，不知是查发帖人，还是查照片作者，没有下文。

兵们联系身边的事和报纸上说的，觉得报纸上说的大多是小题大做，大题炒作，无题创作，没影的事也可能编出来。有兵说，兵不厌诈，我们的报纸可能是专门用来迷惑敌人的，根据上面的报道研究人民军队只会云里雾里，不知所云，因为只有日期、讣告，还有国家领导人出访估计是真的，其他的真真假假，假作真来真亦假，真做假来假亦真。

国庆小长假满打满算就三天，三天后演习打前站的就出发了，不打前站的也要忙着擦拭武器，准备车辆、器材和个人物资。营盘里一片“临战”气氛，身处其中，不由得紧张起来。

野战炊事车拉了出来，摆在伙房后试烧了两顿饭。炊事班还准备了背铁锅的架子、移动灶和少量柴火，保证即使炊事车不能用或有的地方去不了，也能保障。锤子正犹豫呢，连长说，你小子今年别去了，安心在家陪老婆，这也是任务。锤子吁了一口气又怅然若失，这是他当兵以来第一次没参加“战斗”。上士朱虹休假了，连婚假一起休，估计回来时老兵已快退伍了。锤子说他的婚假要等到过年才休。

锤子和他婆娘搬到士官公寓去住了，那儿刚好空出有房间。锤子婆娘在部队住了两个多月，过年前才夫妻双双把家还。司令部管理科催过几次，连队出面讲情，说锤子找老婆不容易，让他们多处处多培养感情。旅里规定士官家属来队不得超过一个月，最多不能超过一个半月。但也有“破例”住上半年多，甚至一年的。有一对士官夫妇结婚几年了，由于聚少离多，女的老怀不上。旅领导很人性化地批示：住下去，直到确诊怀孕回家。

通信连“二号夫人”指导员家属也回去了。指导员当时正张罗着把一些文化器材装车，没有去送站。指导员家属拖着一口大皮箱走的时候笑靥如花，就在她悄悄转过身去时落英缤纷，神情黯然。她在驻地一直没找到合适工作，老家单位不住地催，说上级在检查吃“空饷”的，让她要么回去上班，要么辞职。她在老家保留了工作岗位，没拿工资。她的工资上级拨发了，被单位“瓜分”，当然工作任务也分摊到同事们身上。但旁人看起来她就是吃“空饷”。

营盘里热火朝天，每个连队门口床架床板的碰撞声，锅碗瓢盆声，倒车刹车声，拉伪装网的喊声，营区道路上各种型号的车辆或呼啸或轰隆而过，有试车的，有加油的。上级通知说放假七天，其实是“假放”，因为假期一结束“战斗”就开始，逼着你牺牲假期。就像有的公司嘴上说不用加班，在快下班时交给你一堆材料，说明天一早开会要讨论，不加班没法完成呀。有人研究过二战期间德军的进攻百分之九十以上在节假日，并且在凌晨三四时，人最放松警惕的时候。对于当兵的来说时刻准备打仗是本事也是本分。

上级说这次演习一切按照实战标准来，从接到命令开始，从营区一出发就进入战斗状态，以营为单位自行带到数百公里外的演习地域，这一路上都是战斗。谁趴下谁死球、滚蛋。后一句是连长自己加的。

下午阳光静好，到处一副大战前的静默。连长握根腰带连队上下转一圈，回到连队门口时突然让哨兵通知值班员吹哨，全连四楼学习室集合。连长安排工作有时搞突袭，尤其是外出回来，或在哪儿喝了一点酒后，看似一拍脑袋，没计划没条理，其实是“老谋深算”，有时只是检查一下人员在位情况。

男兵都到齐了，女兵也姗姗而来鱼贯入座。兵们以为连长只是像往常一样做战斗动员，强调战场纪律，宣布参战和留守人员名单（尽管每个人自己都知道了，但还是要例行公开）。

连长好像专门为了这次演习特地理了个刚劲板寸头。他端坐讲台中间，面无表情：“仗就要开打了，今天我们说说衡量战斗力的标准，或者说假如战争明天就打，我该怎么做？不用讲大道理，就联系我们身边的人和事，我们的武器装备，我们平常的做法，还存在哪些问题，有哪些不足，要想打赢，哪些需要改进的，也可以结合这次演习谈一谈。大家有什么说什么，想到哪说到哪，一句话畅所欲言。”

连长说完就往学习室后面走，路过上士徐涛身边时他们眼神交汇。这次讨论酝酿很长时间了，题目年初就布置了。几次点名时，连长说过，指导员也说过，让大家好好想想，琢磨琢磨。

时间和空气好像静止，外面番号声、叫喊声、脚步声，由远而近，由近而远。文书举着“掌中宝（摄像机）”东张西望，随时准备把镜头对向谁。兵们早已习惯了，一有活动文书就像个忠于职业的记者举着“掌中宝”东跑西颠。有时候是真录了，有时候只是做做样子，但什么时候录了，什么时候是虚枪一晃，谁也不知道。最管用还是听报告或收看电视电话会议时，他的“掌中宝”晃来晃去，大家不用命令提醒都坐得端正。

“朱继彪，你说说！”连长点名。朱继彪站起来。“坐着说。”“我谈谈自己的看法，”朱继彪显然是有备而来，“就拿我们身边的内务设置说吧，我发现我们日常生活中有一些细节与战备要求背道而驰，比如说枕头套，用起来既费事又不实用，取放时包裹衣物容易散、里面的标志服饰也容易掉；还有床头摆一本政治理论书，我认为是形式大于内容，完全可以放在抽屉里，拿出来看也方便，没有必要放在床头当摆设。再就是晚就寝时鞋子的摆放，以前睡觉时白天要穿的鞋子摆在宿舍内，大家怕臭就全部放在宿舍外面，为了室内物品摆放整齐划一，床下统一放拖鞋，由小值日每天进行摆放，而且每天早晨查铺查哨干部还要专门对就寝秩序进行讲评，现在面子上是好看了，但没有什么实际意义。大家想一想，迷彩鞋、作战靴摆外面，床下只摆拖鞋，一旦打响还要跑到门外去找鞋子，夜里一团漆黑经常拿错，慌忙中找不到鞋子的情况常有，地上的拖鞋更是无法顾及，碍手碍脚的，造成行动不便，这些都影响了战备……”

李胜中接过朱继彪的话：“如果鞋子放在室内，那么鞋子摆放的方向也要注意，还有衣物叠放，记得以前很多战友鞋子乱放，衣服散在床上，结果闹笑话，有次突然紧急集合，睡在我上铺的兄弟匆忙下床，一脚站在自己的鞋子里却不能自拔，因为他的鞋子摆放方向有问题。后来，我装好背囊又发现帽子被别人拿走了，害得我 58 号的头顶着 54 号的帽子像个猴一样疯跑……”

氛围上来了。连长提醒：“大家还可以想一想，我们平时拉动除了找鞋子衣服，还有没有找过其他东西？或者说我们出动必须要带哪些物资？”

刘胜说：“其实，我们有的战备物资存放和管理就不利于平时训练和战备。如背囊、头盔、子弹袋、防毒面具、单兵炊具、单兵饮水具等都是统一存放，每次拉动，各班派人去领取，再分发到个人，有的装具因使用人不同，背带长短还需重新调整，时间被无形中浪费，如果真打起来，我们能这样吗？再比如，我们把防护服放在仓库，平时拉练或战备演练，从出发到回撤，都是在战术背景下进行，经常有通过染毒地段等情况处置，我们现在只是利用雨衣充当防护服，做做样子，这样做在实战条件下能起到什么作用？我认为作用不大。尤其是有的新兵根本不知道防护服怎么穿，拿雨衣充当防护服，没训练、战备效果。”

“说得好！”有人带头鼓掌。

陈华说：“刘胜说得有道理，不要说新兵，就是有的士官也不能熟练穿戴防护服，要达到实战标准还要强化训练。我们的防毒剂报警器是这样的，大家不会使用，战备演练时我们是事先设定毒剂种类，然后采用相应防护措施，通过染毒地带后组织人员和装备器材洗消也是拍拍手做做样子，对于如何侦测判定毒剂种类很少训练，这种情况必然造成防护训练水平低，演练像是在演戏。还有钢盔，平时统一保管，大家几乎没有穿戴训练过，即使战备演练和靶场实弹射击也很少穿戴，这样导致大家一戴上钢盔进行装备操作，就很不习惯，降低了技术动作完成的精准度和效率。防弹背心对我们来说也是一件熟悉而陌生的装备，基本没打过交道。还有指北针、望远镜也保存在仓库，平时训练、战备取用很不方便，浪费时间。”

列兵张勇说连队的铁锹为了美观，为了检查时好看，都绑成一捆一捆的，有任务时取用很不方便。有人插话，把铁锹统一捆起来，就是为了拉动时好搬运呀，情况紧急时两把三把的往车上搬多慢啊。张勇说，但平常应该给铁锹松绑嘛，这也费不了多大功夫。

列兵廖小烨说：“有一件事我印象很深，上半年有几天，也没有搞战备，不知为什么天天吃单兵自热食品，后来才知道是消耗即将过期的存货，不过还好，因为那次经历我们掌握了如何使用单兵自热食品，不然，就像我们配发的单兵炊具和单兵饮水袋，上级虽然发了，但只在战备演练时装进背囊里，平时从没用过，直到现在我也不知道怎么用，如果要贴近实战，我认为应该把这些课目纳入平时训练中。那个单兵自热食品种类还蛮多的，有红烧牛肉、排骨豆角，还有鸡蛋面和牛肉面，味道也不错。”

说起吃的气氛更活跃，有女兵说要是有薯片、炸鸡翅鸡腿就更好了。也有兵说那些是垃圾食品，一点都不好吃。讨论有点离题了。一直没开腔的指导员连声咳嗽，嘈杂声渐渐变小。上等兵姜迪平开讲，又言归正传，“我注意了一下，战备拉动我们的车辆装备应该按照既定的序列出动，有时图整齐好看没有按照战备演练实际序列停放，或者停放在别的序列中，上次旅里拉动，原本在第一序列出去的车辆却停放在后排第二序列，经过调整才拉出，折腾了很久。”

这段时间姜迪平异乎寻常地关心汽车，说的看的是各种车辆。据说他很快将拥有一台小跑车，名牌。当兵前他有钱的老头许诺的。

甘乃平说：“我觉得连队个别库室设置不合理，为什么不把库室安排在楼下，把党支部、会议室搬到楼上去？每一次拉动，我们得从三楼往下搬各种器材，很多是重家伙，搬起来很费劲，经常磕磕碰碰、跌跌撞撞才搬下来，不仅影响装载速度，还浪费时间人力，以及存在很大安全隐患，不符合战备要求。”

连长说：“你说得有道理，但这是全旅统一规划安排的，方便监控、报警，这只是从平时的管理角度考虑，没有从实战来考虑。”

连长叫了几个女兵的名字，她们站起来支吾几句，没有人能说出个道道来。

“莫少文！”

“我，我觉得大家水壶里的水更换不及时，以前水壶不装水，现在有的装满自来水，有的装饮料，装自来水的几天都不换，水都变味了。”上等兵莫少文的广西口音，要仔细听才能听清楚。

“嗯，说得好！莫少文观察事物还蛮仔细的。”连长说，“一排长，你有什么高见？”李晓勇翻了翻笔记本，沉吟数秒才说：“战备其实是一个观念问题，对于成长在和平时期的我们来说，总说‘狼来了’，但大家连狼都没见过，很容易滋生敌情观念不强、战备思想麻痹松懈的现象。比如，我们要求衣服上要写姓名、单位和血型等信息，有些人写得很潦草或者干脆不写，殊不知这不只是战备要求，更是在战场上对我们的一种保护；再比如战斗装具不随身携带，平时带的少，带多了不习惯，干活时脱掉扔一边，这都不符合战备要求……”

讨论结束时，姜迪平又说了一个油料上的事，说以前车辆平常在营区油箱里是没有油的，只有常用的车子才有，不常用的都被抽走，要动车的话再加油，现在这种情况有所改变，但外驻训期间，当车辆停放到位后加油站就过来抽油。保障机关是防止野外油料出现问题，仔细想想，如果这个时候打起来了，我们的车辆能不能拉出来，多长时间才能拉出来？我想油箱时刻保持一个基数的油料也是战备要求。

通信连的“假如战争今天就来临”的文字和视频很快挂在旅政工网上。文字版内容更多更杂，诸如武装直升机的“声探测仪”，上级已经配发很久了，但一直堆在仓库里，没有训练大纲，没人员编制，没经费，基层没人会，上级也没要求；有的通信装备电池质量不过关，随着装备系统的升级改造，电池的保质期就一、两年，加上负载增加，电池电路已不堪重负。还有官兵洗澡问题，装备淋浴模块没人会操作，官兵野外驻训、演习经常一星期洗不了一次澡，洗澡时用卡车拉到很远的小镇，几块钱一次，不经济也不方便。首长机关强调当兵打仗就是要吃苦，要忍耐、拼搏。如今，坦克里都装空调了，这和吃苦忍耐拼搏是两回事。试想，官兵白天一身汗一身泥，晚上能冲个热水澡，睡得香甜，那是多么幸福的事呀，让大家精神饱满，番号洪亮，步伐有力，这就是保障有力，就是最坚强的战斗力。几个淋浴模块就能保障全旅官兵洗澡，据说每人次才花三毛钱。建议上级把全旅驾驶员、炊事员、卫生员、通信员、文书等集中起来学习淋浴模块的架设、撤收、装卸……

“假如战争今天就来临”的讨论，一时点击量爆棚，旅领导几乎都跟帖、点赞了。后来，旅自动化工作站把它和集团军、军区政工网做了链接。上士徐涛为此写了一篇稿子，连长、指导员都看了，指导员还用红笔密密麻麻做了修改。作者一栏上，指导员把自己的名字涂了。徐涛跑到宣传科报道组盖好发稿专用章，分别以纸质和电子版发到报社，很久没动静。

有些日子，徐涛见到连长、指导员都是红着脸低头疾走。指导员问过一次，徐涛说得去报社一趟，当面向编辑请教。

对抗演练，“红军”被打得丢盔弃甲，狼狈不堪。“蓝军”是被大家称为“磨刀石”、“试剑石”的军区某摩步旅，其司令部号称“八国联军”，参谋人员大都有留学背景，司令员以凶悍狡诈著称，曾就读老毛子的伏龙芝军事学院，和我军很多高级将领是校友，喜欢打“硬仗”、“恶仗”，绝不是“纸上谈兵”的角色。“红军”指挥员讲评时说，此战大致反映了我们平时的训练水平，就这点能耐。以前搞对抗，“红军”名义上是一个摩步旅，武器编制和“蓝军”一样，但“红军”所在集团军几乎倾全军之力，把全部精锐整合在一起，如为了指挥所不被端掉，“红军”加强了特种兵大队的高手。多数时候只能小胜，有时还打个平手。“蓝军”隐约知道对手这么干，并不点破，反而愈战愈勇，可能是富有挑战性，或者是照顾对方面子吧。

这一次“红军”转变思路，平时怎么练，仗就怎么打，不调整力量，不打乱编制，一大堆问题就这样暴露出来了。

“红军”的总结会把全过程“复盘”了一遍，氛围像检讨会、反思会，又像追悼会。胜利有一千个母亲，失败只是一个可怜的孤儿。从列兵到大校，按军衔、单位、兵种专业、指挥机构等，各选一名代表，轮番上台查找自身和所属人员存在的问题。

轮到通信连时，连长昂首挺胸阔步而上，旗帜鲜明地说这次通信保障是成功的、有力的、圆满的！事实也是如此，无线通信在敌人强大的电磁干扰下机智地实现了串联串通；有线通信他们采用诸如分段架设、跟进架设、网线架设等多种手段保证随时畅通，在穿过稻田、高速公路时，他们想了哪些办法，采取了哪些措施；在雷区开设电台，是如何避免雷击的。演习那几天正值雷雨天，大风大雨中他们背负作业器材，像老舍笔下的“骆驼祥子”在暴风雨中奔跑。架设线路，小分队在野外行动，给养跟不上，有的兵一天多没吃东西，又冷又饿，路过一乡村小店时里面能吃的，过期的、没过期的食物被其他部队全部买光。通信连长上来后买了几小瓶“劲酒”，在兵们手上传来传去，每人抿上一小口，暖暖身子。这一幕恰巧被“导调组”人员看到了，当时什么也没说，估计扣分了。战斗中，“红军”指挥所几次仓皇转移，通信保障及时撤收、跟进，随叫随通。有线兵一晚上巡线五六次，看有没有被破坏，还要防止被抓俘虏，有次他们收放被覆线无意中摸近“蓝军”后方指挥所，由于势单力薄，没法弄，只是把他们的电源断了，制造一点小混乱……

“这些，如果只是我个人的事，我打落牙齿和血吞，什么都不说，但我身后跟着百十号弟兄，他们流血流汗，默默坚持，拼搏，我在这儿应该为他们说说话，讨一个公道。”通信连长的一番话赢得阵阵热烈掌声。

这时主持人参谋长说，我们虽然打了败仗，但不能一概抹杀，有的兵种专业表现过硬，如工兵、通信，工兵开辟通道及时，开设指挥所利索，和通信保障配合得好，暴露问题较多是各级指挥员。我们有的营长可能是国外大片看多了，竟然让官兵穿作战靴徒步前进，几十里走下来，兵的脚几乎走断，最后突击时腿都抬不起来，有的营连就很灵活，知道变通，穿上作战靴在镜头前露一下，又悄悄换上迷彩鞋。兄弟们，我们的作战靴不能和“米”军比呀，我们的又重又硬，还是迷彩鞋合脚轻便。

连长这次斗胆“陈情”取得出乎意料的结果，年终总结时，通信连被旅评为“军事训练达标单位”，并上报集团军。通信连上一次拥有这一殊荣是什么时候，大家都想不起来了。全连官兵敲锣打鼓，高兴得像过年一样。

十五、退伍季

水瘦山寒，梧桐树叶打着转飘零，枝丫间孤零零的鸟窝像天空的一只眼睛。这个季节，在家的人幻想远行，出门在外的盼望着收拾行囊回家。

营里终于通知满服役期上士以上军衔（含上士）的士官可以填表了。上士陈华好像并不急，这几天不住地打电话，随时随地在打，声小而激烈，脸色沉郁。陈华入伍时档案里有城镇义务兵“安置卡”，回家可以安排工作，部队一再挽留，“安置卡”拖过期了，后来为了保险起见，回家能安置，他干满十二年。现在，又改变主意了，他想拿一笔钱走，自己创业。他婆娘说通了，娃儿才两岁不用管他，可父母坚决反对，说他们活了大半辈子见多了，那点钱很快就能用完，一份安稳的工作比什么都好。

今年，选择拿钱走的比往年多。兵役法改后，城镇义务兵回家不安排，只有干满十二年的士官才有工作，地方政府压力小多了，但如果没“关系”，回去还是找不到好单位，安排一个半死不活的活干，那点钱不够养家糊口。拿钱的，又在部队和老家比较一番，最终选择在部队拿，老家是“欠发达”地区，拿的肯定比部队的少。

陈华犹豫煎熬了几天后，还是听他父母的，决定要工作。

军务科烦不胜烦地一次又一次通知档案里缺这缺那，缺入团志愿书、士官转改体检表，或某个军衔命令找不到了，缺得最多的是立功、受奖表格。这些本来是机关平时工作的疏忽，没有及时归档，现在临时抱佛脚，让个人想办法补，这不是明摆着逼人造假吗？

“几朝元老（兵们戏称，因他们送走多任连长、指导员）”们进进出出行色匆匆，有的胸有成竹一样自己伏案填写各类表格，有的平常字写得还可以，这时候反而不自信，请字拿得出手的兵帮忙。一般的表格补起来方便，从军网下载格式打印填好就可以了，像“三等功”就必须找到当年的通报文件，查到编号才能在保密室盖上一大串章。也有的“元老”趁机炮制一些诸如“优秀士兵（官）”、“连（营）嘉奖”、“优秀班长”、“优秀党员”等表格，不管有没有用，先把档案袋塞得丰满点再说。听说有的地方政府安置时根据这些打分，再结合考试排名，有的地方什么都不看，就看能不能找到“关系”，“关系”怎样，如果有“关系”，那些东西有没有都“没关系”。

对于那些选择拿钱走的，这一切都隐退成背景，不再紧要。

万籁俱寂，第一班夜哨都下岗交接了，上士徐涛还在学习室挑灯夜战。这段时间，他老跑报社送稿。驻地离军区机关（也就是军区报社）不远，这为他写稿创造了“地利”条件，至于“天时”、“人和”就靠他自己了。他作为连队资深报道员，很多“豆腐块”、“萝卜干”正是当面向编辑请教才有的结果。军区报纸上又登出署他名的几篇报道，这次没提通信连，也不是写通信营，好像是表扬某县人武部民兵预备役工作干得好。开始兵们以为同名同姓，没在意。直到后来徐涛被安排在他老家县人武部上班，事业编制职工，大家才明白过来。这小子深有远谋。

士官公寓又冒出一些妇女儿童，女的打扮朴素，孩子蹒跚像小浣熊，瞪着漆亮的眼睛，稍不留神像个球一样滚远了。不用问，这些是老士官们的家属，他们打算来一次告别之旅，在部队住一阵子后全家团圆把家还。傍晚，有士官带着老婆孩子在训练器械场玩耍，脆亮的笑声传得很远。他们有些以前从没来过，这一次来可能是第一次，也是最后一次。看那一家三口快乐的样子，让人很是感慨，对于懵懂孩子来说，这里是他父亲付出十几年血汗的地方，他以后能记得吗？

老士官们填好表后，心里眼里一下子变得空落，从背后看他们的影子都让营盘变得凝重。什么时候离队，还要等通知，往年都是老兵退伍后、过年前请假回家，等到第二年六七月份回来结账，办各种手续。

陈华家属来过好几次，这次家里有事走不开，就不来了。他利用这段时间正好把“徒弟”再带带，这样走得放心。

徐涛在电脑前磨蹭一会儿后，发了一个贴：义务兵退伍敲锣打鼓，干部转业调离开座谈、欢送会，为什么士官转业就冷冷静静？现在士官那么多，上级应该重视，不要让他们走得心寒。

跟帖很快盖了十几“楼”。

这几天连队的氛围有些异样。有几个平常性格开朗的兵突然玩深沉，变得稳重，显得高深莫测。据可靠消息，组织上正酝酿四季度党员的发展。

加入中国共产党，在部队上有很多隐晦的提法，如个人进步、解决组织、向组织靠拢、个人问题（不是个人婚事）等。也有兵赤裸裸地说“捞党票”，有一次过党团组织生活，指导员把这种说法拎起来狠狠批了一通：我们有的“同志”竟然把加入组织的“党表”，当作进公园、电影院、博览会一样的门票，其手段就是投机取巧、见风使舵地“捞取”，这种人是我们志同道合，吃苦在前享受在后的“同志”吗？我看不是，这种人是见利忘义的街头小混混、瘪三、地痞、流氓，如果以后再听到有人这么说，“呸！”我要戳着他的脸，用眼神“掴”他几个耳光。

兵们入伍前大多是共产党的外围组织——共青团员，有的已经是党员，“民主人士”凤毛麟角。新兵下连没多久，指导员就鼓励启发兵们写入党申请书，说加入党组织相当于追求心仪的姑娘，写入党申请书就是给她写情书，如果连情书都不敢给她写，那是黑夜里朝她使眼色，不是敢说敢当的汉子。那段日子，每当熄灯号响过，常有黑影闪进指导员房间，当兵羞涩地掏出入党申请书那一刻，指导员脸色端详柔和，似笑非笑，看起来像庙堂里慈祥的菩萨。

怎样带好兵，说白了就是尽可能、最大限度地调动一切因素、手段，激发士兵的荣誉感、自豪感，无论为了集体荣誉还是个人荣誉，唯一目的就是把一群绵羊带得像雄狮一样嗷嗷吼叫往前冲。连队干部最怕那种“无欲则刚”的兵，他们奉父母之命，宣传之言，来部队走一遭过一遍，什么都不要，什么都不图，别说立功、入党、当军官了，就连一个嘉奖都不想争取，不感兴趣。这种兵的训练、工作标准不会高，日子得过且过，弄得带兵干部骨干实在没招了，只好退到最底线。你在部队多交几个朋友，留个好名声不行么？

写入党申请还真像写情书，得找个安静的角落，把掏心窝的话说出来。指导员每接过一份申请，面带微笑，认真读一遍，然后慎重锁进铁皮柜里。太多的申请书大同小异，像是出自同一块石碑的“拓片”，一看就是从军网上“荡”下来的，只是简单加上本人情况。指导员对上等兵、饲养员莫少文的入党申请书印象之所以深，因为那是他自己写的，没有“摹本”，说的都是实话，尽管字迹歪斜，夹杂很多错别字，只差仿照高玉宝当年用象形符号替代了。

在同年度兵中，大学生士兵朱继彪表达向组织靠拢的愿望是最迟的。指导员问他为什么落后？他说对照党员的标准，总觉得自己差得很远，要不在大学里早写申请，早加入了。

上级规定，义务兵入党必须留下来转士官，留下来选改士官是义务兵入党的先决条件。而那些打算留队的义务兵并不急于入党，认为自己在部队的时间长着呢，可以从从容容地打基础、争表现，而不打算留队的义务兵要入党就必须留队。这就形成了一个“第二十一条军规”怪圈。在连队义务兵入党比例小，加上他们的思想像活火山还处于“不稳定期”、“活跃期”，而条条杠杠的标准摆在那儿，所以有的连队发展义务兵党员时有“流标”现象。

每年四季度开组织会议，提出转正申请的多，大多是满服役期但没满党员预备期的兵，他们有的打算年底退伍回家就要外出打工，做生意，出门在外和老家的组织联系不便，和当地的组织一时难以“接头”，转正的事可能会被耽搁下来。这次开会前，下士炊事员居志高就提出提前转正申请，他的理由是他们家在当地是小姓，就他们家一户姓居，经常受几个大姓欺负，他能当上兵都很侥幸，是大姓青年里没有合格的，才轮上他。过去分田分地他家被以集体、组织的名义，分到手的是最偏远、最贫瘠，浇灌最不方便的，国家、政府有点什么好处，如扶贫款，很难落到他们几户小姓头上。他们那儿的村支部被一个大姓把持多年，发展党员全是大姓子弟，他一回去，他的预备党员资格肯定会被找茬子取消，多年以前他们就来过这么一手，那是另一个小姓退伍兵，预备党员，后来预备预备着就没了。他说出这种情况，大家深表同情，有的甚至义愤填膺，表示一定要帮助他打入他老家组织的内部，成为一颗砸不烂、拔不掉的响当当的铜钉子。居志高的情况上报到政治部组织科，答复凡是在党章允许范围内的都可以，说了等于没说。大家分头行动，翻党章，抖开书袋，找有关规定。有次开交班会，指导员直接请示旅党委书记（政委），政委说，只要表现优秀，提前一点应该是被允许的。居志高退伍时是怀揣正式党员的组织介绍信走的。

递交申请的呈战斗规模，集体冲锋，但重点考察、培养对象就那么几个。怎么召开民主测评会议，指导员费了一番心思。上级要求合格率必须达百分之八十以上，否则一票否决。至于具体怎么操作没有明确规定。以前就两个标准，合格、不合格，有的培养第一关就被挑下马来，尤其是义务兵积极分子。这次，指导员将标准细分为五个方面：军事训练、政治思想、大小工作、遵守纪律、综合评定；再将五个方面列出五个等级：优秀、良好、合格、基本合格、不合格。指导员对自己的创意很满意，其他几个支委也表示赞同。

评议结果当场就出来了。朱继彪和上等兵甘乃平都够合格线，出乎意料的是莫少文竟然达百分之九十。关于莫少文是否够条件入党，"活跃分子"和"积极分子"展开一场无疾而终的讨论，"群众的眼睛是雪亮的(简称群众，大都是活跃分子)"一方"点赞"：他干活像老黄牛，任劳任怨，应该入党。

"真理往往掌握在少数人手里(简称真理，大都是积极分子)"一方"吐槽"：他工作干得好，并不能说明他思想好，已经具备一个共产党员的理论修养、政治觉悟。

群众一方说，干活卖力就说明他思想好，思想好最直接的体现就是干活卖力，你们说的理论修养、政治觉悟以哪一种方式让大家看得见，摸得着？

真理一方说，用干活来衡量一个人的思想，我们不是没有上过当，以前就发生过入党前抢着干，入党后躺着看，入党前铆足劲，入党后松一半的兵。他干活好，干出成绩了，年终可以立功受奖呀，但不一定非要加入组织以代替肯定工作嘛。

这场"内容"与"形式"的讨论，一直持续到莫少文参加"党的知识"考试。重点培养发展对象，必须通过政治部组织的党的理论知识考试，电子答卷，当场记分，成绩在旅政工网上可以查询，同时在旅机关大楼前的政务公示栏里用大红纸公布，像古代科举考试发榜一样。不及格的有一次补考的机会，补考还不能及格的，那就继续努力等下一次吧，党的大门时刻敞开着。

莫少文第一次没通过，补考还是没通过，成绩更低。让人感到奇怪，补考大多比较简单，大部分是上次做过的题，等于通关放行，网开一面。莫少文是近几年大家印象中唯一补考没有通过的。

朱继彪没有和甘乃平 PK。他说照了一下镜子，感到自己觉悟不够高，思想不够纯粹，条件还远还不够加入这个先进组织。

在甘乃平入党志愿书上“介绍人”一栏里，“签字画押”的是陈华和徐涛。已填表仍滞留部队的老士官很愿意干这事，像德高望重的老人乐得发挥余热一样。

一个秋高气爽的周末，甘乃平和两名士官新党员站在鲜红的党旗前，庄严举起右手，老党员们压阵一样站在后排做出相同的姿势，重温誓词。

年终总结开始，传出连队决定给朱继彪报请二等功，兵们都感到意外。

年初选配班长时，上等兵朱继彪破格担任电源班班长，中士刘胜担任副班长，协助配合他的工作。电源班实际上是地域网班，电源作为单独一个专业已不存在(如今所有的通信设备都自带电源)，但编制还在。编制据说是很严肃不可随意更改的事物，连队在骨干兵员配备上、士官选改上都严格按照编制定岗定编。而造成这种武器被淘汰了，编制还在的主要原因是我军的武器装备更新快，编制调整没及时跟上。上半年，集团军、军区举行地域网专业技术比武，硬是没让中士刘胜去，连长、指导员达成共识，力排众议让朱继彪去了。后来，朱继彪在集团军拿了第三，在军区有负众望地空手而归。照理说一个上等兵能取得如此战绩已经很不错了，但如果让他班长、该专业的“大拿”刘胜去，在军区夺个好名次应该有希望。下半年，又安排他参加理论宣讲、传统故事演讲等活动。尽管表现不太出彩，但让一个上等兵“混迹”在一群校尉军官或老士官中，已招眼了。

这一切，只因为朱继彪是名牌大学生。指导员想运用“品牌”效应，在上面再镀几层金，把他培养成远近闻名响当当的典型。

和平时期的典型就是战争年代的英雄，树一个典型就是高举一面旗帜，比干好任何事都见效快，有影响。当然，培养对象思想得顺应时代，引领潮流，有扎实过硬、过目难忘的事迹，朗朗上口、让人一听就记得住的口号等。

指导员叮嘱文书平时把相机、DV镜头多对准朱继彪，多保留他训练学习劳动的图片资料……典型还是幼苗的时候，大家要耐心细心呵护栽培，用发展的眼光看待问题，典型不仅仅代表其个人，更是把我们整个集体的思想意志品格精神气质凝结在一起，是我们闪闪发光的名片。

朱继彪可能立二等功的消息传出，开得波澜不惊的年终总结顿时搅动起来，让人莫名激动。

年终总结从个人，到班、排、连、营等依次铺开，尽管上级一再强调秉着“三公（公开公平公正）”原则，但连队干部无论私下里还是公开场合都表示，立功受奖要尽量照顾年底退伍的老同志，不能让他们空着手回去。

那些填过表的老士官，虽然参加总结，但档案已寄出去了，再说如果不是立功表，塞进去没多大意义。他们也表现得很大度。

每个连队立个人三等功和集体三等功，没有特殊情况（如参加集团军以上比武夺魁，可单项立功）的话各一个名额。“优秀士兵（官）”和“连嘉奖”多一点，但也有比例的限制。如果人人有份，那就没了意义。

离老兵退伍还有些日子，一颗红心，两手准备，这句话开始晃悠在连队干部嘴边。其实，透过年终总结可以大概看出今年谁留队，谁可能走。

“优秀士兵（官）”、“连嘉奖”先是自评，然后班排互评，最后全连民主评议时上黑板，人手一票，随着抑扬顿挫唱票声和一个个粉笔“正”字呈纵队排列，结果当场揭晓。没评上的一脸平静，笑嘻嘻的。那份毫不在意也许是自然流露，也许是在“装”。

集体三等功又给了“立功专业户”执勤排。连长说，执勤排的女兵不但是连队的“窗口”，而且是全旅的“窗口”，她们的热情甜美干练利索，展现的是人民解放军的精神面貌。她们的付出甚至比男兵还多，照样参加海训、值班、执勤、生产、内务，在各类文艺演出中更是少不了，大家都喜欢看……兵们知道执勤排是连队的“亮点”，保持其先进性，就是突出放大它的特色。

执勤排的女兵包括外线班几个男兵又一次得此“殊荣”，人人泰然处之，没有表现出电视里或报纸照片上欢腾雀跃的样子。

个人三等功一直没提及，好像没那回事。老规矩，个人三等功由连主官立，连主官一年到头劳心劳力，责任大，贡献大。他们当仁不让，大家没看法。但连长、指导员两个到底谁立？就要看谁资格老，谁在过去的一年里付出多，谁即将提升或转业，这个功对谁更有用，就落在谁头上。有时候凭贡献，有时候带有照顾性。也有例外的时候，就是给军政素质特别过硬、表现特别突出的班长骨干记功。这需要一对主官心底坦荡，一碗水端平，真心实意地想把队伍带好。

没公布并不说明大家没看法。群众心里有杆秤，私下嘀咕，有的说应该连长立，连长比指导员任职时间长，抓训练苦；有人说，据传连长档案里有几个三等功了，再多也是锦上添花，指导员还没有；有人说莫少文劳苦功高，养猪那么脏，任劳任怨；有人说刘胜默默无闻，甘当绿叶，应该让幕后英雄走到台前；还有人说上士陈华当兵十多年，不知完成过多少次任务，带出了多少骨干，他最应该立功……年终总结前，陈华进出连长、指导员房间格外勤。听他无意中透露，一个“功”能给他分配工作增加筹码，有时候甚至像高考一样，一分两分起到关键作用。陈华没有立过功。

通信连到底谁立三等功直到来年元月开训动员大会上才宣布，那天很冷，风扯着彩旗呼呼啦啦响，一个高个子列兵站在后排，头上的沙漠迷彩帽可能是大一号，被风吹掉，骨碌碌滚。政委讲话，宣布去年立三等功名单，通信连是下士班长甘乃平。政委刚出嘴的话就像白色塑料袋一样被扬得老高老远，很多人以为自己听错了。

一年后，甘乃平带领的有线班立集体“三等功”，他作为“优秀班长”上报为预提干对象。全营就他一个符合条件：二十五周岁以内，党员，班长，两个三等功（其中一个为担任班长期间的集体三等功）。全旅只有两个兵够条件。旅领导对这类“敏感”事物曾多次发话，用硬杠杠套，有几个报几个。

后来，部队上突然刮起一股“打老虎”风暴。听说甘乃平在军区很硬的“关系”栽了，有人来调查甘乃平的情况。连队、营里，乃至旅政治部出具书面证明：该同志表现特别优秀，成绩特别突出，提干乃至提前调职程序合情合理合法。这些都是后话。

风很大，掠过树梢和一些缝隙，像飘忽着打口哨。男兵们没有涂呀抹呀的习惯，脸上像白色塑料磨起毛了，手上皴开一道道细小的口子，一用力，有血珠子渗出。

年底的训练总被会议、教育、生产和一些临时活动冲掉，兵们即使上训练场也吊儿郎当，早晨刚去时练一会儿，因为冷，必须动动，中午或下午快带回去时练两圈，大部分时间躲在背风向阳的地方抽烟神侃。连主官这时候都很忙，不知道跑哪儿去了，只有排长陪着大家一起吹。

军需科像候鸟南飞一样准时通知各连搭塑料大棚，准备开种越冬蔬菜。塑料大棚年年搭，年年拆，像调皮小孩搭积木。细长的竹子和树枝有的年份是兵们自己上周边山上砍回来的，有的年份是旅里派卡车统一从某地买回来的，大多数是买的（不能老是砍，伤植被），塑料薄膜肯定是买的。有老兵发牢骚，副连长都咕噜过，如果用建大棚的钱去买菜，伙食搞得更好。当然，搭塑料大棚还是有好处的，能让兵有事做，很多兵掌握了这门手艺，回家后可以种大棚菜发家致富。这是中国社会主义军队的特色。

寒风中，通信连男女兵们在搬竹竿，绑铁丝，盖薄膜，有说有笑，热热闹闹，一点儿也不觉得冷。几个士官站在梯子或凳子上不紧不慢干活，沉稳老练，一群女兵一旁叽叽喳喳地给他们打下手。都说男女搭配，干活不累。通信连搞生产别的连队最羡慕，那是放飞心灵呀。尽管这样，还有几个上等兵躲在已经搭好并且种上菜的大棚里闲聊，抽烟。和外面比起来里面暖和。连队干部路过时看他们一眼，什么也没说。他们不久就要退伍了。

傍晚，天空飘起零星雪花。女兵先回去了，男兵还留在地里，这点活必须今天赶完。晚饭推迟半小时开。

没想到入冬来唯一一次推迟开饭，竟然引发一起事故苗头，差点酿成事故。

下午，军需仓库最后一哨是朱继彪，过了吃饭时间，不见来人接哨。一般接哨的兵会提前开饭，让上一班岗回去和大家一起按时吃饭。

莫不是又紧急拉动，或有其他行动？朱继彪记得今天安排的是菜地生产，接哨的是班副刘胜。哨位上的电话拨号盘坏了，得用手指敲按钮，数字几就敲几下。这是一个技术活，连队没有组织训练过，就几个老兵能把握住节奏，一敲一个准。朱继彪敲了几次，要么没人接，要么不是连队，有次还传出一个很不耐烦的声音。

电话打不通，朱继彪不知道连队的情况，不知道晚饭推迟开，不知道刘胜正闷头在寒风中搭建大棚。以前，紧急出动时也发生过这种情况，没有交接哨。

路灯昏黄，梧桐树铸铁样的枝丫影子投在地上拉得悠长。哨位不远处是一堵两米多高的围墙，外面是一条坑坑洼洼的水泥公路，两旁满是低矮违建，各色摊贩呈两路纵队夹道欢迎，琳琅满目，人世间的香色烟火在这里得到淋漓体现。朱继彪想象外面此刻的样子：汽车、电动车、自行车挤在一起，喇叭声、铃声相互催促；电视声、招呼声、说笑声、锅碗瓢盆声、菜下锅的滋滋声，有蒜苗回锅肉香味飘逸。朱继彪翕动鼻翼，才想起中午吃得少，现在有点饿了。

朱继彪站在拐角，回头望望，犹豫了一下，双手做喇叭状冲围墙上面喊："老杨，一份炒面，两个炸鸡腿，一听啤酒。""好咧！一份炒面，两个炸鸡腿，一听啤酒。"外面一个破铜锣嗓音重复一遍。

墙外是一家小面馆，山东籍退伍兵老杨开的。据老杨自己说他在师后勤部（很久以前的事儿了）炊事班当兵，退伍后没有回去，靠着部队开了一家小面馆。后来，婆娘孩子都接来了，有些日子出现两位老人在小面馆里移动，估计是他年迈的父母。老杨说，过去熟人多，生意真好，如今都不认识了，就是认识也是脸熟，叫不出名字。老杨回忆时眯着眼无限神往的样子，从他胖得跟"猪头"一样的脑袋上看不出他曾经当过兵。

也许是兵们对老杨老兵身份的认可，也许是老杨对兵们心思、口味的了解，总之老杨的生意还可以，顾客大多是当兵的。附近曾经有过两家小面馆，只有老杨这家经历风雨一直开着。兵们请假外出，赶不上饭点了，就在小面馆填填肚子再回去；有兵家里来人，也到小面馆里"撮一顿"，花费不多。

现在最红火是叫外卖的，有兵（不一定是"富二代"）嫌连队伙食不好，打电话叫老杨送炒面、煎饺、凉菜甚至啤酒饮料等，然后像地下工作者一样，某个地点接头。营区大门绝对不能走，那是不把神圣的卫兵放在眼里。接头地点有好几处，哪个地方最隐蔽（避开路人和无处不在的摄像头），交易量最大，纠察掌握最清楚。据说，军需仓库段拐角处是其中之一。在约定时间，里外各击掌三次，外面把食物递进来，里面把钱递出去，整个过程瞬间完成。

旅里三令五申禁止叫外卖，像人民政府坚决打击“传销”、“走私”和“贩毒”，叫外卖在营区属“非法”行为，和违规使用智能手机、上互联网性质一样，一经查处，严惩不贷。旅军务科抓叫外卖时紧时松，抓一阵好一阵，不抓又死灰复燃。逮叫外卖主要归那些人高马大、戴白色钢盔腰里随时别个对讲机的纠察。纠察在营区里的形象、地位和作用就如地方的城管。缺了他们不行，营区管理会乱套，但有时他们又狐假虎威，欺凌弱小，干一些不大不小上不了台面的勾当。

那天，朱继彪和老杨刚接上头，两个“护法”一样的纠察从天而降，朱继彪掉头就跑。两个纠察接过老杨递进来的东西，蹲在墙角大快朵颐。老杨好一会儿没接到钱，估计情况有变，在外面骂骂咧咧，说什么“老子当兵时你们还在你爹娘肚子里呢，吃了不花钱的东西拉肚子，一晚上‘跑马’三五次”之类的话。两纠察在里面忍住笑，把老杨的叫骂当下酒菜，吃得更香。这种情形以前也有过，老杨知道自己在“违法”，骂几句算出出气，也不想闹大，怕影响生意。

就在这时刘胜前来接哨，和纠察由争吵到扭打起来。刘胜当然不是两个彪悍纠察的对手，抓小动物一样被按住拎起关进条令学习室。

刘胜在只有一扇小窗户且美其名曰“条令学习室”的小黑屋子里反省学习闭门思过几天，直到“点验”前才放出来。这期间，连长、指导员几次去领人，纠察队硬不放。刘胜在狠挖思想根源长达数千字的深刻检查中承认外卖是他叫的，和纠察吵是看不惯他们吃东西不给钱，“兵痞”一样的做法。

上半年刘胜休假回家准备服侍他婆娘生娃，“战备”十来天，假期过了小半，小家伙赖在他（她）娘的肚子里就是没动静。后来，连队打电话催他提前归队，给朱继彪当“教（陪）练”，参加上级比武。刘胜拖了几天才回来（如果按请假报告单上的日期没有超假），连队给了他一个警告处分，扣发年底奖励工资。在群众“帮扶会”上，几个男兵轻描淡写地说了说，女兵几乎一边倒，说他做得好，就应该这么做。指导员发了一通火，会开得不了了之。

刘胜居然不思悔改，不加强学习，不引以为戒，这次又犯如此低级错误，数“罪”并罚，晚点名时，指导员宣布予以刘胜行政记大过处分一次。“调子”不高，如此严肃、杀一儆百的事照例得开全连军人大会宣布。但这次没有这么做。

几天后，朱继彪立二等功的通报贴在训练场一侧的“龙虎榜”上，红彤彤的，很是醒目。

不久，纠察队开始了自组建以来范围最广、深度最强、持续最久的思想作风纪律整顿，纠察队员几乎全部换成新面孔，管理纠察队的军务参谋也换了。

连队文书躲在学习室像大家闺秀深入浅出，整理满服役期老兵的档案是一个需要耐心细心的活。有消息从门缝里透露，刘胜的处分没有装档案。

几个受过这样那样处理的老兵，只要不是性质太恶劣、影响太坏，(处分)一般不装入档案。指导员说，处分不是目的，目的是治病救人，惩前毖后，把人变好，改正错误。老兵退伍又是崭新的人生，新的生活，只要吸取经验教训，放下包袱，轻装前进就好了。

在这之前刘胜还有点犹豫，在走与留之间徘徊。现在没有选择的余地了，连队也想留他，打探军务科的意思，回复说受过处分的一概不留。

有的兵就是这样，尽管处分了他，似乎更能看出他的担当和素质。污点掩盖不住他的本色。

熄灯号好像突然变得绵长温柔。连长、指导员房间的台灯亮到第一班岗下哨已成“新常态”，谈完心，他们顺便去查一次岗再上床睡觉。谈心活动早在年终总结前就展开了，到老兵退伍前，和每一个满服役期的兵至少要谈一次，这不包括饭后、散步、娱乐、生产、训练间隙等随时随地地交流。到这时候，谁心里有个小疙瘩没解开、有道小褶皱没抚平，连队干部心里清楚得跟摸自己的手掌一样。

台历已撕剩下没几张了，老兵的腰带“记事”已进入倒计时，营区里依旧歌声响亮，番号声激荡，脚步声震耳，到处热火朝天，没有一丝离别在即的迹象。

上面没动静，通信连已铺开一些活动，把十几个老兵集中安排在两张桌子上，每顿加一两个菜。几个列兵很积极，没经老兵同意，擅自把他们的被子拆了，丢进洗衣机搅和。连队反复强调给老兵送温暖，他们实在想不出该做什么如何做。那些怀揣技术绝活的老兵，这时候带兵更柔更稳更不动声色，如徒弟即将出师一样。往年有这样的情形，有的老兵要走，接班人又没培养好，连队坚决不让走，最后在别的老兵走光了后还滞留一段时间；也有的高级士官连队指定他带徒弟，他却藏族同胞穿袍子藏一手露一手，留几招，让某个岗位离开他就转不开，以达到继续留队的目的。今年好像没这些现象，教的耐心，学的也认真，都蛮拼的。连队干部反复念叨，老兵要把好思想好作风好技术留下来，在位一分钟，干好六十秒，坚持站好最后一班岗；雁过留声，人过留名，珍惜军旅最后时光；戴大红花来，戴大红花走，热热闹闹来，高高兴兴走，挥一挥衣袖，留下汗水足迹，带走美好回忆；战友一辈子，做人一辈子；穿过军装，永远是军人。这些话，指导员信手拈来，朗朗上口。

几个上等兵“密谋”承头给连队买一点什么。门口的整容镜，楼道里的擦鞋机，卫生间的洗手烘干机等都是前几茬老兵留下的。整容镜上方用红色不干胶贴有两排老兵的名字，对现在的兵来说，即使关于他们的传说都已经走样老去，但名字一直在那儿，看着大家，也让大家看着，好像随时能说出一段故事。送点什么呢，既要实用，又要有纪念意义，而且让兵们进进出出时能看到。他们神神秘秘商量半天，没个结果。翻开每天下发的《解放军报》和军区报纸，上面老兵退伍的氛围已浓稠得像早晨的稀饭一样，军区报纸上很多老兵风采的报道点缀其间，《解放军报》上有老兵告别军营的大幅照片，雪域边关的老兵已经离队了，当然他们得赶在大雪封山前撤离。

从旅长、政委到普通机关干部像候鸟迁飞，又像被赶的鸭子下水一样，统统打背包下连队“蹲点”，有时候集团军首长也下来，一竿子捅到底。非常时期，多一双手就多一份力量，多一个大脑就多一份智慧。很多时候，机关干部什么也没干，没有出什么好主意或馊主意，“现场办公”也没解决什么实际困难，但有他们在，官兵心里就多了一份踏实、安稳。

在通信连“蹲点”的仍然是司令部通信科科长，彼此熟，好处就是连队工作，“重点人”、“挠头事”不要专门汇报，蹲点干部很快能进入情况；缺点是没有距离、敬畏感，有些事反而不好办。

其实，连队干部心里巴望旅主官，至少是机关部门领导来连队住一段时间。学习室的大屏幕液晶电视机坏了，通信修理所的技师说修不好，请外面的师傅，说修的钱还不如买台新的。连队没钱，由财务科保管的家底不能随便动用。半年多了，官兵看新闻只能用那台二十一寸的老电视凑合，坐后排的看不清画面，只能听声音。买电视机的报告打过几次，没有下文。据说，现在所有物资包括针头线脑都由“物资保障中心（简称物保中心）”统一采购。这事如果旅主官过问一下就好了。

都说屁股决定脑袋，高度决定角度。旅领导站得高，看得远，办法多，力度大，当然，还有一层原因，连队干部想就旅主官近点，汇报思想工作方便，干出一点名堂容易被关注。但旅主官很少去一般连队，要么荣誉单位，要么“后进”连队，去事故苗头、安全隐患存在较多的连队，大无畏地坐在“火山口”上，随时准备救火。

每一年点验那天总是阳光明媚，至少是阴天，没有刮风下雨或下雪。兵们背着提着大包小包，逃难一样把携行、运行和留守的东西全部带上，来到大操场上，摊开，像摆地摊，军务参谋站在最前面大声喊水壶、雨衣、挎包等，每喊一样，兵们在下面把东西齐刷刷高高举起。连队、营里和一些机关干部监工一样来回穿梭，谁手里的东西和所喊的不符，或没有举手，马上就有干部跑过去问个究竟。

点验除了检查个人战备物资保管情况，还检查有没有私藏违禁物品等。这边搞点验，那边一帮纠察在连队翻箱倒柜地查，满地狼藉，如国民党军队溃逃后留下的场景，偶尔能搜出几发子弹或几本格调不高的书，又免不了一番通报、查处。点验还有一个谁也想不到的功能，就是让外面卖“山寨”军用品的小店又一次脱销。点验前一天晚上，小店顾客盈门，全是当兵的，像军容风纪检查前理发店里的生意那样红火。

每次点验结束整理个人物品存放储藏室，刘胜总磨蹭，待大家把东西摆放停当了，他才拎着大包小包慢腾腾上来。文书说他像打仗断后掩护大家撤退一样。刘胜说，点验对他来说更像个仪式，除了看得见的，还有看不见的，翻开背囊细数当兵这些年来的得失，一走神动作就慢了。

点验和“交旧”联在一起。这几年，自从换发新式军装后，听说是为了维护军装的严肃性，不至于工地上的民工清一色的军装，上级决定从源头控制军装流入社会，一是不准地方上仿制出售新式军装，二是严格“交旧”制度，老兵退伍时就身上一套冬常服可以穿回家做个纪念，其他衣服一律上交，不交也可以，一套普通军装让你掏名牌西服的钱，心疼得牙痛。有的衣服，如大衣没穿几次还簇新的，也得上交，不交也得交。有几个“富二代”一件衣服都不交，全部“买”回家。当然，花如此大价钱买回家的衣服，一般不会流入工地。

兵们突然一个个往连部跑，兴高采烈，老兵退伍纪念光盘初稿出来了，一张张照片，一段段视频，再配上或高亢雄壮激越或悠扬柔美伤感的音乐，一个个鲜活面孔跃然眼前，一段段如火岁月历历在目，一桩桩陈年往事涌上心头，仿佛昨天才在锣鼓声中步入军营，今天就要在锣鼓声中退伍了；昨天还在训练场摸爬滚打，今天就要“挥手自兹去，萧萧班马鸣”。

纪念光盘正征求大家的意见，政治部来通知说，今年不提倡制作纪念光盘，可以用纪念册替代。如果非要制作光盘先自行审查，不能带有武器装备、演习场面、平常训练、编制番号等可能涉密的一切事物，批量制作前必须交保密委员会审查。凡是涉密导致泄密，将严肃处理，干部先免职再查处，战士先关起来再给说法。营区里保密规定贴得随处可见，谁都知道涉及机密，即使一片树叶掉下来，都有可能砸得头破血流。

事情弄成这样，原因是往年有的退伍老兵前脚刚迈进家门，后脚就把纪念光盘的内容挂在网上，不但自己“凭吊”当兵的岁月，还广而告之让大家欣赏。如此，部队驻地装备、编制番号、演习训练等，“裸奔”一样袒露无遗。

“一年又一年，我一生只为了这一天。”文书、朱继彪等好几个兵经常摆弄数码照相机、摄像机，上等兵姜迪平把“短炮”一样的“单反”上演习场都随身带，当武器装备一样，抓拍到不少精彩瞬间，如果把这些“精华”、“亮点”全部删除，留下的全是大家手捧课本的政治学习，肩扛铁锹的生产劳动，敲锣打鼓的集合娱乐等，还有什么意义，能看出我们是当兵的吗？

退伍纪念光盘纪念的就是那份铁血辉煌、激情挥洒、山呼海啸的豪情壮志；向亲友邻居（以及更多老百姓）炫耀的就是那份雄狮狂野、鹰击长空、鲸吞海洋的英勇气概。离开这些，我们和老百姓有区别吗？

纪律是块“铁烙头”，谁都怕痛，谁也不敢碰。于是，这一年每个兵收藏了一款“鸡肋”版退伍纪念册，聊胜于无。上级举一反三，紧接着来了一次电子产品“点验”，排房里、学习室的电脑，每个兵有可能夹带私货的电子载体都被水洗一样过一遍。

昨晚下过一场雨，早晨有薄雾，湿冷湿冷，“军营之声”转播中央人民广播电台早间新闻半小时后，突然响起兵们耳熟能详的歌声：送战友，踏征程，默默无言两眼泪，耳边响起驼铃声……徐缓苍凉悲壮忧伤，天气也好像配合这旋律一样，阴沉沉的，营盘里顿时有一种剪不断理还乱，长亭更短亭雾霭一样的离情别绪漫溢。接下来几天时间里，营区广播将反复播放这首歌，把每一个老兵的心揪紧揪痛。

退伍名单在一阵鞭炮、锣鼓声中宣布了，然后用一张大红纸贴在连队一楼过道上。尽管谁走谁留，各人自己心里有数，但如此一张贴出来，还是如一口洪钟猛地在耳边一撞，嗡的一声，余音滚滚。

刘胜排在第一个，后面是朱继彪、姜迪平、莫少文等，大多是上等兵，有几个下士，中士就刘胜一人。女兵陈彤、罗丽琼等几个上等兵全都走了。总计二十多人，连队近三分之一的“血液”将新陈代谢。

朱继彪要退伍？兵们说“我和我的战友们都惊呆了！”指导员呕心沥血、费尽心思栽培的典型就这样挥一挥手，走啦？据说，指导员几个晚上苦口婆心做了很多工作，但朱继彪执意要走，说要回去继续学业。这时，大家恍然大悟，为什么他不加入党组织。更让兵们想不到的是，几年后，朱继彪研究生毕业，再次入伍，来到老连队当排长，这时候指导员已经当教导员了。朱继彪和指导员（教导员）相见时，什么也没说，紧紧拥抱在一起。

今年，让连队干部感到很意外的是愿意留队转士官的兵很少，上级分配下来的下士和中士名额用不完，只要本人提出书面申请，平时表现还可以，都能留下来。学过这样那样技术的兵，有合约在先，必须留。有的家长凭自己的生活阅历和人生经验，很希望小孩在部队继续干、长期干，但兵本人死活不愿意留，有的几经拉锯艰苦谈判，最终勉强留下来，有的哪怕和父母断绝关系，也不愿意留。选改上士的兵要多一点，毕竟再干四年就端“铁饭碗”了，个别即使士官学校毕业的如果表现平平，也不一定能选改上。

这种现象在前几年不可想象，那时想转的多，能够留队的都是优秀班长骨干，要反复筛选比较，好中选好，优中选优，不但要看关键时刻能否顶上，更要看平时的素质养成，有的兵“滑头”，临门一脚时，表现一阵子，平时吊儿郎当。选改手续也格外烦琐严格，需要本人申请、民主测评、组织考察、专业考核、体格检查等一系列环节。有的兵能力一般，训练工作也一般，为了能留下，七拐八弯找“关系”，打招呼，递条子。也有的连队主官能顶着种种压力，不合格的坚决不留，再大的“关系”，再硬的“后台”也不留，我连队虽小，但代表一级组织，民主测评和组织考察通不过，就是不上报，你拿我怎么办？当然，工作也不能蛮干，连队干部可以心平气和地向“关系”、“后台”解释清楚，首先汇报这个兵的一贯表现，再言辞恳切地说明如果留下这个兵，连队下一步的工作难开展，风气不正，士气不强，说不定是枚“炸弹”，不知道什么时候爆炸，受影响的不仅仅是连队。通信连连长就用这办法不亢不卑的顶抗过好几个“关系兵”，在连队和营里一时传为美谈。他心里忐忑不安一阵子后发现，那些强大的“关系”、“后台”并没有给他“穿小鞋”，太阳照常升起。

风向突变，这是怎么啦？是士官待遇太低、纪律太严、训练太累、风气太坏、前途渺茫、穿军装不再光荣，还是现在的年轻人更喜欢自在、个性张扬的生活？

学习室的桌子被拼成一个圆圈，上面随意堆撒瓜子花生橘子奶糖等，摆放一次性纸杯。

茶话会开始，最先发言的几个男兵看起来很爷们，抽烟（平常是不抽烟的），嗑瓜子，说说笑笑，让大家一定要去他家乡玩，那儿有哪些优美的风景，哪些好吃好玩的，到时候他当导游，酒，一定要喝个痛快，把当兵这几年亏欠的喝回来。有人马上说，你是在给自己老家做旅游广告吧。有兵说，准备回家打一转，去县人武部报个到就出去打工，工作已托人找好了，发财了再“衣锦还乡”回连队看看，连队缺啥就捐啥。有兵对姜迪平说，如果去他家的工厂干活，希望看在一口锅搅过两年勺子的分上，不要像奴隶主对奴隶、地主对农民、资本家对工人一样进行残酷无情的压迫和剥削,尽量照顾点。姜迪平老爸是一家民营企业老总,名字上过“福布斯”排行榜,当时为了哄姜迪平去当兵,答应退伍后送他一辆“法拉利”。你别说,后来姜迪平家的公司还真汇聚了一大帮老兵,有姜迪平当年的战友,有同一个部队的,也有别的部队、别的兵种,有义务兵、士官退伍的,还有自主择业的退役军官,发展到公司成立一支老兵突击队,党支部、治安联防队、雷锋服务队等都由清一色老兵组成,周一晚上业务学习,周三晚上看电影,每逢八一、十一会餐座谈嗨歌。因为有同举一杆旗、同唱一首歌的经历,老兵们在那里,又一个岗位汇集成一支战斗力很强的队伍。

最先哭的是几个女兵,上等兵陈彤说,忘不了这儿的一切,回到家里会很不习惯,会很长时间很想大家……话没说完,眼泪扑簌簌地往下掉,和其他几个女兵抱在一起,哭成一团。

茶话会的氛围风云突变,急转直下,变得如一场冬雨后,悱恻伤感肃杀凄凉凝重,没有人再嗑瓜子再说说笑笑。

刘胜说,他最大的遗憾就是老婆孩子没来过部队,多想领着他们在营区走走,对他们说这就是他奔跑、守望过八年的地方,多想让他们了解他的生活学习工作,他的职业与付出,欢笑和泪水,开始总觉得有机会,等呀等,婆娘怀孕、生孩子,现在孩子小,想来也不方便。再来时,已成了老百姓,门口的哨兵“笑问客从何处来”,有事吗,请出示证件,请电话联系,让人到大门口来接,折腾一阵后很有可能大门还是进不去。

老兵们开始说一些想做没有做的憾事,心里觉得对不起的人,平时说不出口的话,这时候不需要酒精催化也能说出来。朱继彪说,刘胜永远是他的好班长,他永远敬重他、感谢他。姜迪平走到甘乃平跟前,两人抱在一起,相互拍拍肩。他俩曾相互看不惯对方,干过架。

这些话伴随周围一锅粥一样的嘈杂被文书悄悄用录音笔记下,配乐制作成纪念光盘的片尾曲,听了让人心里歉歉的。

老兵退伍晚会,大多是本色演出,老兵演老兵,演完后脱下军装就要退伍,他们没有任何演技,也不需要演技,平时怎么做的就怎么演,心里怎么想的就怎么说,此情此景,此时此刻,用心用情,笑声伴着泪水,歌声带着哭腔,台上台下和成一片,喊成一片,挥舞成一片,哪怕局外人也会被裹持感染感动。欢送老兵退伍晚会年年如此,有的节目在网上很快就能“百度”到，只是效果像聊斋里的幽灵世界，估计是好事的老兵用手机、数码相机偷拍的。这时候，由连队统一保管属于老兵的手机、播放器、MP4 等电子产品，全部完璧归赵，只是时髦产品变成了历史文物。

列兵李胜中入伍前在他们老家那个地级市获得过“超级男声”海选冠军。晚会上，他在一群“小鲜肉（列兵）”模仿大妈们在广场上健身方式（明显有“捕俘拳”的痕迹）的伴舞下，扭动、抽筋一气，说唱了一首他自己作词作曲的歌曲《等哥退伍以后》，歌词唱道：

等哥退伍以后，晚上九点上床又起来，十二点再躺下，早上五点半起床，六点再躺下；

等哥退伍以后，要把被子叠得方方正正，再一屁股坐下去；

等哥退伍以后，要买张铁架床，上下铺，每天晚上睡上铺还是下铺，只要哥乐意；

等哥退伍以后，晚七点时拉电闸，坚决不看新闻联播；

等哥退伍以后，洗漱磨磨蹭蹭，坚持半小时以上；

等哥退伍以后，上衣下摆偏不扎进去，衣袖偏要卷起来；

等哥退伍以后，穿黑色的皮鞋就要挑白袜子；

等哥退伍以后，两月理一次头发，三个月剪一次指甲；

等哥退伍以后，要一边嗑瓜子一边看电视；

等哥退伍以后，走路时摇头晃脑，左腿齐步，右腿正步；

等哥退伍以后，坐的时候要跷着二郎腿，哼着流行小曲；

等哥退伍以后，站的时候，呈 T 字步，叼着烟，双手插裤兜；

等哥退伍以后，要听着音乐细嚼慢咽吃饭，还要来杯啤酒；

等哥退伍以后，上厕所要蹲多久就蹲多久，边抽烟边看报；

等哥退伍以后，要光明正大的用手机，还要 4G，边听歌边 QQ 边微信边微博，随时视频；

等哥退伍以后，要端把躺椅坐在马路边看靓妹；

等哥退伍以后，要轰轰烈烈，天昏地暗把姑娘去追；

等哥退伍以后，要把闹钟设成起床号声，任它疯狂的吼，哥就是不起来；

等哥退伍以后，要把来电铃声设成紧急集合哨声，让它响半天哥再接；

等哥退伍以后，要把家里几个房间的门口贴上司令部、政治部、保障部，不喊报告就往里撞；

等哥退伍以后，要买把玩具的九五式自动步枪，任它落满灰，长满锈，就是不擦；

等哥退伍以后，要骑着摩托车去兜风，想去哪就去哪，想什么时候回家就什么时候回家；

等哥退伍以后，要哭，要笑，要跳，要醉烂如泥，在午夜的街头歇斯底里地吼叫，丫头我爱你；

等哥退伍以后，要用最恶毒的话把当兵的日子诅咒，当然只有哥能这样，谁附和一声，哥都跟他翻脸，割席断交；

等哥退伍以后，绝不回想当兵的生活，睡上铺的小子，你每晚蜷身上床，把哥的鞋子踢乱；睡右边的哥们，你呼噜太响；睡左边的兄弟，你磨牙声太大，哥这几年受够了，哥咬牙切齿把你们痛骂，你们喝水长膘露肚脐，"狗头金"绊你个狗吃屎，哥要千百次把你们丢在风里，再踩几脚；

等哥退伍以后，要把当兵的记忆删除，即使落进"回收站"也要清空，格式化，当哥坐在老家的夕阳下，豪饮没有号声、掌声、口令声的寂寞……哥跌倒过，流过汗，流过血，哥什么时候哭过？哥属相是鳄鱼，流的不是泪，是在分泌盐分……

李胜中的说唱词很长，旋律就几句，是"生吞活剥"某一首歌来的。有点像大革命时期的《国民革命歌》套用的是法国儿歌《两只老虎》的曲调。李胜中像喝醉酒的疯子，窜来窜去，又唱又跳，不住地穿梭到台下和老兵们握手拥抱，与其说在唱，不如说是在喊，叫，吼，好几次卡壳，他居然明目张胆、肆无忌惮地伸出手掌，看上面密密麻麻的提示。不过可以看出他不是在假唱。

李胜中的说唱将晚会推上高潮。歌词一夜之间广为流传。

早餐后，哨响，各连队老兵集合由连长带往营部，再由营长、教导员带队，统一参加向军旗告别仪式。营长、教导员扎腰带走在最前面，步伐整齐，番号洪亮，每一个老兵的脸涨得通红。

空旷的操场周围彩旗招展，电线杆上临时绑的一个大喇叭在震天响，不是在播放歌曲《驼铃》，就是响起指挥员的叫喊，一侧十几辆绿色东风牌卡车一字排开，两侧篷布上贴有“光荣返乡”、“再立新功”的字样。接下来几天里，这儿将是营区的焦点、中心，每一拨老兵在这里集合，出发，远行。担任旅值班的营长向旅长报告后，旅长宣布命令，某某等多少人根据《兵役法》哪一条哪一款规定，完成中华人民共和国公民应尽之义务，光荣退出现役。老兵纷纷取下帽子，摘下帽徽，相互帮着摘领花、肩章。

嘹亮的军号掠过，在铿锵激越的军歌声中，摘去作为军人服饰标志的老兵，一个个鱼贯上前，朝八一军旗敬礼，吻别军旗一角。军旗仿佛有知，风扯着旗呼啦啦作响，旗欲静而风不止。旅长和政委站在军旗旁，朝每一个老兵还礼。一旁有宣传科的摄影、摄像干事在连续不断地拍摄，各连队也有文书或班长骨干在拍，最后每个老兵都会有一张自己最满意向军旗告别的照片。

这套仪式应该是旅政治部自创的，其他还有授枪（武器）仪式、授旗仪式、授衔仪式、授奖（勋）仪式、八一十一升旗仪式等，这些仪式过去没有固定程式。在旅里，好像只有旅长、政委授大校衔时有仪式，由集团军首长主持，模仿军委主席授上将衔的样子。其他军衔由本人估摸着择“良辰吉日”佩戴即可。通信连连长每参加一次这样那样的仪式，就想这些应该在条令条例上固定下来，就如孔子说祭祀，事死如生，有仪式感才显得庄重严肃神圣，有一种自豪感使命感油然而生。对于新兵初次授衔、授枪尤为重要。他很想说，但不知道该对谁说。

最后一项是政委讲话，如果说旅长宣布命令像钢铁一样冰冷坚硬，那么政委的说话则充满温暖温情、慈祥乃至煽情，他拉长着嗓子喊，你们尽职奉献，爱军习武，建功军营，圆满完成了祖国和人民赋予你们的神圣使命，祖国人民和党永远感谢你们，你们的青春已融入火红的旗帜，你们的足迹已印刻进火热的军营，即使脱下军装你们永远是军人，驼铃清脆，再踏征程，一路平安，期待你们的好消息，捷报再传等等。

仪式结束，老兵们带回时静悄悄的，偃旗息鼓，没了领花帽徽肩章的老兵们被抽掉筋一样，不仅样子看起来像邮递员，精神劲更像。

眨眼间，营区到处是“散兵游勇”，操场、器械训练场、主干道、军人服务社、电话超市等都是或行色匆匆、或说说笑笑、或手上拎着大包小包的老兵，有的老兵已换上时兴便装，尤其是女兵们迫不及待地“对镜贴花黄，当户理红装”，平时看起来不打眼，一换上便装，让人眼前一亮，原来那么妩媚。前几年，这个时候的老兵最牛，像打了胜仗立了大功回来的大爷，走路横着，说话带火药，夜里很晚了还在吆五喝六，大声喧哗。有次一个老兵可能喝高了，和纠察由争吵到动起手来，被关进禁闭室，直到其他老兵走完，他做出深刻检查后才被灰溜溜地放出。从那后，退伍老兵老实多了。

连长晚点名时说，我们丑话说在前面，任何时候都要遵守纪律，兵老了，临走了，更要遵守纪律，到哪儿要像以前一样按规定请销假，在你们到老家县人武部报到前，都是部队的人，部队有权管你，随时可以把你的档案抽回来，记行政纪律处分，即使你回到地方，部队纪律管不着你了，还有国家的法律法规呢。我们每个人首先靠自觉自律，如果真的拿条令条例、法律法规往你身上套，够你喝一壶了，就不自在了。在法律法规内的自由才是最大的自由。老兵退伍期间，名点得勤，有时一天好几次，有定期和不定期。

位于军人服务社楼上的“军旅饭店”生意进入一年中的旺季，中午晚上顾客盈门，大小包间热气腾腾，笑语欢声，瞟一眼食客们的穿着发型言行举止就知道他们是当兵的。营区大门比平时卡得更紧，没有“两证一条”（士兵证、外出证、请假条），耗子、苍蝇都溜不出去。老兵聚会只能流向这里。

“军旅饭店”由地方老板承包，从财务公开栏上看每年向旅里上交数目不等的承包费，每一个承包商不一样。饭店时开时关，据说在开与不开之间有过激烈交锋，最后是堵不如疏，有这么一个饭店，看似不协调不方便管理，但总比让兵们翻墙头、想方设法外出要好。没有竞争，就没有优质服务，因为独此一家，别无分店，所以菜价高，口味一般，兵们没有选择余地，只能上这儿。饭店牌子老换，原因是老板老换，换菜系口味，川菜、湘菜、粤菜、东北菜等，换一任军需科长或财务科长就换一个老板，有时候也根据分管后勤副旅长的喜好而换。部队外出驻训、海训期间，饭店就放“暑假”，时间长短根据部队在外面的时间而定。

旅里安排十来辆大巴（主要是公交车）组织老兵上街购物，游览驻地风景名胜，参观大型企业、科技工业园区、经济技术开发区，带队的有军务、保卫、宣传科的参谋和干事，以及一些营连干部，热热闹闹，像旅行社带团出游一样。这些活动，有的老兵愿意去，有的不愿意去。愿意去的大多是当兵几年很少请假外出的，有的甚至没出过营门，或走出营门附近巴掌大的地方。不愿意去的老兵，都是机灵鬼，那些地方他们早就找各种理由游玩过了。

营区里突然冒出一些穿便装的，一看就不是老兵。有的是父母开小车来接孩子回家的，有的是等了几年赶来接男友的女孩，还有一些是去年或前年退伍的老兵，他们相约回老连队，为今年的退伍兵送行。

整整一天，有个老兵（穿摘去领花肩章的士兵冬常服）像个小偷，躲在通信执勤大楼旁的小树林里悄悄看女兵进出，一有人走过，尤其是干部走过，一闪便溜开了。连长、指导员很快掌握情况，老兵是灵山哨所看靶场的，当兵两年没休过假，没接触过年轻女性，夏天靶季过后，人都很少见到，在漫长的冬天总机上的女兵有时和他说说话，还唱歌给他听，陪他度过许多寂寞时光。连长、指导员知道他是谁，也知道他来看谁，可能不止看一个人，但装着什么都没看见，什么都不知道。

赶来看（或者说参观）女兵的还有其他几个营区的一些退伍兵，他们也许和某个女兵没有见过面，但知道她们很多糗事以及小名。他们落落大方的叫出某个女兵，如多年不见的朋友，送上纪念品，一起照张相，说说笑笑一会儿，男兵就走了。

上午，通信连退伍老兵大都外出自由活动了，其他兵正常操课训练。营门哨兵打电话来，连值日接的，转给连长，哨兵说门口有叫多吉的藏族同胞，说是通信连的退伍老兵，想回连队看看，问可不可以进来？如果可以请派人来大门口接一下。连长说，你问他，他认识谁？有什么事？哨兵说，问过了，他说谁都不认识，也没什么事，只是路过想进来看一眼。还报出了他当兵时连长、指导员的名字。多吉，多吉，连长叨念了几句。

连长听说过上世纪九十年代初期旅里（那时候还是师）招过一批藏族

战士，他们文化都不高，初中或高小毕业，但军事素质个个顶呱呱，尤其擅长长跑，越野五公里不但成绩优秀，跑完后喘息跟平时散步一样，脸不红心不跳。他们服役期一满像雁群一样全走了。据传有个兵军事训练很了不得，参加军区比武获得过好名次，文化水平也可以，表现很突出，部队想把他留下来作为预提干对象，开始时勉强同意，后来看到一起来的老乡都走了，他也犟着要走，说是喜欢高原冬天的大雪。通信连连长当兵时，他们早退伍了，除了军史馆几张泛黄的照片，几乎没留下任何痕迹，他们来过，又走了。

连长打量起眼前这个叫多吉的藏族汉子，瘦高个，狭长脸，脸色酡红，卷短发，穿一件味道很大的毛领皮衣，话少，一开腔像舌头有点大，看不出曾经当过兵。连长和几个班长骨干领着他楼上楼下转了一圈，每到一处，文书赶紧上前把门打开。他走走停停，腿不时黏住一样，眼眉之间好像有话要讲，但并不眉飞色舞地向大家回忆过去。

在娱乐活动室，多吉快步上前拿起一把黄里透着黑的吉他，欣喜的翻过来覆过去像看不够，贴在脸上摩挲，试了试琴弦，用深沉带磁性的嗓音旁若无人地唱起《弹起我心爱的土琵琶》，西边的太阳就要落山了，微山湖上静悄悄，弹起我心爱的土琵琶，唱起那动人的歌谣……不待大家反应，他又用藏语唱了一遍。

多吉看着大家疑惑的目光，终于说起吉他的故事。他刚当兵时说普通话得配合打手势，像说哑语一样，战友们只有连猜带蒙才明白啥意思，为了教会他普通人说的话（简称普通话），指导员送他一本小字典，连长送他一台小收音机，并特批他可以听（上级规定士兵不能有也不能听收音机），全连官兵人人时时处处充当他的普通话教员，几个普通话说得不怎样的广西兵、福建兵也好为人师、为师自居。偶然，战友们发现他唱歌时普通话不但标准，好听，还学得快，于是大家凑钱给他买了这把吉他（那时候他家穷，土豆要当半年粮），让他边学弹吉他边学普通话。这把吉他伴随他三年，退伍时，尽管他一万个舍不得，还是把它留在了连队。说着，他把吉他递给连长，指着音箱里侧说，这儿有他的名字。兵们凑过去，果然音箱里没有油漆的原木上有用蓝色圆珠笔歪歪斜斜写着“多吉”两个字，字迹已变得漫漶，渗到木头里面去了。

多吉说，他在高原老家经常听到有人弹起它，诉说他退伍以后连队的一些人和事。所以这次特地赶过来看看。

晚上，看完新闻联播后，指导员请多吉给大家讲讲他在部队时的故事，到地方是怎样创业的，退伍后有哪些经历。多吉支吾几句，转移了话题，又把学吉他的事讲了一遍。

在这之前，通信连的兵都知道每年有老兵把自己心爱之物留下来。连队阅览室、娱乐室、学习室、会议室等随处可见天南地北的特色工艺品，有根雕、竹器、剪纸、泥塑、脸谱等，这些都是兵们想办法从自己家乡带来的。

有爱就有牵挂。留一件物什，就觉得对这儿的想念和牵挂，有个具像和附着。每一件乐器、工艺品背后都是一个兵可爱的笑脸，一段深情告白，铅封一个平常鲜活的故事。

连队司务处熙熙攘攘。

文书来回统计老兵离队时间。电话、网络订票各显神通。

快递、公路、铁路托运服务上门。大操场热闹得像农贸市场。

明天是十二月一日，按规定老兵可以走了。老兵离队每年都是十二月一日到五日，前后五天时间，一般前三天就走光了。早点走也好，很多连队干部这么想，客（这时候已经把他们当客人了）去主人安，老兵走了就不用分心分神了，连队一切工作回到正轨。

晚上会餐后，文书把夜间哨表和口令用粉笔写在连队门口的黑板上。把口令直接公布不利于保密，很不严肃，上级讲过多次，连队点名也强调过口令必须一个个往下传，但过一段时间还是如此，都图个省事方便。晚上除了自卫哨、军需仓库哨外，还要给女兵站哨。老兵离队前一天晚上，给女兵站哨是通信连沿袭多年的传统。

临走前夜，女兵比男兵还亢奋，又唱有跳，又哭又笑，可能折腾很晚才睡。营连干部整晚心都悬着，进入战备状态一样，担心有什么事。

通信执勤大楼第一哨是刘胜。文书本来没有排他，他是凌晨五点多的火车，要赶早。刘胜说早了睡不着觉，站第一哨正好。熄灯号响，刘胜上哨时朱继彪和好几个老兵也跟来了，他们是后几哨。

夜深了，一弯月牙后半夜才爬上来，那边女兵宿舍的窗棂很安静，偶尔有大风刮过树梢发出阵阵尖啸。几件迷彩大衣在楼下悄然无声的伫立、徘徊，有时聚拢一起窃窃私语。那天晚上，他们几个没有交哨，一直站到天亮。

刘胜临走前，让连队自卫哨帮打手电筒，出了最后一期黑板报，其中有首《有一种毕业，叫退伍》的小诗，这样写道：有一段岁月，叫军旅，燃放我们的青春和热血；有一座院子，叫营盘，浇筑我们的豪情和抱负；有一身衣服，叫军装，展示我们的阳光和风采；有一种任务，叫站岗，屹立我们的专注与执着；有一种生活，叫守卫，凝固我们的热恋与忠诚……有一种毕业，叫退伍，再次放飞我们的理想与情怀，从这里走出的我们铁骨铮铮，意气风发，勇往直前……

起床号穿越晨雾，格外响，也格外早。早晨出操，所有老兵戴大红花跑在最前面，通信连这样，别的连队也这样。这个方法不知从什么时候开始的，反正全旅直至剩下最后一个老兵仍戴着大红花坚持出操。通过点操台时，每一个连队的番号声从来没有这么响亮过，队列步伐从来没有这么整齐过。点操台上站着几个菩萨或判官一样的领导似乎也肃然起敬，看起来很威严。

早操带回一解散，黑板报前很快挤满脑袋，大家如梦初醒，刘胜已经走了，他以这种方式向大家告别。

这时兵们才注意今天的天气，阴沉，干冷，像是要落雪的样子。

早饭后，第一拨老兵开始走了，几个连队依次响起锣鼓声，声音从不同方向缓缓朝大操场流去，在那儿汇集，热闹成一片，最后统一打在一个鼓点上。因为雾霾，驻地已禁止燃放鞭炮，营区和家属区都贴过告示。所以，今年送老兵少了一些浓烈。

操场上，一声声点名，一声声响亮或低沉的答到，紧接是一片喊声、哭声、笑声、骂声、叮嘱声、汽车马达声响起，几次催促的喇叭声后，发动机声陡升，隐退的锣鼓声、送战友踏征程的歌声骤然大作，洪水决堤一样滚滚而来，将一切声音掩盖……

送走一拨又一拨，从起床号一直到熄灯号，一天有十几拨，晚上还有走的，那就没什么动静了，一切都是静悄悄。

老兵们都知道迟走不如早走，最后走的最孤零、凄惶，看着战友一个个走了，人去床空，那种感觉真难受。所以，老兵每年都赶集一样离队，唯恐落在后面。

通信连送老兵在全营区最热闹，最感人，最引人注目，最具有收视率，看点就是梨花带雨一样的女兵不再矜持，不再高傲得跟土豆一样，和连队干部以及很多男兵一个个拥别，场景让人眼圈发红。这时常有人说，通信连的女儿又出嫁了。

老兵回乡，人多的地区或重点对象（如家庭遭受重大变故、在部队受到严肃处理的）必须由干部专程送达老兵所在县（区）人武部报到，甚至送到家，做好安抚善后工作，才算完成任务，老兵的军旅生涯才画上句号。

送兵干部由军务和干部科反复比较权衡后确定，送兵比接兵难，接兵带的是稚气未脱的新兵，叫怎么样就怎么样，好招呼。送老兵就不一样了，他们在部队滚打了几年，有伤有痛的，有个人愿望没有实现的，有思想疙瘩没完全解开的，有父母离异不知道回到哪边去的等等各种各样、形形色色的情况，这需要送兵干部不但要责任心强，而且要沉着老练有办法，能当机立断处理复杂问题。

旅保障部有个宋助理（姓宋，老干送兵的差事，人称宋老兵），河南人，个子大，嗓门粗，做事豪气干练，从副连到副营近十年间每年送兵，送的都是人数最多、路程最远的方向。出发前，他到各营连兜一圈，把老兵情况摸一遍，谁担任过班长骨干，谁比较刺头是什么样的脾气性格，谁家有什么困难做到心里有数。然后，去军需科找到管理蔬菜大棚的兵把新鲜的黄瓜、西红柿摘上几大纸箱；去宣传科找到文化干事，从文化活动中心借出十几副扑克、象棋、军棋，以及一些过期杂志；去旅医院开上一些治疗感冒拉肚子的常见药品，再买上一些面包、方便面扔到卡车上，带上火车。

登车前，如果有首长前往，他一定会几声断喝，整队，一套干净利索的报告动作，向在场的最高首长报告：首长同志，某某地区退伍老兵应到多少名，实到多少名，其中中士多少，下士多少，上等兵多少，现准备登车返乡，请指示！

火车站台上南来北往的人乱糟糟的，大家见惯了赶车的人们像打翻一筐梨一样满地滚，包括老兵退伍也慌乱一团，当宋助理以这种精神面貌出现，周围奔跑的人群顿时动作慢下来。尤其是几次向集团军、军区首长

（每年第一批老兵离队，都会有首长主持剪彩仪式一样到车站送行）报告，首长不及防一愣，为之一振，眼里流露出无言的赞许。围观的老百姓也啧啧称赞，当兵的就是不一样，即使退伍也像出征，送兵都能送成这样，真牛！

宋助理和老兵们在硬座车厢里，几天几夜，一路欢声，一路平安，就在他送走一茬又一茬老兵，上级考察准备对他提升使用时，他栽了。

每年送兵前，他从军务科或别的部门拿到老兵的车票后，立即赶去火车站在退票窗口退掉三分之一的票（大多选择农村户口，不需要车票报销的）。检票时，老兵们鱼贯而入，跑步上车，面对那么多英气逼人、脚步匆匆的老兵，当宋助理把厚厚一叠叠车票递过去，女检票员只是看看，大致数数，不会顶真去一个个“三方（票、人、证）合一”经确认后才放行，这有可能是人多来不及，更多应该是出于对军人的信任，对他们为国奉献光荣返乡的尊重。在火车上，百十号老兵集中一个车厢，实行“高度自治”，自己打扫卫生，自娱自乐，老百姓不会过来，乘务员都是匆匆路过，不会停留，更不会查票。

宋助理最后栽在一批重庆兵手上，到目的地发放车票时，有的有，有的没有，几个没车票任性的老兵说，我们怎么就没票呢？尽管没用，你也应该给我们呀，有没有用，不要你管。一路上，那几个老兵不知为什么和宋助理杠上了，很有可能在部队上就有矛盾，因为几个老兵和宋助理以前就熟。老兵们通过电话、短信、电子邮件向部队反映，尤其是在老兵QQ里反映宋助理道德品质有问题，揩国家的油。

旅政治部组织科一个少校副营职纪检干事找到宋助理，刚一提他就爽快承认，有这么回事，是过去一个送兵干部当武林秘笈传给他的“经验”，他送一两次兵后就这么干了。退票的钱，没有一分落自己口袋，老兵路途伙食补助有限，经常有意想不到的开支，有时候还给家庭困难的兵塞一点，都贴进去了。就比方这次他送重庆兵，打了很多电话，发了很多信息（都是长途漫游，电话费就不少），并上门做工作，让一位老兵离异数年的父母破镜重圆。和最后几个老兵分手时正好是吃饭时间，他请他们在一个小饭店里吃了一顿火锅，花的是他自己的钱。当时，他望着老兵远去的背影，再看看雾霾中的山城和滔滔嘉陵江水，远处传来轮船的汽笛声，心里那种滋味呀，什么都有。他说，他也接过兵，接兵是夏日的阳光、朝气，迎上来的是热切的笑脸、期盼；送兵，愈到后面心情和窗外的景色一样，萧条苍凉寒冷。每次送兵，也有一两个说，宋助理这儿离我家不远了，上屋里坐坐吧。他都婉言谢绝。

宋助理档案里被塞进一个处分，第二年一开春就转业了。

通信连的退伍老兵大部分是和全旅老兵一起走的，一个地区或一个县市统一购票，集体返乡，派专人送达。也有单独行动的，如姜迪平坚持要骑自行车回去，说这正好是一个锻炼体验生活融入社会的机会，有大学新生入学还骑自行车去呢，何况他一个退伍军人。连长和指导员坚决不同意，说万一出事谁负责？姜迪平说没有万一，只有一万，即使万一，他自己对自己负责！指导员说，你能负得起吗？连队打电话给他父母，反复沟通的结果是，他父亲派一辆小汽车保持一定距离，每天跟着，暗地里保护。有什么事不会找部队。连队把姜迪平回家的途径方案报告军务科，军务科不提倡，也不反对，他们算知道有这么回事。

姜迪平用退伍费买了辆山地自行车，骑了近三天，当路途最远的老兵到家时，他也打电话回连队说平安到家了。连队干部终于松了一口气。和平时期的部队，哪怕不出成绩，也不要出事故，出了事谁承担得起？

如果连队知道姜迪平老爸压根就没有派车跟着，不知要担心成什么样子，肯定不会让他成行。

莫少文是一个人回去的，地图上他老家那一片，全旅就他一个（应该是异地入伍）。他每天按约定时间，发信息或打电话到连队报告行程，几天后打电话回来说到家了。来电显示是他老家的区号。

过了一星期，老兵退伍工作已偃旗息鼓告一段落了。旅政治部突然收到一封盖有大红公章的信函，连同一叠厚厚的某地级市报刊，大意是你部一个叫莫少文的退伍兵，在某市火车站勇斗一抢劫歹徒，腿部受伤住院不久就不辞而别，住院只登记有退伍证上的名字和所在部队。再一看网上，已炒得沸沸扬扬，有一篇配有莫少文住院照片的采访报道，点赞、跟帖排成长队。

旅政委在周一早晨交班会上讲评老兵退伍工作时说，现在社会上有人炒股票、炒明星、炒绯闻、炒恶俗，我们有这么好的战士，为什么就不

“炒”呢？我们不但要“炒”，而且要正大光明、理直气壮地“炒”，“炒”出责任，“炒”出正能量，“炒”出担当与使命。旅领导指示一位宣传干事和排长李晓勇火速去事发地和莫少文老家一趟，把事情的详细经过了解清楚，一定要设法找到他本人，看能不能再深挖，协同军地把这件事再推推，争取影响更大更广一点。

宣传干事和李晓勇兜了几圈没找到莫少文，他家里说他一到家就出去打工了，去他入伍所在地人武部打听，也没找到，打手机停机，他就像失联的飞机一样消失了。有人分析莫少文很可能是替某个“富二代”去当兵的，他不改转士官，做过好事像做贼一样马上躲起来，以及联系他在连队的点点滴滴，谜雾团团。如果真是那样，那是出于什么目的，又是怎样做到的呢？

旅里原准备请来媒体记者，给莫少文披红挂彩，让他现场发言，隆重召开表彰会，大张旗鼓宣扬一番。由于没找到他，不了了之，只是在一次大会上提了一下，在政工网上贴出莫少文当兵时的一些照片，表扬一番。

关于莫少文始终没出现的原因，就是没有人猜到他可能是不习惯在大庭广众之下说话，害怕站在聚光灯下。有人理解美酒鲜花掌声为荣誉，在他眼里也许是被展示、围观。

老兵走后床铺刚空出来，新兵就下连了，有些冷清的连队顿时热闹起来。军务科通知填过表的转业士官可以离队了，明年等消息回来结账。通信连长确定转业，名单已经上报。按照军官服役条令，他到了正连最高年限，三十五周岁。等待离队的日子，他闲得发慌，有时在营区里暴走，有时躲在房间打游戏。

训练预备期，营区空旷处有新老兵在认真地走队列。早春天气很冷，但柳树已冒芽，微微透露春意。

后　记

我是从普通士兵成长起来的，靠一支笔在睡几十人的排房里写，在堆放粪桶扫把等杂物的工具间写，熄灯后打着手电筒在被窝里写，一直写到南京军区政治部文艺创作室。我在基层连队整整干了十年，号声、哨声、歌声、鼾声、口令声、番号声、脚步声，声声入耳铭心，对连队生活真可谓铁马冰河，号角连营，终身难忘！

这本书我前后写了四年多时间，内容可以说是我当兵二十多年的生活积淀。里面有的人物是我的战友、一口锅里搅勺子的兄弟，有的甚至连姓名都没有改。里面的故事大都是我的亲历亲闻亲见，只是裁剪提炼后以这种手法呈现罢了。希望以这种方式怀念曾经的兄弟，记录我们酸涩的青春，留存当代军营基层连队生活的一些景象、剪影。

行走在南京这片古老而青春的土地上，感觉像穿行在历史的隧道，这儿有很多和古代驻军有关的地名，如乌衣巷、孝陵卫、小营、标营、花旗营、工程营、芦席营、马标、炮标等，如今这些地名被历史的洪流淹没成一个个简单符号，让人凭吊怀古都无从谈起。夕阳下，我经常狗喘一样奔跑在驻南京东郊的某部营盘，偶尔思绪翩翩，我是这个时代的“征夫”，古代“同行”们是如何征集入伍，怎么训练，怎样作战，纪律如何，伙食可好，能否探亲，想家怎么办，业余时间靠什么打发，学不学文化，搞不搞思想教育等。查阅有关历史资料，各个朝代只有一些数据、律令、规定。很少有底层士卒写的文章，也就没有那些有情节细节温度的故事。我们很多时候只能从一些边塞诗词中，想象他们的生活，如古诗《十五从军行》：十五从军征，八十始得归。道逢乡里人，家有有阿谁？遥望是君家，松柏冢累累。南北朝卢思道的《从军行》：流水本自断人肠，坚冰旧来伤马骨。边庭节物与华异，冬霰秋霜春不歇。长风萧萧渡水来，边雁连连映天没。唐杨炯的《从军行》：雪暗凋旗画，风多杂鼓声。宁为百夫长，胜作一书生。唐李颀的《古从军行》：野云万里无城郭，雨雪纷纷连大漠，胡雁哀鸣夜夜飞，胡儿眼泪双双落。唐王昌龄的《从军行》：烽火城西百尺楼，黄昏独上海风秋。更吹羌笛《关山月》，无那金闺万里愁。唐高适的《燕歌行》：山川萧条极边土，胡骑凭陵杂风雨。战士军前百战死，美人帐下犹歌舞。大漠穷秋塞草腓，孤城落日斗兵稀。宋范仲淹的《渔家傲》：塞下秋来风景异，衡阳雁去无留意。四面边声连角起。千嶂里，长烟落日孤城闭……还有被选入中学语文课本的王之涣的《凉州词》，岑参的《白雪歌送武判官归京》都是描写戍边生活的，几乎所有的边塞诗词都有一种悲壮、苍凉、寂辽、浩然之感，边关冷月，霜冷长河，大漠孤烟，让人心底升腾起无限想象和感慨。

今天的军人和古代“征夫”完全不同了，古时戍边人大多不识字，今天大学生士兵很多，几乎人人能拿起笔来写，更添众多作家艺术家表现军旅，所以现在有关军营的文字汗牛充栋、影像充斥银屏。有的很不错，内容思想艺术都属上乘。但更多的很“狗血”，当过兵的人看了，像挠脚板心一样，难受，现实军营根本不是那回事。没当过兵的人看了，也不知所然，这是我们的军队吗？凭空想象，想当然的军营，他们且美其名曰“理想化的军营”。这些人有的没当过兵，有的虽然穿军装，但没在基层连队呆过，最多是体验几天生活。殊不知，生活的五味、真谛不是靠体验得来的，而是靠和大家一起摸爬滚打，一起哭过你的哭、笑过你的笑得来的。我希望有缘读到这本书的人发出如此慨叹：哦，原来部队是这个样子。当然，奢望它能流传下去，能像星光一样照见后人。

本书修改定稿时，我已接到转业命令，即将脱下穿了 26 年整的军装。所以这本书对我自己来说是一段告慰，是一种安放。感谢生活，感谢亲友，感谢有你！

刘跃清

2016 年 4 月